영혼의 부족, 코기를 찾아서

영혼의 부족, 코기를 찾아서

2006년 2월 15일 초판 1쇄 발행. 앨런 이레이라가 쓰고, 이태화가 옮겼습니다. 이홍용과 이평화가 기획 편집하여 펴냈으며, 송승용이 마케팅을 합니다. 표지 디자인은 디자인 비따에서, 본문 디자인은 장정희가 하였습니다. 제판은 푸른서울, 인쇄 및 제본은 영신사에서 각각 하였습니다. 출판사 등록일 및 등록번호는 2003. 2. 6. 제10-2567호이고, 주소는 121-837 서울시 마포구 서교동 339-4 가나빌딩 4층, 전화는 (02) 3143-6360~1, 팩스는 (02) 338-6360, E-MAIL은 shanti@shantibooks.com입니다. 이 책의 ISBN은 89-91075-25-8 03800이고, 정가는 16,800원입니다.

영혼의 부족, 코기를 찾아서

앨런 이레이라 지음 | 이태화 옮김

【산티】

감사의 말

내가 이 메시지를 세상에 전할 수 있는 것은 많은 사람이 시간과 에너지를 아끼지 않은 덕분이다. 아내 사라, 딸 케이트와 로스, 이들은 3년 동안 이 작업에 함께 참여했다. 내가 이 일에 빠져 있는 동안 싫은 내색 한 번 보이지 않았다. 나중에는 콜롬비아를 함께 여행하며 나를 돕는 것도 마다하지 않았다.

이 책은 텔레비전 기록 영화를 제작하는 전 과정을 담은 것이다. 영국 국영 방송 BBC와 골드 스미스 재단에서 이 모든 일을 지원했다. 그들에게 감사드린다. 또 이 기록 영화를 만들면서 적은 모든 기록과 인터뷰의 번역본까지 인용해 쓸 수 있도록 허락해 준 데도 감사드린다. 기록 영화 제작진인 빌 브룸필드, 존 크리들린, 브루스 윌스 그리고 이 프로젝트에 참여한 두 명의 인류학자 그레이엄 타운슬리 박사와 펠리시티 녹 박사, 이들은 불평 한마디 없이 어려운 순간들을 잘 견뎌주었고 세심한 부분까지 챙겨주면서 일이 원만히 진행되도록 도왔다. 믿음직한데다 훌륭한 품성까지 갖춘 이들의 한결같고 확고한 지원은 그들이 갖고 있는 전문 지식 못지않게 중요했다. 또 무슨 일이든 거침없이 소화해 내는 능력은 아무리 어려운 상황도 쉬워 보이게 하는 힘이 되어주었다.

그 밖에도 많은 사람이 도움을 주었다. 산타 마르타의 인디언 업무국 직원들도 이 영화 제작에 없어서는 안 될 중요한 역할을 했다. 그들은 타운슬리 박사가 자기네 사무실에 묵으며 일을 할 수 있도록 배려하기까지 했다. 콜롬비아의 수도 보고타에서 열성을 다해 도와준 알렉 브라이트도 빠뜨릴 수 없다. 황금전시박물관Museo del Oro, 복제품 제작사 카노, 그리고 헬리콥터 대여 회사 헬리콜은 내게 필요한 것들을 미리 일러주면서 그때그때 구할 수 있도록 배려해 주었다. 육체적으로 우리를 돌봐준 리카르도 누녜스와 프랭키 레이, 그들이 한 일은 단순한 식사 준비와 캠프 설치 그 이상이었다. 식사를 준비하고 캠프를 설치하는 일은 딱히 뭘 했노라고 내놓고 말하기 어려운 일이다. 그러나 우리 모두 처음 시작할 때보다 훨씬 건강하게 일을 마무리할 수 있었던 것은 순전히 그들 덕이다.

또 잠시 대사로 활동하다가 지금은 런던 주재 콜롬비아 정부 대표로 있는 리카르도 샘퍼와 특명대사 세페다 박사에게도 고마운 마음을 전한다. 내가 보고타에서 관료주의의 벽에 막혀 어려움을 겪을 때마다 관련 당국과의 중재를 맡아준 분들이다. 그들이 도와주지 않았다면 아무 일도 되지 않았을 것이다.

이 책을 쓰는 데 많은 도움을 준 그레이엄 타운슬리 박사, 그는 내가 시에라에 머문 것보다 훨씬 오래 거기에서 시간을 보낸 사람이다. 번역 작업을 살피느라 내가 그곳을 비우고 나온 뒤로도 계속 거기에 머물며 일을 도와주었다. 그러나 이 책의 책임은 온전히 나에게 있다.

콜롬비아는 문제가 많은, 그래서 해외에 별로 좋지 않은 이름으로 알려져 있는 나라이다. 그러나 나는 곳곳에서 도움과 용기를 얻고 흥미로움도 느꼈다. 내가 만난 공무원과 정치가 들은 토착민에 대해 진심으로 걱정하고 있었으며, 토착민이 본래의 자기 모습을 지키고 안전과 사생활을 보장받을 수 있도록 많은 노력을 기울이고—어떤 경우에는 보통을 뛰어넘는 헌신성으로—있었다. 그들은 우리의 지원이 필요하고 또 우리의 모든 지원을 받을 만한 사람들이다. 그들은 자신들의 일을 하는 데 큰 용기를 가져야 한다. 한편 우리가 용감해질 필요는 없다. 우리에게 필요한 것은 책임지는 것이다.

옮긴이의 말

　순백의 하얀 모자와 옷, 모칠라 그리고 모자 밑으로 흘러내리는 길고 검은 머리. 무엇보다 모든 것을 꿰뚫어보는 듯한 깊고도 강렬한 눈을 한 자그마한 남자가 내 옆에 서 있었다. 사람들은 그를 코기Kogi 족이라 불렀다. 지난 2002년 6월, 그를 만날 당시까지 내가 코기 족에 대해 들은 거라곤 콜롬비아의 환경 운동가 한 사람이 코기 족을 만나 신비한 경험을 했다는 것, 정신 세계가 아주 발달한 부족이라는 것 정도였다. 콜롬비아의 환경 · 인권 운동가들, 이탈리아 녹색당 사람들, 그리고 콜롬비아의 유명한 토착민 부족인 우와U'wa 족 그리고 또 다른 토착민들이 모여 콜롬비아 토착민 사회의 미래를 이야기하는 자리에 그가 왔다. 그는 회의가 끝날 때까지 줄곧 듣고만 있었다. 묵묵히 그리고 고요하게…… 그러고는 아무도 눈치 채지 못하게 조용히 사라졌다.

　그는 왜 그곳에 왔던 걸까? 아마도 이 책에 나오는 라몬과 같은 역할을 하는 사람, 즉 우리가 하고 있는 일들을 마마들에게 전하기 위해서 온 사람이었던 것 같다.

　나는 2001년 1월에 무엇에 이끌리듯이 콜롬비아에 가게 되었다. 게다가 콜롬비아를 방문한 원래의 목적과는 다르게 우연히 이탈리아 녹색당 팀과 함께 우와 족의 땅을 찾게 되었다. "석유는 어머니이신 대지의 피요, 석유 개발은 어머니이신 대지의 살을 베어내는 것"이라는 우와 족의 절규가 오래 전부터 내 가슴속에 살아있었는데, 그러한 감정적 연결 때문이었을까? 우와 족 사람들은 내가 그곳에 오리라는 걸 이미 알고 있었다고 했다. 아니, 자신들이 나를 불렀다고 했다. 그들의 땅으로. 그들 땅에서 나는 자연과 인간이 나눌 수 있는 깊은 교감의 일부를 경험한 것 같다. 이 책에 나오는 코기 족의 마마들처럼 우와 족에게도 그들의 정신적 지도자인 월하야Werjaya가 있다. 나는 안데스 산맥 깊은 산꼭대기에서 그들을 만났다. 그들을 만난 이야기는 언젠가 다른 책에서 이야기할 수 있기를 바란다.

우와 족은 콜롬비아 81개 인디언 부족 중 하나로 베네수엘라와 국경을 이루는 안데스 산맥에 살고 있다. 인구는 6천 명 정도밖에 되지 않지만, 우와 족 땅에서 석유 개발을 하려는 미국의 다국적 석유 회사 옥시덴탈 페트롤륨에 맞서 1990년대 초반부터 강렬한 저항 운동을 벌여왔다. 우와 족의 저항 방식은 평화적이면서도 때로는 극적이어서 지난 10여 년간 전 세계 수많은 환경 · 인권 운동 단체와 언론의 조명을 받았다. 우와 족의 단호하고도 지속적인 반개발 투쟁과, 국제 단체와 수많은 개인들의 지원으로 옥시덴탈 페트롤륨은 석유 개발을 포기하고 물러났지만, 콜롬비아의 석유 회사 에코 페트롤이 다시 들어와 석유 개발을 시도하고 있다. 우와 족의 싸움은 끝나지 않은 상태다.

코기 족은 우와 족과 같은 종류의 언어를 쓰는, 피를 나눈 부족이다. 내가 들은 바로는 서로 친척이라고 했다. 우와 족의 생존이 석유 회사들의 개발 계획으로 계속 위협을 받고 있는 것과 마찬가지로 코기 족도 외부 세계의 간섭으로 생존을 위협받고 있다.

앨런 이레이라가 이 책을 쓴 지 15년이 지났다. 현재의 코기 족 상황은 어떨까? 시에라 데 네바다에 살고 있는 한 토착민이 내게 보내온 최근 이메일에 의하면, 코기 족이 살고 있는 시에라 데 네바다의 산은 여전히 민병대(우익 게릴라)와 좌익 게릴라간의 충돌, 콜로노스(정착민)들과 다른 숱한 사람들의 침입으로 위협받고 있다고 한다. 더구나 게릴라들은 어린 토착민 소년들을 강제로 데려가 게릴라로 육성한다고 했다. 이는 토착 사회의 전통과 관습을 유지해 나아갈 젊은이들을 폭력이 얼룩진 싸움터로 내모는 짓으로, 토착민 사회를 더욱 빨리 붕괴하게 만들고 있다. 이런 와중에 이 책에 나오는 라몬의 사촌도 몇 년 전 살해되었다고 한다. 이 같은 상황이 코기 족 사회에서 직접 벌어지고 있지는 않다. 그러나 시에라 데 네바다의 다른 토착민 사회들에서 이런 일이 벌어지고 있다는 것은 코기 족도 결코 안전하지 않다는 것을 의미한다.

코기 족은 자신들이 사는 시에라 데 네바다를 '세계의 심장'이라고 부른다. 그리고 자신들을 인류의 '형님'으로, 이른바 문명 세계에 살고 있는 우리를 '아우'라고 부른다. 그들은 아우들의 약탈과 파괴 행위로 어머니 지구가 죽어가고 있다고 경고한다. 그리고 지구의 파멸, 아울러 지구상 모든 생명의 파멸을 막는 길은 아우가 지금까지의 삶의 방식을 바꾸는 것밖에 없다고 말한다.

불과 지난 200여 년간의 산업화로 인한 생태계의 급격한 교란이 현실화된 지금, 우리는 생태계의 평형을 회복하기 위해 세계를 지금까지와는 다른 방식으로 이해할 필요가 있다. 주변 생태계와 세밀한 관계를 형성해 온 토착민들의 지혜가 필요한 것도 바로 이 점 때문이다. 그들은 지구가 더워지는 현상을 과학적·기술적인 방식만으로 해결할 수 있다고 생각하지 않는다. 그들은 아주 단순하면서도 명료한 진리를 우리에게 말한다. 지구는 우리의 어머니다. 어머니의 살을 베어내고 어머니의 피를 말

10

리는 것은 곧 우리 자신을 죽이는 행위와 같다. 산업화·기계화가 인류의 번영과 진보를 가져다준다는 우리의 믿음이 실은 인류의 생존 자체를 위협하는 것이라고 그들은 이야기하고 있다. 이제 문제는 우리가 그들의 이야기를 들을 '귀'를 가지고 있는가 하는 것이고, 우리에게 다른 방식으로 생태계를 지켜낼 시간이 남아 있는가 하는 것이다.

저자 앨런 이레이라가 코기 족 세계에 들어가 그들을 만났듯이, 나도 이 책의 번역 과정을 통해 코기 족과 그들의 정신 세계를 만났다. 또 내가 관심을 갖고 있고 직접 만났던 우와 족의 정신 세계와 그들의 문화도 더 깊이 이해할 수 있는 계기가 되었다.

이 책은 세 사람의 도움이 없었다면 제대로 번역되어 나오지 않았을 것이다. 먼저 영어의 특이한 표현들을 이해시키도록 도와준 내 오랜 벗 샌디 버펫, 그리고 미숙한 번역 원고를 꼼꼼히 들여다보며 제대로 다듬어주신 샨티의 이홍용 주간께 깊은 감사를 드린다. 환경 운동을 같이한 동료이자 나의 오랜 벗 박정은에게도 깊은 고마움을 전한다. 그녀가 아니었다면 이 책은 우리 나라에 번역되어 소개될 수 없었으리라. 그러나 번역상의 오류가 있다면 그것은 전적으로 번역자인 나의 몫이다.

2006년 1월 미국에서
이태화

차례

일러두기

여기에 녹음된 코기 족의 중요 연설은 모두 코기 어로 녹음이 되었다. 번역과 관련해 이것들은 세 가지 부류로 나누어진다.

1. 마마들의 연설이나 누후에서 진행된 집단 토론
이것은 나중에 번역하기 위해 녹음을 해두었다. 번역은 코기 족 두 사람이 했는데, 한 사람은 스페인 말을 꽤 잘하는 환초였고, 다른 한 사람은 촬영이 끝난 뒤 알게 된 코기 족으로 영어에 능통한 사람이었다. 어린 시절 선교사들이 데려가 미국에서 자랐다고 했다. 현재 그는 코기 족으로 살아간다. 그는 성인이 되어서야 자신이 진정으로 속해 있다고 느끼는 곳에 돌아오게 된 셈이다. 그레이엄이 이 작업을 감독했다. 그레이엄은 테이프가 돌아가는 주기를 짧게 끊어 반복적으로 틀어주면서 토론도 하고 문장의 의미가 복잡한 곳에서는 설명을 덧붙이기도 했다.

2. 라몬이 한 말과 연설
라몬은 스페인 어와 코기 어를 섞어 썼는데, 코기 어로 말할 때가 더 많았다. 그때 그때 라몬이 직접 번역을 해주었다. 라몬이 다른 사람들의 말을 통역하고 있을 때는 내가 원문에 표시를 해두었다.

3. 나와 코기 족 사이에 이루어진 일반적인 대화
이런 대화는 보통 코기 족들이 많이 쓰는 불완전한 스페인 어로 이루어진 경우도 있었고, 환초의 통역을 거쳐 이루어진 경우도 있었다. 그러나 환초의 통역에 의존하는 때가 더 많았다.

시에라에는 세 가지 토착민 언어가 살아있다. 그들은 자신들의 문화를 크게 코기, 아사리오 그리고 알후아코, 이렇게 세 가지로 구분한다. 많은 사람들이 이 중 적어도 두 가지 말을 할 줄 안다. 우리는 간간이 코기 족 마마들이 아사리오 말로 중요한 내용의 이야기를 하는 것을 보았다. 또 같은 코기 족이라도 집단별로 발음이 상당히 달랐다. 예를 들어 '세란쿠아'를 '세이한쿠아Seijankua'로 발음하는 코기 족 집단이 있었다. '루아위코'는 다른 집단에서는 '아루아코'라고 불렀다. 우리 중에는 언어에 정통한 사람이 없었기에, 어원을 따지고 들어가는 것은 위험한 일이었다. 나는 내게 가장 친숙한 어휘들을 사용했다.

마마들이 말하는 방식은 알아듣기가 아주 어려웠다. 그들은 마마가 아닌 사람들로선 그 의미를 바로 알아차릴 수 없는 정교한 은유들을 어지러울 정도로 복잡하게 사용했다. 물론 마마들은 우리를 위해 간단명료하게 표현하려고 무척 노력했다. 그러나 그들이 사용하는 언어는 그 자체 복잡한 은유의 망인 세계의 비전을 반영하고 있었다.

의식을 행할 때나 특히 노래에서 많이 사용된 타이로나 언어는 이 모든 문제들을 더욱 어렵게 만들었다. 나는 그 때문에 우리가 제대로 번역을 하지 못했을까 두렵다.

시에라 네바다 데 산타 마르타

우리는 형님들이라네.
정신으로든 물질로든 더 뛰어난 지식을 가진
우리는 모두의 형님들이었다네.

　'형님들Elder Brothers'이 하고 있는 이야기는 지금은 사라져버린 오래된 과거에 뿌리를 두고 있다. 정복되기 전 아메리카 대륙에 마지막으로 살아남은 고대 문명을 4세기 동안 지켜온 이 사람들은 콜롬비아의 산 속, 숨겨진 세계에서 침묵을 지키며 바깥 세상을 바라보고 있었다. 그들은 자신들의 세계를 때 묻히지 않고 살아 숨쉬게 하면서 바깥 세상과는 거리를 유지해 왔다. 이제 지구상에 생명이 완전히 사라질지도 모른다는 두려움에 그들은 우리가 자신들의 말을 경청하도록 요구하고 있다.
　여러 가지 이유에서 '형님들'이 하는 말을 진지하게 받아들일 필요가 있다. 그들은 스페인 정복자들을 황홀하게 만들었던 저 황금과 도시들 이면에 존재하는 생각, 오늘날도 여전히 우리 앞에 말없이 서 있는 그 생각 안으로 들어가는 독특한 통찰의 길을 제공하고 있다. 그들은 우리에게 우리의 과거를 파악하는 길을 제시하고 고대 종교관의 심오함과 참 의미를 이해하는 눈을 뜨게 해준다.

그러나 무엇보다도 우리는 그들이 주는 메시지의 중요성 때문에 그들의 말을 들을 필요가 있다. '형님들'은 자신들이 지구 생명의 보호자라고 믿는다. 그들은 세계를 우리가 보살피고 아껴야 할 살아있는 존재로 본다. 그들은 세계의 식물과 동물을 양육하는 것에 삶의 모든 방식을 맞추고 있다. 한마디로 그들은 오로지 지구의 건강만을 염려하는 생태적인 공동체를 영위하고 있는 것이다. 이제 '형님들'은 생명의 끝을 알리는 변화가 시작되고 있음을 보고 있다. 세계는 죽어가고 있다. 그들은 우리가 세계를 죽이고 있다는 것을 안다. 이것이 '형님들'이 말문을 열기로 한 이유이다. 그들은 우리에게 경고를 하고 알려주기를 원한다.

우리는 이미 환경이 파멸로 치달아가는 듯한 징후들을 보고 있고, 그러한 변화를 우리 자신이 만들어내고 있다는 것도 안다. 그러나 그에 대한 우리의 반응은 재앙을 피할 기술적인 '수정안'을 찾는 것뿐이다. 무연 휘발유나 차량의 촉매 변환 장치, 공장의 매연 처리 시설 또는 원자력 사용의 증가 같은 방법이 그 수정안이다. 만약 코기Kogi 족이 옳다면 이런 해결 방법 중 어느 것도 진짜 희망이 되지는 못한다. 그것들은 애초 문제를 만들어냈던 바로 그 태도의 소산이기 때문이다. 우리는 세계를 다른 방식으로 이해하는 법을 배워야 한다. 우리가 자신들의 말을 들어 주기를 간절하게 바라는 것은 바로 이 때문이다. 그들은 아직 늦지 않았다고 말한다. 동시에 그들은 다시 이야기하지 않을 거라고 말한다.

산타 마르타

'형님들'에게 가장 가까이 있는 '문명화' 된 도시는 시에라Sierra 산과

18

카리브 해 사이에 있는 산타 마르타Santa Marta이다. 산타 마르타는 작고 습한데다 폭력이 난무하는 도시이다. 콜롬비아 내 다른 지역들과의 연결 상황도 좋지 않다. 통신 시스템은 고장이 나서 완전히 불통되는 경우가 허다하고, 그나마 얼마 안 되는 항공편도 연착되거나 취소되기 일쑤이다. 철도역은 세계로 이어주는 문이라기보다는 지역의 유물이라고 보는 게 옳다. 기차는 더 이상 보고타로 운행되지 않는다. 육로를 이용한 유일한 이동 수단은 1,126킬로미터를 터벅터벅 왕래하는 버스뿐이다. 대피선에서 영구 좌초되어 있는 두 대의 기관차는 이 도시에서 가장 유명한 '창녀' 두 사람의 이름에서 따왔다. 이들의 장례식에는 이 도시 역사상 가장 많은 군중이 참석했다고 한다.

산타 마르타의 사람들, 곧 사마리오Samario들은 세세히 살피기 힘든 도시의 허점을 잘 이용해 나름대로 삶의 방식을 발전시켜 왔다. 그들은 수세기 동안 밀수와 강도짓에 경제의 기반을 두어왔다. 산타 마르타에서 고급 위스키 한 병 값은 전 세계 어느 면세점보다 싸다. 미국이 고엽제를 실은 비행기들로 급습하기 몇 해 전까지, 이 도시는 또한 콜롬비아의 대마초 거래 중심지였다. 내 친구 한 명은 해안가로 내려온 마지막 대마초 거래상들의 노새 몰이꾼이었다. 친구 말에 따르면, 성인 남자와 소년 등 600명의 무장 호위 속에 모두 1,200마리의 노새가 산을 타고 내려왔는데, 노새마다 대마초 잎을 가득 채운 부대자루 두 개씩 등에 싣고 내려오는 광경이 실로 장관이었다고 한다.

군대, 경찰서장, 지역 관료 할 것 없이 다들 미리 돈으로 매수되어 있었다. 그러나 이 끝없는 행렬이 고갯길에 다다랐을 무렵 경찰관 세 명과 맞닥뜨리게 된다. 그 순간 600개의 총구가 일제히 세 명의 경찰관에게 향해졌다. 이들 경찰관이 내놓은 제안은 자살 행위나 다름이 없는 것이었다. 경찰관들은 자신들이 비켜나는 조건으로 300만 페소를 요구했다.

요구를 받아들이지 않으면 노새 행렬을 체포하겠다는 것이었다. 이런 식으로 도박이 대담무쌍하게 진행되었다. 만약 대마초 거래상이 돈을 지불하지 않겠다고 하면 그것은 곧 경찰관 세 명이 죽는다는 것을 의미했다. 그렇게 된다면 곧 보고타에 있는 중앙 정부의 이목을 집중시키게 될 것이다.

경찰관들은 돈을 받았다. 반은 그 자리에서 받고, 나머지 반은 정보 제공자의 이름을 밝혔을 때 받았다. 산타 마르타에서는 돈보다는 복수와 불명료함에 더 큰 가치를 둔다.

이 도시의 역사는 이상스럽게도 정리하기가 힘들다. 어쩌면 유럽인이 남미 대륙에서 처음 발견한 장소가 바로 이 도시가 아니었나 싶다.

1493년, 콜럼버스는 스스로 이스패니올라Hispaniola라고 부른 카리브 해의 한 섬에 정착시킬 목적으로 1,200명의 사람을 데려왔다. 5년 후 이들 정착민 중 한 사람인 알온소 데 오헤다Alonso de Ojeda가 금과 진주

20

그리고 노예를 찾아 남쪽으로 다시 항해를 떠났다.[1] 아마도 그가 산타
마르타의 해안선을 따라 항해하다가 대륙을 발견했을 것이다.[2]

남자 한 사람이 다른 배를 타고 그와 이 여행을 함께했는데, 그들은 해
안의 다른 쪽을 살펴보기 위해서 서로 헤어졌다. 다른 배는 베네수엘라
의 해안선을 따라 동쪽으로 갔다. 다른 배를 탔던 아메리고 베스푸치
Amerigo Vespucci라는 사람은 자기가 발견한 것을 기록해 책으로 출판하
고 대륙의 발견자로 알려지게 되었다. 한편 알온소 데 오헤다는 그렇지
못했다.

산타 마르타는 1525년에 세워진, 남미에서 가장 오래된 스페인계 도
시로 알려지고 있다. 현재까지도 이 도시는 스페인 식민지 시절부터 내
려오던 다섯 집안이 통치하고 있다. 거대한 토지를 소유한 이 집안들은
마치 빛바랜 영화를 누리며 사는 중세의 독재 봉건 영주와 흡사하다. 도
시의 나머지 인구는 할 수 있는 한 최선을 다해 상황에 적응하며 살아나
가야 한다.

내가 그곳에 처음 도착하던 1988년 1월, 대마초 붐은 끝이 나 있었다.
그러나 이미 조용한 '불명료함'을 요구하는 더 큰 사업이 시작되고 있었
다. 콜롬비아는 전 세계 최고의 코카인 제공 국가가 되었는데, 산타 마르
타는 이 새로운 거래를 자기 도시의 전통적인 역할로 삼은 것이다. 악명
높은 메델린Medellin 카르텔의 우두머리 몇몇이 이 지역에 휴양지를 갖
추었고, 공항은 마이애미를 왔다 갔다 하는 소형 비행기들로 붐볐다. 해
변을 따라 서 있는 커다란 주택들은 급이 좀 낮은 자들의 소유였다. 이
도시는 비공식적으로 호세 아벨료José Abello라는 자에 의해 운영되었는

---

1) Reichel-Dolmatoff, 1951, p. 3.
2) Aguado, 1906, vol. XXXI, p. 138.

데, 그는 '원숭이El Mono' 혹은 '애인The Beau'이라 불리는 사람이었다.

도시의 뒤쪽 산언저리는 사람들이 쉽게 접근하지 않는 곳이었다. 그곳은 마약 거래상narco-traficantes의 소유지였다. 나는 그 점을 명심하라는 주의를 받았다. 이것이 문제였다. 왜냐하면 나의 목적지는 산이었기 때문이다.

산

시에라 네바다 데 산타 마르타Sierra Nevada de Santa Marta는 아주 이상한 산이다. 가파르고 험준한 이 산은 카리브 해로부터 곧바로 솟아 올라와 있다. 양옆으로 나란히 솟은 두 봉우리는 둘 다 거의 해발 5,900미터에 이르는 데 비해 바다에서 산까지 거리는 4,200미터밖에 되지 않는다. 해안에 위치한 산 가운데 세계에서 가장 높은 산으로 해안선 멀리서도 뚜렷이 보인다.

스페인 침략자들은 결코 이 산을 정복하지 못했다. 심지어 오늘날에도 산의 일부는 접근하기가 거의 불가능하다. 적어도 북쪽에서 바라본 아래쪽 낮은 지대는 여전히 두터운 밀림으로 싸여 있고, 많은 지역이 노새가 다니기에 너무 가파르다. 인디언들의 도움을 받지 않는다면, 당신이 여행할 수 있는 거리는 짊어지고 갈 수 있는 식량의 양으로 제한될 것이고 게다가 이동 속도도 매우 느릴 것이다.

지질적으로 이 산은 괴이함 그 자체이다. 시에라는 안데스 산맥의 북쪽 경계 근처에 자리 잡고 있다. 그러나 이 산은 거대한 산맥의 일부가 아니다. 이 산은 산맥의 산들과는 바위의 성분부터가 다르다. 또 각 면이 145킬로미터 정도 길이의 거의 완벽한 삼각 피라미드 모양을 이루고 있어 마치 축조된 섬처럼─지구의 껍질을 지탱하는 해저 마그마 위에 홀로 떠 있다가 우연한 기회에 남미 대륙에 붙어버린 조그마한 대륙처럼—보인다.

이 산은 적도 가까이 있어서 계절이 없으며 연중 낮과 밤의 길이가 같다. 비가 많이 오는 이곳에서 일 년 중 당신이 눈치 챌 만한 유일한 변화는 6월에 한 번 그리고 12월과 2월 사이에 한 번 비가 적게 오는, '여름'이라 부르는 두 시기이다.

카리브 해로부터 솟아올라 맨 아래는 뜨거운 사막 지대 같고 꼭대기는 만년설이 쌓여 있는 시에라 네바다는 적도와 극지방 사이에서 발견할 수 있는 온갖 종류의 기후와 지형을 보여준다. 그곳에는 두터운 열대 우림 지대, 운무림, 개방형 삼림지, 고산성 목초지, 고지대 툰드라가 분포되어 있으며, 각기 적절한 동물과 식물이 서식하고 있다. 곰, 맥, 사슴, 표범과 퓨마가 다른 더 작은 동물인 원숭이, 아르마딜로, 스라소니, 야생돼지와 고양이, 칠면조 그리고 악어와 함께 숲에서 산다. 이것들은 그저 한 예일 뿐이다. 공중에는 펠리컨, 독수리, 황새, 마코앵무새, 흉내지빠귀, 그리고 매가 날아다닌다. 시에라에는 우리가 찾을 수 없는 동물이나 식물, 조류의 종이 거의 없을 만큼 생물종이 다양하다.

산은 펼쳐지고 얽히면서 사방으로 능선을 뻗어나가는데, 각각의 사면은 서로 다른 기후대를 형성하면서 고유의 생태계를 이루고 있다. 홀로 서 있으면서 바다나 무더운 고지대 평원에 의해 나뉘어 있기 때문에 좀 더 시원한 기후에서만 생존할 수 있는 다양한 생물 종은 거기에 감금당한 꼴이 되었다. 단지 새들만이 그곳을 떠날 수 있다. 많은 종류의 식물과 동물의 삶은 이 산에 매여 있다.

온갖 종류의 생명체로 가득한 생태 실험실로서 이 산은 흥미를 돋우기에 충분하다. 그러나 시에라 네바다 데 산타 마르타는 그보다 더 큰 중요성을 가지고 있다. 콜럼버스와 그의 자손들인 유럽인 침략자들은 자신들이 발견한 세계를 멸망시켰다. 유럽이 전진해 옴에 따라 아메리카의 문명이 무너지고 멸망한 것이다. 콜럼버스가 오기 전에 만들어진 촌락, 도시, 농경지, 성직자, 사원, 춤 그리고 교육이 살아있는 곳은 오로지 이곳뿐이다. 이곳에는 운송 수단을 갖지 않은 촌락, 쟁기가 없는 농부, 글자를 사용하지 않는 교육자, 통치권을 쥔 성직자가 존재하고 있다. 시에라는 단순히 야생 생물의 보존 지구에 그치지 않는다. 그곳은 철학의 보존지구요, 유럽인들이 아메리카의 나머지 대륙 전체를 재가공하기 전의 정신을 지키고 있는 고향 같은 곳이다.

이곳은 그들 스스로가 인류의 '형님들'이라 부르는 사람들인 코기 족의 땅이다. 우리는 그들의 '아우들Younger Brothers'이다.

시에라로 가는 길

산타 마르타의 그 무질서하고 폭력적인 에너지에 그렇게 가까이 있는데도 코기 족이 고립을 유지할 수 있었다는 게 이상하게 보인다. 코기 족의 사원 혹은 '의식을 행하는 집ceremonial house'에서 산타 마르타 성당은 32킬로미터 떨어져 있다. 그러나 우리 '아우들'에게 그 32킬로미터는 지뢰밭을 건너는 것만큼이나 어려운 길이다. 자연 환경, 콜롬비아 사람들 그리고 코기 족이 이 성역을 잘 보호하기 위해 오래도록 '공모'해왔기 때문이다.

한 가지 문제는 지형이다. 튼튼하고 건강한 사람이 뛰어난 안내인과 함께 가지치기용 칼을 가지고서도 하루에 나아갈 수 있는 거리는 고작 8킬로미터 정도이다. 갖가지 독거미와 독사가 수두룩할 뿐더러 이국적인 자연의 위험들(내가 가장 좋아하는 것은 미쳐 날뛰는 흡혈박쥐이다)도 널려 있다. 이런 것들은 염려스러운 것이긴 하나 결코 넘지 못할 장애물은 아

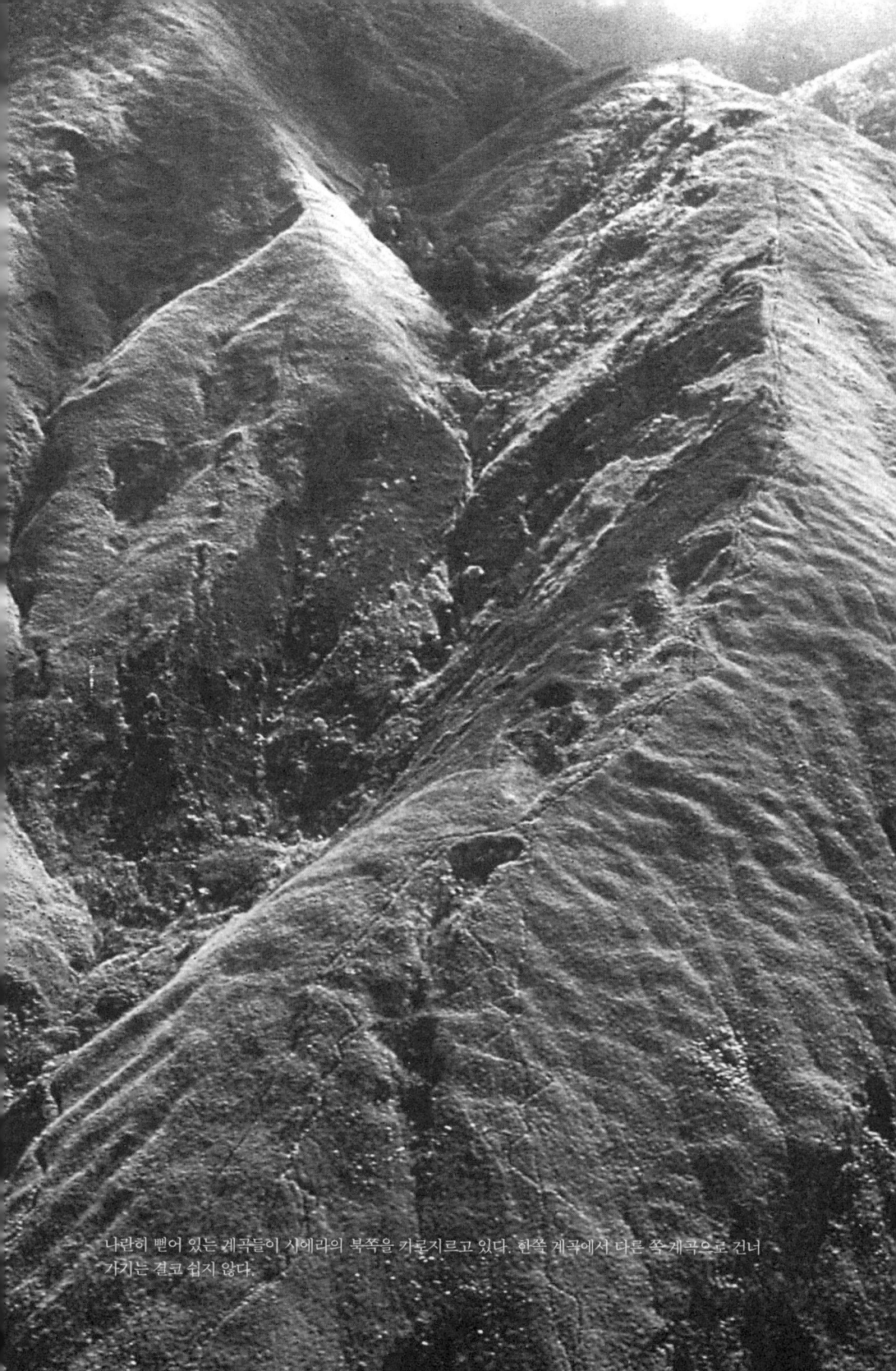

나란히 뻗어 있는 계곡들이 시에라의 북쪽을 가로지르고 있다. 한쪽 계곡에서 다른 쪽 계곡으로 건너 가기는 결코 쉽지 않다.

니다.

　더 큰 문제는 코카인 재배 농장인 것 같다. 그러나 정보만 훌륭하다면 이 위험 지역을 피해 가는 길을 발견할 수 있다. ―그리고 당신이 정말로 운이 좋다면, 마약 거래상들의 사설 민병대가 콜롬비아 정부의 단속 활동으로 잠시 행동을 멈추고 있을 수도 있다. 나라면 거기에 희망을 걸지는 않겠지만.

　물론 얼마간의 위험이 더 당신을 기다리고 있다. 좀 쉬운 쪽을 택해서, 갈 수 있는 한 멀리 당신을 데려다줄 먼지 자욱한 도로를 이용한다면, 당신은 곧 자신이 강도 소굴에 와 있음을 발견할 것이다. 산의 북동쪽으로 해서 코기 족 영토에 이르는 길이 하나 있다. 그러나 당신은 과지라 사막의 제멋대로 생긴 마을들을 지나야 한다. 그곳의 살인율은 콜롬비아에서 가장 높다.(콜롬비아는 세계에서 살인율이 가장 높은 나라이다.) 그곳 사람들은 나그네가 나타나면 간혹 총이 제대로 작동하는지 시험할 좋은 기회라고 생각하기도 한다. 아니면 단순히 가방, 신발, 돈 그리고 옷만 빼앗을지도 모른다. 많은 여행객이 그런 일을 겪었다.

　다음은 게릴라다. 최근까지 가장 규모가 큰 게릴라 그룹은 M19였다. 그들은 몇 년 전 보고타에서 법무부장관을 사로잡고 판사들을 인질로 잡아 대규모 쿠데타를 꾀했다. 정부는 게릴라와 판사 들을 같이 죽이는 것으로 가차 없이 대응했다. M19 지도자들은 이런 정부의 대응에 크게 흔들린 것처럼 보인다. 그들은 이제 산에서 내려와 상원에 의석을 차지하고 있다. 그러나 여전히 ELN(국가자유군대)과 FARC(콜롬비아혁명군대)가 활동하고 있다. FARC는 시에라 서쪽의 농경 지대를 장악하고 있다. 당신은 그들을 만나고 싶지 않을 것이다. ELN은 동쪽 일부와 남쪽의 농경 지대를 장악하고 있다. 당신은 정말로 그들을 만나고 싶어하지 않을 것이다.

내가 무덤 도굴꾼들에 대해 말했던가? 그들이 중요하게 여기는 것은 사생활 보장이다. 당신은 아마도 시골의 가장 문명화되었다는 지역에서 우연히 그들을 마주치게 될지도 모른다. 그러지 않도록 하라.

당신이 아직도 걷고 있다면(기온은 대개 섭씨 37도 정도 되고, 습도는 약 90퍼센트이다), 아마 흰색 튜닉처럼 생긴 헐렁한 면 상의와 둥글게 말려 올라간 바지를 입은 검은빛의 키 작은 남자를 만나게 될 것이다. 그 사람은 당신을 완전히 무시할지도 모른다. 하지만 그가 스페인 말을 조금 할 줄 아는 사람이라면 어쩌면 전통적인 코기 족 인사말을 할지도 모른다. "당신은 언제 떠나시오?"라고.

코기 족은 방문객을 좋아하지 않는다. 그들은 16세기에 스페인 사람들이 도착하는 것을 보았고 그 뒤 어떤 일이 벌어졌는지를 생생히 기억한다. 그들은 '아우들'이 산 아랫자락에서 무슨 짓을 하는지 알고 있고, 그래서 방문객이 오면 아주 미심쩍어한다. 우리는 코카인 재배자이고, 돈이라면 무슨 짓이라도 하는 자이며, 게릴라요, 고용된 암살자이다. 우리는 도둑이고, 살인자이며, 인간과 문화 그리고 세계를 파괴하는 자다. 아메리카 대륙의 토착민들도 한때는 우리에게 우호적이었다. 그러나 그들은 곧 우호적인 것이 지상에서 가장 위험한 덕성임을 깨우치게 되었다.

당신이 계속 걷는다면—걷는 것이 매우 어렵다는 것을 알게 되겠지만—마침내는 초가 지붕이 좀 묘하게 보이는 둥근 오두막들이 모여 있는 마을에 다다르게 될 것이다. 그 마을은 깨끗하고 정돈이 잘되어 있으나 곧 문들이 모두 닫힐 것이고 그리고 나서는 어느 누구도 얼씬거리지 않을 것이다.

당신이 음식을 충분히 가지고 왔다면 아마도 여기서 몇 날을 기다릴 수도 있다. 만약 운이 좋다면, 어느 누구도 오지 않을 것이고 당신은 돌아갈 수 있을 것이다. 한 독일 인류학자가 최근에 여기까지 오긴 했으나 운이 없었다. 그녀는 화가 나 소리치는 군중에 둘러싸였고 결국 오두막에 감금되었다.

동료 영화 제작자인 브라이언 모저Brian Moser도 내가 시에라에 처음 가기 바로 전 이 비슷한 경험을 했다. 브라이언은 전에 친구와 함께 거기에 가서 몇몇 코기 족을 본 적이 있었다. 그는 이 경험을 자기 책《코카인을 먹는 사람들 The Cocaine Eaters》에 묘사해 놓았다. 코기 족의 세계를 조금이나마 경험한 사람은 이들이 아주 특별한 존재임을 이해한다. 그래서 브라이언은 다시 돌아가 이들에 대한 것을 텔레비전 기록 영화로 만들기로 마음먹었다. 그러나 그는 두들겨 맞고 험악하게 쫓겨났다.

코기 족은 폭력적인 사람들이 아니다. 그들은 우리가 오히려 폭력에 있어 전문가라고 본다. 그들은 폭력을 인정하지 않는다. 남미의 많은 토착민 중에서 오로지 코기 족만이 자신들의 세계를 손상시키지 않고 유지해 왔다. 자신들의 세계를 비밀로 하고서 스페인 정복 시대, 식민 시대 및 후식민 시대의 전쟁기, 그리고 땅을 빼앗기 위해―이 과정은 아직도 남미의 많은 지역에서 계속되고 있다―인디언들을 잔인하게 학살하던 시기를 견뎌온 것이다. 초청받지 않은 방문객이 고집스럽게 남아 있으려고 할 때, 그는 자신이 머잖아 거칠게 다루어지리라는 걸 알게 될 것이다.

마지막 타이로나 사람들

코기 족은 수렵 채집하는 부족도 아니고 방랑하는 부족도 아니다. 천년 이상이나 촌락을 이루며 땅을 경작해 온 사람들이다. 마야나 잉카 문명의 후손들은 안데스 산맥이나 중앙아메리카의 고립된 지역에서 살아왔지만, 고립되기는 했어도 어느 정도 우리의 세계와 함께 존재해 왔고 우리 세계의 영향을 받아왔다고 할 수 있다. 단지 코기 족만이 원시 국가의

28

형태로 살아남아 고유한 신정神政 제도의 권위를 유지하고 고대 법률의 힘을 과시하면서 우리와는 전혀 다른 세계에서 살고 있다. 이들 '형님들'은 우리를 위험하고 비이성적이며 근본적으로 어쩔 수 없는 어린아이들로 간주한다. 스페인 말로 그들은 우리를 '시빌리자도스civilizados', 즉 문명화된 사람들이라고 부른다. 이것은 아주 역설적인 표현이다.

코기 족은 콜럼버스 이전 아메리카의 문명에서 가장 완벽하게 살아남은 문명을 대표하고 있다. 그러나 그들은 화석화된 사람들이 아니며, 그들의 사회는 박물관이 아니다. 스페인 사람들이 처음 도착했을 때 그들은 '타이로나Tairona'라 부르는 이곳 문명에 맞닥뜨리게 되었다. 원래 타이로나는 시에라의 많은 부족 가운데 한 부족의 이름이다. 그러나 이들 모든 부족은 단일하고 서로 연관된 문명권을 이루었다. 오늘날 고고학자들은 아직도 타이로나를 그 문명의 전체 이름으로 사용한다.

스페인 사람들과의 대면은, 남미나 중미의 다른 문명권이 다들 경험했듯이, 궁극적으로는 엄청나게 파괴적인 결과를 낳았다. 타이로나 사람들이 유일하게 성취한 것은 스페인 정복자들과의 충돌에서 살아남았다는 것인데, 그것은 그들이 가진 특이한 지형 조건과 그들 자신의 내적 힘으로 가능한 것이었다. 그러나 그들 문화의 대부분은 파괴되었다. 코기 족 사회는 이런 재앙에 대한 타이로나 사람들의 대응으로 형성된 것이다.

그들의 문화는, 우리에 비하면 훨씬 더디긴 해도 지난 500년 동안 꾸준히 변화되어 왔다. 그들은 그러한 변화들을 통제해 왔다. 전멸의 위협에 직면하여 그들은 자신들에게 가장 중요한 것이 무엇인지, 살아남는다는 것이 무엇인지에 대해 결정하도록 강요당했다. 문화의 생존은 개인의 생존과는 다르다. 그것은 육체의 생존이 아니라 정신의 생존이다. 코기 족 사회는 정신의 삶—우리로서는 거의 이해할 수 없는 삶—을 강조해 왔고, 그 점은 현재도 마찬가지다.

그와 같은 생존에 기본이 되는 것은 그들의 세계를 완전히 분리해서 유지하는 것이다. 코기 족의 땅에 어떤 식으로든 침입하는 것—여행객, 인류학자, 도둑, 소작농, 혹은 이익이나 지혜를 찾아나선 자—은 그들에게 위협이 된다. 그들은 숨어서 살아왔고 침묵과 비밀의 문화를 발전시켜 왔다. 바깥 세상과의 의사 소통은 금기이다. 어린아이는 낯선 사람을 보면 숨으라고 배우고, 어른은 외부인을 위험하다고 간주한다. 코기 족에 대한 모든 것이 비밀로 되어 있다.

왜 하필이면 나일까

나는 경험 많은 탐험가가 아니다. 그보다는 텔레비전 기록 영화를 만드는, 일종의 역사가에 더 가깝다. 위험을 즐기거나 불편함을 기꺼이 감수하는 사람하고는 거리가 멀다. 스스로 육체적으로 강하다고 생각해 본 적이 한 번도 없으며, 심지어는 가까운 거리를 걸을 때조차 편안한 의자가 있으면 쉬어가면서 걷기를 좋아하는 사람이다. 고고학이나 인류학에 대한 지식도 전혀 없었으며, 심지어는 남미를 여행해 본 경험도 없었다.

그러나 코기 족은 마침내 자신들의 오랜 침묵을 깨기로 결정했다. 그리고 나는 그들을 가장 잘 도울 수 있는 사람으로 결정되었다. 코기 족은 생존해야 할 의무가 있다는 논리—오랫동안 숨어 있어야 했던 바로 그 논리—에 의해 그러한 결정을 내리게 되었다. 그것은 또 인류의 '형님' 으로서 져야 하는 의무이기도 했다.

코기 족은 그들 스스로가 대지 위 모든 생명의 보호자라는 근본적인 믿음을 가지고 있다. 그것이 자신들을 '형님' 이라고 부르는 것의 의미이다. 그들은 현실에 질서를 부여하고 자연의 풍요로움과 비옥함을 창조한다. 시에라 네바다의 뛰어난 생명력, 코기 족의 장수, 코기 족이 잘 지키고 있는 땅과 시에라 네바다 산 아래 지역에서 일어나고 있는 파괴와의 확실한 대조를 통해서, 그들은 이런 사실을 확신하고 있다. 우리는 정상적인 인간의 평균 수명을 일흔 살로 보고 있는데 코기 족은 여기에 20년을 더 보탠다. 여든 살의 나이에 코기 족은 쉰 살의 우리보다 더 건강하고 활동적이다. 백 살이 넘었지만 여전히 건강하고 활동적인 코기 족을 나는 여럿 만났다.

전 세계의 안녕에 책임이 있다고 믿는 코기 족은 '아우'의 안녕에도 책임이 있다고 믿는다. 우리가 어떤 것을 할 필요는 없다. 코기 족이 생존하고 계속 자신들의 일을 하는 한 세계는 근본적으로 안전하다.

이제까지 우리는 '아우'를 무시해 왔소. 심지어 '아우'가 잘못한 것에 대해 한 번도 매를 들지 않았지요.

그러나 코기 족은 '아우'를 더 이상 그냥 놔둘 수 없게 되었다. '아우들'은 통제 불능이 되어버렸다. '아우들'은 전 세계의 안전과 구조를 근본적으로 위협하기 시작했다. 이 특이한 사회의 지도자들은 우리 '아우들'을 경고하기로 결정했다. 우리가 스스로 무엇을 하고 있는지 봐야 하며, 우리에게 급박하게 다가오고 있는 재앙을 이해해야 한다는 것이다. 코기 족에 따르면 그것만이 우리와 그들에게 유일한 희망이다.

그러나 이제 우리는 세계를 더 이상 우리 혼자서 돌볼 수 없게 되었소. '아우'가 너무나 많은 피해를 입혀왔거든요. '아우'는 이런 사실을 보고 이해하고 책임을 져야만 해요. 이제 우리는 함께 일을 해야 할 것이오. 그렇지 않다면 세상이 죽어갈 테니.

해발 300미터 높이에 위치한 열대우림

나의 경험과 그곳 오두막에 감금되었던 브라이언 모저의 경험 차이는 아마도 타이밍의 차이일 것이다. 그가 일 년 뒤에 도착했더라면 어쩌면 그 역시도 코기 족의 제안을 받았을지 모른다. 코기 족이 나와 함께 일하기로 한 것은 그들로서는 매우 어려운 결정이었다. 지도자들이 그런 결정을 내린다는 것 하나만 해도 충분히 힘든 일이었을 터인데, 그런 결정을 전 부족이 이해하게끔 설득해 그 오랜 세월 주의 깊게 개발해 온 의심과 비밀의 습관을 극복하게 한다는 것은 더 어려운 일이었을 것이다. 코기 족에게 그 결정은 그야말로 공포 자체였다. 코기 족은 모든 것이 위험해질 수 있다는 걸 알고 있었다. 그러나 그들은 위험을 받아들여야 한다는 것을 거의 확신하였다.

　나의 이야기에서 매우 중요한 역할을 하는 코기 족 사람 라몬Ramón은 나에게 언젠가 지구본을 가지고 오라고 요청한 적이 있었다. 그는 "나는 세계가 둥글다는 것을 알고 있어요. 마치 눈이 둥글고 머리가 둥글고 집이 둥글듯이. 그리고 당신도 세계가 둥글다는 것을 알고 있지요. 그러나 당신은 나와는 다른 방식으로 이해하고 있다오. 내가 당신이 이해하고 있는 것을 이해할 수 있도록 지구본을 가져와 보시오"라고 말했다.

　나는 오렌지를 집어 들어 그 위에다 여러 대륙을 그려 넣고 말했다. "여기 지구본이 있습니다. 이것이 세계죠. 여기가 아메리카고, 여기가 바다, 그리고 여기는 멀리 북쪽에 위치한 내 나라 영국입니다. 그리고 여기 중앙에, 북미와 남미 사이, 두 대양 사이에 시에라 네바다가 있지요."

　라몬은 오렌지를 물끄러미 바라보았다. 이 모든 것이 분명 난센스였다. 그러나 그것은 나에게 무엇인가를 의미했다. 만약 내가 세계를 오렌지와 같은 어떤 것으로 생각했다면, 아마도 나는 그것을 이용해서 무언가를 배웠을 것이다. 그는 팔을 구부려 팔꿈치를 내 쪽으로 돌리더니 오렌지를 그 위에 균형을 잡아 올려놓았다.

"세계가 팔꿈치 위에 균형을 잡고 있지요. 아주 조심스럽게 균형을 잡고 있어요. 매일 겨우겨우 균형을 잡아나가고 있는데, 당신들은 이 세계를 흔들고 있다오. 만약 조금만 더 흔든다면—그는 오렌지를 손톱 끝으로 가볍게 건드려 보였다—떨어지고 말겠죠." 오렌지가 떨어졌다. 라몬이 나를 바라보았다. 마치 이해했느냐고 묻기라도 하는 듯이.

나는 얼마 전에 〈네트워크〉라는 영화를 보았었다. 거기서 뉴스 캐스터로 나오는 피터 핀치가 한밤중에 신의 음성이 아닌 어떤 음성을 듣는다. 그 목소리가 말하길, 세상에 진실을 알리라고 한다. 경외심에 가득 차서 핀치가 묻는다. "왜 저입니까?" 신의 음성이 아닌 그 목소리는 대답한다. "이 멍청한 사람아, 자네는 6천만 명이 넘는 시청자를 갖고 있잖아. 방송국에서 일하는 사람 아냐!"

코기 족은 내게 자신들의 메시지를 세상에 전하라고 요청했다. 왜냐하면 그들은 자기들이 보기에 급박한, 아니 거의 피할 수 없는 파괴로부터 우리가 구원받기를 바라기 때문에, 그리고 비록 자신들이 텔레비전이나 책은 본 적도 구경한 적도 없지만 이런 종류의 의사 전달 수단이 세상에 대고 말할 수 있는 유일한 길이라는 걸 알고 있었기 때문이다.

이것이 "인디언을 구하라" "열대림을 보호하라" 같은 호소문이 아니라는 걸 이해하는 것이 매우 중요하다. 코기 족이 위험에 처해 있고 열대림이 위험에 처해 있는 것은 사실이다. 그러나 코기 족은 우리가 구원되기를 바라고 있다. 바로 우리의 생존이 위험에 처해 있기 때문이다.

재단의 설립

코기 족에게는 필요한 것들이 있다. 나는 시에라의 모든 인디언이 수탁자로 된 '타이로나 문화유산기금The Tairona Heritage Trust'이라는 재

34

단을 만들었다. 이 책의 판매 금액 일부는 이미 그 재단으로 전달되었다. 만약 이 책이 인세라도 벌어들이게 된다면, 그 금액의 일부 역시 재단으로 가게 될 것이다. BBC도 텔레비전 방영물을 만들고 나서 상당한 액수의 돈을 코기 족에게 전달했다. 다큐멘터리 필름은 골드 스미스 재단의 돈으로 합동 제작되었는데, 이 필름을 판매해서 생기는 수익금의 일부 역시 '타이로나 문화유산기금'으로 전달될 것이다.

재단의 목적은 인디언들이 자신들의 원래 땅을 되찾도록 도와주고, 의료 프로젝트를 지원하며, 시에라 토착민과 바깥 세상 사이의 경계가 안정되도록 돕는 것이다. 나는 이 경계 지점이 일종의 교환 장소가 되었으면 하고 바란다. 그 교환 장소에서 코기 족이 자신들의 물건을 팔고 철제 물건같이 자신들에게 필요한 것을 살 수 있었으면 한다. 또 그 지점은 문화를 교환하는 곳이 되어야만 한다. 왜냐하면 그들은 자신들의 영토로 우리가 들어가는 것은 원치 않지만, 우리가 준비만 된다면 그들이 우리에게 가르칠 것이 아주 많기 때문이다.

이런 모든 것은 지역적으로 봐서는 비용이 많이 드는 프로젝트이다. 그러나 세계적으로 보면 그렇지 않다. 콜롬비아 정부가 계속 협조한다고 가정할 때, '타이로나 문화유산기금'은 이런 모든 프로젝트를 롤스로이스 한 대 값으로 할 수 있다. 만약 출판사를 통해 기부하는 방식으로 이런 일을 지원하고 싶은 사람이 있다면 말할 것도 없이 대단히 감사한 일이다.

그러나 코기 족은 자신들에게 돈을 주는 것으로 세계를 구할 수 있다고는 믿지 않는다. 그들은 우리를 이해할 수 없을 정도로 탐욕스러운 존재, 도덕적으로 바보 같은 존재로 본다. 대지를 약탈할 뿐 아니라, 경외심이라고는 한 점도 없이 대지의 살을 찢어발기는 존재라고 거듭거듭 말한다. 고차원의 도덕성이란, 자기가 취한 것은 어떤 것이라도 반드시 그 일부를 되돌려주어야 한다는 것을 이해하는 것이다. 우리는 오랫동안 그것을 무시하고 살아왔다. 그러나 이제 시간은 지나가고 있고, 자선 기금 하나로는 문제를 풀 수 없다. 코기 족은 우리에게 책임감을 가지고 세상을 보살피기 시작하라고 요구한다. 그들은 우리가 탐욕과 이기심 대신 대지를 살아있는—아마도 지금은 죽어가는—전체성으로 이해하는 감수성과 경외심을 지니고 윤리적인 혁명을 일으킬 것을 요구하는 것이다.

우리가 만약 그렇게 하지 못하면 모든 생명체는 곧 파멸하고 말 것이라고 그들은 말한다. 그들은 그 징후를 보아왔으며 바로 그 점을 몹시 두려워하고 있다. 나는 그들과 함께 살았기 때문에 그들의 판단을 믿는다.

첫 대면

내가 처음 콜롬비아와 인연을 맺게 된 것은 스페인 무적함대 이야기를 촬영하던 1988년 1월이었다. 16세기 스페인의 심장부에는 신세계에서 가져온 황금이 있었고, 나는 그 황금 이야기를 좇고 있었다. 정복자들이 이끌렸던 것과 똑같이 나도 시에라 네바다의 타이로나 사람들에게 그렇게 이끌렸다.

이 이야기는 콜럼버스의 첫 식민지, 이스패니올라Hispaniola라 불린 카리브 해의 한 섬에서 시작된다. 거기에도 원래 금이 있었는데 얼마 안 가 거기에 있던 금이 모두 바닥이 나면서 그곳의 토착민도 말살되었다. 이스패니올라는 아메리카 대륙의 여러 해안을 정복하고 탐험하는 전진 기지가 되었다.

그곳은 유럽 열강의 관심의 초점이 되었다. 프랑스는 섬의 절반을 장악했으며, 오늘날까지도 이 섬은 스페인 말을 쓰는 도미니카공화국과 프랑스 말을 쓰는 아이티Haiti로 나뉘어 있다. 나의 관심은 프랜시스 드레이크Francis Drake가 한 습격에 있었다. 이 습격으로 말미암아 스페인이 영국을 상대로 대大성전을 벌이게 되었다. 이런 관심사로 인해 나는 도미니카공화국의 수도 산토 도밍고에 가게 된 것이다.

그 도시 한가운데에는 도시가 처음 만들어질 당시의 모습이 대부분 남아 있었는데, 16세기 정교한 스페인식 주택들, 항구 한 곳 그리고 성당 하나(아메리카에서 가장 오래된 성당)로 거리가 형성되어 있었다. 그것은 아직도 콜럼버스 이후 백 년 동안 아메리카, 아시아, 아프리카, 예루살렘 그리고 유럽의 절반을 주름잡던 세계 최강 제국의 군사력과 부를 보여준다. 정복을 상징하는 세 가지 건축물(요새, 교회 그리고 총독관저)이 이곳에 지어졌다. 이곳은 신세계가 만들어지는 작업장이었다.

드레이크가 도착했을 즈음 이스패니올라의 황금은 한낱 추억거리가 되어버린 상태였다. 그래서 그는 오늘날 콜롬비아라고 부르는 곳으로 항해를 계속했다. 나 역시 그곳으로 가야만 했다. 왜냐하면 아메리카 최고의 황금은 보고타의 황금전시박물관Museo del Oro에 있었기 때문이다. 300년 전 약탈을 자행한 그 남자처럼 나는 사라진 세계의 유물을 추적하고 있었다. 그러나 나는 이 유물이 무엇을 의미하는지 이해하지 못하고 있었다. 내가 유일하게 아는 것은 황금이 있었다는 것이고, 이 금이 유럽의 역사를 바꾸었다는 것이다.

금 덕분에 스페인 왕가는 거대한 군대와 함대를 거느릴 수가 있었다. 스페인의 기독교 왕은 잉카와 아스텍의 신성한 금을 기독교 동전으로 바꾸어버렸다. 그는 신성로마제국의 황제라는 칭호를 샀고, 기독교 국가가 투르크로부터 지중해 지역을 재탈환하는 값을 지불했다. 용병 군대가 독일의 루터파를 전멸시키기 위해 소집되었다. 금을 손에 쥠으로 해서 새로운 권력과 기술, 전쟁이 넘쳐나게 되었고, 유럽의 배들이 금광맥을 찾아 자석에 이끌리듯 대서양을 건너갔다.

그런 금광맥이 이름을 가진 적이 있다면 그것은 엘 도라도El Dorado일 것이다. 그러나 엘 도라도는 장소가 아니다. 그것이 의미하는 바는 '금으로 된 사람'이란 뜻이다. 무이스카Muisca[1]의 지도자가 계승식에서 온 몸에 금 장신구를 걸치고 뗏목을 타고 호수 한가운데로 가 물 속에 잠수하는 의식을 거행했었다. 호수의 깊은 물 속에 금과 온갖 보석을 제물로 바치는 것이었다.

남미 정복은 엘 도라도를 찾는 한 남자의 추적으로 시작되었다. 그는 안데스 산맥 높은 곳에 자리한 보고타에 도착하였다. 1538년 각기 다른 두 팀의 탐험대가 여기서 만났다. 곤잘로 히메네스 데 케사다Gonzalo Jiménez de Quesada는 산타 마르타 인구의 반을 데리고 출발해서, 800킬로미터가 넘는 길을 녹초가 되도록 행진한 뒤 겨우 70명의 지쳐 쓰러져 가는 군인들과 함께 보고타에 도착하였다. 한편 세바스티안 데 베날카살 Sebastián de Benalcázar은 그의 약탈을 저지하고자 인디언들이 불태워버린 안데스 산맥 내 키토Quito의 폐허가 된 요새에서 북진해 800여 킬로미터를 왔다. 그의 부하 160명은 거지꼴을 한 채로 한 무리의 돼지를 몰며 3년 동안 진군을 했다.

그들이 도착한 곳은 엘 도라도의 고향이었다. 성스러운 호수가 화산의 접시 모양으로 움푹 들어간 곳에 자리를 잡고 있었다. 정복자들은 그곳 계곡의 바닥에 자신들의 요새, 궁궐 그리고 성당을 지었다. 산타페 데 보고타Santa Fé de Bogotá는 이렇게 세계의 끝으로 부의 환상을 좇아 필사적으로 찾아온 사람들이 만든 도시이다.

오늘날 엘 도라도는 공항이다. 그러나 사람들은 여전히 부를 좇고 있다. 내가 만나는 사람 누구나 보고타에 관해 내게 들려줄 이야깃거리를 가지고 있다. 보고타가 전 세계에서 폭력으로 가장 찌든 도시라는 데는

---

1) 콜롬비아의 북쪽 안데스 산맥에 살던, 칩챠chipcha 말을 쓰는 부족들을 통틀어 무이스카라고 부른다. ─옮긴이

누구나 동의한다. 이것은 완전히 맞는 말은 아니지만 대강은 맞다. 나는 친구들에게서, 또 함께 여행한 사람들에게서 주의할 점에 대해서 들었는데, 목적지가 가까워질수록 주의 사항은 더욱 자세해졌다. 대낮이라도 혼자서는 시내 중심가를 걷지 마라, 낯선 사람이 주는 것은 절대로 먹지도 마시지도 피우지도 마라, 거기에는 수면제가 들어 있어 이틀 후 탈탈 털린 채로 빈민굴 한구석에서 잠을 깰 게 틀림없으니까, 어쩌다 친구를 만들지도 마라, 도둑질은 아주 정상적인 일이고 살인은 평범한 일이다, 빈민가 부근에는 얼씬도 하지 마라, 방 안에 처박혀 지내고 바깥에는 아예 나오지도 마라……

엘 도라도에 도착해서 나는 자신을 그곳 '붙박이' 라 부르는 알렉 브라이트Alec Bright를 만났다. 알렉은 영국의 와이트 섬에서 이주해 온 이로 모든 것을 알고 또 모든 사람을 아는 것처럼 보였다. 그는 나에게 공항에 있는 것조차 위험하다며 불안함을 가중시킨 장본인이기도 했다. 그는 일반 콜롬비아 사람들하고는 전혀 어울리지 않는 모습을 하고 있었다. 영국식 타이와 트위드 상의를 걸친 것하며, 정확하고 섬세한 걸음걸이, 거기에다 얼굴에는 초조하고 걱정스러운 표정이 역력했다. 나중에 안 사실이지만, 알렉은 시야 협착증을 앓고 있었다. 그래서 자기 옆에 무장한 도둑이 얼씬거려도 보지 못할까봐 늘 불안해하고 있었음에 틀림없다.

내가 머문 호텔과 알렉의 집은 도시 북쪽에 위치하고 있었는데, 그곳이 편안하고 값비싼 지역이며 내가 사는 런던 북쪽의 거리들보다 덜 위험하다는 것을 알고 다소 안심이 되긴 했으나 한편으론 실망스럽기도 했다. 알렉의 집은 난초로 둘러싸여 있는, 날마다 벌새가 찾아드는 그런 곳이었다. 내가 묵고 있는 호텔 찰스턴은 세계의 어떤 호텔과 견줘도 좋을 만큼 호화롭고 조용하고 문명화된 곳이었다. 워싱턴의 조그맣고 값비싼 호텔들을 연상시키는 곳이기도 했다. 이웃들은 분명 잘사는 사람들로 보였다. 나중에 안 바로는 그들 중 상당수가 실제로 매우 부유한 이들이었다. 억만장자들, 흰 가루(마약)의 억만장자들. 그러나 그때 나는 행복한 무지 속에서 그곳을 돌아다녔다.

보고타 시내 중심가는 그렇잖아도 긴장이 감도는 곳이었는데, 알렉이 걸음을 확실하게 걷고 가방을 단단히 거머쥐고 걸어야 한다고 강조하는 통에 긴장감이 한층 더해졌다. 정말 그곳은 그렇게 위험한 곳이리라. 실제로 거리에서 불편한 감정을 느낀 적도 몇 번 있었다. 남루한 옷차림의 남자가 칼을 들고 주택가를 지키고 선 모습은 확실히 불안한 느낌을 갖게 했다. 그러나 이 도시의 심장부에는 세계에서 가장 귀한 보물들로 가득 찬 건물이 있는데, 바로 그곳에 콜럼버스 이전 시대의 황금 유물 1만 5천여 점이 채워져 있었다.

박물관의 핵심은 시한 자물쇠로 안전 장치를 한 거대한 방이다. 당신은 60센티미터 두께의 강철 문을 지나 안쪽의 어두운 방으로 들어간다. 밖에서 자물쇠가 채워진다. 금으로 만들어진 거대한 저장물—목걸이, 팔찌, 왕관, 가면, 사람이 아닌 사람 이미지, 동물이 아닌 동물 이미지—이 천천히 내려오는 빛 아래로 제 모습을 드러낸다.

이 가운데 아주 독특한 방식으로 주조된 최고의 작품들에 '타이로나'라는 이름표가 붙어 있다. 그것들에는 괴이한 풍요로움이 있었고, 다른 것들에서는 찾아보기 힘든 모종의 풍만함이 있었다.

타이로나 사람들의 '잃어버린 도시'

런던을 떠나기 직전 나는 최근 발견된 타이로나 도시에 관한 기사 복사본을 받았다.[2] 고고학적 지명인 '부리타카Buritaca 200'과는 별도로 그곳은 '라 시우닷 펄디다La Ciudad Perdida'(잃어버린 도시)로 알려져 있다. 그 도시는 약 4.8평방킬로미터의 산으로 둘러싸여 있고, '엘 인피에르노El Infierno'(지옥)라고 불리는 밀림 지대 안에 자리 잡고 있다. 지옥이라 불리는 까닭은 통과하기가 매우 어렵기 때문이다. BBC는 내가 콜롬비아에 있는 이상 하루쯤 시간을 내 그 '잃어버린 도시'를 고고학 관련 프로그램으로 만들 수 있는지 타진해 보라고 했다.

나는 타이로나 사람들에 대해 들어본 적이 없었다. 사실 나는 역사책이나 연대기를 통해서가 아니라 고고학을 통해서 이 남미 정복이라는 주제에 조금씩 흥미를 느껴갔을 뿐이다. 고고학자들은 아스텍, 잉카, 마야의 위대한 도시를 발견했고, 그래서 나도 그것들에 대해 알게 되었다. 그러나 이것은 기념비적인 타이로나 유적의 첫 발견이었다. 타이로나 사람들은 이제 막 역사에 포함된 것이다.

몇백 년 전 정복자들의 기록에 이미 정교한 타이로나 도시들에 대한 묘사가 남아 있다. 수도였던 도시들 외에도 본다Bonda, 베토마Betoma, 포시구에이카Pocigueica, 그리고 그보다 더 작은 수백 개의 촌락이 스페인 문장가들이 한껏 고취된 정서로 써낸 기괴한 운율 속에 묘사되어 있다. 예를 들어 〈타이로나카Taironaca〉는 이렇다.

짚으로 지어졌지만 단단히 세워진 도시,
동쪽 면은 무너져내리고
삼각 모양의 안뜰은 넓고 편평한 돌로 만들어졌네.
각 공간의 끝은 백 걸음 정도 크기,
구석에는 거대한 집 세 채가 있고

---

2) "La Ciudad Perdida—Major Colombian Archaeological Find," *Colombia Today*, XIV, no. 4 (New York, 1979).

그들의 왕이 이곳에 살고 있네……

이 집들 역시 짚으로 만들어졌는데

많은 사람들이 정찬을 들기 위해 들어가네.

300명도 넘는 군인들이 그 옆에서 잠도 잘 수 있다네.[3]

타이로나는 제국이 아니었으며, 고립된 지형 조건으로 해서 남쪽 잉카
나 북쪽 아스텍의 영향에서 벗어나 있었다. 그럼에도 그들은 콜롬비아
북부와 중앙아메리카에 걸쳐 꽤 큰 문화권을 형성하고 있었다. 이 문화
권은 이미 1,500년 전에 완벽하게 갖추어졌다. 복잡한 망 조직으로 이루
어진 이 사회는 거대석을 다루는 기술이 뛰어나 이 기술로 계단식 대지
를 만들고 건축물을 쌓고 광범위한 관개 및 배수 시설을 설치하였다. 촌
락과 도시 사이에 위계 질서가 있었으며, 도기 제조와 철기 제조를 전문
화시켜 각기 만든 물건들을 두루 교환해서 쓰게 하였다. 그 지역에 있는
여러 사회, 즉 무이스카, 퀌바야Quimbaya, 시누Sinu 그리고 타이로나가
처음 만든 금 세공품을 보면 꽤 원시적이고 서로 아주 비슷해 이들 사이
에 긴밀하고 유사한 믿음과 종교 의식이 있었음을 알 수 있다. 남쪽으로
에콰도르에서 북쪽으로 중앙아메리카에 이르는 더욱 넓은 범위로 이러
한 유사성이 확대되었다는 증거가 있다.

고고학적 자료에 의하면 약 천 년 전에 이들 사회가 기술적으로 훨씬
정교해짐에 따라 금 세공품 제작 방식도 달라져갔음을 알 수 있다. 스페
인 사람들이 도착할 즈음에는 타이로나 사람들이 이미 약 500년 동안이
나 수준 높고 복잡한 사회를 발달시켜 놓고 있었다. 그들은 자신들이 만
든 물품을 넓은 지역, 멀리 코스타리카까지 가서 교환해 오기도 했다. 그

---

3) Castellanos, 1886, 8, 322.

'잃어버린 도시' 의 입구에서 발견된 '돌 지도' 는 풀리지 않은 수수께끼이다. 이것은 정말 지도일 수도 있으나, 아무도 이것과 맞아떨어지는 길을 발견하지 못했다.

들의 황금 유물인 머리 둘 달린 동물과 이상한 호먼쿨라이homunculi(난쟁이 인형)는 풍요로운 상징의 세계를 보여준다. 앞에서 카스텔라노스 Castellanos가 묘사한 삼각 모양의 안뜰은 시에라의 삼각형 지대를 표현하는 것처럼 보인다.

타이로나 세계의 핵심 부분은 아메리카의 다른 문명에 비해 더 오랫동안 손상되지 않은 채로 살아남은 것 같다. 위대한 제국들은 아주 빨리 망했다. 마야 제국은 스페인 사람들이 도착하기 훨씬 전에 멸망했고, 아스텍과 잉카 제국은 1521년과 1535년에 멸망하였다. 무이스카 같은 타이로나의 직계 혈족도 정복되어 멸망당하거나 노예로 전락했다. 그러나 타이로나 사람들은 산타 마르타가 세워진 1525년 이후에도 스페인 사람들과 약 75년간을 더 공존했다. 마침내 마지막 전투가 벌어지고 인디언들이 패배했을 때, 그들은 스페인 통치 아래 신민으로 살아남기를 원치 않았다. 그들은 뒤로 물러나서 사라져버렸다.

실제로, 역사의 물결은 다른 방향으로 간단히 흘러가 버렸다. 남미에서 흘러오던 금은 처음의 믿을 수 없는 호황 이후 곧 사라져갔다. 한편 볼리비아의 포토시에는 은이 가득한 산이 있었는데, 이 포토시 은광으로 인해 스페인은 서둘러 자국 경제의 무덤을 판 셈이 되고 말았다.

타이로나 사람들은 황금을 가지고 여러 가지를 만들었지만, 정작 그들 자신은 금광을 가지고 있지 않았던 것 같다. 시에라 네바다는 얇은 산악 토양으로 이루어져 있고, 경사가 좀 완만한 곳은 밀림으로 덮여 있으며, 다른 곳은 경사가 급격해서 다가가기가 힘들었다. 다른 데서 황금을 찾는 것이 더 쉽고 그 양도 훨씬 많았으니 시에라에서 황금을 찾는 것은 그다지 가치 있는 일이 못 되었다. 스페인 사람들은 산타 마르타에 가까이 살던 토착민을 노예로 만들어 일을 시키는 데 만족했기 때문에 굳이 산으로 쳐들어갈 필요가 없었다.

인디언들이 말썽을 일으키지 않는 한 어느 누구도 그들이 살았는지 죽었는지 어떻게 지내는지 관심을 두지 않았다. 그리하여 역사는 시에라의 가장 아래 지역을 중심으로 해서 흘러갔고, 인디언들은 아무런 방해도 받지 않게 되었다.

위대한 해방자 시몬 볼리바르Simón Bolívar는 산의 서쪽을 따라 흐르는 막달레나 강에서 남미 해방 전쟁을 시작하였다. 19세기 초에 그는 그란 콜롬비아Gran Colombia를 스페인에서 해방시켰다. 새로운 아메리카가 공화국들로 분해되어 다툼이 끊이지 않자 그는 산타 마르타로 되돌아갔다. 그리고 그곳에서 대륙의 역사를 바꾸어놓은 자신의 생을 마감했다. 그러나 32킬로미터 떨어진 정글의 벽 뒤에서는 마치 세상에 아무 일도 일어나지 않았다는 듯 삶이 계속되고 있었다.

1870년대에 라파엘 셀레돈Rafael Celedón 신부가 인디언을 개종시키고 이들 인디언의 언어로 교리 문답집을 만들기 위해 시에라로 왔다. 그는 인디언 언어로 된 교리 문답집을 만드는 데 성공했을 뿐 아니라, 심지어는 누구도 다시는 만들지 못한 그들 언어의 문법책까지 만들어냈다. 그러나 그는 개종자를 만들지도 못했을 뿐더러 다른 어떤 종류의 침투도 하지 못했다. 환영받기는커녕 늘 무뚝뚝하고 데면데면하게 구는 인디언들의 태도에 직면해야 했다. 코기 족은 어떤 식으로도 그를 거부하지 않았다. 다만 그가 이곳에 있는 것을 좋아하지 않는다는 것은 분명히 했다. 1915년에 인류학자 콘래드 프레우스Konrad Preuss가 낮은 지대의 코기 족 촌락에서 몇 달을 지낸 적이 있다. 대부분의 시간 그는 아파서 해먹에 누운 채로 지냈다. 그러고 난 뒤 그는 '악마들'에 관한 완벽한 신화를 세상에 보고했다.

20세기 초에 미국의 유나이티드 푸르트 사United Fruit Company가 이곳에 와 중세의 농노 노동 같은 제도를 만들었다. 이 회사는 시에라의 남쪽 언저리에서 바나나를 재배해 느린 증기 기관차로 바랑퀼라와 산타 마르타 서쪽 항구로 실어 날랐다. 그러자 소작농들이 바나나 재배 지역에 몰려들어 푼다시온과 발레두팔에 자리를 잡기 시작했다. 접근하기가 더 쉬운 산의 남쪽 경사면 숲들이 새로운 환금 작물 재배를 위해 잘려나갔다. 산타 마르타는 부유한 도시가 되었고, 푼다시온과 발레두팔은 억압받는 도시가 되었다. 그러나 바나나 붐이 끝나고 유나이티드 푸르트 사가 떠난 뒤에도 시에라의 북쪽 사면은 여전히 신비로 남아 있었다.

1940년대에 러시아에서 이민 온 인류학자 헤랄도 라이클-돌마토프 Geraldo Reichel-Dolmatoff와 역시 인류학자인 그의 아내 알리시아Alicia는 산 속으로 좀더 깊숙이 들어갔다. 그들은 그곳에서 콜럼버스 이전 시대의 아메리카 문화가 아주 완벽하게 살아있는 것을 발견했다. 그 사회는 사라진 세계의 종교 의식을 유지하고 있었을 뿐 아니라, 지적인 분석과 체계적인 학습을 토대로 계속해서 그것을 유지해 오고 있는 것처럼 보였다. 그들은 마침내 코기 족의 세계에 발을 들여놓게 된 것이다.

나는 라이클-돌마토프의 책을 몇 권 읽었다. 코기 족이 지적인 사람들이라는 것과 그들이 타이로나의 직계 후손일 것이라는 게 명백해 보였다. 시에라에는 다른 두 부족이 살고 있는데, 학계에서 이카Ika와 산카Sanka(나는 나중에 그들을 아사리오Asario와 알후아코Arhuaco로 알게 된다)라 부른 그들 두 부족은 코기 족에 비해 자신의 문화를 많이 잃어버리고 살고 있었다. 그들은 정착민들에게 훨씬 공격받기가 쉬운 산의 남쪽과 서쪽 사면에 거주했다. 그러나 내가 흥미를 가진 쪽은 코기 족이었고, 코기 족의 땅 안에 그 '잃어버린 도시'가 있는 것으로 보였다.

그들은 분명 아주 신비스러운 사람들이다. 라이클-돌마토프는 코기 족에 관해 글을 쓰기 시작한 지 20년 후에, 시에라에 아마도 약 2천 명의 코기 족이 있을 거라고 추정했다.[4] 여전히 그들을 '소수' 그룹이라고 말하면서도 그는 1987년 자신의 추정치를 세 배나 높이 잡았다.[5] 그러나 나는 그보다도 더 많은 숫자가 살고 있다는 얘기를 듣기 시작하던 참이었다. 지금은 약 1만 1천 명의 코기 족이 살고 있음을 안다. 시에라의 아사리오와 알후아코를 합친 숫자보다 많다. 그런 대규모의 인구가 그들이 스스로를 알리기 전까지 아무에게도 발견되지 않았다는 사실은 그들이 그만큼 잘 숨어 있었다는 것을 의미한다. 이 사람들 모두는 어쨌거나 정착한 농부들이었고, 각 가족은 코기 족의 촌락 안에 집을 갖고 있었다.

보고타에서 들은 모든 것이 내 흥미를 돋웠다. 코기 족은 그 명성이 자자했다. 나는 그들의 신중한 선택에 따른 고립, 바깥 세상과 일절 관계 맺고 싶어하지 않는 의지에 대해 들었다. 나는 또 그들이 텔레파시와 공중 부양의 대가라는 것, 정신 세계의 초월적인 힘들과 직접 연결할 수 있다는 것, 그리고 그들 자신이 비밀스러운 지식의 저장고라는 이야기를 들었다.

좀더 구체적인 정보도 상당량 있다. 알렉 브라이트는 건축가로서 황금 전시박물관을 설계하는 데 참여했었다.(안전 장치는 그가 설계하지 않았다. 그 장치는 〈톱카피Topkapi〉라는 영화에 나오는 도둑질을 세밀히 연구한 끝에 고안되었다.) 알렉은 타이로나 금 세공품 몇 가지에 관심이 있었다. 사실 알렉은 흔히 발견되는 버섯 모양의 세공품, 그러니까 박쥐 얼굴처럼 생겨 낮게 수그리고 있는 머리 주변의 세공품이 실제로 환각 작용을 일으키는 버섯과 관련이 있다는 이론을 폈다.[6] 알렉은 멋지게 그린 도표를 보여주면서, 코기 족은 네 등분으로 된 둥근 원반 모양의 세계가 아래위

---

4) Reichel-Dolmatoff, 1967, p. 57.
5) Reichel-Dolmatoff, 1987, p. 73.
6) Richard Evans Schultes and Alec Bright, "Ancient Gold Pectorals from Colombia: Mushroom Effigies?" Botanical Museum Leaflets, vol. 27, nos 5-6, pp. 113-141 (Harvard University, Cambridge, Mass. 1979).

황금전시박물관에 있는 황금 상들. 왼쪽은 마마 복장을 한 흡혈박쥐, 오른쪽은 타이로나 신화에 나오는 개구리다.

로 각각 다른 원반 모양의 세계를 거느리며 존재하는 것으로 우주를 인식한다고 설명했다.

그는 또 나에게, 코기 족의 삶터 중심부에는 의식을 치르는 둥근 집이 있는데, 그 안에 네 개의 화톳불이 타오르는 바닥이 있으며 그 바닥이 대지를 상징한다고 들려주었다. 원뿔형 지붕은 우주의 위쪽 절반을 상징하는 것으로 위에 있는 원반 모양의 세계를 형상화한 것이라고 했다. 아래쪽에는, 적어도 개념적으로 말하자면, 같은 원뿔 모양의 지하 세계가 대칭해서 존재한다. 코기 족 성직자인 마마Mama들은 마치 자궁 속에 들어가 앉듯 '의식을 행하는 집'에 들어가 앉는다. 그렇게 들어가 앉으면 그들은 마치 지붕의 중심에서 내려온 탯줄 아랫자락에 자연스레 자리 잡은 꼴이 된다.

타이로나 황금

황금전시박물관에 있는 황금 대부분은 스페인 사람들이 발견한 것이 아니다. 그들은 자신들이 발견한 황금을 모두 녹여 금괴 형태로 스페인에 보냈기 때문이다.

박물관에 있는 황금 세공품은 대개 지난 50년 동안 무덤 도굴꾼들이 발견한 것이다. 무덤 도굴은 콜롬비아의 소작농 세계에서는 아주 잦은 일이다. 무덤 도굴이 너무나 일반화되어서 1972년에는 만 명이 넘는 도굴꾼 사이에 이른바 '무덤도굴꾼 노동조합'을 만들어 자신들의 존재를 합법화하려는 움직임마저 있었다. 무덤 도굴꾼들은 누군가 자신들을 착취하고 있다고 느꼈다. 누가 그들을 착취하는지는 정확히 알 수 없지만, 아직도 많은 사람들이 그 사업에 종사하고 있다. 덧붙이자면, 그들 중 가장 큰 규모로 도굴을 하는 이가 길예르모 카노Guillermo Cano이다. 그는 콜롬비아에서 가장 유명한 기념품 가게를 운영하면서 자신이 도굴한 세공품을 정확하게 복제해 판매하고 있다. 도굴한 유물은 모두 본을 뜬 후에 박물관에다 파는 약삭빠른 사람이다. 그것이 바로 카노가 콜럼버스 이전 시대 황금 세공품을 가장 뛰어나게 복제할 수 있는 이유이다.

무덤 도굴은 콜롬비아에서 독특한 위치를 차지하고 있다. 도굴 방지를 위한 법은 있지만 그 법은 마치 속도 제한을 규정한 법과 다를 것이 없다. 누구나 그런 법이 존재한다는 것은 알지만, 내가 듣기론 누구 하나 그 법 때문에 고생했다는 사람도 없고 그 법이 정확히 무엇인지 자신 있게 말할 수 있는 사람도 없다. 카노의 고객들은 편안한 가죽 팔걸이의자에 앉아 황금 복제품들을 감상하고, 어떻게 유물을 약탈하는지를 정확히 보여주고자 비싸게 제작된 비디오도 감상할 수 있다.

일반적으로 말하자면, 물론 그 황금 세공품들은 이제 이 대지에서 사라지고 없는 문명권의 사람들이 만든 것이다. 코기 족은 타이로나 무덤들의 소유권이 자신들에게 있다고 주장하고 있는데, 타이로나 황금과 관련해 약간은 당혹스럽게 들리는 이야기가 있다. 알렉이 들려주기를, 박물관이 존경의 표시로 코기 족 마마들에게 선물을 보냈다고 한다. 그 선물이란 박물관 측에서 보기에 타이로나의 것이라고 여겨지는 돌로 된 구슬 장식 몇 점과 약간의 소금이었다. 그런데 결국 다음과 같은 전갈과 함께 구슬 장식이 박물관으로 되돌아왔다고 한다.

소금에 대해서는 고맙게 생각하오. 지난 400년 동안 우리는 소금을 제대로 구경하지 못했소. 그러나 우리는 구슬 장식에 대해서는 아무것도 알지 못하오. 그것들은 여기에 속한 게 아니오.

엘 도라도

박물관을 보고 난 뒤 나의 즉각적인 임무는 '잃어버린 도시'를 방문하는 것이었다. 들은 것을 종합해 볼 때 나는 그 도시가 흥미로운 이유가 코기 족이 존재하기 때문이라는 확신이 들었다. 말하자면 그 도시엔 독특한 어떤 것이 있었다. 기념비적인 고고학적 유적지, 그리고 그 안에 아직도 생생하게 살아있는 토착민의 전통이 그것이었다. 그러나 불행히도 거기에는 한 가지 분명한 문제가 있었다. 토착민들이 나를 환영할 리가 거의 없다는 사실이다.

또 다른 문제도 있었는데, 그것은 바로 내가 안데스의 생활에 대해 아는 게 없다는 것이었다. 산이나 밀림, 인디언 혹은 고대 문명에 대해 아는 것이 하나도 없었다. 나는 온갖 걱정을 하며 튼튼한 부츠를 준비하고 가방 하나 가득 약이란 약은 다 쓸어 넣고도 아직 준비를 충분히 못했다는 절망스런 기분을 느꼈다.

긴장도 풀고 상황에도 잘 적응하도록 알렉과 그의 아들들은 내게 보고타를 벗어나 구아타비타Guatavita의 전설적인 유적지 엘 도라도를 둘러보면 어떻겠냐고 제안했다. 엘 도라도는 무이스카 인디언의 전설적인 보물을 아직도 품고 있는 짙은 물빛의 둥그런 호수이다. 초기의 정복자들은 황금에 손을 댈 수 없었다. 황금은 손을 뻗칠 수 없는 곳에 있었다. 수십 년 동안 산의 가장자리 한쪽 면을 잘라 호수를 18미터쯤 돋워서 얼마간의 보물을 발견하기는 했었다. 그러나 호수 한가운데는 전혀 손을 타지 않은 채 남아 있었다. 20세기 초에 호수 밑을 파 물을 다 빼내었으나 그 아래쪽이 콘크리트처럼 단단한데다 수문들이 모두 진흙으로 막혀서 다시 호수에 물이 차버렸다. 최근 한 무덤에서 황금 상像들이 들어 있는 배 모형이 발견되었는데, 이제는 그것들을 황금전시박물관에서 볼 수 있다.

구아타비타로 가는 길은 1538년에 거기 가는 것에 비해서는 훨씬 수월해졌으나 여전히 어려움이 있었다. 사륜차로 가는 것이 더 나을 텐데도 콜롬비아 사람들은 20년 된 낡은 팩커드보다 이런 지형에 잘 맞는 차는 없다고 고집스레 믿고 있다. 우리는 보고타를 안전하게 벗어나 보고타의 전력 공급용으로 만든 구아타비타 저수지에 도착했다. 그곳에서부터 화산 호수까지 오르는 가파른 진흙길은 택시가 지나가기에는 힘겨운 곳이었다. 다행히 거기에 승객 네 명이 있어서 운전사만 그 자리에 남고 우리는 함께 엘 도라도를 향해 오르기 시작했다.

부츠 신은 발을 움직여 호수 가장자리를 걷고, 허파를 움직여 희박한 공기를 들이마시며, 머리를 움직여볼 기회를 그래서 가져볼 수 있었다. 이 완벽한 원뿔형 공간의 가장자리를 따라 길이 나 있었다. 마치 보물 사냥꾼이 한 조각을 주의 깊게 잘라낸 거대한 파블로바 케이크의 윗부분을 걷는 것 같았다. 밝은 빛의 풀이 자라고 있었고, 고른 경사면을 따라서는 관목이 자라고 있었다. 그 경사면을 따라 내려가면 한가운데로 둥그런 모양의 검푸른 호수에 다다르게 된다. 사람들이 많이 다녀간 듯이 보이는 그곳은 마치 보고타 사람들의 소풍 명소 같았다. 어떤 종류의 신비스러운 의식이 한때 이곳에서 행해졌거나 말거나 이미 오래 전에 그런 흔적은 사라지고 없었다. 호수를 바라보면서 든 유일한 생각은 내가 볼 수 있는 것이라곤 둥근 형태의 호수뿐이고, 그것이 기하학적으로 너무 완벽해 꼭 인간이 만든 것 같다는 것이었다. 그 호수에 얽힌 전설도 읽어서 알고 있었고 박물관에서 그 모형 배도 보았건만, 여전히 이것들이 무엇인지는 전혀 알 길이 없었다. 아마도 '잃어버린 도시'에 대해서도 마찬가지리라.

코기 족은 엘 도라도와 어느 정도 관계가 있다. 무이스카가 칩챠 Chipcha 사람들에 속하는 것처럼 코기 족의 언어도 그 그룹의 사람들에게 속한다. 잃어버린 수많은 것들에 대해 코기 족이 가장 잘 알고 있다면, 그들이야말로 왜 구아타비타에서 제물을 바쳤는지 가장 잘 알지 않을까 하는 생각이 들었다. 그러나 당시만 해도 그들이 왜 하필 나에게 이에 관해 이야기하기를 원하게 될지에 대해서는 생각조차 할 수 없었다.

이런 마음을 가지고 나와 알렉은 하루 일정으로 '잃어버린 도시'를 찾아 해안가로 날아갔다.

까다로운 행정 절차

'잃어버린 도시'로 가는 데는 꽤 까다로운 행정 절차가 필요했다. 도시가 발견된 직후에 콜롬비아 정부는 쿠즈코Cuzco나 마추 픽추Machu Picchu 같은, 돈 있는 배낭 여행객을 무더기로 끌어들인 페루의 기념비적 도시들이 그랬던 것처럼 이 지역에도 많은 관광객을 끌어들일 수 있

53

겠다는 희망을 가졌다. 산타 마르타나 그 주변 휴양지인 로다데로는 가는 데도 불편하고 거기서 나오기는 더더욱 어려운데도 휴양지로서 각광을 받고 있었다. 공항은 새해 연휴 기간에는 매일 밤 사람들로 붐볐다. 그들이 산 비행기 표는 언제 비행기가 올지 모르는 것이었고, 그들이 예약한 호텔 방은 이미 다른 사람에게 넘어가 있기 일쑤였다. 이런 형편임에도 더 많은 관광객이 오리라는 예상은 언뜻 그럴 듯해 보였다. 왜냐하면 호텔들에서 '잃어버린 도시'로 가는 헬리콥터 운항편이 줄을 이었기 때문이다. 그러나 이 모든 것은 곧 중단되어야만 했다.

복잡하고 까다로운 행정 절차를 생각할 때 '잃어버린 도시'가 조사되었다는 것 자체가 정말이지 놀라운 일이었다. 시에라의 밀림은 이론적으로는, 관할권이 겹치고 뒤얽혀 있는 '인디언 업무국' '국립공원보호국' '인류학 및 고고학연구소'가 서로서로 목을 조르며 주도권을 다투느라 여념이 없는 보고타의 그와 똑같이 복잡한 '밀림'으로부터 통제를 받는다. 그리고 경우에 따라 이들 정부 기관들은 모두 당시 대통령으로부터 모호한 권위를 부여받은 정부 독립 기관 '시에라 네바다 재단'과 보조를 맞추며 일을 해야 한다.

간략하게 말하자면, 도시가 발견된 뒤 처음 얼마간 열정이 살아있는 동안에는 이 모든 기관들이 정말로 협력을 아끼지 않았다. 콜롬비아에서는 인류학과 고고학이 모두 한 주제를 다루는 것으로 인식되었던 탓에, '잃어버린 도시' 발굴에 재정이 쏠리면서 아마존에서 진행되던 인류학 프로젝트들은 취소되고 말았다. 말썽이 나기 시작한 것은 이런 취소된 인류학 프로젝트를 맡고 있던 아마존 인류학자 한 사람이 '인디언 업무국' 운영자로 승진 발령이 되고부터였다. 게다가 '인류학 및 고고학연구소' 소장이 '국립공원보호국' 책임자가 되고 나자 더 자주 말썽을 빚게되었다. 거기에 대통령이 만든 '시에라 네바다 재단'이 그 후임 대통령에게 지원을 받으려 하면서 상황은 더욱 꼬이게 되었다.

'잃어버린 도시'는 접근 불가가 되었다. 그곳에서 더 이상 어떤 고고학자도 일을 할 수 없게 되었다. 그리고 나는 서로 경쟁 관계에 있는 이 모든 관계 기관들을 찾아다니며 그곳에 발을 딛게 해달라고 허락을 구해야 했다.

헬리콥터 여행도 더 이상 제공되지 않았다. 걷는 것은 가능했는데, 산타 마르타에서 32킬로미터를 걷는 데는 약 나흘이 걸리고, 더구나 유적지가 있는 곳은 게릴라가 장악하고 있는 지역이었다. 그렇다고 내가 메델린에 있는 헬리콥터를 한 대 빌려 644킬로미터나 떨어진 해안가로 오게 한다는 것도 실용적인 대안은 못 되었다. 한편 알렉도 필요한 모든 허가를 받아내기 위해 자기 나름으로 협상을 벌였는데, 그 결과 우리는 북쪽으로 가서 헬리콥터를 탈 수 있게 되었다.

카르타헤나와 시에나가 그란데

콜롬비아의 정복자들은 황금을 녹여서 카리브 연안의 카르타헤나 Cartagena로 보냈다. 황금은 그곳에서 다시 스페인으로 보내졌다. 이스패니올라에서 아무것도 발견하지 못한 프랜시스 드레이크가 와서 항구를 차지해 버린 곳이 카르타헤나였다. '잃어버린 도시'로 가기 전 아르마다 Armada 프로젝트에 대한 촬영 계획을 세우기 위해 나 역시 카르타헤나로 가야만 했다.

보고타는 좀 음침하고 무거운 도시이다. 그러나 '코스테뇨스costeños', 곧 콜롬비아 연안의 사람들은 기질면에서 카리브 해에 사는 사람들에 더 가깝다. 보고타의 서늘한 기후에 있다가 갑자기 연안의 계속되는 더위와 소음에 적응하자니 몹시 고통스러웠다. 밤이 되어도 기온은 전혀 내려가지 않았다. 그나마 다행스러운 건 카르타헤나의 옛 스페인 식민지 심장부에 들어선 좁은 거리와 큰 건물, 발코니 들이 그늘을 드리워주었고 또 매우 아름다웠다는 것이다.

드레이크가 도착했을 무렵 카르타헤나는 아직 역사가 얼마 되지 않은 도시였으며, 드레이크를 막아보려는 시도는 맥없이 무너지고 말았다. 훗날 영국 해적들로부터 항구를 보호하기 위해 성벽을 튼튼히 구축했는데 이것은 아직도 건재하다. 그러나 그 당시는 이미 금을 스페인에 다 보내고 난 뒤여서 수출할 수 있는 금이 별로 남아 있지 않았다. 이런 일련의 과정은 금을 강탈해 간 사회에 심각한 타격을 입혔다. 스페인 왕정은 금을 완고한 귀족 사회를 유지하는 데 털어 넣었으나 왕정은 계속 약화되어만 갔다. 수많은 농가가 파멸하고 농업은 파탄이 났다. 신대륙에서 건너간 금괴는 동전으로 만들어졌는데 그들은 이것을 '황금 빗방울'이라고 불렀다. 금이 스페인의 뜨거운 토지에 닿는 순간 북유럽의 은행가들 주머니만 두둑이 불려주는 '빚'의 구름 속으로 증발해 버렸기 때문이다. 금이 유럽의 다른 지역으로 흘러 들어감에 따라 곧 유럽은 거대한 인플레이션에 직면하게 되고, 유럽의 왕국들은 큰 혼란 속에 빠져들었다. 새로운 국제 질서가 형성되면서 스페인은 아주 힘없는 나라로 전락하고 말았다. 카르타헤나는 당시 호화로움을 좇고 부를 지키는 기념비적인 곳이었지만, 오늘날에는 그저 이름뿐인 기념비에 지나지 않는다. 스페인이 그 도시에 부를 남겨두지도 않았을 뿐더러 그 도시를 더 이상 개발할 여지조차 남겨두지 않았기 때문이다.

성곽과 옛 도시를 대충 둘러보기가 바쁘게 우리는 택시를 한 대 세내어 산타 마르타로 뻗은 해안을 따라서 여행을 시작했다. 동이 트자마자 헬리콥터를 만나기로 되어서 우리는 어두컴컴할 때 길을 나섰다. 한때는 길이 좋아 여행하기가 쉬웠다고 했다. 동이 터올 무렵 우리는 시에나가

죽어서 뼈만 남은 수천 그루의 나무들. 이는 시에나가 그란데가 예상 밖의 이해할 수 없는 생태적 재난이 일어난 곳임을 알려준다.

그란데Ciénaga Grande의 호수들을 가로질러 갔다. 호수 주위는 물 위에 받침대를 세우고 지은 어부들의 수상 가옥이 마을을 이루고 있었다. 물과 자욱한 안개가 온통 아침의 빛 속으로 빨려 들어가, 모든 것이 증기 속에서 희뿌옇게 번득이는 단 하나의 공간이 되어버린 듯했다. 하늘과 물은 하나가 되었다. 통나무 카누들은 물에 척 달라붙은 듯 정지한 채로 어렴풋하게 형체만 드러내고 있었고, 그 위에 거의 벌거벗은 모습의 어부들이 보였다. 간혹 한 사람씩 일어나 조그맣고 둥근 그물을 머리 뒤로 젖혔다가 빛 속으로 내던지곤 했다. 그물은 곧 빛 속으로 사라졌다.

이 호수들은 최근까지도 민물의 석호潟湖들이었다. 민물과 바닷물을 가르는 길쭉한 사주沙洲를 따라서 길이 나 있었다. 웬일인지 도로가 석호의 배수 균형을 방해하고 있는 것처럼 보였다. 왜냐하면 바닷물이 석호로 침투하고 있었기 때문이다. 거기에 있던 두터운 숲은 이제는 죽어 사라지고 없다. 우리는 오염된 호수 위로 피어오르는 안개와 뼈만 앙상히 남은 나뭇등걸들의 은빛 정글을 지나 새벽의 창백한 빛 속으로 운전해 갔다. 그것은 섬뜩하고도 혼란스러운 여행이었다. 그리고 그 시간 내내 우리는 우뚝 솟아오른 가파르고 깊은 시에라 산을 향해 차를 몰아가고 있었다.

'잃어버린 도시'를 가다

산타 마르타 공항은 연안에 자리 잡고 있다. 그 공항에는 단 하나의 활주로와 조그만 공항 터미널이 있다. 헬리콥터는 제 시간에 도착했다. 우리는 조종사와 함께 가야 할 길을 의논했다. '잃어버린 도시'가 공항에서 지척에 있기는 했지만, 그곳까지 가는 것은 꽤 까다로운 비행을 요했다. 코카인 재배 지역으로 알려진 곳 상공은 피해 가야 했기 때문이다.

여행은 정말이지 놀라웠다. 시에라 산은 공항 바로 뒤에서부터 시작되었기에 출발한 지 채 몇 분도 안 되어 우리는 이미 울창한 밀림 위를 날고 있었다. 산은 수많은 협곡들로 이루어져 있었다. 날카로운 협곡의 능선들은 갑작스레 솟아올랐다가 곧바로 다음 능선과 계곡을 향해 가파르게 내리벋었다. 낮은 경사면들은 하늘을 향해 한껏 키를 세운 나무들로 빽빽하게 뒤덮여 있었다. 키가 30미터도 넘을 것 같은 훤칠한 나무들이었다.

갑자기 나무가 없는 휑뎅그렁한 공간이 하나 눈에 들어왔다. 그곳에 돌을 쌓아올려 만든 커다란 원반 모양의 단壇들이 가파른 사면을 따라 층을 이루며 웅대한 모습을 드러내고 있었다. 돌들은 풀로 뒤덮여 있었다. 그 단들은 얼핏 평평한 마당처럼 보였다. 그 중 가장 큰 곳은 이 두터운 밀림 한가운데서 자신을 하늘에 온전히 바치는 듯한 모습을 하고 있었는데, 착륙하기에는 딱 좋은 지점이었다. 공중에서 보기에 그것은 놀랍게도 마치 헬리콥터들을 이착륙시키기 위해 '잃어버린 도시'가 일부러 만들어놓은 것처럼 보였다.

헬리콥터가 아래로 더 내려가자 평평하게만 보이던 단들의 복잡한 모습이 세세하게 눈에 들어왔다. 모두가 거대하게 연결되어 있으면서도 서로 층이 져 있었고 그 사이에 계단들이 잘 만들어져 있었다. 어떤 단 한가운데로는 나무로 지은 헛간이 보이기도 했다. 곧 제복 입은 남자 몇 명이 나타났다. 이 유적지를 지키기 위해 파견된 경비대원들이었다.

우리가 땅에 내려설 즈음 경비대원 전원이 모습을 나타냈다. 녹색 옷에 싸구려 가죽 부츠를 신은 남자 셋과 티셔츠를 입은 요리사 한 명. 우리를 보고 그들은 약간 실망한 것 같았다. 우리를 교대 인원으로 착각했던 것이다. 그들은 원래 한 달간 복무하라는 명령을 받고 이곳에 왔으나 벌써 석 달이 지나고 있었다. 이를 미리 알고 있던 알렉이 위로차 럼주를 준비해 왔다.

주변을 안내하던 경비대원들이 내 부츠를 가리키며 한마디씩 던졌다. 나는 그들이 여기 있다는 것이 기뻤지만, 튼튼한 고무와 강철로 만들어진 내 신발 밑창은 기대와는 달리 무척 불편했다. 이 오래된 도시 전체가 고대의 좁고 가파른 계단과 돌길로 연결되어 있었기 때문이다. 깊고 짙은 녹색의 밀림에서 날아온 나뭇잎들이 계속해서 돌 위로 떨어져내려 돌계단은 걷기가 힘들 정도로 미끄러웠다.

능선 위에 세워진 커다란 단들은 분명 종교 의식을 거행하는 건물과 광장의 토대처럼 보였다. 아래쪽의 좀 작은 단들과 돌로 둥글게 쌓아올린 기저부基底部들은 집과 일터 그리고 작은 밭이었을 것이다. 의식을 거행하는 구역의 계단은 넓고 꼼꼼하게 만들어져 있었지만 아래쪽의 것들

'잃어버린 도시'로 가는 주요 도로. 포장된 길들이 서로 연결되어 있는 타이로나 시스템의 한 부분이다. 고고학자들은 이러한 길들이 대략 320킬로미터가 넘게 뻗어 있다고 알고 있다.

'잃어버린 도시'의 거대한 계단식 대지들

고대의 석조물을 덮은 밀림의 초목

은 좁고 모양도 성겼다. 나는 아래위로 게걸음 치듯 움직여야만 했다. 계단들이 내 부츠로 걷기에는 폭이 너무 좁았기 때문이다. 나는 차츰 그 계단들이 맨발에 적당하도록 설계되었다는 것을 알 수 있었다. 계단이 발의 불룩한 부분으로 걸어다니기 편하도록 설계되어 있었던 것이다.

둘러보면 둘러볼수록 이 모든 것이 얼마나 깊은 생각 끝에 만들어진 것인지 알 수 있었다. 집집마다 돌로 된 배수로가 설치되어 있어 자연스레 낮은 지대로 물이 흘러간다. 400년 동안이나 방치되어 왔지만 지금도 배수가 원활히 이루어진다. 단들 위로는 입술 모양의 돌들이 걸쳐져 있는데, 이는 물의 흐름이 아래쪽 벽을 상하지 않도록 하기 위한 것이다.

돌들은 그다지 세련되게 가공되지는 않았지만 회반죽 없이도 약 9미터 높이까지 쌓아올릴 수 있도록 일정한 크기로 재단되어 있었다. 그곳의 분위기는 웅대하면서도 소박했다. 분명하게 알 수 있는 점은 물이 풍부하고 땅이 비옥한 곳에 이 도시가 세워졌다는 것이다. 이 도시는 2년 정도면 어떤 곳이든 금세 숲으로 뒤덮어버리는 밀림 속으로 사라져서는, 400년 동안이나 퍼붓는 비를 맞으며 버티고 있었다. 그것도 언제든 다시 사용할 수 있는 상태로 말이다.

그러나 도대체 이곳은 어떤 곳이었을까? 확실히 이름이라도 있었을까? 스페인 역사 기록에 꽤 많은 타이로나 도시들이 묘사되고 있지만 그 가운데 이 지역에 딱 들어맞는 것은 없는 것 같다. 사람들은 여기에서 어떻게 살았을까? 이 단들 위에 한때 서 있던 건물들은 무슨 용도였을까? 알렉의 얘기대로 그 중 일부는 의식을 거행하는 건물이었을까? 어쩌다가 도시는 멸망하게 되었을까?

고고학은 아무런 해답도 찾아내지 못했다. 그러나 내가 들은 모든 것을 종합해 볼 때 코기 족은 답을 알고 있을 것 같았다. 그들은 고고학을 별로 달갑게 여기지 않았다. 그들은 이곳이 자신들의 성스러운 땅 가운데 하나라고 주장했다. 그들에겐 고고학이나 무덤 도굴이나 별반 다를 게 없었다. 조상 대대로 내려온 땅을 관광객들로 하여금 짓밟게 하는 짓은 저주를 받아 마땅한 일이었다. 그런데 상황이 그들에게 유리하게 돌아갔다. 정치적 분쟁으로 인해 관광 사업과 고고학 조사 연구가 모두 취소된 것이다. 게다가 인디언 업무국의 아마존 인류학자 마르틴 폰 힐데브란트Martin von Hildebrand가 코기 족의 비협조적인 태도를 빌미삼아 시에라에 지원되는 연구비를 아마존으로 돌려야 한다고 주장했다. 코기 족은 그저 가만히 앉아 있으면 되었다.

어쩌면 나는 코기 족과 접촉이 가능할 것 같았다. 경비대원 중 한 명이 유난히 이 유적지에 친밀감을 가지고 있는 것처럼 보였다. 아무것도 할 일이 없던 그 사람은 새들을 관찰하면서 다른 이들보다 훨씬 더 편안하게 밀림 생활에 적응하고 있었다. 우리는 코기 족 이야기를 나눴다. 그 사람은 나에게 호리병박을 선물로 주었다. 그것을 포포로popopo라 부른다는 설명과 함께. 약 15센티미터 정도 크기에 한쪽 끝이 전구처럼 생긴 병이었다. 마치 조그만 베이지색 성기 같아 보였다.

코카 잎을 씹을 때 코기 족은 이 포포로를 사용한다. 바다 조개껍데기를 가루 내 병 안에 붓고, 그 안에 조그만 작대기를 넣어 아래위로 움직인다. 그런 뒤 작대기를 혀로 핥아 침을 바르면 코카를 활성화시킬 수 있는 충분한 석회가 만들어진다. 호리병 입구에 이 작대기를 놓고 닦아내는데 이 과정을 통해 호리병 입구에 석회와 침이 섞여 반죽된 노란색 덩어리가 모자나 바퀴 모양으로 형성된다. 큰 것은 5~8센티미터의 두꺼운 덩어리가 되기도 한다.

코카 잎은 코카인의 원료이지만, 이 잎을 씹을 때는 정제된 가루를 섭취할 때와는 전혀 다른 효과를 낸다. 잎은 쥐똥나무의 잎보다 조금 작고 밝은 색깔이다. 상업화된 마약을 30그램 정도 만들어내는 데는 3킬로그램 이상의 잎이 필요하다. 물론 복잡한 화학적 변화를 거쳐야 한다. 코기 족은 쓴맛이 나는 마른 잎들을 조금씩 계속해서 씹는다. 이런 미세한 양이 아주 느리게 몸속으로 퍼져 들어가면서 코카 잎은 부드러운 자극제이자 약제로서 효능을 발휘하게 된다.

페루의 쿠즈코Cuzco는 높은 고도 때문에 여행객들이 고산병을 호소한다. 그래서 그곳의 시설 좋은 호텔에서는 막 도착한 손님들에게 코카 차를 대접해 안정시킨다고 한다. 잎을 씹게 되면 몸의 감각이 무뎌지고 피곤함과 배고픔도 잊게 된다. 인디언들은 코카 잎의 힘을 빌려 먼 거리를 거뜬히 걸을 수 있고 오랜 시간 일을 하거나 며칠 밤을 자지 않아도 견딜 수 있다. 이런 방식은 적어도 지난 천 년 동안 남미 대륙 전역에서 사용되어 왔다. 코카 잎을 씹거나 코카 차를 마시는 것이 해롭다는 증거는 어디에도 없다.

포포로는 코기 족 사이에서 성인 남자가 되었음을 알리는 상징이다. 여성이나 아이들은 그것을 사용하지 않는다. 내가 받은 포포로는 아무도 사용하지 않은 새것이었다. 곧 성인이 되는 어떤 사람을 위한 것이었다.

나는 그 경비대원에게 스페인 어와 코기 족 언어를 다 할 줄 아는 사람을 아느냐고 물었다. 한 사람이 있는데, 그 사람 이름은 라몬Ramón이라고 했다. 이제 나는 산타 마르타에 있는 '인디언의 집Casa Indigena'으로 가서 그를 찾아야 했다.

돌아갈 시간이 되었다. 이른 아침엔 시에라에서 대개 구름 한 점 보기 힘들지만 오후로 접어들면 구름이 점점 많아져 하늘을 가득 메우는 탓에, 그 자리에 계속 머물고 있을 수가 없었다. 나는 아무도 사용한 적 없는 포포로를 꽉 움켜쥐고 알렉과 함께 헬리콥터에 올랐다.

우리가 다녀온 지 얼마 안 되어, 임무 교대차 간 교체 팀에 의해 그곳에서 시체 세 구가 발견되었다는 소식이 들렸다. 죽은 사람은 경비대원

내가 선물받은 포포로(왼쪽)와 코기 족이 주로 사용하는 포포로

두 명과 요리사였다. 총싸움이 있었던 것으로 보였다. 처음 몇 달 동안에는 경비대원 한 사람이 동료들을 살해하고 달아난 것으로 추정되었으나, 그 경비대원의 시체도 산 아래쪽에서 발견되었다. 현재 떠돌고 있는 소문은 경비대원들이 무덤 도굴꾼들과 맞닥뜨려 싸움을 벌이다 살해당했다는 것이다. 황금, 피, 그리고 죽음에 관한 이야기는 지금도 계속되고 있다. 나의 조그맣고 순결한 포포로 위로 구름 한 점이 흘러간다.

우리가 산타 마르타에 착륙한 것은 정오 무렵이었다. 이제 촬영을 시작하기 전까지 내게 남은 시간은 겨우 반나절뿐이었다.

인 디 언 의 집

'잃어버린 도시'에서 경비대원이 알려준 '인디언의 집'. 나는 이곳이 어떤 곳인지 전혀 알지 못했지만, 다행히도 공항 택시 기사가 그곳으로 가는 길을 안다고 했다. 우리는 해안 도로를 따라 호화로운 호텔을 지나고 시에라 산기슭의 낮은 계곡을 지났다. 산타 마르타가 우리 앞에 펼쳐져 있었다.

두 계곡 사이 쐐기 모양의 평평한 지대에 낮은 건물들이 모여 있었다. 그 한가운데 하얀색 성당이 있었다. 멀리 산업용 부두가 있고, 그보다 가까운 쪽에 일층짜리 판잣집들이 늘어서 있으며, 그 중간에 옛 식민지 시대 도시의 잔재가 남아 있었다.

택시 기사는 순간 길을 잃은 듯하더니 이내 닦다 만 옆길로 쭉 들어가 철사로 높이 울타리를 친 집 앞에 차를 세웠다. 커다란 철제 대문은 잠겨 있었다. 그 안으로 동그란 흰 벽에 원뿔형 석면 지붕을 인 오두막이 몇 채 보이고, 사무실로 보이는 정방형 건물도 한 채 보였다. 인디언 한 명이 사무실에서 나오더니 경계의 눈빛을 하고 우리에게 다가왔다.

키가 약 150센티미터 정도로 보이는 그 사람은 위아래로 다 하얀색 옷을 걸치고 있었다. 느슨한 소매가 달린 흰 면 상의에, 종아리까지 걷어붙인 헐렁한 흰색 바지, 거기에 짚으로 만든 카우보이 모자를 쓰고 있었는데, 그 모자 아래로 검은색 머리카락이 곧게 뻗어내려 어깨까지 늘어져 있었다. 손에 들고 있는 포포로는 오랫동안 사용해서인지 진한 갈색으로 변해 있었다. 그 주둥이에는 약 3센티미터 두께의 덩어리가 져 있었고, 길고 얇은 작대기가 포포로 바깥으로 쑥 튀어나와 있었다. 어깨에는 손으로 짠 가방들을 걸쳤는데, 한쪽 어깨에 한 개, 다른 쪽 어깨에 두 개를 걸치고 있었다. 색깔을 넣은 가방 끈 말고는 모두 흰색이었다. 거기에 검은색 카시오 전자시계를 차고, 꾀죄죄한 검정 가죽 신발을 신고 있었다.

내가 무엇을 원하는지 대충 이해한 택시 기사는 그에게 거만한 말투로 내가 그곳 책임자를 만나러 왔다고 말했다. "여기에는 아무도 없소." 왠

66

지 분위기가 험악해질 것 같았다. 나와 알렉이 바로 대화에 끼어들었다. 그 인디언은 우리를 정면으로 바라보려고 하지 않았다. 나는 우리가 왜 안으로 들어가고 싶어하는지 설명하려 애썼다. 우리는 라몬이라는 남자를 찾고 있었다. "우리는 그링고들이 여기 들어오는 것을 원치 않소."

나는 '그링고gringo'가 북미인을 의미하는 줄 알고 내가 그링고가 아니며 '영국'에서 왔다고 열심히 설명을 했다. 물론 나중에 '그링고'가 유럽인까지도 포함하는 말이라는 것을 알았지만. 그러나 그때는 나의 무지가 오히려 상황을 유리하게 만들어주었다. '영국'이 뭔지 몰랐던 그 인디언은 돌처럼 굳은 얼굴로 우리를 안으로 인도했다.

택시 기사와 알렉은 그곳 직원쯤 되어 보이는 사람이 어디 없는지 찾으려고 애를 썼다. 그러나 나는 그 인디언과 이야기를 하고 싶었다. 알렉의 스페인 어 통역을 통해 나는 우리가 '잃어버린 도시'에서 바로 이리로 오는 길이라고 설명했다. 그가 그곳을 알고 있을까? "알지요. 그곳에 내 경작지가 있소." 이것은 뉴스였다. 그곳이 완전히 버려진 곳이 아니라는 걸 의미하지 않는가? "내 경작지는 거기서 가깝소. 아주 가깝지." 나는 '잃어버린 도시'에 관심이 많은 기록 영화 제작자이고 코기 족과 이야기하고 싶다고 했다. "내가 코기 족이오."

알렉과 택시 기사는 선뜻 믿지 못하는 것 같았다. 나는 내가 갖고 있는 생각과 그곳에 온 이유를 차근차근 설명했다. 그는 코기 족 마마들에게 내 생각이 전해질 수 있을 거라고 생각할까? 그는 고개를 저었다. "코기 족 마마들은 흥미가 없을 거요." "여기에 다른 사람은 없습니까?" "요리사만 한 명 있소." 말을 마치고 그는 가버렸다. 대화를 하는 내내 그는 한 번도 내 얼굴을 바라보지 않았다.

요리사는 사무실 부근에서 나타났다. 나는 다시 내가 왜 거기에 왔는지 설명했다. 공교롭게도 그날은 일요일이었다. "내일 다시 올 수 있습니까?" "아니, 저는 보고타로 바로 떠나야 합니다." "그래, 맞아. 오늘은 일요일이지! 관리 책임자는 아마 집에 있을 겁니다." …… 몇 분 뒤 택시 기사가 주소를 알아냈고, 우리는 몇 블록을 지나 조용한 주거 지역으로 들어갔다. 시에라 네바다 데 산타 마르타, 막달레나, 과지라, 이렇게 세 지방을 담당하는 내무부 소속 인디언 업무국의 책임자는 암파로 히메네스 루께Amparo Jiménez Luque라는 사람이었다. 우리가 도착했을 때 그녀는 부모와 함께 점심을 막 끝내던 참이었다.

나는 아까 그 인디언한테 나쁜 인상을 주지나 않았을까 걱정이 되었다. 알렉은 무사태평이었다. "그 사람은 너무 문명화되어 있어요. 시계와 신발을 보세요. 스페인 어도 아주 잘하고. 신발도 깨끗하고 모자도 세련됐잖아요. 아마 코기 족이 아닐 겁니다. 도시에 사는 인디언일 거예요. 코기 족하고는 아무 관련도 없는." 하지만 시에라 근방에서는 어떤 일도 일어날 수 있을 것만 같았다. 편치 않은 느낌이었다. 항상 주의해야만 했다.

나는 알렉에게 자신의 생각을 덧붙이지 않은 정확한 통역을 주문했고, 택시 기사에게는 이제부터 가만히 있으라고 지시했다. 지금부터 조금이라도 잘못된다면 그것은 전적으로 내 책임임을 나는 알고 있었다.

나를 만나러 나온 여성은 나이가 마흔 살가량 되어 보였다. 긴 얼굴에 진지한 표정을 한, 강하고 단단해 보이는 여성이었다. 내 눈을 똑바로 쳐다보았고 내 말을 열심히 들었다.

하지만 나는 아직 내가 어떤 사람과 이야기하고 있는지 알지 못했다. 콜롬비아에서 만난 강인하고 단호한 사람들 중에서도 암파로는 가장 강인하고 단호한 사람이었다. 1950, 60년대에 성장한 지식인들이 대개 그렇듯 그녀 역시 학창 시절에 정치적으로 급진적이었다. 그때는 라 바이오렌시아La Violencia[7], 곧 정치적 의견이 다르다는 이유만으로 약 25만 명이 죽어간, 자유파와 보수파 사이의 100년 내전이 막바지로 치닫던

잔혹한 시기였다. 약하고 썩어빠진 국가는 국민에게 아무것도 줄 것이 없었다. 가난한 자들에게 경제적으로 아무런 도움도 되어주지 못했다. 경찰도 그들을 공정하고 정의롭게 대우하지 않았다. 카스트로의 출현으로 쿠바 혁명이 성공하는 것을 보면서, 폭력과 불의를 종식하고 가난한 사람들에게 미래를 열어줄 유일한 희망은 혁명뿐인 것처럼 보였다.

암파로는 그러한 희망을 품고 있는 수많은 사람 중 한 사람이었다. 사회 정의에 대한 이상은 아직도 그녀 안에서 강하게 타오르고 있었다. 우연한 기회에 지금의 일자리를 제의받았을 때만 해도 그녀는 인디언에 관해 아는 것이 하나도 없었다. 하지만 그녀는 금세 일을 배웠고, 이 일이 바로 자신을 다 바쳐 할 수 있는 또 바쳐야 하는 사명이라는 걸 알게 되었다.

덕분에 그녀는 많은 적을 만들게 되었다. 단 일주일도 그녀를 제거하려는 사람들의 시도 없이 그냥 지나간 적이 없었다. 그녀에 대한 비난이 정부나 정치적 입장이 다른 당에 보고되지 않은 적도 없었다. 그러나 내가 이 글을 쓰고 있는 지금 이 순간까지도 암파로는 자신의 지위와 자신의 산山을 단단히 움켜잡고 있다. 코기 족은 그녀의 책임이다. 마치 암호랑이가 품안의 새끼를 보호하듯 그들을 위해 싸운다. 직위에 임명되었을 때 그녀는 보고타 정부의 대표로 시에라 산에 올라가 코기 족을 만났다. 그녀는 온 힘을 다해 돕겠다고 그들과 약속했다. 코기 족은 그녀를 보았고, 자신들이 보고 있는 사람을 좋아하게 되었고, 여기 '아우들'의 세계에도 친구가 있을 수 있다는 생각을 갖게 되었다. 암파로는 바깥 세계의 그

7) 스페인 인들이 콜롬비아에 정착하고 난 뒤 자유파(연방주의, 교권 제한)와 보수파(중앙 집권주의, 교권 존중) 사이의 대립으로 인해 제도적 불안이 계속되다가 자유파가 1899년에 내전을 재개, 1902년 11월 31일까지 천일내전이 발발했다. 그후 파나마 상실 등으로 소강 상태에 들어간 자유파와 보수파간 분쟁이 1948년에 재발하여 30만 명 이상이 사망하였다. 이 분쟁은 콜롬비아 역사상 '최대의 내전La Violencia'으로 비화되었다. ─옮긴이

누구도 얻지 못했던 신임을 얻고 있었다. 그리고 암파로는 자신을 고용한 정부를 포함해 코기 족을 해치는 모든 것들과 싸움을 계속하고 있다.

그때 나는 아는 게 아무것도 없었다. 나는 그저 그녀에게 코기 족 마마들이 바깥 세상을 향해 발언하고 싶어할지도 모른다고 말했을 따름이다. 아마도 그들은 이것이 자신들의 영토를 관광지로 만들지 않으면서 '아우들'을 받아들일 수 있는 방법이라고 판단하게 될지도 모른다. 아마도 그들은 바깥 세상으로부터 무언가 필요한 것이 있다고 느낄지도 모른다. 그리고 이것은 의사 소통의 한 가지 방법이 될 수도 있다. 그들은 자신들의 문화와 고고학적 유적지의 의미를 설명할 수 있을 테고, 그것은 조사자들의 끝없는 행렬을 대신할 수도 있을 것이다. '잃어버린 도시'를 관광지로 개발하겠다거나 학문적으로 연구하겠다는 압력이 분명 있으니까 말이다!

코기 족 자신들도 자기들의 날이 얼마 남지 않았음을 알고 있다고 나는 들은 바 있었다. 너무 늦기 전에 자기들이 가지고 있는 지식의 일부를 전해야만 한다고 생각할지도 모른다.

중요한 점은 이번 일이 내가 동참하기는 하되 주체는 그들이 되는 기록 영화라는 것이다. 나는 코기 족에 관한 기록 영화를 만들고 싶은 것이 아니라 코기 족과 함께 그것을 만들고 싶었다. 그들이 전할 내용을 직접 선별하고, 나는 그 내용이 영화화될 수 있도록 도울 것이다. 암파로가 이 제의를 마마들에게 전할 방법을 찾을 수 있을까? 그들이 이 제안을 듣고 나를 초청하지 않는 이상 내가 먼저 그들을 찾고 싶지는 않았다.

암파로의 대답을 듣고 나는 놀라지 않을 수 없었다. 많은 텔레비전 방송국에서—유럽, 북미, 일본으로부터—찾아와 코기 족 관련 기록 영화를 만들고 싶다며 그녀에게 도움을 청했다고 한다. 그녀의 허가 없이는 어떤 카메라도 시에라에 들어갈 수 없었기 때문이다. 하지만 그녀는 그 모든 제의를 거절해 왔다. 바로 오늘까지. 그러나 이번 경우는 달랐다. 처음으로 누군가가 코기 족에게 공동 작업을 제안한 것이다. 코기 족에 대한 기록 영화를 만드는 것이 아니라 그들과 함께 기록 영화를 만든다는 것이다. "멋진 생각이군요." 그녀는 찬성했다. 마마들이 어떻게 나올지는 알 수 없었다. 그러나 어쨌든 물어볼 것이다. 일단 성공이었다!

물론 의사 소통의 문제가 있었다. 그녀는 코기 말을 할 줄 몰랐고, 코기 말을 배운 콜롬비아 인도 전혀 알지 못했다. 그런데 라몬―그의 정확한 이름은 라몬 길Ramón Gil이었다―이 통역을 할 수 있었다. 절묘하게도 라몬은 스페인 말을 유창하게 하는 코기 족이었다. 라몬이 나의 제안서를 통역해서 마마들의 답변을 받아줄 수 있도록 그녀가 도와주기로 했다.

시에라에서의 나의 하루는 무사히 끝이 났다.

라이클-돌마토프 교수

나는 보고타로 돌아갔다. 코기 족 연구가들인 헤랄도 라이클-돌마토프Geraldo Reichel-Dolmatoff 교수 부부를 만나면 코기 족의 사고 체계를 이해하는 데 도움을 받을 수 있을 것 같아서였다. 그러나 그들은 집에 없었고, 나는 그들을 찾으러 다닐 시간이 없었다. 내가 당시 그곳에서 진행하던 프로젝트, 즉 스페인 무적함대에 관한 내용을 카메라에 담기 위해 촬영 팀이 도착한 것이다. 그러나 촬영 허가를 받는 데 조그만 문제가 생겼다. 어찌된 영문인지 콜롬비아의 까다로운 행정 체제가 더욱 혼란스러워진 것 같았다. 그러나 곧 타협점을 찾았다. 그 복잡한 전후 사정을 이해할 수는 없었지만 어쨌든 안으로 들어갈 수 있었다. 황금전시박물관에는 멋진 황금 세공품들이 진열되어 있었다.

이번엔 카르타헤나에서 조사했던 장소 몇 곳을 촬영할 차례였다. 그런데 이번에는 항공사인 아비안카가 파업중이었다. 안데스 산맥까지 1,300킬로미터를 자동차로 이동해야 했다. 처음엔 아주 운이 나쁘다는 생각뿐이었다. 그런데 그 길에서 우연히 라이클-돌마토프 교수 내외를 만날 수 있었다. 그들은 북쪽 도로에서 가까운 빌라 데 레이바Villa de Leyva에 있었다. 보고타에서 160킬로미터 정도 떨어진 곳이었다.

빌라 데 레이바는 공룡 뼈가 많이 발견되어 서구의 방송사 여러 곳에서 취재해 가기도 한 지역이었다. 황량한 불모지인 이곳은 중앙 도로 위쪽 높은 지대에 있었다. 그곳은 한 세트의 무대 장치처럼 보였다. 1572년 비세로이Viceroy[8]를 위한 휴양지로 만들어진 것이라고 하는데, 식민지 시대로부터 남겨진 콜롬비아의 작은 도시 가운데 가장 큰 곳이었다. 새하얀 건물들과 큰 광장이 있는 이 작은 도시는 완벽하게 보존되어 있었다. 광장에서 멀지 않은 곳에 보이는 크고 오래된 단층 건물이 바로 교수가 살고 있는 집이었다.

라이클-돌마토프는 콜롬비아 인류학계에서 독보적인 존재였다. 그는 처음으로 전국을 돌며 현장 조사를 실시해 이 분야의 일인자가 되었다. 날마다 가벼운 흰색 모자에 헐렁한 웃옷을 입고 밀림 속에서 마실 야외용 찻상을 준비하는 그와 그의 아내 알리시아는 그 동안 시에라의 고고학과 시에라 사람들에 대해 연구를 해왔다. 사실 코기 족에 관해 알려진 모든 것이 그들의 연구로부터 나왔다고 해도 지나친 말이 아니었다. 알리시아는 아이들 양육과 남편의 연구를 돕기 위해 몇 년 전에 학자의 길을 포기한 상태였다.

부부는 정중하고 친절하게 우리 일행을 맞았다. 알리시아가 차와 과자를 준비하는 사이 우리는 정원에 둘러앉았다. 내가 무엇을 원하는지, 그

---

8) 왕의 대리로 타국을 통치하는 부왕副王이나 총독, 태수 등을 가리키는 말이다.―옮긴이

알후아코 족

리고 내가 지금껏 무엇을 했는지 라이클 박사에게 설명했다. 그는 별로 감동을 받은 듯한 얼굴이 아니었다. 암파로라는 이름도 들어본 적이 없다고 했다. 박사는 그들이 설령 내가 들어가는 것을 허락한다고 해도 기록 영화를 만드는 것은 불가능하다는 말과 함께 자신도 그곳에서 엄청나게 고생했다는 말을 덧붙였다. 그러나 내가 보기에 그의 주요한 정보원들은 나이 어린 사람들이었고, 그가 코기 족 세계에 완전히 접근하도록 허가받은 것 같지도 않았다. 그럼에도 코기 족이 그가 일할 만한 여건을 만들어주지 않는 통에 몹시 힘들어했다는 얘기를 듣고는 놀랐다.

　"그들은 모든 것을 밤에 한다네. 낮에는 절대로 말을 하지 않아. 낮에는 집 안의 해먹에 누워 있지. 그러다 어두워져서야 이야기를 해. 자네는 그들이 하는 말을 반도 이해할 수 없을 걸세. 그 사람들, 입 안 가득 코카잎을 문 채 주절거리듯 이야기하니까. 그래서 아무도 그들의 언어를 배우지 못해. 그들 중 일부가 스페인 말을 하지만 아주 엉망이야. 나는 해먹에 누운 채 손전등을 비춰가며 이것저것 받아 적었는데, 그들이 무슨 말을 하는지 거의 알아들을 수가 없었어. 그런 상황에서 어떻게 텔레비전 기록 영화를 만들겠나."

라이클 교수는 흰머리에 하얀 콧수염을 기른 키가 크고 건장한 남자였다. 그는 모든 것이 정확했다. 태도가 그랬고, 검은 웃옷이 그랬으며, 신속하고 조리 있고 정확한 영어 표현이 그랬다. 그가 해먹에 누워 기록하고 있는 모습을 상상해 보았다. 알아듣기도 힘든 스페인 말을 귀담아들으면서, 손전등을 입에 문 채 들은 내용을 종이에 받아 적고 있는 그의 모습이 눈에 보이는 듯했다. 아마도 말은 한마디도 할 수 없었으리라. 그다지 행복한 시간은 아니었을 것 같았다.

카메라로 찍을 만한 것은 아무것도 없다고 그는 확신했다. 코기 족은 시각 예술이라곤 갖고 있지 않았다. 그들의 문화는 순전히 지적知的인 것뿐이었다. 라이클 교수는 그들에게 동물 상을 조각하느냐고 물어본 적이 있다고 했다. "아, 물론이오." 그들이 대답했다. "바위를 깎아 만든 거대한 표범 상이 있지." 그는 학문적 열정으로 마음이 들떠 무려 나흘에 걸쳐 험준한 산을 따라 올라갔다. 마침내 거대한 검은 바위 근처에 다다랐다. 그는 주위를 살펴보았다. "표범이 어디에 있습니까?" "여기 있지 않소. 당신한텐 이게 보이지 않소? 당신 눈엔 안 보인단 말이오?" 라이클은 그저 그런 검은 바위 위에 새겨놓은 별로 중요해 보이지 않는 표지를 천천히 바라보았다. "아, 예. 이제 보입니다." 코기 족이 유머 감각이 있었는지 물어볼 것까지도 없었다. 그가 힘겹게 시간을 보내도록 일부러 그렇게 한 것임을 쉽게 짐작할 수 있었다. 라이클 교수가 말하기를, 자신이 접근할 때마다 코기 족 사람들은 이야기를 멈추고 일도 멈추었다고 했다.

74

"왜 자네는 알후아코Arhuaco 족을 촬영하려고 하지 않는가? 훨씬 더 접근하기 쉬운 사람들인데." 그러나 나는 "알후아코 족은 이미 바깥 세계의 영향을 너무 많이 받아 고유한 문화를 잃어버렸지 않습니까?"라고 말했다. 자기들의 문화를 손상시키지 않고 그대로 보존하고 있는 사람들은 코기 족이다. '잃어버린 도시'가 무엇을 의미하는지 우리에게 알려줄 수 있는 사람들도 코기 족이다. "맞아." 그가 동의했다. "허나 자네는 실패할 거야. 그렇긴 하지만 자네가 그렇게 원한다면, 몇 가지 도움이 될 만한 충고를 해주지. 선물을 제대로 가지고 가는 것이 중요해. 바다 조개껍데기를 가지고 가게. 그건 포포로를 위한 거야. 바다와 단절되어 있으니 조개껍데기가 귀하지. 그리고 마음 자세를 가다듬은 뒤 들어가게. 보호나 도움이 필요한 불쌍한 사람들을 만나러 간다고 생각하면 안 돼. 그들이 우리에게 원하는 유일한 것은 의약품과 자신들을 그냥 내버려두는 일뿐이야."

이야기를 나누면서 우리는 처음보다 많이 편해진 느낌이 들었다. 나는 앞으로도 연락을 계속하겠다면서 상황이 좀 진척이 되면 다시 도움을 구하겠다는 말을 남겼다. 라이클을 통해 나는 코기 족이 매우 특별한 사람들이라는 확신을 갖게 되었다. 코기 족은 우리가 배워야 할 많은 것을 갖고 있는 지혜 깊은 사람들이라는 것을 교수 자신도 확신하고 있었다. 그런데 왜 암파로에 대해서는 들어보지 못했을까? 아마도 그녀는 코기 족과 직접 연결되어 있지 않을지도 몰랐다. 나는 런던으로 돌아가서 다른 정보망을 찾아보기로 마음먹었다.

코기 족의 초청

내가 찾은 한 사람은 하비에르 로드리게스Xavier Rodríguez였다. 언어

인류학자로 시에라 산의 코기 족 편에서 일하고 있는 것으로 추측되는 인물이었다. 그는 한때 시에라의 알후아코 족 촌락에서 선교사로 일한 예수회 성직자였다고 한다. 그러나 1973년 알후아코 족은 선교사들을 모두 자신들 땅에서 추방했다. 그들은 장장 400년이라는 세월 동안 선교사들의 말을 들어보고 나서, 선교사들이 전한 정보가 잘못되었으며 그들에게 나가달라고 요청해야 한다는 결론에 이르렀다. 하비에르는 성직자로서 자신의 입장보다 알후아코 족의 입장을 더 중요시했다. 그는 성직을 포기하고 알후아코 족의 땅에 머물렀다. 나에게는 코기 말을 할 수 있는 누군가가 필요했으므로, 만약 그가 아직까지 정말로 알후아코 족 사이에서 일을 하고 있다면 그야말로 내가 찾던 바로 그 사람일 터였다.

나는 또 런던에서 기록 영화 제작자인 콜롬비아 사람 패트리시아 카스타뇨Patricia Castaño를 만날 수 있었다. 그녀는 한때 건축가였다가 탐험가가 된 베르나르도 발데라마Bernardo Valderrama를 소개해 주었다. 발데라마는 시에라를 누구보다도 잘 알고 있었다. '잃어버린 도시'를 최초로 조사한 고고학 조사팀 일원이기도 했던 그는 아무도 본 적 없는 그곳의 도시들까지 잘 알고 있었다. 로드리게스와 발데라마 둘 다 기꺼이 도와주기로 약속했다.

나는 마마들에게 가져갈 편지와 내 사진을 이 두 사람 편에 보냈다. 마마들은 어떤 사안에 대해 조상들에게 자문을 구할 때, 즉 점을 칠 때 사진을 이용한다고 들었기 때문이다. 그리고 바로 그때 암파로의 전갈을 받았다. "마마들과 이야기했습니다. 그들은 당신과 이야기할 준비가 되었다고 합니다. 그러니 꼭 오셔야 합니다."

세계의 심장을 향해 출발하다

정확히 일 년 뒤 나는 콜롬비아를 다시 찾았다. 스페인 사람들이 했던 것처럼 나도 다시 한 번 이스파니올라에서부터 여행을 시작했다. 그러나 이번에는 섬의 반대편 끝에 위치한 아이티에서 출발했다. 일 년 전에는 황금의 길을 따라갔고, 이번에는 정신의 세계를 찾아 떠나는 것이다.

이스파니올라에서 황금을 발견한 스페인 사람들은 그것을 모조리 빼앗아간 뒤 토착민들을 죽였다. 비옥한 농경지를 발견한 프랑스 사람들은 그곳에 대농장을 건설하고 그곳에서 일할 노예들을 아프리카에서 배로 실어왔다. 200년 전 세계에서 가장 큰 수익을 창출했던 대규모 노예 농장은 모두 아이티에 있었다. 그 당시 세계를 통틀어 가장 부유한 식민지가 바로 아이티였다. 심지어는 인도보다도 더 부유했다. 프랑스 전역에 필요한 설탕과 커피를 모두 충당할 정도로 생산력이 풍부한 곳이었다.

유럽 사람들은 문명화된 사람들이었다. 기독교인이었던 스페인 사람들은 자신들이 살해한 사람들에게 구원의 메시지를 전했다. 계몽 철학자들이었던 프랑스 사람들은 자신들이 노예로 삼은 사람들에게 자유의 메시지를 전했다. 나는 프랑스 혁명 200주년 기념일을 맞아 그러한 메시지의 의미를 탐구하고자 아이티를 찾았다.

로베스피에르가 권력을 잡으면서 파리의 자코뱅파와 지방의 '온건' 혁명주의자들이 전쟁을 벌인 '공포 시대'에 이르도록 프랑스 정부는 노예 제도를 폐지하지 않고 있었다. 그러나 이미 노예들은 스스로 족쇄를 부수고 있었다.

아이티는 대규모 노예 반란으로 세워진 나라다. 프랑스 내부 상황과는 달리 구체제의 군대가 아이티 사람들을 다시 굴복시키지 못한 것이다. 나폴레옹은 아이티를 침략하여 노예 제도를 다시 확립하려고 시도했지만 실패했다. 그의 군대가 맞닥뜨린 것은 새로운 종교로 뭉친 사람들이었다. 그 종교는 아이티 혁명의 불길 속에서 더욱 단단해졌다. 그것은 아프리카 종족이 가져온 의식儀式과 프랑스의 정치 논리라는 두 개의 전혀 다른 세계가 혼합되어 생겨난 종교였다. 이상한 결합이었지만 아무도 파괴하지 못하는 결속력을 보여줌으로써 그 존재를 증명하게 되었다. 사람들은 이 종교를 '부두교Voodoo'라고 불렀다. 나는 프랑스의 '공포 시대' 당시의 격렬했던 실상을 아이티 부두교를 통해 조명해 보고 싶었다.

이른 저녁, 촛불 밝힌 테이블마다 둥글게 몰려 있는 사람들의 물결, 더러운 길, 허물어져가는 건물들이 즐비한 거대한 빈민굴을 지나 우리는 포트 오 프린스Port-au-Prince에 도착했다. 제대로 된 가게라곤 없고, 오직 노점과 간이매점만 보였다. 운전사는 지난 몇 주 사이에 도시가 많이 안정된 거라고 귀띔해 주었다. 그러나 그것은 '총격이 많지 않았다'는 의미일 뿐이고, 사람들은 그 다음 폭력 사태가 언제 일어날지 조심스럽게 기다리고 있었다.

우리는 스플렌디드 호텔에 머물기로 했다. 현관이 기둥으로 받쳐져 있는 작은 궁전 같은 곳으로 큰 식당이 딸려 있었으며 계단은 모두 말끔하게 청소가 되어 있었다. 당시는 카리브 해 전역이 관광 산업이 절정에 이른 때였다. 그러나 이상하게도 방문객은 우리뿐이었다.

호텔은 독일 사람의 소유였다. 주인은 1940년에 섬으로 온 사람으로 그 지역의 그림을 수집한다고 했다. 활기 넘치고, 다채롭고, 종종 원시적인 모습을 보이기도 하며, 열대의 밀림이 우거져 수많은 동물이 살고 있는 아이티는 오직 기억 속에만 존재한다. 사람들은 깨끗한 물과 전기를 공급받지 못하고 있었다. 현재 아이티는 서반구에서 가장 가난한 나라인데, 빈곤함은 갈수록 더 심해지고 있다. 그것은 아이티가 완전히 서구화된 덕분이다. 네덜란드보다도 인구 밀도가 높은데, 그 인구가 산언덕의 숲을 모두 파괴하여 경작지를 만들고 있었다. 그럼에도 농사로 자신들이 먹고살 수 있으리라는 희망은 거의 가지고 있지 않았다. 다만 판잣집과 약간의 쌀 그리고 하수구에서 흘러나오는 물이라도 얻으려는 마음으로 포트 오 프린스로 몰려들고 있었다.

정치적 불안정과 에이즈로 인해 아이티의 마지막 수입원인 관광 산업마저 심각한 타격을 입고 있었다. 북쪽 연안의 휴양 시설 메디테라니 클럽은 문을 닫은 지 오래였다. 아이티에 머무르는 동안 우리 말고 다른 방문객은 단 한 명도 찾을 수 없었다.

'파파 독Papa Doc'이라고 불렸던 프랑수아 뒤발리에François Duvalier라는 무자비한 인물이 아이티를 오랫동안 통치했었다. 그 자는 늘 검은색 옷을 입고 검은색 중절모자를 쓰고 다녔으며 속까지 시커먼 흑인이었다. '파파 독'은 부두교의 어두운 측면을 왜곡해서 독재 정치에 이용하였다. 그는 자신을 일컬어 '바론 사메디Baron Samedi', 곧 죽음의 사자라고 불렀다. 그리고 '통통 마쿠트Ton-Ton Macoutes'라는, 암살을 목적으로 한 자신의 군대가 좀비들, 곧 바론 사메디의 통제 아래 무덤에서 되살아난 시체들이라고 꾸며댄 이야기를 퍼뜨렸다.

파파 독이 세상을 뜨자 그의 아들 '베이비 독Baby Doc'이 자리를 이어

받았으나, 아버지와 같은 위협적인 카리스마가 없어 군부에 의해 밀려났다. 자유인으로서의 역사를 자랑스럽게 생각하는 아이티 사람들은 민주 정치의 기회가 온 것을 열렬하게 환영했다. 그러나 내가 산토 도밍고에 머무는 동안 열리기로 되어 있던 선거는 무산되었고, 프로스페르 아브릴 Prosper Avril 장군이 군부를 끌어들여 권력을 장악하려는 움직임을 보이고 있었다.

군대는 분열되어 있었고, 가끔씩 부대끼리 충돌을 빚기도 했다. 한편 시민들은 뿔뿔이 흩어진 통통 마쿠트 단원들을 찾아내, 파라핀 덩어리와 성냥 한 상자를 가지고서 이들 몸 안에 붙어 있던 혼령이 정말로 빠져나가는지, 그리고 나면 몸이 다시 원래의 시체 상태로 돌아가는지 증명해 보려고 했다.

아이티는 코기 족을 만나기 위한 여정의 출발지로서 이상적인 곳이었다. 이 두 세계는 서로 극단적인 차이를 보였다. 한때는 부유하였으나 지금은 더없이 비참한 지역이 된 아이티는 유럽 식민주의의 절대적인 실패를 대변하고 있었다. 더욱이 콜럼버스가 처음으로 스페인 식민지를 건설한 신세계가 바로 이곳이기에, 아이티는 또한 코기 족 역사의 일부분이기도 했다.

콜럼버스는 시에라로 가지 않았다. 그러나 코기 족에게 정복자는 누구나 다 콜럼버스였다. 그들에게 콜럼버스는 단순히 한 남자의 이름이 아니었다. 그것은 시저Caesar처럼 하나의 역할을 의미했다. 콜럼버스로 인해서 성직자들과 황금의 열병을 앓는 사람들을 태운 배가 신대륙으로 건너오기 시작했다.

클럽 메디테라니가 망해 황폐해진 지역 가까이에 캡 아이티Cap Haiti라는 곳이 있다. 몇 년 전 고고학자들은 이곳이 콜럼버스가 처음 착륙한 지점이라는 사실을 알아냈다. 당시의 찬란한 유적을 플로리다에서 온 북미인들이 발굴했다고 한다. 그리고 얼마 안 되어 이곳에 프랑스 대통령이 공식 방문하기로 예정이 되었다.

베이비 독은 이 지역 지사에게 프랑스 대통령의 공식 방문을 맞아 이 지역을 깨끗이 청소하고 정돈하라고 명령했고, 이 명령은 즉각 실행되었다. 마침내 베이비 독과 프랑스 대통령을 태운 헬리콥터가 도착했다. 이들이 착륙한 지역은 아스팔트로 넓게 포장이 되어 있었다. 불도저로 평평하게 밀어낸 뒤 그 위에 아스팔트를 덮은 것이었다. 정말이지 말끔하게 정돈이 된 것이다. 이 소식이 플로리다에 전해졌을 때, 그 프로젝트를 책임지고 있던 고고학자는 2주 동안이나 말을 할 수 없을 정도로 큰 충격을 받았다.

노예 제도에 저항한 아이티의 혁명은 보아 카이만Bois Caiman, 즉 '악어의 숲'이라는 부두교 의식과 함께 시작되었다. 나는 그 의식의 잔재를 찾아보기로 했다. 여행을 준비하면서 나는 먼저 파리에 사는 아이티 이민자들을 찾아갔다. 그들은 친절하게 나를 도와주었을 뿐 아니라 그 종교 의식에 관해서도 얘기를 들려주었다. 그들은 부두교가 단지 빈곤층을 위한 종교 이상의 의미를 가진 것이라며, 그것이 바로 아이티 문화의 중심임을 이해해야 한다고 했다. 그 당시엔 이해하기가 어려웠지만, 그들의 이야기를 통해 나는 아프리카와 아메리카가 공유해 온 지식, 즉 세계는 정신으로 이루어진 한 몸이라는 사실을 비로소 깨닫기 시작하였다.

부두교

우리는 요란하게 칠을 한 버스들로 혼잡을 이루는 도시를 지나고, 길가 도랑물에 빨래하고 목욕하는 사람들이 줄줄이 늘어서 있는, 이제는 사라지고 없는 관목 숲 같은 농장 지대를 지나서, 이윽고 단층짜리 집들이 모여 있는 마을로 차를 몰고 들어갔다. 마을의 한가운데에 사원이 있었다. 제단들을 모셔놓은 길쭉하고 나지막한 건물이었다. 한쪽 끝으로 이 건물과 직각을 이루며 마루가 나 있었다. 외부로 트인 한 평 남짓한 공간의 베란다였다.

베란다의 북쪽과 남쪽에 낮은 벽들이 있고 그 위로 평평한 지붕이 얹혀 있었다. 동쪽과 서쪽 벽들도 지붕으로 이어졌는데, 서쪽 벽에는 예수가 십자가에 못 박혀 고통받는 골고다의 장면이 그려져 있었다. 지붕에는 대략 15센티미터 정도 길이로 밝게 색칠을 해서 만든 종이 리본 수천 개가 매달려 있었다. 마루 한가운데엔 작고 네모난 녹색 주춧대가 붉은색 기둥을 받치고 있었다.

작고 마른 중년의 남자가 빛바랜 셔츠에 남루한 정장 모습으로 서 있었다. 그곳의 사제였다. 그는 내가 밤의 축제를 촬영할 거라고 하자 무척 기뻐하는 것 같았다. 밤이 되자 사원 앞 정원에 거대한 모닥불이 지펴졌다. 황소 가죽 채찍을 든 건장한 남자들이 그 불을 에워싼 채로 파라핀 기름을 부으며 채찍을 휘둘러 악령을 쫓기 시작했다. 땀에 젖은 검은 피부가 불빛에 반사되어 번쩍거렸다.

마룻바닥에는 색색의 모래로 정교한 그림이 그려졌다. 힘찬 북소리가 끊임없이 울리는 동안 여러 형태의 이미지들이 베란다를 채우기 시작했다. 그것은 정신 세계로 들어가는 문이었다. 자물쇠와 열쇠를 가진 우아한 문. 아프리카에서 끌려온 노예들과 조상의 혼령들, 그리고 그곳의 혼령들이 춤에 참가하기 위해 그 문으로 들어오게 된다.

그것은 여러 시간이 걸리는 힘든 과정이었다. 그 의식이 끝나자 사람들은 양탄자를 바닥에 깔았다. 마침내 춤을 출 수 있는 무대가 준비되었다.

이제 사제와 복사들, 그리고 수를 해 넣은 푸른 치마와 붉은 머릿수건을 쓴 여자들의 행렬이 사원 쪽에서 나타났다. 사제는 초가 타고 있는 거대한 십자가를 들고 있었고, 그 양쪽으로 신들의 상징을 다채롭게 장식한 깃발을 든 기수들이 따라 나왔다. 노예의 자손임을 대표하는 여자들은 머리에 옥수수 자루를 이고 있었다. 그들은 맨발로 북의 강렬한 리듬에 맞추어 불 주변에서 앞뒤로 몸을 흔들었다. 어느새 200~300명가량이나 되는 마을 사람이 모여들었다. 럼주가 돌 무렵 사람들은 의식에 완전히 빠져들었다. 밤은 뜨거웠고, 불길은 세차게 치솟았다. 몇 시간째 멈추지 않고 들리는 북소리는 사람들의 뼛속에 최면을 불어넣고 있었다.

행렬은 무대 위로 자리를 옮겼다. 모두가 춤을 추었고, 사제는 중앙 기둥 옆에 서서 한입 가득 럼주와 약초를 머금고는 춤추는 사람들에게 뿜어댔다. 춤이 계속되는 동안 마루 끝에서는 사람들이 통에 옥수수 낱알을 쏟아 붓고, 다른 한 무리 사람들은 거대한 절굿공이로 그것을 찧어대었다. 그들이 추는 춤은 발에 족쇄가 채워진 상태로 추는 것 같은 어딘지 거북한 느낌을 주는 춤이었다.

밤이 깊어감에 따라 춤도 점점 변해 갔다. 보이지 않는 족쇄들이 끊어지고 춤추는 사람들은 해방되었다. 춤은 억압에서 자유로 나아갔다. 복사들의 몸은 이제 영혼들에게 맡겨지고 그 영혼들까지 춤에 합류하기 시작했다. 이들 중 일부는 제단의 병 속에 봉인되어 있던 영혼들이었다. 복사들은 죽을 때 자신들의 영혼이 코카콜라 병이나 럼주 병 속에 넣어져서 사제들의 보호를 받게 된다고 믿고 있었다.

부두교에는 신성하다든지 세속적이라든지 하는 개념이 없다. 성스러움에 대한 인식도 없다. 부두교의 제단은 아주 기괴한 모습을 하고 있다. 제단 위에는 해골이 병뚜껑, 플라스틱 인형, 화려하게 색칠한 아기용 자전거, 상표, 하찮은 장신구 들에 둘러싸여 있다. 이것을 보면서 나는 모든 삶과 죽음이 궁극적 실재인 정신 세계의 망, 그 이음매 없이 하나로 연결되어 있는 망 안에서 함께 어우러진 것으로 이해되고 있구나 하는 생각이 들었다. 일상적인 삶에서 우리는 이러한 망으로부터 떨어져 있다. 그러나 북소리, 춤, 술, 염불을 통해 도달한 무아지경 상태에서는 사람들이 실재의 세계에 다시 들어설 수 있다.

인간의 지성에는 관심 없고 다만 육체에만 관심하면서 그 본능적인 에너지를 끌어오는 이 의식과 함께 밤은 점점 더 깊어갔다. 내가 그곳을 나올 즈음에는 사제는 이미 사라지고 없다 해도 과언이 아니었다. 그의 몸은 강한 영혼에 점령되어 눈도 제대로 뜨지 못했고 머리도 축 늘어져 있었다. 그러나 사원에 기부한 나의 돈을 받을 정도의 힘은 있었고, 내가 반드시 되돌아온다는 것을 예언할 정도는 되었다. 나는 그가 한 말이 맞기를 바랐다.

고나빈두아 타이로나

촬영 팀과 작별을 하고 북소리가 아직도 머릿속에서 울리는 가운데 나는 보고타로 날아갔다. 그리고 그곳에 도착하자마자 쓰러져버렸다. 높은 고도, 파나마 비행기 안에서 먹은 끔찍한 음식, 문화적인 충격이 내 위장을 뒤집어버린 것이었다. 찰스턴 호텔의 시원한 침대에 스물 네 시간 꼬박 누워 있은 다음에야 나는 몸을 추스를 수 있었다.

알렉이 어려움을 겪으면서도 헬리콥터를 계약해 준 덕분에 나는 마침내 산타 마르타로 날아갈 수 있었다. 이번엔 인류학자 펠리시티 녹 Felicity Nock이 나와 동행했다. 녹은 전에는 안데스 지역 토착민들의 직물을 연구했고, 지금은 BBC에서 인류학과 관련된 프로그램을 만들고 있었다. 그녀는 나의 스페인 어 통역사에 인류학 분야의 조언자 역할까지 맡았다.

코기 족들 사이에서 무언가 이상한 일이 일어나고 있는 것 같았다. 시에라의 각기 다른 지역으로 가 코기 족과 접촉했던 암파로, 하비에르 로드리게스, 베르나르도 발데라마가 모두 같은 답을 가지고 돌아왔다. 코기 족이 나를 초청한다는 것이었다. 나는 코기 족 사회가 조각조각 나뉘어 있어서 마을마다 다른 반응을 보일 것이라고 생각하고 있었는데, 이번에는 공통의 목적이 있는 것으로 보였다.

나는 조금씩 이야기의 조각들을 맞춰나갔다. 분명히 마마들은 지구의 생존을 위협할 정도의 중대한 위기가 다가오고 있다고 판단하는 것 같았다. 그들은 '아우들'에게 그 사실을 전해 주기로 결정했고, 그래서 그 방법을 찾던 바로 그 순간에, 다행스럽게도 내 전갈이 그들에게 도착한 것이었다.

나는 이제 세 지역을 모두 찾아가 그 가운데 어느 곳이 실제로 나와 함께 일할 수 있을지 알아봐야 했다. 첫 번째로 찾아갈 곳은 암파로가 방문한 지역이었다. 펠리시티와 나는 그들과 만나 어떻게 해야 할지 알아볼 심산으로 먼저 '인디언의 집'을 찾았다.

우리는 작은 규모의 위원회를 만났다. 암파로와 두 명의 인디언, 두 명의 사마리오(산타 마르타 사람)였다. 나는 그 가운데 인디언 한 명을 대번에 알아볼 수 있었다. 그는 일 년 전 의심에 가득 찬 눈으로 나를 대했던 바로 그 남자였다. 나는 비로소 라몬 길과 정식으로 인사를 나누었다. 나머지 인디언 한 명은 아달베르토Adalberto라고 했다.

펠리시티는 내게 가난과 착취로 인해 토착민들이 나이가 많이 들어 보이거나 질병을 앓고 있는 것을 보더라도 눈에 띄게 반응하지 말라고 경고했다. 그래서 마음의 준비를 하고 갔는데 내 앞에 있는 두 인디언은 나보다 훨씬 건강 상태가 좋아 보였다. 일 년 전에 입고 있던 옷과 똑같은 옷을 입은 라몬은 몸이 유연하고 민첩했다. 아달베르토는 키가 크고 근육질인데다 혈색도 좋았다. 그는 고대 로마 사람이 입던 토가toga 모양의 하얀 겉옷을 걸치고 있었는데, 흰 천 위로 붉은색 줄무늬가 가늘게 직조되어 있었다. 라몬이 입은 것과 비슷한 면바지 위로는 수제 허리띠를 매고 있었다. 끝이 납작한 원뿔 모양으로 꼭 헬멧처럼 생긴 하얀 면 모자 밑으로 검고 곱슬거리는 머리가 흘러 내려와 있었다. 새하얀 모자, 멋진 검은 머리카락, 그리고 거무접접 빛나는 얼굴이 한 폭의 인상적인 그림 같았다.

아달베르토는 알후아코 족이었다. 그 역시 포포로를 가지고 있었다. 시에라의 세 부족 아사리오, 알후아코와 코기는 같은 문화를 공유하고 있었다. 그러나 아달베르토는 코기 말을 할 줄 몰랐으며, 생김새도 행동도 마치 검은 피부를 가진 유럽 사람 같아 보였다.

어색한 분위기가 흐르고 긴장감이 돌았다. 인디언 두 사람은 내 얼굴을 쳐다보지 않았다. 거기 있던 나머지 두 사람은 '인디언의 집'에서 일하는 건장한 코스테뇨costeño(연안가에 살고 있는 사람들)인 카를로스 Carlos와 그의 아내 마르가리타Margarita였다. 마르가리타는 아달베르토의 누이로 블라우스에 치마를 받쳐 입고 운동화처럼 생긴 신을 신고 있었다. 카를로스는 산타 마르타 바로 뒤쪽 시에라 산 언덕배기에 있는 민카Minca라는 마을에서 자랐다. 그러나 많은 코스테뇨처럼 그 또한 어른이 되도록 산에 인디언들이 살고 있다는 것을 알지 못했다. 그는 원래 '인디언의 집'이 뭘 하는 곳인지도 모르는 상태로 이곳에 일을 하러 왔다. 알후아코 족 마마의 딸로 시에라를 떠나 산타 마르타에 완전히 동화되어 자란 마르가리타 역시 '인디언의 집'에 그저 심부름직이라도 얻어볼까 하는 마음으로 왔을 뿐이었다. 그러나 이제 그녀는 자신의 뿌리로 되돌아가고 있었다. 한편 카를로스는 인디언들에 대해 알게 되면서 이들에게 점점 매혹되기 시작했다. 그들은 보기 좋은 한 쌍이었고, 코기 족 편에서 그들을 보호하는 데 앞장서고 있었다. 그들은 내게 아주 미심쩍

86

은 눈초리를 던지고 있었다.

나는 촬영 계획을 갖고 여기 온 게 아니라고 설명했다. 단지 기록 영화를 만드는 데 마마들이 나와 함께 일하기를 원하는지, 그리고 그들이 '아우들'에게 이런 방식으로 의사 전달을 하고 싶은지만 물어볼 참이었다. 나는 자문을 구하고 의견을 들으려는 것일 뿐, 나를 원하지 않는 사람들에게 나를 받아들이라고 강요할 생각이 없었다. 분위기는 차츰 편안해졌고, 나는 그 동안 무슨 일이 있었는지 조금씩 알게 되었다. 라몬은 '고나빈두아 타이로나Gonavindua Tairona'라고 불리는 조직의 '카빌도 고베르나도르Cabildo Gobernadór'(행정 의원)였다. 고나빈두아 타이로나는 마마들이 바깥 세계와 의사 소통을 원할 때 사용되는 통로로서 합법적인 조직이었다. 알후아코 족은 이미 그런 조직을 만들어 콜롬비아에 자신들의 정치적 존재를 효과적으로 알리고 있었다. 이것이 바로 선교사들을 몰아낼 수 있었던 힘이고, 여러 가지 프로젝트를 위한 재정 지원을 받는 데 성공할 수 있었던 열쇠였다.

바깥 세상과 거의 관계를 맺지 않고 있던 코기 족은 자신들의 편에서 이런 것을 조직해 줄 전문가를 찾아야 했다. 그리하여 마마들은 알후아코 족 조직에서 일해 온 아달베르토를 찾아냈고, 이어 라몬도 찾아냈다.

라몬은 완전한 코기 족은 아니었다. 어머니는 코기 족이었으나 아버지는 아사리오 족의 마마였다. 할아버지 역시 마찬가지였다. 그는 산타 마르타와 긴밀히 연결된 사회에서 아사리오 족으로 자란 탓에 아사리오 어를 유창하게 구사할 수 있었고 스페인 어도 조금 할 수 있었다. 코기 어는 어머니한테서 배웠다. 라몬은 무엇이든 빨리 배우는 사람이었고 뛰어난 언어학자였다. 그는 정치적 활동가로도 명성을 얻고 있었는데, 시에라에 소작농들이 침입해 와 땅을 뺏으려 할 때 이를 물리치는 데 지도적 역할을 한 덕분이었다. 이 일로 해서 그는 주변에 많은 적을 만들기도 했

라몬 길

다. 정착민(소작농)들은 그와 그의 동생을 죽이려 했다. 한편 동생은 정
반대의 정치적 행보를 택했다. 그는 게릴라 부대의 단원이 되었고, 결국
형과 목숨을 겨루는 적이 되어버렸다. 콜롬비아에서는 어떤 식으로든 공
적인 목소리를 내면 그것이 곧 적을 만드는 일이 되곤 했다. 라몬은 자신
이 큰 사안에 연루되어 있다는 사실, 심지어는 그에 따르는 위험까지도
즐기고 있었다.

  코기 족 마마들은 바깥 세계를 향해 발언하기로 결정하자마자 가장 중
요한 인물로 라몬을 선택했다. 그는 부름을 받았고, 할아버지에게는 있
었으나 아버지에게는 전수되지 않은, 위대하고도 비범한 능력들을 배우
게 되었다. 그러나 그 전에 엄격한 준비 과정을 거쳐야 했다. 자신에게
맡겨진 위대한 일을 위해서였다.

  14개월 동안 라몬은 철저한 영적 훈련을 받았다. 아내와 떨어져 지내

야 했으며 어떠한 성적 접촉도 금지되었다. 이는 상당히 고통스러운 것이었다. 코기 족 문화에 관한 초고속 학습 과정도 밟았다. 문화의 통역사로서 특수한 임무를 수행하기 위함이었다. 코기 족의 문화가 은유하는 바를 '아우들'이 알아들을 수 있도록 설명하려면 그 자신이 코기 족의 지혜를 충분히 이해해야 했다. 마마들은 또한 그를 산타 마르타로 보내 스페인 어를 유창하게 구사할 수 있도록 훈련시켰다.

"당신은 자연의 법칙Law of the Mother이 뭐냐고 물었소." 한참 생각한 뒤에 그가 말을 꺼냈다. "내가 어떻게 설명하면 좋겠소? 브레이크를 생각해 보시오. 그것이 자연의 법칙이오. 당신의 입에, 당신의 마음에, 당신의 성욕에 브레이크를 거시오. 그렇게 하면 기름도 절약할 것이고, 차도 오래 달릴 수 있을 것이오." 나는 라몬에게 감사해야 할 이유를 하나씩 찾아가기 시작했다. 왜냐하면 그는 전혀 다른 두 정신 세계 사이에 개념적인 다리를 놓을 수 있는 유일한 사람이기 때문이었다.

나는 내가 세상을 이해하는 방식과 코기 족이 세상을 이해하는 방식에 현격한 차이가 있다는 걸 절실히 깨달았고, 그 점은 지금도 마찬가지다. 라몬이 전수받은 신비스러운 힘들은 우리 세계에서는 상식적으로 전혀 이해할 수 없는 것들이었다. 산을 여는 힘이라든지 공중 부양의 힘이라든지 하는 것들 말이다. 어쩐지 이런 것들은 마법사, 치료사, 그리고 샤먼이 존재하던 훨씬 '원시적인' 사회에 더 어울리는 것 같았다. 그러나 코기 족은 아주 복잡하고 정교한 내면을 가진 사람들이다. 그들은 세계를 지탱하는 것이 마음의 힘과 지성intelligent spirit이라고 믿는다. 라몬에게 전수된 선물들도 속임수나 망상이라고 여기지 않는다. 그것들은 의미가 있다. 그러나 그 의미는 '아우'의 마음에는 간단히 떠올려지는 것도 아니었고, '아우'가 쉽사리 "내게 보여주시오!"라고 말할 수 있는 것도 아니었다.

그들은 나에게 아주 열심히 고나빈두아 타이로나에 관해 가르쳐주었다. 내가 이 조직체를 통해서 일을 해야 하기 때문이었다. 베르나르도나 하비에르를 통해 코기 족 사회와 각각 연결을 맺는 것은 코기 족에게는 위험한 일이었다. 그렇게 되면 내가 서로 떨어져 있는 코기 족 사회들을 따로따로 상대해야 하는데, 나라고 하는 존재가 코기 족 세계를 분열시키는 원인이 될 수도 있었다. 그들의 관점에서 보자면 바깥 세계와 접촉을 하면서도 자신들의 문화를 유지할 수 있는 유일한 길은 마마들이 통제하는 단 하나의 통로를 이용하는 것이었다.

나는 고나빈두아 타이로나를 통해 일하는 것—내가 정확히 원하던 바였다—에 내가 매우 만족스러워한다는 점을 확신시켜 주었다. 하지만 하비에르와 베르나르도가 연결해 준 지역들도 찾아가 보기로 했다. 나는 라몬이 함께 가주기를 원했다.

그렇게 해서 암파로가 주선한 마마들과의 모임에 나도 참석한다는 데 모두가 동의했다.

푸에블로 비에호

암파로, 라몬, 아달베르토, 펠리시티 그리고 나 이렇게 다섯 명이 목적지를 향해 출발했다. 헬리콥터가 코카인 재배 지역 상공을 피해서 주의 깊게 날았다. 라몬은 가는 길에 자기가 살았던 곳을 가리켰다. 짚을 얹은 둥근 오두막 두 채가 보였다.

우리가 착륙한 푸에블로 비에호Pueblo Viejo는 예상했던 것과 달랐다. 촌락은 해발 900여 미터에 위치하고 있었다. 밀림은 나무가 우거진 탁 트인 초지와 연결되었고, 연안의 덥고 습한 공기가 그곳을 지나오면서 시원하고 쾌적하게 바뀌었다. 이곳은 '잃어버린 도시'와는 매우 달랐다.

아침 해는 따뜻하고 하늘은 쾌청했다. 촌락 주위로 작은 봉우리와 능선이 다채로이 솟아 있는 산은 그림처럼 매혹적이었다. 헬리콥터에서 좁다랗게 강이 하나 흐르고 있는 것을 보았는데, 그 위로 멋들어진 통나무 다리가 가로지르고 있었다. 그런 다리를 친초로chinchorro(해먹)라고 불렀는데, 정말 나무로 만든 해먹처럼 보였다.

마을은 두 부분으로 이루어져 있었다. 한쪽은 코기 족이 살고 있는데, 사각형으로 생긴 것도 있지만 대부분은 둥근 오두막으로 대략 30채 정도가 모여 있었다. 사각형으로 집을 만들어 사는 사람들은 대체로 알후아코 족이었다. 마을의 다른 쪽은 이른바 '문명화된' 곳이었는데, 콘크리트 블록 벽에 양철 지붕을 얹은 농가 몇 채와 아주 기다란 단층 건물이 있었다. 단층 건물에는 선교 활동을 하는 수녀들이 살고 있다고 했다. 우리는 그 건물 옆에 있는 밭에 내렸다.

착륙한 곳 근처에서 한 무리의 코기 족이 우리를 기다리고 있었다. 우리가 착륙을 하고 나자 더 많은 사람들이 모여들었다. 코기 족 사람들은 헬리콥터에는 아무 관심도 없었다. 그들은 헬리콥터를 오염 물질, 성가신 물건, 시에라에는 필요 없는 것이라고 생각했다. 그들은 우리가 사용하는 도구들을 하나같이 '나방'이라고 불렀고, 그런 물건을 멀리하는 것을 어머니이신 '자연의 법칙' 중 하나라고 믿었다. 그러나 그들은 이번 경우를 예외로 해둘 준비가 되어 있었다.

코기 족 남자들은 라몬처럼 흰색의 튜닉 상의와 바지를 입고 있었고 맨발이었다. 손에는 모두 포포로를 들었으며, 모칠라mochila라는 손으로 짠 가방을 가슴을 가로질러 메고 있었다. 여자들은 허리에 구분선이 있을 뿐 하나로 축 늘어진 흰색 옷을 입고 붉은 구슬로 된 목걸이를 하고 있었다. 그들은 모두 어린아이나 갓난아기를 데리고 있었는데, 대부분은 또 임신한 상태인 듯 보였다.

푸에블로 비에호에서 만난 아이들

　라몬은 정식으로 남자들에게 인사를 했다. 악수 대신, 조용히 "이 잎들이 모두 축복받기를"이라고 말하면서 다른 사람의 모칠라에 자신의 코카 잎을 조금 넣어주는 것이 코기 족의 일반적인 인사법이었다. 무언의 대화는 그들 사이에서는 흔한 일이지만 촬영 팀과 나는 그 때문에 자주 혼란을 겪었다. '아우들'로서는 이 무언의 대화를 통해 무슨 일이 일어나고 있는지 알아차리기가 무척 힘들었다.

　나는 코기 족 남자 몇 명과 인사를 나누었는데, 그 가운데는 카시크 마마Cacique Mama와 산 미구엘 출신의 헤페 마요르Jefe Mayor도 있었다. 산 미구엘은 정치적으로 또 종교적으로 중요한 지역이었다. 그러므로 이 두 사람은 분명히 중요한 남자들 같았다. 모든 사람이 스페인 식 이름으로 소개되었고, 마을 역시 같은 식으로 소개되었다. 물론 코기 어 이름이 있지만 나는 이 책에 그 이름을 쓰지는 않을 것이다. 코기 어 이름은 그

푸에블로 비에호 뒤편 산에서 바라본 전경

들만의 것이고, 게다가 나는 코기 족 마을들의 소재를 세상에 밝히지 말라고 요구받았다. 이것이 이 책에 그들 세계의 자세한 지도를 포함하지 않은 이유이다.

펠리시티와 나는 'BBC'로 소개되었다. 'BBC'가 무엇을 의미하든지 간에 그것은 우리를 가리키는 말이 되었다. 그들은 우리가 남자와 여자라는 사실이 도움이 될 거라고 했다. 성의 균형은 코기 족이 이해하고 있는 세계의 근본이었으므로, 'BBC'가 남성과 여성이라는 사실은 좋은 징조로 받아들여졌을 것이다. 그러나 우리는 그 때문에 혼란스럽기도 했다. 펠리시티는 나의 아내가 아니고 나는 그녀의 남편이 아니었다. 어느 누구도 직접 이 이상한 연합에 대해 묻지는 않았다. 하지만 그곳의 모든 이가 그에 관해 알고 싶어하는 것은 분명했다. 사실 우리 자신도 그들이 누구인지 궁금했다.

헤페 마요르는 '위대한 족장'이라는 뜻이었다. 그러니 이 이름은 그 의미가 아주 명확하게 들어왔다. 그렇다면 카시크 마마는? 카시크는 '족장' '대군주'라는 뜻이다. 엘 도라도나 구아타비타에서는 새롭게 임명된 카시크의 몸을 금으로 바른다고 했다. 이 남자도 그런 존재일까? 그는 키가 작은 사람 중에서도 작은 축에 속했다. 코기 족 사람은 대부분 키가 150센티미터 정도였는데, 카시크 마마는 그보다 더 작았다. 얼굴에는 주름이 많았고 코는 뭉툭했다. 언뜻 보기에 E.T.를 연상시켰다. 턱수염 흔적은 전혀 없었지만, 두터운 회색의 콧수염을 기르고 있었다. 머리에는 땅 속에 사는 작은 도깨비가 쓸 것 같은 뾰족한 모자를 쓰고서 두 눈을 반짝이고 있었다. 그의 모칠라는 다른 사람 것과 달랐다. 평범한 흰색과 갈색의 끈 대신 붉은색과 노란색으로 화려하게 장식된 것이었다. 그는 마마 발렌시아Mama Valencia로 불리고 있었다.

겉으로 보기에 그의 권위를 나타내는 것은 이 화려한 모칠라와 도깨비 모자뿐이었다. 헤페 마요르인 후안 하신토Juan Jacinto는 훨씬 수수해 보였다. 이 사람들은 겉모습으로 과시하고 자랑하는 사람들이 아니었다. 펜실베이니아의 엄격한 근본주의자들 마을이 떠올랐다. 덴마크 사람들의 후예인 '아미쉬Amish'라는 마을 공동체인데, 이들은 금속으로 만든 단추와 크롬으로 만든 난로 틀을 사용하는 것을 죄악으로 여겼다. 라몬은 아미쉬 사람들과 비슷한 말을 했다. "우리는 소박한 사람들이오." 헤페 마요르의 긴 얼굴과 우아하고 절제된 몸짓은 그가 지도자의 자질을 가진 사람임을 보여주고 있었다. 그러나 그는 다른 사람과 똑같이 평범한 순백의 옷을 입고 있었다. 웃옷에 좁다랗게 새겨진 검은 줄무늬만이 그의 혈통을 상징하고 있었다. 이 단순하고 간결한 모양의 검은 줄무늬는 선구자나 지도자를 상징했다. 남미식 타르탄tartan[1]이었다.

여기에도 역시 '아우들'이 있었다. 정착민 두 사람이 노새를 부리며

94

일하고 있었고, 수녀 세 사람과 안드레스Andrés라는 위생병이 있었다. 이곳은 서로 다른 두 세계가 만나는 경계선이었다.

안드레스는 정부에서 파견된 사람이었다. 콜롬비아 정부는 최소한의 지원 외엔 돈 한 푼 보내주지 않으면서 이곳 첩첩산중에 의대생들을 강제로 복무시켰다. 이 정부는 인적 · 물적 지원에는 인색했지만 그 의도만큼은 훌륭했다. 안드레스는 완전히 빈털터리였고 의약품도 바닥이 난 상태였다. 그는 며칠간 그곳을 비우고 나가야 할 참이었으므로 우리 헬리콥터를 타고 갔으면 했다. 그 대신 우리에게는 의무실을 숙소로 쓰도록 했다.

수녀들도 우리에게 편의를 제공했다. 우리의 배낭은 수녀들이 이미 선교원 숙소로 옮겨놓은 상태였다. 그렇지만 나는 여기에서 내가 하는 행동 하나하나가 어떤 의미로 비쳐질지 계속 신경을 곤두세워야 했다. 결국 나는 거처를 의무실 숙소로 정했다. 하지만 수녀들이 준 음식은 즐거이 받았다. 이건 정말 멋진 결정이었던 것 같다. 내가 마신 루루 주스는 신의 음료라 불리는 넥타의 맛, 내가 상상할 수 있는 그 맛에 가장 가까운 것이었으니까 말이다.

루루 주스는 포도처럼 맛이 강하면서도 과일 주스처럼 달콤해서 갈증을 가시게 하고 원기를 북돋워주었다. 그래서 아무리 목이 마른 상태에서 마시기 시작했을지라도 다 마시기도 전에 입을 떼고 "아, 참 잘 마셨다"라는 말이 절로 나오고 만다. 이곳에 오기 전부터 기대했던, 천국에서와 같은 일이 벌써부터 일어나고 있었다.

수녀들이 나무에서 금방 따온 루루 과일을 가져다주었다. 귤이나 이스라엘 산 샤론과 비슷한 작은 과일이었다. 쪼개보니 작은 석류처럼 수많은 씨들이 빽빽이 박혀 있었다. 석류와는 다르게 이 씨들은 흐늘흐늘했

---

1) 스코틀랜드의 전통적인 격자 무늬 모직물—옮긴이

다. 그래서 맨손으로도 루루 주스를 만들 수가 있었다. 하지만 이 주스는 길어야 이틀 정도 두고 마실 수 있고, 더 지나면 마실 수가 없었다.

안드레스가 나를 의무실로 안내했다. 그곳엔 그의 조수로 일하는 코기 족 사람 아레고세Arregoce가 있었다. 아레고세는 우리를 보살펴줄 거라는 확신이 드는 믿음직한 사람이었다. 의무실은 수도꼭지와 양변기를 둘 정도로 호사스러웠다. 물은 건물 위쪽 언덕의 시냇물에서 호스로 연결해서 썼다. 그런데 그것은 말이 그렇다는 것이고 실제로는 수도꼭지가 말라 있었다. 아레고세가 호스에 난 구멍을 점검하러 나간 사이, 안드레스가 내게 뱀을 조심하라고 주의를 줬다. "여기에는 코브라만 빼고 온갖 뱀이 다 있어요." 천국에서 뱀은 항상 골칫거리다. 대부분의 피해자는 밭에서 일하는 여성이나 아이였다.

의무실은 암파로, 펠리시티 그리고 나, 모두가 해먹을 칠 수 있을 정도로 공간이 넓었다. 나는 해먹에서 자본 적이 없었다. 다른 것들도 그렇지만 이것 역시 나에게는 걱정거리였다. 바나나처럼 굽은 상태로 오랫동안 잠을 자면 등이 얼마나 아픈지 모른다고 내 친구들이 경고했었다. 내가 들은 좋은 방법은 대각선으로 비스듬하게 누워 자는 것이었다. 실제로 누워보니 그렇게 눕는 것이 가장 편한 자세라는 걸 알 수 있었다.

나는 몸이 그다지 좋지 못한 상태로 처음 이곳에 도착했다. 보고타에서 앓은 병으로 몸이 약해진데다 한쪽 콩팥이 계속해서 아팠다. 콩팥에 있는 돌이 이제 막 공격을 시작할 수도 있겠다는 생각이 들었다. 갑작스런 고도 변화도 몸에 영향을 미쳤다. 헬리콥터에서 내렸을 때 맥박이 마구 뛰기 시작하더니 나중에는 숨쉬기가 힘들 정도가 되었다. 그러나 해먹, 루루 주스 그리고 쾌적한 날씨 덕분에 나는 내가 회복되는 것을 느꼈다. 나중에 코기 족으로부터 "몸이 건강한 것은 세상과 잘 조화를 이루고 있다는 증거"라고 배우게 되었는데 그것을 이해하기가 그리 어렵지 않았다. 내가 몸에 좋은 장소에 있다는 것을 절실히 느꼈다. 그저 휴식을 취하기만 한 것은 아니었다. 나는 안테나를 사방으로 뻗쳐 주변 사람들의 감정을 정확하게 파악하려고 애를 썼다. 한편 내 안에서는 점점 더 깊은 만족감이 자라고 있었다.

의식을 행하는 집

암파로가 공적인 임무를 마저 끝낼 수 있도록 우리는 마을로 내려갔다. 그 일은 흙벽에 짚으로 지붕을 이은, 코기 족이 사용하는 몇 채 안 되는 커다란 사각형 모양의 집에서 마무리되었다. 다른 집처럼 그곳에도 창문이 없었다. 문 두 짝이 각각 반대편에 달려 있을 뿐이었다. 바닥은 흙으로 되어 있고, 지붕은 해먹을 칠 수 있도록 된 튼튼한 나무 기둥들이 지탱하고 있었다.

기둥에는 세 개의 해먹이 매달려 있었다. 하나는 마마 발렌시아가 누워 있었고, 다른 하나는 마누엘리토Manuelito라 불리는 한 남자가 누워 있었는데 몸이 많이 안 좋아 보였다. 감기와 심한 두통으로 고생을 하고 있다는 그는 위로와 함께 아스피린을 받고 싶어했다. 어떻게 된 일인지 자세히 알고 싶었지만 초행자인 내가 그 이상을 알아보기는 어려웠다. 게다가 사람들이 나의 행동 하나하나를 예의주시하고 있었다.

코기 족끼리 몸으로 주고받는 언어는 진짜 언어였다. 사람을 마치 책 읽듯이 읽어냈다. 그것은 모든 육체적인 행위가 공간 속에 쓰여지기 때문이었다. 마치 필적학자가 글씨체만 보고도 글씨를 쓴 사람에 대해 알아내는 것처럼, 아무리 가벼운 몸짓도 그 사람의 태도, 경험 그리고 성격에 따라 다르게 나타난다는 것을 코기 족은 알았다. "안녕하십니까?" (How are you?)에 대한 코기 족 사람들의 의례적인 대답은 "나는 자리를 잘 잡고 있습니다"(I am well seated)였다. 대답하는 사람은 그 순간에 걷고 있을 수도 있다. 그러나 이때 자리를 잘 잡고 있다는 말의 의미는 자신의 위치에서 세계와 함께 조화와 균형을 이루어 평안하다는 것이다. 코기 족은 사람이라면 마땅히 그래야 한다고 생각했다.

나는 이제 몸짓 언어를 어떻게 읽는지 몇 가지 사례를 들 수 있을 정도로 코기 족을 이해하게 되었다. 예를 들어 어떤 사람이(여기서는 나 자신이) 다리를 꼬고 앉아 있다고 하자. 그러면 그것은 그 백인이 긴장하고 있다는 것, 약간 움츠리고 있다는 것, 어쩌면 솔직하게 자신을 열어놓지 못하고 있다는 것을 뜻할 것이다. 결론적으로 말해서 그렇게 해서는 내가 좋은 인상을 줄 수 없다. 나는 어떻게 행동해야 할지, 어떻게 서 있어야 할지, 어떻게 앉아야 할지, 어디로 걸어가야 할지 판단할 수 없었다. 이곳에 내가 오게 된 방식 그대로 이번에도 코기 족이 나를 이끌어야 한다는 생각이 들었다. 그래서 나는 그들이 무슨 결정을 내리든 모든 것을 맡기고 느긋이 있어야만 했다.

우리는 마마 발렌시아와 마누엘리토를 두고 나왔다. 라몬이 야자 잎으로 벽을 짠 커다랗고 둥근 집으로 나를 데리고 갔다. 이곳은 남자들의 집, 의식을 행하는 집이었다. 코기 말로 '누후에nuhue', 즉 '세상의 집'이라고 불렀다. 이와 비슷한 건물의 토대를 '잃어버린 도시'에서 본 적이 있었다. 의식을 진행하는 커다란 연단은 없을지라도 여기에 바로 그 '잃어버린 도시'가 훨씬 더 편안한 분위기로 여전히 존재하고 또 제대로 돌아가고 있었다. 이곳에서 코기 족은 여러 날 밤을 꼬박 새우며 회의를 했다. 계속해서 코카 잎을 씹고 포포로를 먹어 정력이 넘쳐나서인지 그들은 지칠 줄 모르고 안건을 토의했다.

오후가 되자 구름이 천천히 산 아래로 내려오더니 어느새 마을 위로 낮게 내려앉았다. 구름이 너무나 낮게 내려와 지붕 꼭대기들은 구름 속에 들어가 있었다. 산맥의 거대한 몸체와 그 몸체가 만들어내는 곡선이 마을의 모습과 잘 어울렸다. 특히 마을과 가장 가까이 있는 산둥성이는 집들의 형태를 쏙 빼닮은 모습이었다.

둥근 바닥을 사등분하여 그 각각에 불이 타오르고 있었다. 불 주변으로 남자 몇 명이 앉아 있었고, 일부는 해먹에 누워 있었다. 문에서 문으로 이어지는 중앙 통로는 사람이 지나다니도록 비워져 있고 문의 양옆에는 각각 긴 의자가 놓여 있었다. 초가를 얹은 지붕 꼭대기는 연기에 가려 보이지 않았다. 이 연기는 지붕 바깥에 걸려 있는 구름을 그대로 반영하고 있었다.

라몬은 바로 저 산맥이 의식을 행하는 원래의 장소라고 말해 주었다. 그제서야 나는 특별한 힘으로 산을 연다는 것이 무엇을 의미하는지 이해하기 시작했다. 만약 라몬이 이 세계이면서 동시에 다른 세계들이기도 한 어떤 장소, 즉 '세상의 집'을 창조하고 현실 세계와 정신 세계를 연결해 주는 힘을 배워서 마음대로 다룰 수 있게 되었다면 그가 하는 말은 이곳에서 엄청난 비중을 가질 것이다. 그런 라몬이 이제부터 나의 통역자가 되어줄 참이었다.

그는 좀더 고차원의 세계들이 이 집에 표현되어 있다고 했다. "우주는 그대들이 우리의 수준에, 그러니까 아홉 번째 세계에 도달하기까지 그보다 낮은 여러 단계의 세계들로 그 모습을 드러내지요. 정신 세계에서 보자면 우리가 사는 세계 아래로 '의식을 행하는 집'이 거울에 비친 듯 거꾸로 되어 있소. 우리가 있는 세계는 아래쪽 아홉 세계 중에서 가장 위쪽에 위치하고, 동시에 위쪽에 있는 아홉 세계 중에서는 가장 아래쪽에 위치하고 있어요. 누후에는 지붕 안쪽 둘레에 있는 띠들이 상징하듯이 위쪽에 있는 세계들을 묘사하고 있고요." 라몬은 내가 이해할 수 있도록 그 위쪽의 세계들을 행성들이라고 불렀다. 그러나 나는 코기 족이 그 위

쪽 세계들을 하늘에 있는 별과 동일시하고 있다고 생각하지 않는다. 그
세계들은 눈으로 볼 수 있는 것이 아니다.

위쪽과 아래쪽의 세계들을 모두 포함하는 전체 우주는 자궁처럼 생긴
막힌 공간 안에 들어 있으며, 그 한가운데에, 그리고 태어남과 죽음 사이
에 인류가 존재한다.

누후에는 더할 나위 없이 아늑하고 편안했다. 남자들은 마을의 집에
여성과 아이를 남겨놓은 채 그곳에 와 앉아서 끊임없이 포포로를 움직여
대며 이야기를 나누거나 잠을 잤다. 나무 타는 냄새와 편안한 분위기가
모두 내 마음을 끌기에 충분했다.

그러나 나는 의무실로 돌아와 좀더 기다려야 했다. 모임은 내일 열릴
것이고, 그때 그들은 우리를 부를 것이다.

마을의 구조

코기 족 사람들만큼이나 바깥 세계와 고립되어 사는 수녀들은 18세기에 세워진 선교원에서 살고 있었다. 그 당시에는 이 선교원을 '산 안토니오 데 유칼San Antonio de Yucal'이라고 불렀다. 선교원 활동이 전혀 효과가 없어서 1787년에 선교원은 인디언들을 연안으로 강제 이주시켜야 한다고 제안할 정도였다. 의식을 진행하는 집들은 수차례 불태워졌고, 그때마다 코기 족은 그것들을 간단하게 다시 세웠다![2] 19세기에는 마을 전체가 불에 타버리기도 했다.(이것이 개종을 목적으로 한 것이었는지는 기록에 남아 있지 않다.) 그러자 코기 족은 강 건너편에 새로운 정착지를 세웠다. 그때의 정착지가 지금까지 존재하는 것인데, 이것이 세상에는 그저 '산 안토니오'로 알려져 있다.

코기 족이 전부터 살던 곳은 콜롬비아 소작농들인 콜로노colono들이 차지하면서 푸에블로 비에호, 곧 '옛 마을'로 불리게 된다. 콜로노들이 땅을 차지해 들어옴에 따라 코기 족은 목화를 재배하던 비옥한 땅을 버리고 더 높은 곳으로 옮겨갔다. 그러나 높은 지대는 바나나의 일종인 플랜틴조차 잘 자라지 않아 자급자족하기도 어려웠다.

라몬은 이런 침입의 물결을 막는 데 많은 애를 썼다. 암파로는 정부의 재정 지원을 받아내 콜로노들이 차지한 대부분의 땅을 사들여 코기 족에게 돌려주는 일을 했고, 라몬은 코기 족이 '옛 마을'에 다시 정착하도록 했다. 그 결과 이제는 손으로 꼽을 정도의 콜로노만이 '옛 마을'에 남아 있다.

수녀들—다섯 명이 있었다—은 이 모든 과정을 자신들의 영향력에

---

2) Reichel-Dolmatoff, 1953, pp. 60~61.

도전하는 것으로 보았다. 콜로노들은 '그들의' 신자였고, 암파로는 이교도 신앙을 포기할 뜻이 없는 인디언들을 돕고 있었다. 수녀들은 암파로를 싫어했다. 그런가 하면 산 안토니오의 코기 족은 라몬을 미워했다. 자신들이 전통적으로 소유권을 지녀온 땅에다 라몬이 자기 쪽 사람들(다른 코기 족)을 이주시켰기 때문이다. 남아 있는 콜로노들은 산 안토니오의 코기 족에게 라몬과 암파로가 코기 족을 정부의 노예로 넘기려 한다고 말하고 다녔고, 산 안토니오의 코기 족은 대체로 그 말을 믿는 편이었다. 이런 분위기였기 때문에 산 안토니오의 코기 족과 수녀들은 자연스레 같은 편이 되었다. 수녀들이 운영하는 학교에는 산 안토니오의 아이들 몇 명이 다니고 있었다. 기독교로 개종한 코기 족은 한 명도 없었다. 그러나 수녀들은 코기 족이 재배한 커피를 사기도 했고, 의약품도 지급했으며, 가끔씩 축제를 벌이기도 했다. 코기 족은 그렇게 번 돈으로 칼이나 도끼 그리고 쇠로 만든 솥을 살 수 있었다. 코기 족은 한편에 수녀들과 산 안토니오로, 다른 한편에 푸에블로 비에호로 분열된 채 불편한 관계를 이루고 있었다.

코기 족 마을이 모두 그렇듯이, 푸에블로 비에호도 영원한 정착지는 아니었다. 코기 족은 농사를 짓는 사람들로, 자신들이 경작하는 땅에서 살았다. 대부분 산의 고도에 따라 여러 곳에 경작지를 두고 각 고도에 맞게 다양하게 작물을 경작했다. 경작지에는 집을 두 채씩 짓는데, 하나는 남자를 위한 것이고 다른 하나는 여자와 아이들을 위한 것이었다. 회의가 있을 땐 모두 마을에 있는 집으로 가서 모임에 참석해야 했다.

마마들은 이들 세계의 성직자이자 심판관이었다. 그들은(여성 마마들도 있다) 교육을 받은 사람들로 '어머니' 이신 '자연의 법칙'에 통달한 사람들이었으며, 각기 전문 영역을 가지고 있었다. 핵심이 되는 지식은 모두가 공유하지만, 그와 함께 어릴 때부터 자신만의 전문 분야와 관심 분야를 발전시켰다. 예를 들면 어떤 마마는 새와 동물에 대해 특별한 지식을 가지고 있고, 어떤 마마는 역사에 대해서, 또 어떤 마마는 코기 족 사회를 융화시키는 일에 특별히 관심을 가지고 있었다.

마마들은 자신들이 임명한 마을 위원들, 곧 '코미사리오comisario'를 통해 마을의 일을 진행했다. 코미사리오의 임무는 길이 잘 관리되고 있는지, 마을이 깨끗하고 보수가 잘되어 있는지, 공공의 질서가 잘 유지되고 있는지 등을 확인하는 것이었다. 일종의 경찰이라 할 '카보cabo'들이 이들 코미사리오의 일을 도왔다. 코미사리오를 보안관, 카보를 그 부관쯤으로 생각하면 된다. 하지만 그들은 보통의 백인 사회에서는 볼 수 없는 강력한 권위를 발휘했다. 코기 족은 부패한 세상을 피해 스스로 숨어 사는 방식을 택한 고립된 사람들로서, 엄격한 종교 지도자 체제 속에서 살아가고 있었다.

코기 족 일반 구성원의 삶의 목적은 개인적인 구원이나 해탈이 아니다. 그들의 목적은 단순히 생활하고, 농사짓고, 올바른 삶의 길을 제시하는 마마들에게 복종하는 것이다. 코기 족은 자기 사회의 대중을 스페인 말로 '바살료스vasallos' (종속자들)라고 묘사했다. 그들 사회에는 또 종교와 무관한 족장이 있었다. 헤페 마요르 같은 이가 바로 여기에 속한다. 족장은 스페인 정복 이전까지는 분명 전투 지휘관으로서 강력한 권위를 가지고 있었을 것이다. 그러나 지금은 그런 정도의 힘을 발휘하지 못한다. 하지만 헤페 마요르는 또한 마마이기도 했다. 그에게 그만한 지혜가 없었다면 그렇게 중요한 인물이 되지 못했을 것이다.

이곳은 남성이 권력의 중심을 이루는 사회이다. 여자 코미사리오나 카보는 없었다. 비록 여성 마마가 소수 있기는 했지만, 마마들의 공적 활동 장소인 누후에가 여성에게는 완전히 닫혀 있어서 실제로 여성 마마는 공적인 생활로부터 차단되어 있었다. 여성들도 그들만의 회의 장소가 있지

103

남자들이 마을에 있을 때 잠자는 곳

만 그것은 가정이 확대된 공간이라고 보는 것이 더 정확했다. 거기에는
문이 하나 있고 가운데에 화덕이 하나 있었다. 여성들은 그곳에 모여 함
께 이야기를 나누거나 요리를 했다. 한편 누후에는 훨씬 더 공적인 공간
이었다. 거기서 논의되는 것은 정치와 교육에 관련되는 것이었다. 이곳
에서 대중에게 자연의 법칙에 순응하도록 가르치고 그 법칙의 의미를 일
깨워주는 마마들의 강연―충고를 하는 방식으로―과 함께 마을 업무가
진행되었다. 이런 회의에는 의무적으로 참석해야 했다. 카보들은 방망이
를 들고 꾸물거리는 남자들을 향해 소리를 지르면서 마을을 돌았다. 만
약 경작지에서 내려오지 않은 남자가 있으면, 카보들은 밤에 가서 무력
을 써서라도 잡아 데리고 왔다.

　그러나 오늘은 보통 때보다 훨씬 많은 사람들로 가득 찼다. 최근에는
대중을 소집하는 모임이 없었다고 했다. 많은 마마와 코미사리오가 나의

촬영 문제를 놓고 논의하기 위해 시에라의 여러 곳에서 모여들었다. 암파로도 누가 오는지 어떤 결정이 내려질지 전혀 알 수 없는 상황이었다.

아레고세

다음 날 아침 아레고세가 나와 펠리시티를 데리고 주변 구경을 시켜주었다. 우리는 의무실 뒤쪽 언덕으로 올라갔다. 언덕은 아주 가팔랐고 이른 아침의 해는 뜨거웠다. 아레고세는 놀랍다는 눈빛으로 나를 쳐다보았다. "당신은 걷는 법을 잘 모르는군요. 당신네 나라에서는 걸을 일이 없나요? 당신네 자동차나 비행기 안에서는 안 걷습니까?"

올라가는 길에 우리는 40여 채의 가옥이 모여 있는 산 안토니오를 내려다볼 수 있었다. 눈으로 보기에 그곳은 푸에블로 비에호와는 다른, 좀 더 진한 순결함이 있었다. 거기에는 콜로노도 없었고 선교원도 없었다.

언덕에는 나무가 거의 없는 대신 풀숲이 우거지고 뱀이 많았다. 정상에 오르자 아레고세의 집이 보였다. 그 집은 외따로 있었고 여덟 살 정도된 아들이 있었다.

아레고세는 스페인 어를 했다. 수녀들에게 배웠다고 한다. 그걸 매우 자랑스러워하는 것 같았다. "제 아버지는 무식한 사람이었어요. 말하는 법도 잘 몰랐죠." 나는 혼란스러웠다. 일반적으로 말해서, 코기 족이 수백 년간 어떻게 자신들의 문화를 유지해 왔는지 이해하기는 어려운 일이 아니었다. 그들은 그 점을 자랑스럽게 여겼다. 대다수 인디언 사회가 무너진 이유는 단순히 외부의 침입 때문이 아니다. 개개의 인디언들이 백인들의 물건―기성복, 금속으로 만든 생활용품, 총, 술 그리고 의약품 등―을 좋아하고 가지고 싶어했기 때문이다. 인디언들은 자기 사회가 지닌 가치에 차츰 회의를 품기 시작했다. 기독교적 가치관을 받아들이면서 자신들의 것을 원시적이고 뒤떨어진 것으로 여겼다. 오늘날까지도 이런 모습은 여느 토착민 사회에서나 그대로 나타난다. 단지 극소수의 인디언만이 공장에서 만든 옷이나 자전거 혹은 카누용 발동기를 거부한다. 코기 족은 달랐다. 그들은 스스로 자신의 정체성을 선택했다.

그들 눈에는 우리가 원시적이고 뒤떨어진 존재로 보였다. 자신들을 심오한 지식의 수호자라고 여겼다. 우리를 단순히 '아우들'을 의미하는 '에르마노스 메노레스hermanos menores'라고 부르지 않고, '아주 어린 아우들'이라는 의미의 '에르마니토스 메노레스hermanitos menores'라고 불렀다. 그들은 우리가 가진 기술에 대해 알고 있었고 그 중 일부는 유용하다는 점을 인정했다. 그러나 자신들의 삶의 방식에 위협이 되겠다 싶으면 어떤 것이 되었건(옷이나 교통 수단까지도 포함해서) 확고하게 거부했다. 그런 면에서 아례고세의 태도는 혼란스러웠다. 만약에 정말로 그가 코기 말만 하는 사람을 '말하는 법을 모르는' 사람으로 여긴다면, 그는 과연 그곳에서 무얼 하고 있는 것일까? 그리고 왜 수녀들은 단 한 명의 개종자도 만들어내지 못했을까? 영원히 시에라를 떠났다는 코기 족은 왜 한 사람도 없는 것일까?

아마도 훌쩍 떠나기에는 너무나 아름다웠기 때문이리라. 강물이 흐르는 계곡을 굽어보노라면 그 아래로 푸에블로 비에호, 산 안토니오, 그리고 다른 코기 족 촌락이 펼쳐져 있는데, 그 모습이 그야말로 장관이다. 주변은 온통 산으로 둘러싸여 있고, 아침 햇살이 밀림과 바위를 비추며, 구름 조각들이 산꼭대기에 걸려 있다.

"정말 아름답군요!"

"그래요." 아례고세가 대답했다. "이곳은 꿈의 세계죠."

회합

오후가 되자 우리는 부름을 받았다. 고요한 마을을 향해 길을 따라 내려갔다. 회합은 교회에서 열릴 예정이었다. 짚으로 지붕을 이은 이 사각형 모양의 교회는 산 안토니오 시절에 세워졌다. 지금은 단지 장비를 넣어두거나 암파로를 만나 공적인 일을 보는 용도로만 사용되었다. 이곳은 '아우들'과 연결되는 장소였다. 어느 누구의 땅도 아니었다.

건물 안은 사람들로 가득 차 있었다. 의자가 몇 개 있었지만 대부분은 서 있었다. 지난밤부터 아침까지 쉬지 않고 걷거나 말을 타고 온 사람들이었다. 나는 이들 중 일부가 강을 건너는 모습을 지켜보았다. 빛나는 흰옷, 빛나는 검은 말, 붉은 빛깔의 피륙으로 짠 마구들. 이틀 동안 맨발로 산을 넘어온 사람들도 있었다.

모든 얼굴이 나를 향해 있었다. 타이로나 문명의 원로들이 흰옷을 입고 손에는 포포로를 들고서 내가 말하기를 기다리고 있었다.

암파로가 나를 소개했다. BBC라는, 크게 존경받는 기관에서 온 정직하고 진지한 사람이라고 했다. 신뢰는 아주 중요한 문제였다. 코기 족은 '아우들'이 정복자, 도둑, 살인자 그리고 땅을 빼앗는 자라는 것 외에 또 어떤 존재라고 알고 있을까? 그들은 이미 덜 위험스러워 보이는 '아우들' ―암파로, 수녀들, 안드레스―을 만나왔다. 그러나 이들 대부분은 여자였다. 그들이 백인 남자를 신뢰하기는 어려운 일이리라. 게다가 'BBC'가 무엇을 의미하는지 아직 명확하게 이해하지 못하고 있었다. 어떤 이들은 그것이 일종의 친족 집단일 거라고 생각했다. 그것이 왜 내가 암파로가 쓰는 언어로 말하지 못하는지 설명하는 것 같았다.

대화의 과정은 매우 힘이 들었다. 내가 영어로 말하면 펠리시티가 스페인 어로 옮기고, 마지막으로 라몬이 코기 어로 옮겼다.

나는 먼저 기록 영화가 어떤 것인지 설명하는 말로 입을 떼었다. 놀랍게도 즉각적인 반응이 왔다. 그들은 기록 영화는 진실이 아니라고 말했다. 코기 족은 진실이 아닌 어떤 것과도 관련을 맺고 싶어하지 않았다. 그들이 이미 기록 영화에 대해서 잘 알고 있다는 느낌을 떨쳐버릴 수 없었다. 순간 당황스러웠다. 그들이 어떻게 영화를 알고 있을까?

나중에서야 정확한 전후 사정을 알게 되었다. 마마들은 일종의 심문 과정을 통해 권위를 행사한다.(그들이 쓰는 스페인 어가 대부분 가톨릭 교회의 영향을 받은 탓에, 그들은 이것을 '고해'라고 부른다.) 만약 누가 몸이 편치 않다거나 두통이나 나쁜 꿈 때문에 힘들어한다거나 인생의 위기로 고생을 하고 있다면 곧 마마를 찾아가 도움을 청한다. 마마는 그에게 오래전부터 겪은 경험들을 하나도 빠뜨리지 말고 아주 상세하게 설명하라고 말한다. 설명을 하기 위해서는 여러 날이 걸린다. 이 과정을 통해 마마는 그 사람이 세계와 조화를 이루지 못하게 된 행동과 문제의 열쇠를 찾아낸다.

이렇게 해서 마마들은 코기 족 개개인의 모든 것을 알게 되고 이를 공유한다. 동시에 그들은 바깥 세상의 모든 정보를 수집한다. 코기 세계의 사자로서 라몬의 임무 중 하나는 마마들에게 이런 정보를 제공하는 일이다. 만약 코기 족 한 사람이 산타 마르타에 가봤다면—라몬과 같은 극소수의 사람은 더 멀리 떨어진 보고타까지 가기도 한다—그는 아마 텔레비전도 보고 극장 구경도 해보았을 것이다. 이렇게 한 사람의 코기 족이 경험한 것을 모든 마마가 배우게 되는 것이다. 그들은 텔레비전 방송이나 영화를 직접 보지는 못했지만 내가 말하는 것이 무엇인지는 쉽게 이해했다.

"아닙니다. 이 기록 영화는 진실이 될 겁니다." 나는 확언했다. "이것은 공동 작업이 될 거예요. 공동 작업이 되어야만 합니다." 나는 그들에

몇몇 코기 족은 회합 참석차 말을 타고 왔다. 말들은 모두 아주 건강하고 기생충에도 감염되지 않았다.

대해서 그리고 그들의 세계에 대해서 아무것도 몰랐다. "이 기록 영화로 무엇을 말하게 될지 무엇을 보여주게 될지 저는 아직 모릅니다. 여러분이 바깥 세상 사람들에게 뭘 이야기할지 결정하십시오. 그리고 나서 우리가 함께 그것을 어떻게 보여줄지 결정하는 겁니다."

라몬의 통역은 내가 심사숙고해서 말하는 내용을 잘 담아내는 것 같았다. 그의 말에는 나의 취지를 잘 이해하도록 만드는 권위와 리듬이 있었다. 나는 단지 내가 말하는 내용을 그대로 전달해 주기만을 바랐다. 때때로 그가 이해하지 못하는 개념도 있었다. 그럴 때마다 암파로가 라몬이 정확하게 이해할 수 있도록 펠리시티의 스페인 어를 좀더 자세히 통역했다. 시간이 지나면서 분위기가 차츰 긍정적인 쪽으로 변해 갔다. 모든 과정을 마마들과 의논할 것이며, 마마들이 바깥 세상과 소통을 원할 때 사용되는 '고나빈두아 타이로나' 라는 통로를 통해서만 일을 하겠다고 하자, 여기저기서 동의하는 말과 함께 포포로 작대기를 두들기는 소리가 들렸다.

나는 기록 영화를 만드는 일에는 이로운 점도 있지만 동시에 위험도 따른다는 설명을 덧붙였다. 관광객이 몰려들 수도 있다. 따라서 기록 영화에 사람들이 시에라로 와선 안 되는 이유를 꼭 밝힐 것이다. '아우들'은 알아야 한다. '형님들'이 아메리카 토착민 중 유일하게 선조들의 세계를 원형 그대로 지키며 살고 있다는 것을…… 또 앞으로도 그대로 지키기 위해 세상과 단절하고 살아간다는 것을…… 여러분의 고립은 반드시 존중되어야 한다. 다시 작대기 두드리는 소리가 나왔다.

여러분은 먼저 기록 영화를 만드는 것이 좋은 생각인지 여부부터 결정해야 한다. 그 결정에는—내가 이해하지는 못하겠지만—나름의 이유가 있을 것이다. 또다시 작대기 두드리는 소리. 그러나 여러분은 또 여기에 어떤 일이 수반되는지도 알아야 한다. 우리는 여기에 기계를 가져와야 하고, 헬리콥터를 이용해야 한다. 라이트를 켜려면 발전기가 필요하고, '의식을 행하는 집'에 라이트를 설치해야 한다. 카메라는 어둠 속에서는 작동하지 않는다. 시끄러울 것이고, 사람들도 여럿 올 것이다. 여러분은 카메라가 항상 따라다니는 가운데서 일을 해야 하고, 그것도 정해진 일정에 맞춰서 해야 한다. 만약 촬영을 승낙한다면 여러분은 이 모든 일을 사전에 대비해야 한다. 그렇지 않을 바엔 안 된다고 하는 것이 더 나을 것이다.

마지막으로, 나는 자그마한 가정용 비디오 카메라를 꺼내서 기록 영화가 어떻게 만들어지는지 설명했다. 이것은 기억 장치를 가진 눈이 있고 눈이 별로 좋지 않기 때문에 잘 보기 위해서는 밝은 빛이 필요하다고 이야기해 주었다. 더 자세히 보고 싶은 사람이 있으면 가까이 와서 보라고 했다.

모인 사람 중 약 3분의 2가 앞으로 나올 정도로 아주 관심이 높았다. 나는 카메라가 어떻게 작동하는지 천천히 보여주었다. 어느 누구도 질문하지 않았다. 파인더를 들여다보고 자신들의 모습이 재생되는 것을 가만히 지켜보기만 했다. 그저 재미있다는 반응도 있고, 시종일관 엄숙한 표정을 짓는 사람도 있었다.

나는 해야 할 말을 모두 마쳤다. 마마들은 밤새도록 토론할 것이고, 아침이 되면 산꼭대기로 올라가서 점을 칠 것이다.

새벽이 되자 건너편 산중턱에 오른 마마들 모습이 또렷이 눈에 들어왔다. 산꼭대기라는 것은 그저 하나의 개념적인 의미인 것 같았다. 오전이 되자 그들은 돌아왔고, 우리는 다시 부름을 받았다. 의자들이 놓여 있었다. 이 모임의 내용을 기록할 방법이 있느냐고 나에게 물었다. 나는 녹음기를 꺼내 그것이 무엇인지 설명해 주었다. 그들은 그것을 켜라고 했다.

마마들은 차례로 일어나 말했다. 반복을 통해 리듬을 만들어내는 말에

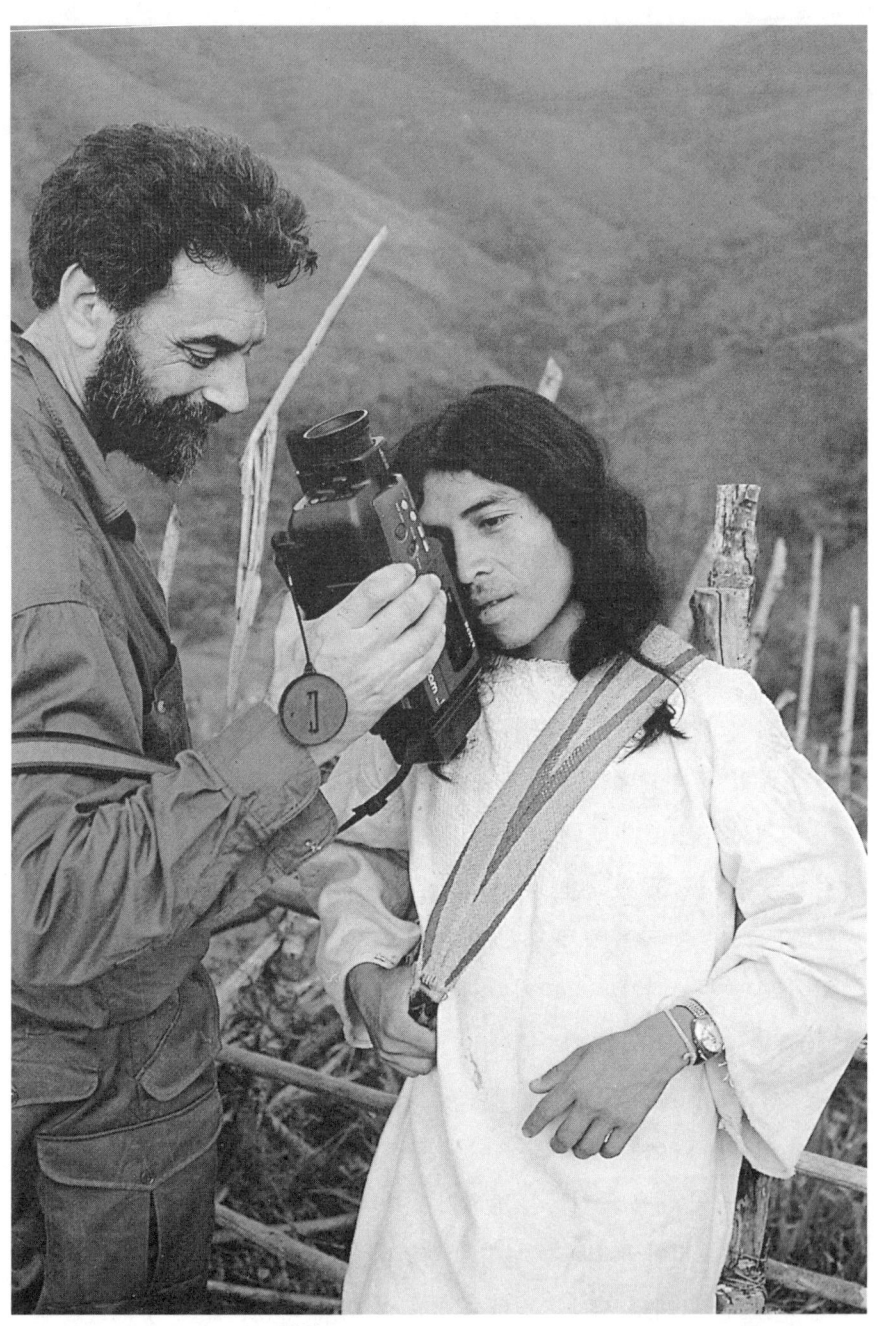

내가 비디오 카메라의 뷰파인더를 통해 아레고세에게 촬영 장면을 보여주고 있다. 그가 찬 시계는 안드레스를 보좌하는 자신의 지위에 대한 상징물이자 '아우'의 세계와 관여함을 보여주는 표지이다.

서 힘있고 장중한 느낌이 묻어났다. 지금까지 들어본 언어와는 전혀 다른 언어처럼 들렸다.

여기에 있는 마마들은 모두
산에 올라 점을 쳤다네,
그들이 가진 지식으로……
그들은 집중했고 분석했다네.
그들은 거기서 이렇게 말했다네.
"이제 우리는 아우들에게 말을 할 것이다.
우리는 모두의 형님들이다.
우리는 더 위대한 정신적 · 물질적 지식을 가진 형님들이다.
세란쿠아Serankua가 우리에게 말씀하신다네.
그가 우리를 창조했다고,
그가 대지를 창조했다고,
그가 하늘을 만들었다고.
그의 이름은 세란쿠아.
그는 모든 창조물, 꽃, 자연을 돌보도록 우리를 만들었다네.
그리하여 우리는 그렇게 했다네.
형님들은 그곳에서 대지를 보호했네.
왜냐하면 대지는 우리의 어머니이기 때문에.
대지가 없이는 아무도 살아갈 수 없다네."

남미와 북미의 인디언 사회는 대지가 모든 생명의 어머니라는 생각을 공유하고 있다. 이 사람들은 진실로 자신들이 이 세계의 보호자로서 창조되었다고 믿는다. 그것이 삶과 역사의 기본을 이루고 있다. 라몬의 스페인 어 통역은 강력한 최면 효과를 내며 연설의 리듬을 전달하고 있었다.

모든 콜롬비아는 형님이었다네.
가면과
깃털과
옷과 기질,
그리고 황금이 주는 모든 부를 갖고
춤추는 방법을 알고 있는
형님이었다네.
모든 콜롬비아가 신성했다네.
신성한 땅이었고
어머니 대지였다네.

마마들은 말한다네.
수백 년이 흐른 뒤
아우들이 다른 나라에서 건너왔네.
크리스토퍼 콜럼버스가 이 땅에 와서
보물을 보자마자
수많은 토착민을 총으로 쏴 죽였네.
그는 여기에 있던
신성한 황금을, 황금으로 만든 가면을,
모든 종류의 황금을 가져가버렸네.
저들은 너무 많이 가져가버렸네.
너무나 많이.
너무나 많이.

해안가 가까이 살던 토착민도

모두 가버렸다네.

그들은 위로 위로 올라갔다네.

그 위에서 그들은 황금 없이 남겨졌다네.

쇠약해진 몸으로, 식량도 없는 황무지로

그들은 올라갔다네.

그들에게

나무는 사람과 같다네.

그들은 나무를 베지 않았다네.

다만 작은 조각들을 주웠을 뿐.

그들은 씨를 뿌렸다네.

그러나 곧 아우가 도착했네.

즉시 아우는 번성하기 시작했고

숲을 쓰러뜨리기 시작했네.

토착민은 굶주린 배를 움켜쥐고

산꼭대기 가까이까지 더 올라갔다네.

어떤 사람들은 배고픔과 쇠약함으로 죽고 말았다네.

아무것도 먹을 게 없었다네.

그들은 죽어갔다네.

그러나 누구도 도와주지 않았다네.

어디에서도 도움은 오지 않았다네.

마마들은 말하네.

"나는 황금이 없이 머물렀다네.

나는 아무것도 없이 지내왔다네.

그러나 내게는 강하고, 심오하고,

귀하게 여기는 생각들이 있다네.

하나의 법칙.

'우리가 이 관습을 지켜나가기를

전통을 지켜나가기를

그것을 지킬 수 있기를.'

우리는 어머니 대지를 공경한다네."

그들의 말을 이해하게 될수록 코기 족 생존의 열쇠가 바로 여기에 있
다는 것을 깨닫게 되었다. 대지를 공경한다는 것은 책임을 진다는 것이
었다. 마마들은 코기 족 없이는 대지가 보살핌을 받지 못한다고 믿었다.
그들은 개개인의 생존을 염려하는 게 아니라 자신들의 체제, 전통, 관
습—세계에 대한 지식, 그리고 그것을 어떻게 보살필까 하는 것—의 생
존을 염려했다. 그들은 이것을 '법칙Law' 이라고 불렀다.

그 법칙은 고립을 통해 안전하게 지켜져 왔다. 그러나 이제는 고립만
으로 충분하지 않았다.

물이 말라가고 있네.

더 이상 충분한 물이 없다네.

마마들은 말한다네.

"누구의 잘못인가?

아우의 잘못이라네.

왜냐하면 그들이 우리를 이곳 위로 쫓아냈기 때문이라네.

숲을 베어내서 넘어뜨리고 있기 때문이라네.

누구의 잘못인가?

아우의 잘못이라네."

이제 아우는 눈을 뜨고
문제를 바라봐야만 한다네.
이제 아우는 내가 아래쪽을 청소할 수 있도록 도와줘야 한다네.
그리하여 동물과 식물과 자연이,
그리고 깊은 물이,
충분한 물이,
물이
있을 수 있도록.
그리하여 모든 형태의 자연이 존재할 수 있도록.

이것이 그 당시에 그들이 기록 영화를 만들고 싶어하는 이유였다. 그들은 할 말이 있었고, 이것이 아우들에게 말을 할 수 있는 길이었다. 그러나 자신들의 세계를 활짝 열어놓겠다는 뜻은 아니었다.

마마는 또한 말하네.
마마가 말하길,
"그들은 다른 사람들은 원하지 않는다네.
혹은 다른 기관이 우리와 일하는 건 원하지 않는다네.
오직 BBC만을 원하네.
많은 사람들이 여기에 왔었다네."
저들이 말하기를,
"나 역시 정부에서 파견했소.
보고타에서 나를 보냈소.

117

나도 역시 그렇소."
그들은 이것을 원하지 않는다네.
오직 BBC와 일을 하겠네.
BBC는 무엇인가 해야만 할 때가 왔음을
세상에 알려야 할 책임이 있네.
다른 사람들이 여기에 오는 것을
그들은 원하지 않는다네.
오직 BBC 사람만을 원한다네.

계획을 세우다

마마들은 단지 기록 영화의 촬영을 찬성하는 데 그치지 않고 그보다 훨씬 많은 일을 해주었다. 그들은 만반의 준비가 다 된 것 같았다. 우리는 함께 둘러앉았다. 그리고 나는 우리가 무엇을 찍을 수 있을지, 그들이 원하는 이야기를 어떻게 다룰 수 있을지 고민했다. 나는 이제 온전히 그들에게 받아들여졌다. 라몬의 도움으로 '의식을 행하는 집'에서 전보다 훨씬 격의 없이 이야기를 나눌 수 있게 되었다. 그들은 일에 관해서는 아주 정확하고 능숙했다. 네 곳의 불 주위에 앉아 있거나 해먹에 누워 있는 코기 족 옆에서 나는 의자에 앉아 느긋함과 평화로움을 느꼈다.

나는 '아우들'이 어떤 것에 대해서건 귀로 듣는 것은 물론이고 눈으로도 직접 보고 싶어한다고 설명했다. 그들은 이미 예상하고 있었다. 내가 고고학 유적지에서 촬영을 할 것이고, 코기 족의 춤과 가르침을 촬영할 것이고…… 나는 그들이 진지하고 이해력도 빠른 데 감명을 받았다. 그들은 내가 하는 일의 기본 체제는 물론이고 내가 카메라를 이용해 뭔가를 이야기하려고 한다는 것까지 즉시 이해했다. 또 만드는 과정에서 자기들이 어떤 책임을 져야 하고 어떻게 일을 분담해야 하는지에 대해서도 꽤 명확히 이해했다.

그들에게 가장 중요한 관심 사항은 기록 영화를 만드는 사람 어느 누구도 다치지 않아야 한다는 점이었다. 누군가 다칠 것을 염려해서 그것에 대해 점을 치고 깊이 배려한다는 것을 알고 나는 놀랐다. 나는 마마들을 신뢰하기 시작했다. 그들의 판단과 점에 대해서도 신뢰했다.

논의가 끝나갈 무렵, 그들은 기록 영화의 공식 설명서를 만들어야 한다고 했다. 비록 자신들은 쓰는 행위를 하지 않을지라도 서로 동의한 내용을 종이에 적어두면 그에 대해 우리가 훨씬 진지하게 받아들이게 될 거라고 생각했다. 그래서 암파로는 우리의 동의 사항을 스페인 어로 받아 적었고, 자리를 함께했던 마마와 코미사리오 들은 모두 '의식을 행하는 집' 밖으로 나와 설명서에 엄지손가락으로 지장을 찍었다. 밤이 새도록 차례차례 자기 이름을 표시한 기호 밑에다 지장을 찍었다. 그리하여 우리는 이들이 누구인지 알게 되었다. 거의 모든 코기 족 마을에서 온 사람들이었다.

펠리시티와 나는 그곳에 머무는 동안 사진을 많이 찍었는데 그들은 무척 부담스러워하는 것 같았다. 사진을 찍으면 우리가 그들에게서 무엇인가를 뺏어간다고 믿기 때문일 거라고 나는 생각했다. 다른 인디언 사회에서도 비슷한 경우가 있었으니까. 그런데 그게 아니었다. 마마 발렌시아가 그 이유를 설명해 주었다.

우리의 모든 행동은 세속적인 물질 세계의 사건인 동시에 정신적인 세계의 사건이다. 우리는 정신으로 형성된 세계에 살고 있다. '아우들'에게는 보이지 않지만, 모든 나무, 모든 돌, 모든 강이 각각 정신의 형태를 가지고 있다. 이것이 '아루나Aluna'의 세계이고, 정신과 생각의 세계이다. 아루나는 지성, 영혼 그리고 풍부한 생식력을 모두 포함하고 있다. 그것은 생명의 원료이고 실재의 정수이다. 물질 세계는 아루나에서 생명

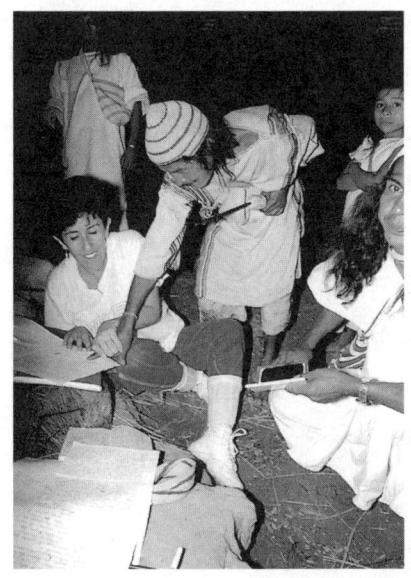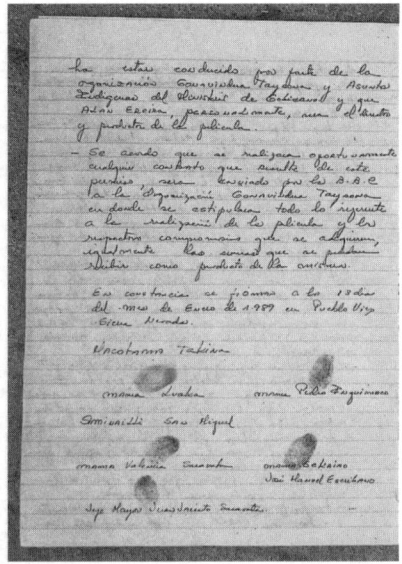

마마 발렌시아가 촬영 동의서에 엄지손가락으로 지장을 찍고 있다. 그의 오른쪽에 있는 사람이 암파로이고 왼쪽은 아달베르토이다. 오른쪽은 촬영 동의서.

과 생성력을 얻고 지탱하고 형성한다. 마마가 하는 일은 아루나의 세계에서 이루어진다.

우리는 이러한 세계를 읽어내지 못한다. 단지 꿈의 세계, 즉 물질로 된 그림자 세계만을 보고 있을 뿐이다. 그래서 우리 행동의 중요성과 그에 따른 결과를 정확하게 이해하지 못한다.

사진을 찍는 행위도 다른 모든 행위처럼 물질 세계의 활동일 뿐 아니라 아루나에서 이루어지는 활동이기도 하다. 사진기로 마마를 찍는 순간 나는 그를 정신과 물질의 양쪽 세계에서 행위하게 만든다. 그러나 카메라는 그 본질적인 구조에 대해 깊이 사고하지 않은 채 만들어진 물건이다. 그리고 나는 내가 무엇을 하고 있는지 이해하지 못한 채 그것을 사용하고 있는 것이다. 그 결과는 정신을 한 대 치고 영혼의 심장부를 한 방

걷어차는 꼴이나 다름없다고 마마 발렌시아는 말했다. 그는 카메라 셔터를 누를 때마다 눈에 띄게 피곤해했다.

그 일로 나는 촬영 일정이 염려스러워졌다. 하지만 걱정하지 말라는 얘기를 들었다. 마마들은 시련에 맞서서 그들 자신을 강하게 만들 것이다. 그들은 준비할 것이다.

그래도 그것은 분명 시련이 될 터였다. 낯선 사람, 따가운 불빛, 카메라, 녹음기 따위는 물질 차원에 대처하는 데 커다란 어려움을 안겨줄 것이다. 마치 양쪽 눈을 가려 아무것도 볼 수 없는 상태로 무거운 발을 끌며 아루나의 세계를 허우적거리는 것이나 다를 게 없을 것이다. 이 정신의 정원에 내딛는 모든 발걸음이 무엇인가를 짓뭉개버리는 꼴이 될 것이다.

촬영은 일 년 후에나 시작될 수 있었다. 나는 촬영할 수 있는 날들이 가장 긴 건기에 다시 돌아오고 싶었다. 그들이 정신적인 준비를 하기에도 일 년 정도의 시간은 주어져야 할 것 같아서 나는 그렇게 제안했다.

그들은 나 역시 마음으로 상당히 많은 준비를 해야 한다고 했다. 나 또한 아루나에서 일을 해야 했다. 그러나 훈련을 받은 적이 없기 때문에 내가 아루나에서 일하는 것이 훨씬 힘든 일이 될 것이다. 서둘러 시작해야만 했다. 코기 족에겐 6개월이면 충분하겠지만, 나에겐 일 년이라는 기간 전부가 필요할 터였다. 마마 발렌시아가 말하기를, 일 년이면 내가 모든 준비를 마무리하게 될 거라고 했다.

나는 9개월 안에 협의 사항을 최종 매듭짓기 위해 돌아오기로 약속하고, 약간은 멍한 상태로 산타 마르타로 돌아오게 되었다. 우리는 마누엘리토를 함께 데리고 내려와서 의사에게 보였다. 그는 자신의 상태에 매우 유감스러워했다. 그는 과로 때문에 병이 났다고 생각하고 있었다. 그도 역시 고나빈두아 타이로나의 위원인데, 그것은 그가 누구보다 거리낌 없이 말하는 비평가 중 한 사람이었기에 맡게 된 일이었다. 그는 자신의 삶을 멈춤도 없고 휴식도 없이 마마들을 위해 끊임없이 돌아다니는 삶이라고 묘사했다. "나는 그들의 심부름꾼이지요. 그들은 '마누엘리토, 거기에 가라! 이것을 해라! 빨리!' 하고 말해요. 그러면 나는 해야 돼요. 내 머리는 너무 아파. 나는 아프다오." 라몬도 종종 비슷한 말을 했다. 둘 다 세속을 벗어나 다시 균형을 회복할 만한 시간이 필요하다고 느꼈다. 나로서는, 내 균형이 다시 예전으로 되돌아간다는 생각은 할 수가 없었다.

코기 족의 논쟁

베르나르도 발데라마는 시에라의 구석구석을 걸어서 다닌 사람이었다. 그는 자신을 정복자의 후예라고 믿고 있었다. 그 정복자의 이름은 돈 파로미노Don Palomino. 파로미노 강에 이름을 붙여준 사람이며, 급류에 휘말려 숨진 정복자였다. 베르나르도는 조상의 발자취를 따라가는 데 평생을 바치고 있었다. 그리고 그 과정에서 수세기 동안 백인이 방문하지 않은 지역들을 탐험하고 있었다.

그는 최근 코기 족이 사는 타이로나 도시를 발견한 뒤로 매우 흥분해 있었다. 자신이 이곳을 발견한 첫 번째 외부인이라고 믿고 있었다. 지금 우리는 이곳으로 가고 있다. 넓은 주춧돌 위에 세워진 고대 도시. 바위를 깎아서 만든 의자가 하나 있고, 계단 모양으로 층이 져 있는 벽들도 있었다. 여기에는 또한 의료 지원이 필요한 사람들이 살고 있었다. 그들은 벌레 때문에 심한 고통을 받고 있었고, 나는 그 치료에 필요한 약을 가져가는 중이었다.

라몬은 이번 여행이 반갑지 않은 눈치였다. 고나빈두아 타이로나의 대표로서 함께 가야 한다는 나의 주장에도 내켜하지 않았다. 자신의 어머니 쪽, 그러니까 외가 쪽 사람들이 우리가 찾아가는 마을 사람들과 사이가 좋지 않기 때문이었다.

자세한 사연은 이랬다. 문제의 마을은 원래 유서 깊은 곳이었고, 약 60년 전까지만 해도 라몬 어머니의 방계 가족이 주로 살고 있었다. 그러던 어느 날 큰 축제중에 퍼진 식중독으로 30명가량이 목숨을 잃었다. 마을은 버려졌다. 그리고 몇 년 전, 다른 일족이 그곳에 들어앉기로 결정했다. 그 일족의 구성원인 마마가 점을 쳐 이렇게 하는 것이 옳다고 했고 땅의 일부에 경작을 허락했다. 한편 라몬의 외가 쪽 마마는 정반대로 점을 쳤다. 우리는 불화의 한가운데로 걸어가고 있는 중이었다.

이런 종류의 논쟁, 특히 땅과 관련된 논쟁은 코기 사회에서 아주 핵심적인 것이었다. 그 불화가 어찌나 심각한지 나는 이 사회가 어떻게 유지하고 생존할 수 있는지 궁금할 정도였다. 마마들이 점을 친 결과가 서로 다르다는 것은 점의 신빙성을 허무는 것이었다. 만약에 정신 세계로부터 들려오는 목소리가 단순히 분쟁의 도구로 쓰일 뿐이라면 그것이 무슨 의미가 있겠는가? 그럼에도 불구하고 코기 세계는 그 오랜 세월 동안 분열된 적이 왜 한 번도 없었을까?

이 의문점을 이해하는 데 시간이 좀 걸리기는 했지만, 푸에블로 비에호의 회의를 지켜보는 가운데 나는 그 해답을 찾게 되었다. 회의에는 여러 촌락의 대표가 자리하고 있었고 대부분의 사람은 서로 사이가 좋지 않았다. 그러나 그 긴장과 논쟁의 뿌리 속에는 공통의 목적에 대한 기본적인 인식이 탄탄하게 담겨 있었다. 공통의 목적이란 세계의 생존, 그리고 세계를 보살피는 일에 대한 마마들의 굳은 책임감 등이다. 아무런 혼란 없이 구성원 모두가 동의하는 목적을 결정할 수 있고 실천할 수 있는 사회는 흔치 않다. 그러나 코기 족 마마들은 중요한 결정이 필요할 때 각자가 점친 결과를 공유하면서 그 점의 의미를 분석하고, 합의에 도달하

124

고, 결국에는 그것이 실행에 옮겨지도록 하는 능력을 가지고 있다.

점

점은 아루나 세계와 물질 세계의 연결을 형식화한 것이다. 조상들과의 대화라고 이해할 수도 있다. 왜냐하면 육체의 죽음은 생명의 끝이 아니라 그 존재가 육체 상태에서 다른 상태로 옮겨감을 뜻하기 때문이다. 그러나 이렇게만 설명해서는 점을 한갓 조롱거리로 만들 우려가 있다. 아루나는 '어머니'이고 그 '어머니'의 음성을 마마가 듣는 것이라고 점을 설명할 수도 있다. 그러나 점이 단지 신들로부터 메시지를 받는 것만을 말하지는 않기 때문에 이 설명도 완벽한 것은 아니다.

점은 기미signs를 읽는 것이다. 세상에서 일어나는 모든 일이 아루나 세계의 사건이기 때문에, 모든 일은 아루나 세계를 반영한다. 질문을 던지는 행동은 아루나에서 이루어지는 행위이며 순수한 사고의 행위이다. 그리고 만약 질문이 적절하다면 그 답은 여기 물질 세계에서 즉각적으로 나타난다. 점은 질문을 적절한 모양으로 구체화하는 정신의 과정이며, 또한 그 해답을 읽는 지극히 의례적인 과정이다.

이것은 우리에게 낯선 것은 아니다. 우리는 타로 카드나 찻잎 점 같은 것을 알고 있다. 우리에게 점은 뭔가 신비로운 분위기를 풍긴다. 그 치장이 신비롭고 모양이 복잡할수록 우리는 점에 대해 더욱 조심스럽고 민감하게 반응한다. 상징이 복잡하고 풍부한 타로 카드는 찻잎 점보다 훨씬 더 깊이가 있어 보인다. 시초蓍草 줄기들을 몇 개 떨어뜨려 놓고 거기에서 다양한 의미들을 끌어내는 주역周易의 방대하고 정교한 해석은 더욱 신비롭다.

코기 족의 경우, 전혀 예측이 불가능할 것 같은 어떤 것이 해답을 찾아주는 도구로 이용된다. 심지어는 손가락 끝을 모아서 두드려보는 것만으로도 해답의 실마리를 찾아낸다. 그러나 가장 많이 쓰는 방식은 물그릇에 생기는 거품 모양을 보고 해답을 찾는 것이다. 마마들은 속이 비어 있는 타이로나 구슬을 가만히 물그릇에 내려놓은 뒤 수면에 떠오르는 거품들을 보면서 해답을 얻는다.

만약 점을 해석한 것이 권위를 신비화하고 정당화하기 위한 수단으로 쓰인다거나 혹은 그런 목적으로 부러 꾸며낸 것이라면 이 모든 것은 아무 의미도 없게 된다. 베르나르도가 발견했다는 마을에서 일어난 엇갈리는 점이 그 예가 될지도 모르겠다. 그러나 코기 세계는 내분으로 조각난 사회가 아니다. 점을 둘러싼 논쟁은 더 심오한 점을 통해 해결된다. 코기족은 대다수 마마들을 접근하기 두려운 존재로 여기지 않는다. 그들은 마마가 무식하고 세속적이라고('무식함'과 '세속적임'은 그들이 중요하게 생각하는 두 가지 주된 비평이다) 불평하기도 한다. 만약 마마가 자신의 이익을 채우기 위해 점을 사용하면 사람들은 이내 알게 된다. 점이란 생활에서 실제로 쓸모 있는 것이지 특별히 신비롭거나 수수께끼 같은 것이 아니다.

모든 것의 본질을 이루고 있고 모든 것이 하나의 생명으로 묶여 있는 고차원의 실재, 곧 아루나의 세계가 존재하지 않는다면 점은 의미가 없을 것이다. 지성, 과학, 이성적인 것을 중요시하는 우리의 전통은 아루나를 거부하도록 만든다. 그러나 우리의 전통은 단 하나의 궁극적인 기준만이 존재한다고 여기는 전통이다. 그 기준이란 "그것이 사리에 맞는가?"(Does it make sense?)가 아니라 "그것이 작용하는가?"(Does it work?)이다.

우리의 과학적인 세계관으로 보면 아스피린이나 전기의 존재를 믿는데 조금도 문제될 게 없다. 그러나 그것은 아스피린이나 전기가 작용을

126

하기 때문이지 사리에 맞기 때문은 아니다. 코기 족은 점을 바탕으로 모든 결정을 해왔고, 어떠한 사회도 버텨내지 못한 압력 앞에서 지금껏 살아남아 왔다. 그들에게 점은 '작용' 한다. 우리에게는 점을 비평할 길이 없다. 우리가 현재 직면하고 있는 문제는 생물학적·화학적인 기계 장치를 넘어선 어떤 것도 존재하지 않는다는 우리 자신의 세계관이 과연 작용을 하는가 아닌가 하는 것이다. 지금까지는 우리의 세계관이 놀라운 결과들을 만들어온 것처럼 보인다. 그러나 코기 족의 눈에는 파국으로 치닫는 길에 잠깐 맛보는 달콤함으로밖에 보이지 않는다. 그들에게 우리는 산 위에서 뛰어내려 아주 빠르게 떨어지고 있으면서 잘 날고 있다고 착각하며 자랑스러워하는 사람들처럼 보인다. 그들은 자신들이 더 멀리 볼 수 있다고 믿으며 자신들의 오래되어 낡아 보이는 생각이 옳다고 여긴다. 그러나 불행스럽게도 그들은 자신들이 우리와 연결되어 있으며, 따라서 자신들 또한 파국으로 떨어질 날이 멀지 않았다고 믿는다.

조개껍데기 줍기

라이클 교수의 조언대로 나는 베르나르도가 찾은 마을에 조개껍데기를 갖다주고 싶었다. 포포로를 사용하는 코기 족에게 조개껍데기는 꼭 필요한 것이었다. 포포로에 쓸 석회 가루는 이 조개껍데기를 불에 태워 만들었다. 그들은 한시라도 바삐 바다에 다시 나가야 한다고 했었다. 그것이 조개껍데기 외에도 물고기와 소금을 얻을 수 있는 유일한 길이었다. 그러나 그보다도 중요한 이유는 그것이 시에라의 다른 지역들, 곧 세계의 다른 지역들에 조화를 가져다주는 자신들의 임무를 지속할 수 있도록 해주기 때문이었다.

1970년대 초, 시에라 북쪽 사면을 따라 연안 도로가 건설되었다. 이

선물로 가지고 간 마른 생선들　　　　　　조개껍데기 줍기

도로를 통해 과지라 사막의 광산 개발이 가능해졌고 시에라의 북부 저지대가 식민지화되었다. 코기 족은 이때 들어온 농부들을 '캄페시노스 campesinos', 곧 시골 사람들(예컨대 농부 혹은 소小자작농)이라 부르지 않고, '콜로노', 곧 정착자, 식민자라고 불렀다. 그들은 콜럼버스의 길을 따라 가장 최근에 들어온 자들이었다. 그들은 경작지를 만들기 위해 도로 인근의 숲을 모조리 베어버렸다. 그러나 이 경작지들은 땅이 침식되기 전까지 겨우 몇 년밖에는 갈아먹을 수 없었다. 그러면 그들은 또 다른 지역으로 옮겨가 다시 숲을 베어내었다. 그들은 이런 식으로 재앙을 퍼뜨리고 있었다.

전통적인 농사가 불가능하게 되자, 많은 농부들이 마리화나(대마)를 재배했고, 그 뒤에는 코카인을 재배하기 시작했다. 연안을 따라 재배 지역이 확대되면서 그곳은 위험 지역이 되어갔다. 위험스럽기는 코기 족에게도 마찬가지였다. 그러니 조개껍데기를 가져다주는 것은 괜찮은 일이리라. 라몬과 아달베르토는 이 계획을 열렬히 환호했고, 카를로스는 우리를 연안까지 트럭으로 데려다주겠다고 했다.

먼저 산타 마르타 근처에 있는 연안으로 가보았다. 그러나 그곳엔 조개가 별로 없거나 마약 거래꾼들이 길을 막았다. 우리는 연안을 따라 차를 몰아가면서 계속 조개를 찾았다. 허름한 메스티소mestizo(인디언과 백인의 혼혈) 마을들을 한참 지나 과지라 끄트머리에 있는 디불라에 도착할 때까지 우리는 시에라 전체를 돌아야 했다.

길가를 따라 단층짜리 상점들이 모여 있는 밍게오에 잠시 멈추었다. 마침 해안을 찾아 나흘 동안이나 걸어온 알후아코 마마와 그의 제자들을 태우게 되었다. 그들은 매우 고마워했다. 마마들은 이러한 여행을 일 년에 두 번씩 한다고 했다. 어렵고 위험하지만 필요한 순례 길이었다.

산 저편으로는 바다가 없소. 조개껍데기를 주으려면 여기까지 와야 해요. 그래서 우리 조상들이 여기까지 바다로 통하는 길을 만들어놓은 거라오.

길을 건너고 있는 커다란 이구아나 도마뱀이 보였다. 이구아나를 본 라몬이 덫을 놓았다. 돌아오는 길에는 커다란 이구아나 고기를 가져갈 수 있기를 바라면서 말이다. 자연을 존중하는 코기 족의 사상이 그들을 채식주의자로 만들지는 않았다. 아메리카의 다른 모든 토착민처럼 코기 족도 스페인 정복자들이 가축을 들여오기 전까지는 사냥을 통해 단백질을 섭취했다. 이구아나는 여전히 그들에게 맛난 음식이었다.

디불라는 편안한 곳이 아니었다. 우발적인 살인 사건들로 유명한 곳이었다. 여기서 가장 돋보이는 곳은 커다란 장식 대문이 지키고 있는 공동

묘지였다.

그런데 이상스럽게도 마을 바로 밖에는 수영장과 술집이 있는 호화로운 개인 클럽이 서 있었다. 높은 철책 담장과 정교한 안전 경보 시스템 뒤로 돈 냄새가 났다. 그리고 그 옆에 가난, 절망 그리고 오물 냄새가 풍기는 디불라가 있었다.

그곳에 오래 머물지 않고 차를 몰아 마침내 해변에 도착했다. 지저분하고 바람이 많이 부는 해변에 우리는 평화로이 남겨졌다. 충분한 양은 아니었지만 어느새 사람들의 모칠라에 조개껍데기가 가득 찼다. 돌아오는 길에 나는 도덕적 압박감을 가해 베르나르도와 함께 방문하기로 한 마을에 선물로 조개껍데기를 어느 정도 가져갈 수 있게 되었다.

다음 날, 라몬이 여전히 걱정을 많이 하긴 했지만 우리는 베르나르도와 함께 헬리콥터에 올라탔다. 마을은 가파른 산등성이 저편에 자리 잡고 있었다. 산등성이는 우리가 탄 헬리콥터 '벨 레인저Bell Ranger'가 착륙하기 어려운 지점에 있었다. 헬리콥터가 애를 쓰는 동안 구름으로 가득 찬 계곡 풍경이 눈에 들어왔다. 우리는 내려갈 수가 없었다.

조종사는 구름으로 닫힌 계곡에 들어가려고 여러 차례 시도를 했다. 그러다 막다른 협곡으로 들어가게 되었는데, 협곡은 아래로 내려갈수록 더 좁아졌다. 곤란한 지경에 빠졌다는 걸 직감했다. 빠져나오기에는 협곡의 벽이 너무 높았다. 협곡의 폭은 30미터도 안 될 정도로 좁았다. 우리 밑에는 두터운 구름층이 있었다. 헬리콥터가 좁은 공간을 아슬아슬하게 돌아서 빠져나오는 동안 우리는 두 손을 어찌나 꽉 쥐고 있었는지 손가락 마디 관절이 다 하얗게 변해 있었다.

공항으로 돌아온 나는 여전히 창백한 얼굴이었지만, 라몬은 싱긋이 웃고 있었다. "세란쿠아가 결정하셨소. 세란쿠아는 우리가 그곳에 가선 안 된다고 말씀하고 계시오." 나는 라몬에게 나중에 시간과 여건이 허락되는 대로 걸어서 그 산에 올라가 조개껍데기와 약품을 사람들에게 전해 줄 수 있겠냐고 물어보았다. 그는 그렇게 하겠다고 했다. 그러나 그 이후 그 마을 이야기는 더 듣지 못했다.

세란쿠아에 대한 라몬의 확신은 내 마음으로도 번지기 시작했다. 어느새 그 확신이 숙명론처럼 받아들여지고 있다는 것도 깨달았다. 마마들은 나에게 큰 책임을 주었지만 나 혼자서는 도저히 감당할 수 없는 무게라는 것을 알고 있었다. 하지만 그들의 짐은 분명 의미를 지니고 있고, 또 내가 일을 하는 동안 세란쿠아가 도와줄 거라고 믿을 필요가 있었다. 나는 이미 마마들을 신뢰하고 있었다. 그리고 이제 나는 그 이상의 어떤 것을 신뢰하기 시작했다.

푸에블리토로 가는 길

나의 숙명론은 금세 커다란 시험을 당하게 되었다. 하비에르 로드리게스와 함께 다른 코기 족 마을을 방문하는 일이 남아 있었다. 하비에르는 친절하고 열성적인 사람이었고 알후아코 족과 오랜 시간 같이 지내온 사람이었다. 그는 진심으로 그들의 일부가 되고 싶어했다. 자신을 마마가 되고자 훈련받는 사람으로 여기며 늘 모칠라와 포포로를 가지고 다녔다. 그러나 그에 대해 잘 모르는 라몬은 이 점을 아주 못마땅해했다.

하비에르가 방문할 곳은 시에라 남쪽에 있는 마을이었다. 그곳은 북쪽보다는 접근하기 쉬웠고 헬리콥터도 필요하지 않았다. 그러나 먼저 푸에블리토Pueblito부터 방문하기로 했다.

연안과 인접한 푸에블리토는 초기 타이로나 유적지 중 하나였다. 1920~30년대에 발굴되었는데, 라이클-돌마토프가 대부분의 구조를 밝혀냈다. 라이클 교수는 이곳에 사람들이 마지막으로 산 시대가 17세

푸에블리토로 가는 길. 맨 뒤가 하비에르.

기 초반일 거라고 확신했다. '잃어버린 도시'와 같은 기념비적인 크기의
도시는 아니었지만, 나는 그곳에 가야 했다. 라몬과 하비에르도 함께 가
주었다.

　푸에블리토로 가는 길은 보통 두 가지가 있었다. 하나는 연안 도로에
서 들판을 가로질러 빠져나온 뒤 바다 쪽으로 약 세 시간 정도 가는 방법
이었다. 다른 하나는 먼저 해안 쪽으로 가서 좁은 해변 길을 따라 두 시
간 정도 걸어간 뒤 도시로 곧장 이어지는 돌계단 길을 타고 올라가는 방
법이었다. 나는 제3의 길로 결정했다. 돌계단이 있는 곳까지 배를 타고
갈 참이었다.

　어느 누구도 생각하지 못한 방법을 이제는 내가 생각할 수 있다는 것
에 나는 스스로 놀라워했다. 나는 펠리시티를 급히 보내 배편을 구하도
록 했다.

이 여행의 출발점은 자연스레 산타 마르타의 동쪽 편에 위치한 작은 어촌 항구 타강가였다. 타강가는 보기에 따라서 매력적으로 보일 수도 혹은 비참하게 보일 수도 있는 곳이었다. 택시 운전사들은 다들 매력적이라고 믿었다. 그들은 저 멀리에서 그곳이 보이기 직전까지 타강가의 아름다움에 대해 끊임없이 이야기한다. 고향을 그리워하는 콜롬비아 사람들은 하나뿐인 호텔 블루 웨일Blue Whale의 뛰어난 요리 솜씨에 대해 이야기한다. 블루 웨일은 프랑스 출신의 히피족 여성이 그곳에 정착하면서 문을 열었다고 했다. 현재는 그 여성이 블루 웨일을 운영하지 않는다는 것을 그들은 모르고 있는 것 같았다. 그 호텔의 음식 메뉴는 간단하고 단조로운 순수 콜롬비아식 요리뿐이었다. 그렇지만 음식값이 싸고 경관도 아름다운데다 다이빙과 낚시를 즐기기에 더없이 좋은 산호초 지역이 가까이 있었다. 돈이 별로 없는 고고학자들도 이곳에 머물기를 좋아했다. 상상력을 약간 보태고 고약한 냄새만 조금 무시할 수 있다면, 이곳은 바닷가 빈민촌에서 일약 색다른 휴양지로 변신이 가능한 곳이었다.

타강가에는 단점이 하나 더 있었다. 산타 마르타에서 온 택시 운전사들은 날이 어두워지면 운전하기를 꺼린다는 것이었다. 강도 때문이었다. 마리화나를 실어 나르는 거점인데다가 순박한 어부 중 일부는 마약 거래꾼과 토지 소유권 문제로 오랫동안 골머리를 앓고 있었다. 그런 와중에 최근 마을 근처에서 아홉 명이 죽임을 당했다. 사실 콜롬비아가 바로 그런 곳이긴 하지만.

우리는 페드로Pedro를 이미 만난 적이 있었다. 거의 벌거벗은 듯한 옷차림의 그는 키가 크고 피부가 새까만 타강가의 어부였다. 그는 휴가차 온 한 고고학자의 아이를 데리고 해변에서 놀고 있었다. 나는 펠리시티가 거대한 동력 엔진을 가진 배를 구할 거라고까지는 생각하지 않았다. 그런데 펠리시티는 내가 벌써 페드로와 계약을 했다고 생각, 내가 어련히 잘 판단했겠거니 하고 그가 흥정하는 대로 뱃삯을 지불하기로 한 상태였다. 길이가 6미터 정도에 모터 엔진이 배 바깥에 설치된 개방형 배였다. 배의 이름은 이 연안을 따라 이어지는 여러 해변의 이름 중 하나인 '가이라카Gairaca'였다. 이 이름의 의미는 '용기'라고 보면 된다. 페드로가 그 먼 곳까지 항해해 보았다는 것을 말하기 때문이다. 우리가 지불한 값에는 점심 식사비도 포함되었고, 양철 깡통으로 물을 퍼내는 선원 두 명의 품삯도 들어 있었다.

우리는 배 위에 따가운 태양볕을 가려줄 피난처를 그런대로 근사하게 꾸몄다. 그런데 배가 항만 입구의 갑을 빠져나가자마자 거대한 파도가 덮쳐 이 피난처는 무용지물이 되고 말았다. 파도는 잠시도 멈추지 않고 계속해서 배를 덮쳤다.

한 번도 바다에 나와본 적이 없는 라몬은 자신을 덮치는 사나운 파도에도 아랑곳하지 않고 하얀 옷의 실루엣 속에 초연한 자세로 앉아 있었다. 나는 그가 평소에 하던 대로 저렇게 조용히 앉아 있겠거니 했다. 나중에서야 그가 죽음에 대비하고 있었음을 알게 되었다. 그때 배에 있던 다른 사람들은 모두 미친 듯이 물을 퍼내고 있었다.

어부는 아주 태연히 대처했다. 그런데 내가 돌아갈 땐 이 배를 타지 않겠다고 하자 매우 당황해했다. 해안에 도착하기까지는 생각보다 오랜 시간이 걸렸다. 비록 내가 이 상황을 견뎌낸다 할지라도 날이 어두워지기 전에 푸에블리토까지 올라갔다 내려와서 다시 타강가로 돌아가기는 무리였다. 어둠 속에서 산호초를 건너 불빛이 전혀 없는 타강가의 갑으로 돌아가는 것이 좋은 생각이 아니라는 데 어부도 동의했다.

우리는 해변에서 몸을 말렸다. 그 해변은 지금껏 본 해변 중에서 가장 완벽했다. 순수하고 깨끗한 모래, 맑고 푸른 바다, 그리고 해안에 바로 이어지는 짙푸른 밀림. 해안에서부터 곧장 솟아올라 있는 산 풍경과 더 불어 그곳 해변은 알온소 데 오헤다가 1498년에 처음 발견했을 당시의 모습 그대로였다.

첫 식민지 개척자들

1514년 6월 12일, 스페인 대범선 한 척이 도착하여 식민지를 개척하기 시작했다. 인디언들은 그들을 보기 위해 해안가로 내려왔다. 인디언들은 간단한 옷만 입고 있었고, 모기를 쫓기 위해 몸 전체에 붉은색 과즙을 바른 상태였다. 범선의 지휘관은 병사 몇 명을 육지로 보냈다. 인디언들은 닻을 내리고 있는 배로 달려와서 "활과 화살로 정중하게 자신들이 우리의 정박을 거부한다는 의사를 표시했다." 스페인 사람들은 모여든 인디언들을 향해 준비해 간 긴 문서를 읽었다. 문서는 이렇게 시작하고 있었다.

가장 높고 가장 강한 가톨릭 교회의 위대한 방어자이시고, 항상 정복자였고 한 번도 정복당한 적이 없으시며, 예루살렘과 시실리의 왕이시고 인디언들의 왕이시며, 바다 위의 섬들과 육지의 왕이신 위대한 왕 돈 페르난도 5세—야만인들의 정복자와, 그의 가장 높고 가장 힘있는 여왕이신 도냐 호아나, 그의 가장 친애하는 딸, 우리의 주인님들, 그들의 종이며 사자이자 대장인 나 페드라리아스 다빌라는 너희에게 알리노니, 삼위일체이신 우리의 아버지 하나님은 하늘과 땅을 창조하시고, 남자와 여자를 만들었으며, 이 세계의 너희나 우리 모두를 만들고, 앞으로 올 우리 후손들을 만드실 분이시다. 지난 5천 년 동안 수많은 세대가 자라고 번성하였기에, 어떤 사람들은 이 방향으로 또 다른 사람들은 저 방향으로 가서 많은 왕국과 지역으로 나누어질 필요가 있었고, 오직 하나의 인류로 남아

있을 수 없었다.[1]

이것은 삼위일체의 교리와 교황의 지위에 대한 기독교의 근본 교리를 설명한 것으로, 자연스럽고 흥미로운 방식으로 유럽 정치 구조에 대한 이론과 왕들의 신성한 권리에 대해 소개하고 있다. 논리적인 이 문서의 결론은, 듣고 있는 인디언들이 스페인 왕의 종이며 세례를 받아야 한다는 것이었다. 봉건 시대 막바지의 정치 이론과 신학을 논설해 놓은 잘 짜여진 연설문이었다. 인디언들이 스페인 어를 알아듣지 못할 경우를 감안하여 이 연설은 이스패니올라의 토착어인 카리브Carib로 다시 읽혀졌다. 사려 깊은 행동이었지만 스페인 어 이상으로 이해된 것은 아니었다.

스페인 정복자들에게는 이해되는 내용이었으나, 이들의 지당한 임무를 이해할 수 없었던 인디언들은 정박한 배를 향해 화살을 날렸다. 이 행동은 새로운 통치자에 대한 반역의 행위로 받아들여졌고 정복자들은 곧바로 공격을 시작했다.

스페인 정복자 편에 있던 서기 한 사람이 인디언들이 연설 내용을 전혀 알아듣지 못한 것 같다고 이야기하자 군인들이 비웃었다. 사실 아무런 의미도 없는 절차였던 것이다.

이 순간의 여러 이상한 모습 가운데 하나는, 인디언들이 스페인 사람들에게 무언가를 설명하려고 시도했다는 것이다. 심지어는 그 문서에 대해 뭔가 이야기하려 했을지도 몰랐다. 오늘날에도 분명히 그와 비슷한 내용의 이야기를 하고 있다. 한 마마가 우리 앞에서 한 이야기 중에는 당시 스페인 사람들의 주장에 대한 대답처럼 생각되는 부분이 있었다. 세

---

1) Oviedo, 7, 121-134. 팔라시오스 루비오스Palacios Rubios 박사가 편집하고 스페인 신학자들과 고위 성직자들의 위원회가 승인한 이 문서는 정복되는 모든 지역에 가져가서 읽혀졌다. 오비에도 그 자신이 이 탐험에서 그것을 읽어야 할 책임을 지고 있었다.

계와 인간이 창조된 방식은 정치적인 의무와 이어진다는 내용이었다.

태초에 세상이 만들어졌고, 우리는 그 뒤에 만들어졌지요. 그러고 나서
세란쿠아는 우리의 대지를 내려다보셨소. 그는 인간에게 "너희는 세계와
우주를 보살피고 균형을 유지하며 보호하기 위해 창조된 생명들이니라.
그것을 보살피는 데 집중해라"라고 말씀하셨지요.

우리의 역사, 마마의 역사는 이 땅 위의 사람들이 모두 같은 믿음을 가
졌다고 이야기하지요. 우리는 모두 '형님들'이었소. 쌀을 살 때처럼, 옷을
살 때처럼, 땔감을 주울 때도 우리는 그 값을 지불해요. 우리는 땔감과 물
과, 우리가 마시는 공기와, 우리가 살아가는 데 필요한 것들, 모든 작은
동물들을 얻게 되면 세란쿠아에게 값을 지불하지요. 우리는 모든 것에는
값을 지불해야만 한다는 사실을 항상 잘 알고 있었다오.

그때 '아우'는 기계의 지식을 갖게 되었지요. 이 땅은 아주 신성했기에
만약 '아우'가 여기에 계속 머물렀다면 어머니 대지에게 해를 입혔을 거
요. 그는 어머니 대지를 공경하지 않았을 것이고, 깊은 연민이나 고통 없
이 어머니의 눈을 찢어버리고 어머니의 창자를 찢어버렸을 겁니다.

'아우'는 이해력이 부족했어요. 세란쿠아는 "그들이 우리를 공경하도
록, 넘어오지 못하도록 그들을 다른 곳으로 보내자. 나는 그 사이에 바다
를 만들겠다"라고 말씀하셨어요.

그러나 '아우'는 자기가 많이 배웠고 지식이 많으며 현명하다고 생각하
면서 저 바다 건너편에서 이곳으로 다시 돌아왔다고 마마들은 말합니다.

아우들은 이곳에 와서 어머니 대지를 피 흘리게 하고, 어머니 대지의
눈을 아무런 공경심도 없이 찢어버리기 시작했어요.

세란쿠아는 아주 분명하게 말씀하셨어요. "'형님'은 '아우'를 공경하고
'아우'는 '형님'을 공경해야 한다. 이곳에 오지 마라. 나는 이곳을 너희와

분리시켜 놓았다'라고. 그러나 '아우'는 그 말을 존중하지 않았소. 그는 결국 왔고, 세란쿠아의 정신의 법칙을 어겼다오. 지금 여기 있는 마마들은 '아우'가 우리를 공경하는 방법을 배워야 한다고, 이러한 우리의 말을 반드시 들어야 한다고 말하지요. 이것이 마마들이 말하는 바라오.

스페인 사람들의 선언서는 더욱 무섭게 끝을 맺는다. 만약 토착민들이 항복하지 않는다면,

확신하건대, 신의 도움으로 나는 너희를 강력하게 침략할 것이며, 할 수 있는 한 모든 방식으로 그리고 모든 곳에서 너희와 전쟁을 벌일 것이다. 나는 너희를 굴복시켜 교회와 우리 왕에게 복종하도록 만들 것이다. 그리고 나는 너희와 너희의 여자들, 아이들을 잡아 노예로 만들 것이며, 왕이 명령하시는 대로 그들을 매매하고 죽일 것이다. 나는 너희의 물건을 빼앗을 것이며, 내가 할 수 있는 모든 악한 행동과 위해를 너희 모두에게 가할 것이다. 마치 그 주인에게 저항하고 대항하는 종을 다루듯이. 그리고 이를 통해 발생하는 모든 죽음과 위해는 너희의 잘못이지, 왕의 잘못도 아니고 나의 잘못도 아니며, 여기 나와 같이 온 신사들의 잘못도 아님을 선언한다.

스페인 사람들이 공중으로 총을 몇 발 쏘자 인디언들은 해변에서 사라졌다. 마침내 스페인 사람들이 뭍에 내려왔다. 그리고는 해변에 있던 오두막으로 다가갔다. 다빌라는 칼을 빼어들어 상징적으로 나뭇가지들을 베어내면서 카스티야 왕의 이름으로 그 땅을 소유한다고 선언했다. 그는 선언문을 더 작성하여 글로 적은 뒤 "증인을 요구했다." 그러나 그 근처에는 인디언이 한 명도 없었다.

푸에블리토

펠리시티, 하비에르 그리고 나는 라몬의 뒤를 따라서 밀림 속으로 들어갔다. 이윽고 우리는 널빤지 모양으로 얇게 다듬어놓은 것 같은 커다란 바위벽 앞에 멈춰 섰다. 마치 길이 끝난 것처럼 보였다. 라몬은 "이들은 파수꾼이오" 하고 말했다. "돌로 된 사람들이지요. 이들을 지나가야만 합니다." 바위 사이로 좁은 틈이 벌어져 있었다. 그곳을 통과해서 나아가자 양쪽으로 커다란 석판을 쪼개서 만든 벽이 이어지더니, 낮은 지붕 아래로 또 다른 좁은 틈이 나타났다. 그 틈을 지나자 계단이 시작되었다.

깊은 밀림 속에서 자그마치 200미터가 넘는 높이로 쌓아올린 계단의 모습은 놀랍기 그지없었다. 우리는 가장 무더운 정오에 그 계단을 오르기 시작했다. 라몬은 파고든 나무뿌리 때문에 돌덩이가 빠져나가 생긴 커다란 틈바구니들을 가볍게 피하면서 계단 위로 뛰어올랐다. "조심하시오. 발목을 삘 수도 있으니까. 나는 이것을 20분이면 오르지만, 당신들은 한 시간은 걸릴 거요." 그러나 나는 거의 두 시간이 걸렸다. 나는 라몬이 30대 중반쯤 되었을 거라고 생각했다. 그는 단숨에 계단을 뛰어올라가서는 쉬면서 우리를 기다리곤 했다. 그의 실제 나이는 56세라고 했다. 코기 족은 우리와 달랐다.

푸에블리토에 도착할 무렵 나는 완전히 녹초가 되어버렸다. 그곳에 도착하자 라몬은 우리에게 주변을 구경시켜 주었다. 낮은 벽 사이로 넓은 길들이 나 있었고, 잘 다듬어진 보도의 연석들이 의식을 행하는 집들 쪽으로 이어져 있었다. "이건 남자들 집이었고, 저것은 여자들 집이었소. 이곳은 태양의 장소이고. 마마가 일을 보는 곳이오. 다른 마을 사람들과 마음으로 의사 소통—전화 통화처럼—을 하는 장소였다오." 코기 족은 텔레파시 능력을 그리 고차원적인 것이라고 생각하지 않는다. 텔레파시는 지위가 낮은 마마리토Mamalito의 업무이다. 그들은 그것을 당연한 것으로 여겼다. 그러나 나는 더 자세히 알아보고 싶지는 않았다. 그게 제대로 작동되지 않으면 나는 실망할 것이고, 작동된다면 혼란스러워질 테니까.

푸에블리토는 '잃어버린 도시'와는 사뭇 달랐다. '잃어버린 도시'보다 저지대에 위치하고 있어 더 평평하고 개방되어 있을 뿐만 아니라, 세심하게 다듬어진 돌로 세워져 있어서 훨씬 품위 있고 세련되게 보였다. 주변 환경도 그다지 험난하지 않고 구조물도 훨씬 소박했지만, 푸에블리토에는 석조 건축이 풍부하고 그 기술도 아주 뛰어났다. 어떤 돌은 아주 컸는데, 6미터나 되는 석판들이 사각형으로 잘려져서 매끄럽게 마무리가 되어 있었다.

우리는 큰길 쪽으로 걸어가면서 이야기를 나누었다. 라몬은 '형님들'의 외로움, 즉 마지막 남은 생존자라는 생각에서 오는 외로움에 대해 이야기했다. "마마들은 아루나의 세계를 여행하면서 다른 곳에서 온 사람을 만나곤 했소. 그러나 시간이 흐를수록 마마들과 정신 세계에서 이야기를 하는 사람이 줄어들기 시작했지요. 이제 아무도 없다오. 모두 사라져버렸소."

저 이야기는 무슨 의미일까? 마마란 태양을 의미한다. 즉 마마는 깨달은 사람이라는 뜻이다. 라몬이 내게 말했듯이 한때는 다른 곳에 사는 깨달은 존재들도 아루나의 세계에서 만날 수 있었다. 그런데 아주 최근에는 마지막 존재들마저 사라졌다. 정신 세계로 떠나는 여행을 멈춘 것이다.

우리는 서로의 가족에 대해 이야기했다. 나는 다시 올 때 아내를 데리고 오겠다고 했다. 라몬은 쓸쓸한 어조로 아내가 있다는 것은 돈이 많은 것보다 훨씬 좋은 것이라고 말했다. 바깥일로 너무 바빴던 라몬은 결혼 생활이 파국을 맞게 되었다고 했다. 그의 아내는 이혼을 원했다.

푸에블리토는 넓고 평평한 땅 위에 자리잡고 있으며, '잃어버린 도시' 보다 밀림에 덜 갇혀 있다.

라몬은 이와 같이 돌로 된 토대들을 '태양의 장소' 라고 묘사했다.

그의 아내는 코기 족이었다. 코기 족 사이에서 이혼은 아주 간단했다. 여자가 다른 남자에게 고기 한 조각을 받으면, 자기 마음이 그 남자에게로 돌아섰다는 뜻이 된다. 그후 라몬도 재혼을 했지만 아직도 첫 번째 부인을 그리워하고 있었다.

우리는 걷기에 대해서도 이야기를 나누었다. 마을에서 마을로, 경작지에서 경작지로 시에라 전체를 종횡하면서 코기 족은 늘 걷는다. 그로 인해 시에라에서의 삶은 생동감이 넘친다. 돌, 조개껍데기, 씨앗, 그 밖에 자기가 만든 물건을 가지고 이곳저곳으로 다니는 것은 삶의 조화를 찾는 데 없어서는 안 되는 요소이다. 조상들은 수백 킬로미터나 되는 길을 만들어놓았다. 그 길은 신성한 길로서 늘 잘 닦여 있어야 하고 또 늘 그 길로 걸어다녀야 한다. 라몬은 개미도 그 길을 걷는 '형님'이라고 말했다.

앉아서 쉬는 동안 라몬이 내 신발 위로 움직이는 작은 점만한 물체를 가리켰다. "가랴파타. 그것도 역시 걸어다니고 있소." 나는 순진하게 그게 뭐냐고 물었다. 라몬과 하비에르가 설명해 주었다.

가랴파타는 진드기다. 가랴파타 한 무리가 나뭇잎에 매달려 있었다. 검은 공처럼 생긴 기분 나쁜 벌레들로, 수백 마리의 굶주린 작은 곤충들이 동물 한 마리를 공격하는 습성이 있었다. 이 벌레는 숲 속 덤불을 지나가는 생명체에 달라붙어 그 몸의 표피에서 가장 가까운 따뜻하고 습한 곳을 찾아 들어가 피가 잘 나올 만한 곳에 자리를 잡는다. 동물의 성기는 이들의 천국이고 가고자 하는 목표 지점이다.

가랴파타는 동물의 살에 머리를 깊숙이 박아 넣은 상태로 자라면서 살이 찐다. 당신이 그것을 잡아서 떼어낸다 해도 머리는 피부 밑에 남아서 그대로 곪는다. 실컷 배를 불린 다음엔 동물의 바깥 피부로 자리를 옮겨 알을 깐다. 스쳐 지나가는 잎사귀에 다시 달라붙어 다음 희생자를 기다릴 수 있도록.

가라파타는 사람이 입고 있는 옷에 대해서도 아주 잘 알고 있다. 그들은 목적지에 도달할 수 있는 틈새가 어디에 있는지 —허리띠 혹은 양말 둘레 —기어코 찾아낸다.

눈으로만 봐서는 가라파타가 전혀 위협적인 벌레란 생각이 들지 않는다. 그러나 나는 심리적으로 도저히 견뎌낼 수가 없었다.

큰길로 걸어 나가는 사이 나는 몸의 한계에 도달했다. 오후가 되자 라몬은 내가 지쳐 비틀거리는 것을 보고 걱정스러워했다. "BBC가 죽어가고 있군." 나는 그가 진심으로 그렇게 생각하고 있다고 느꼈다. 우리는 저녁이 되어서야 큰길에 다다랐다. 이제는 산타 마르타로 가는 버스 '라피도'를 기다릴 차례였다. 두 대가 멈추지 않고 그냥 지나갔다. 버스 운전사들이 어두워진 뒤에는 차를 세우기를 두려워하기 때문이었다. 그런데 마침내 한 대가 위험을 무릅쓰고 차를 세워주었다. 우리는 간신히 산타 마르타로 돌아왔다. 나는 서둘러 방으로 돌아가 가라파타들을 없애기 위한 확실한 방법, 곧 알코올로 온몸을 문질렀다. 사타구니를 알코올로 문지르자 몸이 불에 덴 것처럼 화끈거렸다. 촬영 팀이 푸에블리토를 방문하려면 다른 방법을 찾아야만 할 것 같았다.

기미와 전조

그 다음 며칠 동안은 하비에르가 나의 정보원 노릇을 했다. 그가 말하길, 마마들은 유아기 때부터 어둠 속에서 가르침을 받으며, 9년씩 두 차례에 걸친 가르침을 잘 받아내야 비로소 빛을 보는 것이 허락된다고 했다. 아홉이라는 숫자는 완성을 이루는 데 필요한 숫자인데, 그것은 태아가 자궁에서 아홉 달을 보낸다는 것, 아홉 세계가 존재한다는 것에서 잘 나타난다고 했다. '모로moro'라고 부르는 사람들은 9년에 걸친 가르침을 두 번이나 더 받는다고 했다. 모로는 내가 전혀 만나보지 못한 사람들이었다. 그들은 시에라의 높은 곳에 살면서 오직 마마들하고만 이야기를 한다고 했다.

모로는 궁극적인 결정을 내리는 예언자들이다. 이 사람들은 세계의 종말이 다가오고 있는 것을 본 사람들이다. 나는 나중에 모로가 마마가 되기 위해 가르침을 받는 제자를 일컫는 단어로도 쓰인다는 것을 알게 되었다. 어떤 제자들은 서른 살이 넘을 때까지 빛을 보지 못할 것 같았다. 이 신비스러운 사람들은 순수하지 못한 사람들과의 접촉을 통해 오염될지도 모른다. 코기 족은 심오한 고행자들이다. 중요한 순간을 위해 단식, 명상 그리고 성적인 금욕을 하면서 자신을 준비시킨다. 오염된 물질 세계에 종속되어 있는 사람과 접촉하는 것은 이 모든 준비 과정을 물거품으로 만든다고 그들은 믿는다. 하비에르가 말하는 모로들은 이러한 높은 상태에서 평생을 산 존재이기에 내가 그들을 만나기란 불가능했다. 그러나 하비에르는 모로들이 나를 보고 있을 것이라고 말했다.

그때가 바로 내가 찰리Charlie를 만나게 된 순간이다. 산타 마르타로 가기 위해 나는 이로타마 호텔에서 택시를 불렀다. 그런데 아무리 기다려도 택시가 오지 않았다. 지나가는 차를 잡아타기로 했다. 내가 잡아탄 차는 산타 마르타에서 옷 장식용 보석 가게를 하는 사람의 작은 트럭이었다. 우리는 시에라에 대해 이야기를 나눴다. 그는 얼마 전 시에라 저지대의 경작지 한 곳을 샀다고 했다. 그 이야기에 기분이 언짢아졌다. 그가 코기 족을 산꼭대기로 몰아내고 숲을 다 파괴시키는 콜로노 침략자로 보였다. 그러나 그는 농사꾼이 아니었다. 그는 어떤 나무도 잘라내는 것을 원치 않았다. "오, 아니에요, 아닙니다. 나무는 아름다운걸요." 그는 단순히 즐기고 싶어했을 뿐이라고 했다. 그는 인디언과 그 문화에 매료된 사람이었다. 결국에는 내가 자신의 '골동품'을 사야 한다고 주장하기에

144

이르렀다.

그는 자신의 가게를 향해 차를 몰았다. 비좁은 거리 안에 있는 조그만 가게였다. 그는 동료에게 "골동품을 가져와 봐!"라고 말했다. 그의 동료는 내가 앞으로 '찰리'라고 부르게 될 물건을 들고 나타났다. 그들은 내 거절에도 불구하고 막무가내로 내가 그것을 가져가야 한다고 주장했다.

찰리는 배꼽에서 자라나온 뱀처럼 생긴 음경을 붙든 채 웅크리고 있는 인형 모양의 항아리이다. 항아리의 주둥이는 머리카락을 땋아놓은 모양을 하고 있었다. 동양적인 얼굴을 한 인형은 곁눈질로 쳐다보고 있었다. 남서부 콜롬비아에서 발견되는 나리뇨Nariño 항아리의 전형적인 형태였다. 나리뇨는 안데스 산맥에 사는 사람들로, 그들의 땅은 잉카 제국 최북단에 있었다. 시에라에서 찰리가 발견될 리 없었다. 그러나 "콜롬비아의 모든 것은 '형님'이었다." 그리고 찰리는 그것을 알고 있었다. 그의 뒤틀린 입술은 은근히 불쾌한 속내를 드러내는 것처럼 보였다.

얼떨결에 사들고 나오긴 했지만 고대 유물을 소유하게 된 것이 적이 걱정스러웠다. 그런데 그날 시에라에서 가장 유명한 무덤 도굴꾼인 프랭키 레이Frankie Ray를 알게 되었다. 프랭키는 고고학자들을 '잃어버린 도시'로 이끈 장본인이었다. 찰리를 보여줬더니 그는 찰리가 고대 유물이 아니라고 장담했다. 최근에 만들어지긴 했지만 가짜는 아니라는 거였다. 고대로부터 내려온 제조 방식 그대로 장인에 의해 만들어졌다는 것이다. 내가 찰리를 갖지 말아야 할 이유도, 가져가지 말아야 할 이유도 없어진 셈이었다. 그런데 찰리의 개성이 너무 강해서 불안했다. 갖다 버리고 싶었지만 버릴 수가 없었다. 이제 나는 일어난 모든 일이 어떤 패턴을 띠고 있다고 확신하게 되었고, 나는 그것을 그저 받아들여야만 했다.

회색 곱슬머리를 한 프랭키 레이는 강인하고 유쾌한 남자였다. 카를로스처럼 그도 산기슭에 있는 민카라는 마을에서 자랐다. 그러나 옛 인디언들이 숨겨놓은 무덤 속 보물을 찾아 헤매는 과정에서 시에라의 인디언에 대해 잘 알게 되었다고 했다. 과거에는 무덤을 파헤치는 일이 흥미진진할 뿐 아니라 돈이 되는 일이기도 했고, 그런 행동이 전혀 해로울 게 없다고 여겼었다. 무덤 도굴은 그의 직업이 되었다. 그러다가 어느 날 '잃어버린 도시'를 찾아내게 된 것이다.

그 자신과 그의 구아케로스guaqueros(무덤 도굴꾼들) 무리는 그곳을 지옥이라고 불렀다. '잃어버린 도시'는 그들의 인내심을 시험하는 곳이었다. 시에라의 험난한 지역에서는 노새조차 다닐 수 없었기 때문에 그들은 모두 식량을 등에 지고 걸어야 했다. 그때가 그로서는 문명과 가장 멀리 떨어져본 시기였다. 일 년 내내 거의 쉬지 않고 내리는 빗줄기 때문에 모닥불조차 제대로 피울 수가 없었다. 수풀은 뭐가 곧 튀어나오기라도 할 것처럼 울창하게 우거져 있었다. 그곳은 점점 더 기분 나쁜 곳이 되어 갔다. 설상가상으로 그곳에 도착하자 사람들은 서로 경쟁을 벌이며 죽이는 일까지 벌였다. 프랭키는 이제 그만 정리할 때가 되었다는 생각이 들었다.

아마도 프랭키는 현실적으로 고고학자들이 무덤 도굴을 멈추게 할 수는 없을 거라고 생각했던 것 같다. 그곳에 고고학자들을 데리고 온 뒤, 그는 아직 손대지 않은 지역을 보초가 지키기 전에 털 수 있게 해달라고 그들 고고학자들에게 요청했다. 고고학자들은 그 청을 거절했고, 그는 그런 고고학자들을 이해할 수 없었다. 그러나 어떤 이유 때문이었는지는 모르지만 고고학자들은 그곳에서 황금을 하나도 발견하지 못했다.

그 대신 무덤 도굴꾼의 시체가 발견되었다. 그 도굴꾼은 타이로나 사람처럼 집터 한가운데에 있는 구덩이에 매장되어 있었다. 최근에 누군가가 묻어놓은 것이었다. 무덤에 부장품이라곤 없었다.

무덤 도굴은 '잃어버린 도시'의 이야기에서 중요한 부분이다. 나는 마마들과 이 문제를 놓고 상의를 했었다. 그들 역시 무덤 도굴이 기록 영화에 포함되어야 한다고 생각했다. 마마들에게는 무덤 도굴꾼의 탐욕이나 고고학자의 탐욕이나 별반 다를 게 없었다. 양쪽 모두 신성한 장소를 약탈한다는 점에서 마찬가지임을 분명히 하고 싶어했다. 내가 하고 있는 일을 프랭키에게 이야기하자 그는 간절히 도와주고 싶다고 했다. 그는 무덤들이 어떻게 발견되고 어떻게 도굴되는지 시연해 주기로 했다. 그리고 영국의 방송 대학에 그 주제에 관한 강좌를 제공해 줄 수도 있다고 했다. 나는 그렇게 하면 그가 콜롬비아 당국과 더 불편한 관계를 맺게 될 거라고 응수했다. 그러나 그는 전혀 아랑곳하지 않았다.

경멸하는 듯한 표정에서 분노하는 듯한 표정으로 바뀐 찰리를 데리고 호텔로 돌아왔다. 내가 촬영에 필요한 일을 해나가던 며칠 새 그의 모습이 많이 부드러워져 있었다. 물론 이 모든 것은 상상 속에서 일어난 일들이다. 나는 다만 하비에르와 펠리시티가 나의 그런 낌새를 눈치 채지 못하기만을 바랄 뿐이었다.

시에라의 남부 지역

하비에르의 마을을 방문하는 것은 시에라 남쪽 경사면 기슭에 있는 발레두팔이라는 도시에서 시작하기로 했다. 우리는 택시를 이용하기로 했다. 마을로 가기 전에 먼저 라몬과 암파로를 데려오기 위해 '인디언의 집'에 들렀다. 라몬은 아내와 함께 있었는데, 자신들은 버스로 발레두팔까지 가겠으니 그곳에서 합류하자고 했다. 오랜만에 만난 그는 너무 냉담해 보였다. 푸에블리토에서 보여준 나약한 모습 때문에 나한테 정이 뚝 떨어진 걸까 싶어 걱정이 되었다. 나는 산길을 잘 걷는 사람이 아니다. 그러나 그에게는 잘 걷는다는 것이 사람의 됨됨이를 나타내는 표지였다.

시에라 내륙 부근의 기슭을 따라 차를 달렸다. 가브리엘 가르시아 마르께스Gabriel García Márquez의 고향 마을인 아라카타카가 그 길에 있었다. 그곳은 그 지역 어디에서나 볼 수 있는 덥고 낡은 조그만 마을이었다. 발레두팔에 가까이 다가갈수록 풍경은 갈색으로 변해 갔다. 주변의 시에라 숲은 유나이티드 푸르트 사United Fruit Company와 소작농들 손에 베어져 나가 벌거벗은 비탈만 드러내고 있었다. 그 지역에 가장 많이 모여 사는 토착민 공동체, 알후아코 족은 코기 족에 비해 숨어 지내기가 훨씬 더 어려웠으리라.

다음 날 발레두팔에 있는 '인디언의 집'으로 갔다. 라몬은 아직 도착하기 전이었다. 이곳 '인디언의 집'은 산타 마르타의 암파로가 일하는 곳과는 매우 달랐다. 뭔가 분위기가 뒤숭숭했고 도시의 삶으로부터 특별히 단절되어 보이지도 않았다. 그곳 인디언들 사이에 음주가 만연하고 있는 것도 금세 알 수 있었다.

나는 알후아코 족인 소장과 인사했다. 여행을 계속하기 위해서는 그의 허가가 필요했다. 그는 살이 찐데다 술배가 티셔츠 밑으로 불룩하게 튀어나와 있었다. 나는 뚱뚱한 코기 족이나 전통 의상을 입지 않은 코기 족을 여태껏 본 적이 없었다. 알후아코 족은 전혀 달랐다. 그는 그 순간에도 술을 들이켜고 있었다.

술은 오랫동안 인디언들을 망쳐왔다. 생물학적으로 아메리카 대륙의 토착민은 유럽인 후손들과 여러 면에서 뚜렷이 구별되었다. 그 차이 중 하나는 유럽인은 알코올 분자를 분해시키는 특별한 효소를 가지고 있지만, 아메리카 토착민에게는 그런 효소가 없다는 점이다. 그 결과 인디언들은 더 빨리 더 심하게 그리고 더 오래 취해 있게 된다. 전통적인 사회에서는 취기로 인해 얼마간 무아지경에 빠져 있는 상태를 다른 형태의

안개 속의 산까치들

환영 상태로 생각해 일정 정도 존중하는 면이 있다. 그러나 그런 보호 구조가 아닌 상황에서 술 취한 인디언은 착취당하고 있는 사람이거나 빚에 쪼들려 있는 사람이기 십상이고, 술에 취하는 것은 경멸스러운 행동으로 간주된다.

이 사람은 전통적인 사회의 문지기였다. 그는 분명 '아우'의 세계에서 활동하라고 선택되었을 것이다. 거나하게 취한 그는 난폭하게 굴다가 굽실거리고 그러다가 또 난폭하게 굴기를 번갈아했다. 처음엔 돈을 요구하더니 결국은 포기하고 허가서를 써주었다. 나는 무척 기분이 나빴다. 이론적으로는 얼마든지 자동차를 타고 알후아코 족의 땅을 지나 산 위에 사는 코기 족의 마을로 갈 수 있었다.

이 모든 상황이 정말 마음에 들지 않았다. 라몬이 여기 없다는 것은 통역해 줄 사람이 없다는 것을 뜻했다. 여기 있는 사람들을 데리고 촬영 준비를 해야 한다는 것도 싫었다. 아무리 생각해 보아도 이 상태로는 고립된 환경을 유지하면서 전통을 보존해 온 문화를 제대로 보여줄 수 없을 것 같았다. 여기서 본 것은 북쪽에서 만난 그런 문화가 아니었다. 당장 철수하기로 결론을 내렸다. 보고타로 돌아가기로 했다.

나는 라몬에게 무슨 일이 일어났는지 모르고 있었다. 그의 협력은 기록 영화를 만드는 데 꼭 필요했다. 나는 그 앞으로 긴 편지를 써서 암파로에게 맡기고 도구를 챙기러 산타 마르타로 향했다.

버스는 훌륭했다. 에어컨도 있었고 빨랐다. 그러나 콜롬비아가 정상적일 거라는 내 착각은 아라카타카에서 무참하게 깨어졌다. 이틀 전 이곳에서 게릴라 부대가 순찰을 돌던 군인 두 명을 죽였다. 갑자기 까칠해 보이는 한 떼의 무장한 남자들이 우리가 탄 버스를 세웠다. 정규 군대일까, 게릴라들일까? 누가 말할 수 있겠는가?

우리는 버스에서 내리라는 명령을 받았다. 그러더니 남자를 여자와 아이들로부터 갈라놓았다. 불길한 조짐이었다. 나는 주변을 돌아보았다. 눈에 띄는 유일한 건물은 길가의 카페뿐이었다. 하지만 그곳도 이미 군인들이 차지하고 있었다. 길은 약간 경사져 있었다. 대략 90미터 거리까지 경사가 계속되다가 키 큰 잔디가 넓게 깔려 있고 그 뒤로는 수풀이 무성한 밀림이 이어졌다. 군인은 모두 여섯 명이었다. 그 중 네 명은 탄창이 없는 구식 무기를 들고 있었다. 그러나 나머지 두 명의 총알은 피하기가 어려울 것 같았다.

그들은 우리를 팔을 머리 위로 올린 채 일렬로 버스를 마주 보고 서게 하더니 온몸을 뒤졌다. 수천 달러나 되는 현금이 내 주머니에 있었다. 그러나 나를 뒤지던 군인은 내 부츠에 더 관심이 팔린 탓에 주머니의 돈은 눈치 채지 못했다. 그리고 나서 모든 것이 끝났다. 어쨌거나 그들은 정규 군인이었다. 그러나 이들 젊은 남자들은 모두 신경이 곤두서 있었다. 주변에 아직 게릴라가 숨어 있을 거라고 확신하고 있는 것 같았다. 아마도 그들 생각이 옳을 것이다. 우리는 다시 버스에 올랐다.

나는 호텔로 돌아왔다. 찰리의 표정에 근심의 빛이 엿보였다. 나 역시 그랬다. 안드레스도 마찬가지였다. 이미 자신의 근무지로 돌아가 있을 거라고 생각했던 푸에블로 비에호의 이 젊은 의학도가 나를 기다리고 있었던 것이다. 그는 마마 발렌시아가 자기에게 주술을 걸었을지 모른다며 걱정이 이만저만이 아니었다. 그에게 코기 족은 경이로운 존재였다. 그는 그들을 마술사나 초자연적 현상의 대가大家로 여기고 있었다. 한번은 마마 발렌시아의 발 아래에 앉아 그가 하는 말에 오랫동안 귀를 기울였다. 물론 소용없는 일이었다. 왜냐하면 마마 발렌시아는 스페인 어를 아주 조금밖에 못하고 안드레스는 코기 어를 모르기 때문이었다. 그러나 안드레스는 크게 감명을 받았다. 그는 또 마마에게 두 가지 선물을 받았는데, 하나는 모칠라였고 또 하나는 액운을 물리치는 증표였다. 그 증표는 항상 몸에 지니고 다닐 수 있는 것이었다. 그가 내 헬리콥터에 막 오르기 전, 마마 발렌시아는 그에게 다가와 모칠라에 대해서 어느 정도 값을 지불하라고 요구했다. 그가 말한 금액은 500페소 정도였다. 모칠라는 시에라에서 2~3천 페소 정도의 값어치가 있었다. 그러나 수중에 돈이 하나도 없었던 안드레스는 마마의 요구를 가볍게 받아넘겼다.

마마는 두 눈을 부라리며 그를 노려보았고, 안드레스는 겁을 먹었다. 지금 그는 보고타에 있는 가족을 보러 오라는 전보를 손에 쥐고 있었다. 그런데 뭔가 잘못되어 가고 있었다. 그는 행운의 증표를 찾을 수가 없었다. 어디론가 사라져버린 것이다. 아직 휴가철이어서인지 안드레스는 비행기를 예약하지 못한 채 좌석이 나기만을 기다리고 있었다. 사정이 딱했지만 내가 도울 수 있는 일은 없었다. 나는 나의 행운의 증표인 코기 족과의 촬영 합의서를 들고 보고타 행 비행기를 탔다. 마르틴 폰 힐데브란트를 만나러 가는 길이었다.

마르틴 폰 힐데브란트

마르틴은 인디언 업무국의 책임자였다. 그는 '잃어버린 도시' 발굴 작업이 시작될 당시 아마존 관련 분야에 책임을 맡고 있었다. 그러나 그가 맡았던 아마존 쪽 일은 '잃어버린 도시' 발굴을 위한 재정 지원 때문에 취소가 되고 말았다. 그래서 그는 현재 '잃어버린 도시' 쪽 업무를 맡고 있었다. 코기 족이 주장하는 '잃어버린 도시'의 소유권과 고고학에 대한 그들의 불신에 귀를 기울여줄 만한 사람을 드디어 찾은 것이다.

코기 족은 시에라 전체를 하나의 실체, 즉 더욱 큰 세계의 심장 안에 있는 신성한 세계라고 생각한다. 실제로 그곳은 '세계의 심장the Heart of the World'이라고 불린다. 그들은 여러 장소에서 제물을 바치는 행위— 그들은 '값을 지불한다'고 표현한다—를 함으로써 '세계의 심장'과의 조화를 유지해야 한다. 만약 제물을 바치지 않으면 '세계의 심장'과의 조화는 뒤집히게 되고, 이어서 더 큰 세계도 마찬가지로 혼란을 겪게 된다. 고고학자들은 신성한 장소들에 구멍을 파고 거기에 놓여 있던 제물을 옮겨버린다. 여타의 약탈과 조금도 다르지 않다. 신성한 황금이 보고타의 박물관에 놓여 있든 베를린의 개인 소장품으로 팔려갔든 그 결과는 똑같이 파괴적이다.

코기 족은 보고타의 대통령에게 이러한 내용을 자세히 전하는 문건을 보냈다. 거기에서 그들은 고고학적 약탈이 '세계의 심장'을 교란시키는 한, 코기 족은 '세계의 심장'과의 조화를 유지할 수 없다고 설명했다. 마르틴은 당시에 코기 족을 지지하고 나섰다. 그는 정부가 게릴라와 평화 협상을 통해 정치적 조화를 회복하려고 노력한다면서, 그러나 이때 서양의 합리주의만이 지혜롭다고 생각하고 그에 따라 행동한다면 그것은 현명한 처사가 아닐 것이라고 주장했다. "우리는 어떻게 조화를 만들어나갈지 잘 알지만 너희는 모른다"라고 토착민들을 향해 말한다면, 그것은 오만할 뿐만 아니라 토착민과 게릴라 사이를 밀착시키는 결과를 가져올 수 있으며, 또한 매우 어리석은 일이 될 수 있을 것이다. 사실 콜롬비아가 성공적으로 조화를 이루어낸 적은 단 한 번도 없었다.

고고학자들은 철수했고 '잃어버린 도시'는 코기 족 손에 남겨졌다. 이것은 콜롬비아 토착민에 대한 마르틴의 접근 방식을 보여주는 한 가지 예에 지나지 않는다. 그는 아마존 지역 내 수십억 평방미터나 되는 땅을 그곳 인디언들이 직접 관리할 수 있도록 해주는 일을 맡고 있었다. 아울러 정부에 대해서는 인디언들이 그곳 열대림을 보호하고 관리할 수 있도록 권리를 부여하라고 촉구했다. 그는 토착민이 자연을 바라보는 방식을 깊이 이해하고 공감하는 사람이었다. 그는 토착민들이 갖고 있는 그와 같은 존중하는 마음으로 그들 토착민을 대했다.

기록 영화를 찍기 위해서는 마르틴의 허가가 필요했다. 그런데 그는 고나빈두아 타이로나를 통해 코기 족이 동의했다면 그것으로 충분하다고 말했다. 그의 업무는 코기 족이 허락하지 않는 일을 진행하지 못하도록 하고, 우리가 코기 족을 착취하거나 그들에게 해를 끼치는 일이 없도록 하는 것이었다. 모든 사람이 이 보호 지구를 방송국 팀에 공개하는 데 따른 위험성을 정확히 인식하고 있었다. 그러나 마르틴은 이미 분위기를 읽고 있었다. 콜럼버스 상륙 500주년이 다가오는 시점을 맞이하여 각국의 방송 팀이 어서 길을 열라고 압력을 가해 오는 것을 느끼고 있었다. 길을 열어주면 조각조각 분열되고 말 게 뻔한, 마지막으로 남은 이 사람들에게 말이다. 나의 촬영은 다른 이들을 쫓아내는 방패막이 되어야 했다. 어쩌면 마르틴은 그들에게 나의 촬영물을 제공할 수도 있을 것이다.

나는 방송 제작자들이 그것에 만족할 것이라고는 생각하지 않았다. 그러나 마르틴은 그것이 내 문제가 아니라는 것을 정확하게 알고 있었다.

그가 불편해하던 내 계획 한 가지는, 내가 9개월 동안 돌아오지 않는다는 것이었다. 그 기간 동안 여러 가지가 변해 버릴 수 있었다. 그는 거기에 누군가를 상주시킬 필요가 있다고 했다. 어쩌면 촬영에 대한 이야기도 계속 나누고, 문제가 생기면 그것을 조정해 줄 수 있는 인류학자가 좋을 것 같다는 의견이었다. 나는 동의했고, 찰리, 펠리시티와 함께 영국으로 되돌아갔다.

찰리는 여행을 좋아하지 않았다. 특히 여행중에 발을 부러뜨려 접착제로 붙인 뒤로는 더 그랬다. 집에 돌아간 나는 가족들을 유심히 바라보았다. 내가 찰리를 갖게 된 뒤로 제대로 되는 일이 별로 없었다. 왜 가게 주인은 내가 그것을 가져가야 한다고 그토록 강권했을까, 자꾸만 의문이 들었다. 그러나 나는 안드레스처럼 미신적인 기분에 사로잡히고 싶지 않았다. 그 다음 몇 주 사이에 우리 집 개가 차에 치여 다리를 잃어버리고 내가 창문에서 떨어져 발목을 삔 것은 단지 우연의 일치일 뿐이라고 생각했다. 어쨌거나 다리가 몇 개 부서지고 나서 찰리를 고치자 그 모든 일이 중단되었다. 이제 찰리는 불편한 표정으로 금붕어가 병들어 죽어가고 있는 어항을 노려보며 부엌에 앉아 있다.

그레이엄 타운슬리

그곳에 파견할 인류학자는 남자여야 했다. 그래야만 그가 누후에, 즉 남자의 집에서 이루어지는 삶에 참여할 수 있기 때문이다. 또 스페인 어를 유창하게 할 수 있어야 하고 남미를 가본 경험이 있어야 하며 촬영에서 요구되는 것들을 잘 이해할 수 있는 사람이어야 했다. 이 역할에 딱

맞는 사람이 한 사람 있었다. 그레이엄 타운슬리Graham Townsley 박사였다. 그레이엄은 최근 페루 아마존 지역에 사는 야노마미Yanomami 인디언들의 샤머니즘을 연구해 논문을 썼으며, 현재는 자신의 연구 주제와 관련된 텔레비전 방송물에 연구원 겸 자문역으로 참여하고 있었다. 캐나다 출신이었으며, 고립되고 외진 곳에서의 생활을 꽤나 즐기는 것 같았다. 영국에 와서도 케임브리지에 거처를 두고 그런 식으로 살고 있었다.

그레이엄은 산타 마르타에 5월에 도착했다. 그는 도착하자마자 아주 혼란스러운 상황에 직면해야 했다. 멈추려고 속도를 늦추는 버스에서 마누엘리토가 내리다가 발을 헛디뎌 넘어졌는데 그 자리에서 즉사하고 만 것이다. 시에라는 폐쇄되었다. 코기 족은 마누엘리토의 죽음을 애도하면서 정성껏 장례를 준비했다. 이것은 고나빈두아 타이로나에게 큰 타격이었다. 왜냐하면 중요한 인물 한 사람이 '아우'의 세계와 관련을 맺다가 죽임을 당했기 때문이었다. 거기에 더 심각한 문제들도 있었다.

수녀들이 기록 영화에 대해 안 좋은 소문을 퍼뜨리고 있었다. 암파로가 촬영에 관여한 탓인 듯했다. 게다가 최근에 수녀들이 굉장한 창피를 당했기 때문이기도 했다. 부활절을 기념하여 대주교가 인디언들에게 세례를 주기 위해 시에라를 방문했다. 주교는 엄청난 폭풍우를 헤치고 노새도 타고 걷기도 하면서 힘들게 그곳까지 찾아왔다. 그러나 코기 족 마을 어디를 둘러봐도 아무것도 보이지 않았다. 개종자는 단 한 명도 나타나지 않았다. 세례도 없었고 기독교인도 없었다. 남미를 처음 발견하고 첫발을 디딘 해안가로부터 겨우 25킬로미터 떨어진 곳에서, 대주교가 축복을 해줄 기독교인 코기 족은 단 한 명도 없었다. 400년 동안의 끈질긴 노력에도 불구하고 말이다.

기독교인이 되라는 말에는 관심이 없던 사람들도 수녀들이 나에 대해 퍼뜨리는 말에는 귀를 세웠다. 마마들은 문을 열고 '아우'에게 말을 하기

155

그레이엄 타운슬리

로 결정을 내렸지만, 수세기 동안 벌어져온 사건과 상황으로 인해 보통 사람들은 여전히 안전을 유지할 수 있는 은둔 생활을 바랐다. 그런데 이들은 BBC가 금과 땅과 시에라를 훔치기 위해 왔다는 식의 이야기를 듣게 된 것이다. 수녀들은 BBC가 마마들을 속여서 합의서를 만들었다고 소문을 퍼뜨렸다. 코기 족 아이들을 데려가 BBC의 노예로 만들 거라고.

오랜 기다림 끝에 그레이엄은 푸에블로 비에호로 초청을 받았다. 그곳까지 그레이엄은 걸어서 갔다. 너무도 가파르고 힘든 산길인데다 안내자 없이는 제대로 길을 찾기조차 불가능했다. 더군다나 그때는 열 달 동안이나 계속해서 비가 내리는, 시에라의 긴 '겨울'에 접어들어 있었다. 그는 수많은 공식 회의에 참석해서 자신이 누구이며 왜 그곳에 왔는지 설명했다. 그가 설명한 촬영 계획이 명백하게 승인되었다는 말과 함께 그는 이제 다시 내려가서 기다리라는 말을 들었다. 그는 일주일 안에 밍게

오에 가 있어야 했다. 그러면 코기 족이 다시 그곳으로 와 그를 산으로
데려갈 것이라고 했다.

시험의 시간

    코기 세계의 관습과 웅장함에 깊은 감동을 받은 그레이엄은 가슴 가득 기쁨을 느끼며 산타 마르타로 돌아왔다. 지시받은 대로 그는 일주일 뒤에 밍게오에 가서 안내자들을 기다렸다. 그러나 오는 사람은 없었다.

    뭔가 착오가 생긴 게 분명했다. 다음 날도, 그 다음 날도 계속해서 기다렸다. 날마다 밍게오 밖 멀리까지 나가보았지만 그를 만나러 오는 사람은 아무도 없었다. 몇 주일이 지나면서 그는 점점 더 답답하고 우울해졌다. 그러나 혼자서 산으로 되돌아가는 것은 엄청난 실수를 저지르는 짓이었다. 분명 문제가 있었다. 코기 족이 바깥 세계와의 관계를 단절시켜 버린 것이다.

    마침 그때 라몬이 산타 마르타에 있었다. 기록 영화에 깊은 호의를 느끼고 있던 라몬이 전갈을 띄워보기로 했다. 기록 영화에 대한 자신의 생각과 함께 그레이엄이 산으로 올라가도록 허락해 줄 것을 요청하는 내용의 편지였다. '인디언의 집'에서 일하던 마리나Marina가 공식 업무로 코기 족을 방문하는 참에, 그레이엄의 소형 녹음기에 담긴 라몬의 전갈이 함께 보내졌다. 거기에는 그레이엄의 메시지도 들어 있었다. 코기 족은

158

마리나에게 녹음 내용을 끊임없이 되들려달라고 했다. 마침내 마리나는 그레이엄이 되돌아갈 수 있다는 전갈을 가지고 돌아왔다. 그레이엄은 주요한 촌락 가운데 하나인 산 미구엘의 축제에 초대받게 되었다. 그렇게 해서 그레이엄은 시에라로 다시 돌아와 코기 족과 함께 생활하게 되었다. 그는 푸에블로 비에호 부근 코기 족 마을에 거처를 정하고 기다렸다.

그곳 사람들은 마을과 가까운 곳에 경작지를 두고 가족과 함께 생활하고 있었다. 대개 그렇듯이 산 위아래로 여러 경작지를 두고 있으면서 각각의 경작지에서 일정하게 시간을 보냈다.

날이 밝으면 마을은 금세 텅 비워진다. 오후에 비가 내릴 때까지 여자와 아이 몇 명을 제외하고는 아무도 볼 수가 없다. 모든 집은 문이 잠겨 있다. 육중한 자물쇠 가운데는 구식 자물쇠도 보이는데, 그 모양들을 보면 이들 개개인의 집이 얼마나 사적인 공간인지 잘 알 수가 있다. 그러나 '의식을 행하는 집'은 결코 잠겨 있는 법이 없다.

자물쇠는 범죄를 예방하기 위한 것이 아니다. 코기 족의 집은 어느 집이나 엇비슷한 물건이 놓여 있다. 요리 기구, 바늘과 실, 동물 가죽, 줄로 만든 해먹, 그리고 과일과 채소를 담은 가방 몇 개. 도둑은 극히 드물고, 만에 하나 있을 경우 아주 엄한 벌을 받는다. 자물쇠가 상징하는 것은 가족의 사생활이다. 어떤 집을 보면 자물쇠가 문과 문설주 주변의 구멍으로 나와 있는 몇 가닥의 줄에 매달려 있는 경우도 있다. 사람들이 마을에 있을 때는 대개 자기 집에서 가족과 함께 식사를 한다. 식사 전에는 늘 호리병박에서 물을 한 모금 들이마셨다가 내뿜어서 손을 씻는다. 내가 유일하게 본 공동 요리는 축제에 쓸 소를 죽일 때였다. 이때 여자들은 여자들의 집에 모이고, 남자들에게 줄 음식은 '의식을 행하는 집'으로 옮겨진다.

핵가족은 코기 사회의 기본 단위다. 코기 사회는 성적으로 문란하지

경작지에 있는 한 마마의 집에서

않다. 그들은 성병을 모른다. 이혼이 꽤 쉽게 이뤄지긴 하지만, 이 사람들이 생각하는 이상적인 부부 관계란 삶을 함께하는 동반자 관계이다. 그들은 금욕적이고 상당히 수줍어하는 사람들이어서 남들 앞에서는 언제나 몸을 가리고 있다. 심지어는 강에 목욕하러 가서도 옷을 다 입은 채로 목욕을 한다. 마마가 목욕하는 모습은 아주 특이하다. 그는 옷을 다 입은 채로 강 한가운데로 천천히 걸어간다. 강 가운데에 도착한 마마는 갑자기 그 자리에 주저앉는다. 그런 상태로 잠시 앉아 있다가 일어나서 다시 걸어 나온다.

여자들이 집, 즉 가정의 영역을 다스리는 반면, 남자들은 '의식을 행하는 집', 즉 공적 영역에서 독점적인 역할을 한다. 그렇다고 해서 여자들이 공적인 일에 대해 발언할 수 없는 것은 아니다. 마을 문제를 놓고 어떤 결정을 내리기까지 '의식을 행하는 집'에서 몇 날 밤에 걸쳐 토론을 벌이다 보면 그 과정에서 무수한 이야기들이 생겨나게 마련이다. 이때 남자들은 집에 돌아가 어떻게 결정이 내려졌는지 아내들에게 이야기하는데, 다음 날 약간 부끄러운 얼굴들로 다시 모여서 전날과 다른 결정을 내리는 데 동의하는 식이다. 그러나 원칙적으로 결정을 하는 것은 남자다.

오후가 되어 사람들이 마을로 돌아오면 집집마다 문이 열리고 불이 지펴진다. 지붕으로는 연기가 솟아오른다. 남자들은 포포로를 쉬지 않고 움직여대면서 '의식을 행하는 집'과 자기 집 사이를 왔다 갔다 한다. 여자들은 집 안에 있으면서 요리를 하거나 가방을 만든다.

코기 족의 삶은 여성과 남성이 서로 보완하는 관계로 이뤄진다. '어머니'인 신은 물질 세계만 창조한 것이 아니라 존재하는 모든 것의 '어머니'와 '아버지'를 창조하여 아루나를 형성하고 그 안에서 인간이 살아가도록 하였다. 삶은 생식의 에너지 없이는 의미가 없다. 살아있는 모든 것은 '어머니'와 '아버지'를 가져야 한다. 물질 세계뿐만 아니라 형이상학적 세계인 아루나에서도 이 점은 마찬가지다. 코기 족은 우리가 생각하기에 살아있지 않다고 여기는 많은 것에서 생명을 발견한다. 이 세상에서 의미와 목적을 가진 모든 것은 하나같이 아루나에 형이상학적 형태를 가지고 있다. 그러므로 모든 것은 성적인 힘들의 균형에 의해, 곧 그 자체의 '아버지'와 '어머니'에 의해 유지되어야 한다. 그들은 사물들에 대하여 끊임없이 이런 방식으로 이야기한다. 남성과 여성의 상보성은 그들 문화의 기본이다. 일상적인 대화에서 남자들은 여느 사회의 남자들과 마찬가지로 여자들에 대하여 이야기한다. ― "우리가 아내들과 문제가 있듯이 당신네도 아내들과 그런 문제가 있소?"라고. 그러나 동시에 남자들은 여자들을 존경한다.

'어머니'이신 신은 우리가 항상 여자들과 합의해야 한다, 우리에게 모든 것을 준 이가 여성인 '어머니' 신이었기에 여자들을 잘 대해야 한다고 말씀하셨소.…… 맨 처음 '어머니' 신이 남자들에게 충고를 하셨지요. 남자들에게 훈계를 하셨다오. 그것이 여자들이 우리에게 이야기할 때 우리가 그들의 발을 바라봐야 하는 이유라오. 우리는 '어머니' 신의 얼굴을 쳐다봐서는 안 돼요.

이렇게 말한 사람은 마마 피스칼Fiscal인데, 이 말을 하면서 그는 포포로에 쓸 조개껍데기를 어떻게 태우는지 아내와 함께 시연해 주었다. 그의 아내 또한 마마인데, 그녀의 이름은 마마 테레사 바쿠나Teresa Vacuna다. 그들은 어렸을 때 함께 가르침을 받았다.

'어머니'이신 신은 우리가 절대로 포포로나 조개껍데기, 코카 잎을 포기하지 말라고 말씀하셨어요. 절대 그걸 잊어버려선 안 돼요. 그래서 우리는 잊지 않았지요. 또 '어머니' 신은 우리에게 불을 주셨지요. 우리는 불을 어떻게 지피는지, 불을 어떻게 축복해야 하는지도 잊어버리지 않았소. 마마 발렌시아가 내 말을 들으면 그도 그렇다고 할 거요. 마마 베르나르도도 마찬가지고. 그들은 피스칼이 진실을 말했다고 할 거요. '어머니' 이신 신은 우리에게 온갖 식물과 새들을 주셨소. 그것이 내가 이 모든 것을 축복해야만 하는 이유예요. '어머니' 신께서 우리가 그렇게 하길 원하시기 때문이지요.

마마 테레사는 이 이야기를 끝까지 진지하게 듣고 나서 말문을 열었다. 그녀가 강조하고 싶어하는 것은 남자들에게 남자다움을 부여한 것은 여자라는 사실이었다.

맞아요. 그런 거예요. 나 역시 어떻게 포포로를 주는지 알고 있지요. 당신은 코카 잎 두 장을 남자 아이 입에 넣어주고 그 잎들을 축복하지요. 그러고 나서 당신은 또 아이 입 안에 코카 잎을 넣기 전 포포로 작대기를 축복해야 해요. '어머니' 신께서 처음으로 포포로를 남자들에게 주셨듯이, 나도 그것을 지금 준다오. 당신은 코카 잎, 포포로 작대기, 조개껍데기 그리고 포포로의 '어머니'와 '아버지'들을 생각하면서 나흘 밤 동안 깨어 있어야 돼요.

소년의 통과 의례

포포로는 남자다움의 상징으로 결혼할 준비가 된 소년에게 주어진다. 내 눈에는 그것이 꼭 남자의 성기처럼 보였다. 하지만 이런 선입견은 우

163

리 문화가 특별히 어떤 것을 남근의 상징물로 해석해 오곤 한 데 연유한 것이다. 우리가 자궁의 상징물로 보는 것은 그저 동굴처럼 우리를 보호하고 숨겨주고 덮어주는 것들이다. 코기 족에게는 여성의 성기를 상징하는 것들이 훨씬 더 광범위하다. 사실 포포로는 자궁과 자궁경부를 상징한다. 종종 코기 족은 그것을 '여자'라고 부른다. 입구의 구멍으로 포포로 작대기가 들어간다. 안에 들어 있는, 불에 태운 조개껍데기 가루는 다산多産의 핵심이다. 성인으로 성장하려는 소년은 반드시 포포로 다루는 법을 알아야 한다. 포포로와 코카 잎은 오직 여자만이 만들고 재배할 수 있다. 포포로 다루는 법을 알게 됨으로 해서, 육체적으로는 여자와의 관계를 발전시키고 정신적으로는 '어머니' 대지와의 관계를 발전시키는 것이다. 이로써 소년은 아이의 아버지가 될 준비를 하고 땅을 돌볼 준비를 하게 된다.

이와 같은 성숙의 순간과 코기 족의 한 사람으로서 갖는 사회적·성적 생활의 전 과정은 마마들에 의해서 주의 깊게 감독되어야 한다. 생명력은 근본적인 것이다. 그것은 아루나이며 존재의 지성이다. 사람들은 모든 것을 마마들에게 이야기해야 한다. 그래야만 마마들이 결혼을 포함해 모든 것을 올바르게 조정해 줄 수 있다. 여기, 마마 베르나르도가 처음으로 코카 잎과 포포로를 먹고 속 쓰려하는 소년을 돕고 있다. 마마의 생각대로, 문제는 소년의 정신 상태에 관련되어 있음이 틀림없다. 소년은 어떻게 해야 올바른 마음 상태를 가질 수 있는지에 대해 배워야 한다. 자연과 조화를 이루는 방법을 찾으려면 소년은 지난 모든 행동을 이야기해야 한다. 어른 남자가 되고자 한다면 반드시 해결하고 넘어가야 하는 문제다. 그는 열 아홉 살이다. 새벽녘, 앞이 시원하게 트인 산언덕에서 마마는 조용히 이야기를 한다.

마마 베르나르도가 젊은이에게 포포로 사용법을 가르치고 있다.

　이제 네 포포로를 먹어라. 작대기를 느리게 집어넣었다가 빼내서 핥아라. 그렇게 하면서 '어머니들'을 생각해라. 열심으로 집중하되 일체 다른 생각은 하지 마라.

　'어머니들'이 어디에 있는지 생각해라. '어머니들', 포포로들의 '어머니들'을 생각하고, 포포로 작대기들의 '어머니들'을 생각해라. 여기에 집중해라. 다른 것은 생각하지 마라. '어머니들'을 생각하면서 포포로를 천천히 그리고 조용히 먹어라. 너는 아루나에 있는 너의 포포로에게 물어봐야 하고, 너에게 포포로와 작대기를 준 '어머니들'에게 물어봐야 한다. 이것을 준 호리병박의 '어머니'를 생각하고, 아버지 신 루아위코Luawiko 안에 있는 너의 정신spirit에 집중해라. 그리고 그에게 코카와 가루를 달라고 요청해라. 열심히 생각해라. 만약 네가 또다시 포포로를 포기한다면, 나는 내 포포로 작대기로 너를 때려줄 테다.

이 모든 것이 조용한 가운데, 마치 아버지가 아들에게 가르치듯이 이루어진다. 소년은 마마를 전적으로 신뢰한다.

네가 이 포포로를 제대로 먹기 시작한다면 너는 한 여자를 네 아내로 맞이할 수 있을 거다. 주의해라! 나는 이 포포로 작대기로 너를 내려칠 거야! 이제부터 너는 포포로를 쓰지 않으면 안 된다. 그것을 계속 사용해야 돼. 그렇지 않으면 너는 절대로 여자를 맞이할 수 없어.

이제 네 포포로와 작대기, 가루 그리고 코카 잎에 축복을 내리겠다. 네가 그것들을 잘 사용할 수 있도록 말이야. 너는 포포로가 무엇을 의미하는지 생각해 봐야 해. 이 포포로는 여자란다. 포포로를 사용할 수 있을 때 비로소 너는 아내를 맞이할 수 있어. 하지만 잘 생각해야 해. 아내를 맞이하면 넌 아내를 보살펴야 하고, 아내를 위해 일을 해야 하고, 아내를 위해 옷을 만들어야 하고, 또 아내를 사랑해야 하지. 절대로 아내를 때린다거나 함부로 대해선 안 돼. 이제 이 포포로를 받는 순간 너는 이런 것들에 관해 생각해 보지 않으면 안 돼.

네가 여자를 원한다면 말도 잘해야 돼. 여자의 부모에게 허락을 구하는 말을 해야 하니까. 그러고 나서 여자에게 말을 할 수 있어. 여자에게 물을 달라고 하거라. 여자에게도 말을 잘해야 돼. 그렇지, 너는 그 여자를 아주 많이 좋아해야 한다. 함께 데리고 가서 목욕을 해야 하고 그 여자를 위해 땔감도 모으고 식량도 마련해야 한다. 여자를 잘 보살펴야 해.

너에게 주는 이 포포로는 세와sewa(보호물)란다. 보통 땐 다른 것을 마련해 쓰도록 하고, 이것은 집 안에 잘 보관해 놓거라. 마마들에게 고백을 하러 갈 때나 예언을 받으러 갈 때만 이것을 사용해라. 그리고 오늘부터 너는 코카 잎을 씹어야 해. 그걸 포기하면 절대 안 돼. '어머니' 신께서 우리에게 코카 잎을 주시면서 항상 씹으라고 말씀하셨단다. 밤에 잠자러 가

166

기 전에도 코카를 씹어야 해. 적어도 네 번을 씹으면서, 다음 날 무엇을 어떻게 할지 찬찬히 생각해야 한다.

이제 넌 여자를 맞이해야 하니까 네 집을 따로 지어야 해. 다른 소년들과 계속 같이 살 수는 없어. 너는 네 아내와 살게 되고, 아내를 위해 일하며, 아내가 음식을 차릴 수 있도록 식량을 가져다주게 되겠지. 너는 아내를 잘 보살피고 정말로 사랑해 주지 않으면 안 돼. 아내가 잘 먹을 수 있도록 식량도 갖다주고 고기도 갖다주고 닭이나 돼지도 사다주어야 해. 아내에게 가축도 구해다줘. 땔감을 구하러 나갔을 때는 빨리 돌아오도록 해라. 다른 여자, 다른 사람의 아내들을 두리번거리면서 처다보지 마라. 너는 네 여자가 있으니 네 여자를 잘 보살펴야 한다는 말이다. 포포로를 받게 되면 책임감 있게 행동해야 해. 이제부턴 다른 아이들과 놀러 다니지도 말아라. 책임감이 있어야 돼. 마마나 코미사리오, 카보를 대할 때도 존경하는 마음으로 대해야 한다.

이제 내가 이런 것들을 네게 주었으니 너는 내 경작지로 와서 날 위해 일해야 한다. 나도 네가 여자를 얻을 수 있도록 널 위해 일할 거야. 나는 지금 네게 유익한 충고를 하고 있고 너는 내 충고를 들어야 해. 내가 말한 걸 잊지 마라. 그렇지 않으면 넌 아내도 얻지 못한 채 평생 홀로 지내게 될 거다. 내 경작지로 오너라. 우리는 거기서 이 일을 잘 마무리할 수 있을 거다. 반드시 와서 네가 생각하고 행동한 모든 것을 고백해라. 모든 것을 고백하고, 고백하고 또 고백해라. 그러면 만사가 순조로울 거다. 난 네가 아내를 얻도록 해주마.

네 장인에게 소나 염소 같은 가축이 있다면 마치 네 것인 양 보살펴야 한다. 장인 역시 잘 보살펴야 하고 장인의 가축도 잘 돌봐야 한다. 처가에 소금이 떨어졌을 때는 소금을 갖다주고, 그 소금도 마치 네 것인 양 소중히 다루거라. 그래야만 장인이 널 좋아할 테고 또 보살펴주실 거야. 장인

이 널 좋아할 수 있도록 훌륭한 남자가 되어야 한다. 절대로 장인을 속이지 말거라. 장인에게 못되게 굴어서도 안 된다. 장인 앞에서 처신을 잘해야 한다.

마마 베르나르도는 "내가 지금 한 충고를 받아들이겠느냐? 명심할 테냐?" 하고 물으면서 말을 맺는다. "예, 듣고 있습니다." "좋아. 그럼 이제 끝났다. 포포로를 가방에 집어넣어라." 포포로를 받으면 소년은 즉시 공공의 장소인 누후에로 가 그곳에서 나흘 낮과 밤을 보내며 마마, 코미사리오, 카보 들로부터 자신의 책무에 대한 가르침을 듣게 된다. 이때 잠에 곯아떨어지는 것은 엄금이다.

소녀의 통과 의례

어린아이에서 여성으로 변화할 시기의 소녀들도 마찬가지로 신중한 지도를 받는다. 소년을 위해 실시되는 전체 과정은 마마들이 지도한다. 마마들은 소년을 지도할 시기가 언제인지 결정하고, 어느 나무에서 소년의 포포로 작대기를 만들어야 하는지와 같은 기술적인 세부 사항과 정확한 시기를 확정하기 위해 점을 칠 것이다. 물론 소녀에게도 우리가 자연이라고 부르는 위대한 어머니에 의해 그러한 변화가 이루어진다. 모든 여성은 어머니이고, 모든 여성은 자연 그 자체이다. 월경의 피를 흘리기 시작하는 것은 자연이 가지고 있는 생식의 힘을 증험하는 것이다. 코기 세계가 자연과 전쟁을 벌이는 무질서한 밀림이 아니라 질서 잡힌 정원이 되는 이유는 그와 같은 힘을 주의 깊게 관리하기 때문이다. 그들은 세계를 움직이게 하는 이 같은 강력한 생명 에너지가 제대로 보살펴지지 않으면 이 에너지가 무질서한 형태—식물이나 동물, 사람이 병이 드는 것과 같은—로 표출된다고 믿으며, 그럼으로 해서 인간 사회 역시 균형을 잃게 된다고 믿는다.

소녀가 처음 월경을 시작하면 나이 든 여자가 소녀에게 이야길 해요. "딸아(혹은 손녀야), 네가 월경을 시작하면 내게 어떤 거짓말도 해선 안 된다. 나에게 진실을 말해야 해. 만약 월경한 것을 말하지 않으면 세계는 균형을 잃게 돼. 병이 생길 테고, 여러 형태의 폭력이 뒤따를 게다. 그러니 월경을 시작하면 반드시 말을 해야 하는 거란다. 할머니나 어머니한테 가서 '월경이 시작됐어요' 라고 말을 해야 해." 그러면 할머니나 어머니가 아무도 볼 수 없는 구석으로 데려가 이레 동안 숨어 있게 하지요.

이레 동안은 고기도 먹지 말고 신선한 음식도 먹지 말아야 해요. 개를 쳐다봐서도 안 되고 남자를 바라봐서도 안 돼요. 촛불도 꺼서는 안 되고. 그 자리에 계속 있으면서 모칠라를 만들고 실을 잣는 거지요. 왜 이런 일을 하느냐면, 옛날에 대지가 여자였기 때문이지요. 대지가 처음으로 피를 흘리기 시작했을 때, 그 피는 붉은색이 아니라 파란색과 초록색과 검은색으로 되어 있었소. 이것이 금과 같은 것들이 만들어지는 과정이지요. 그러고는 마침내 피가 흘러내리게 됩니다.

그래서 파란색이나 초록색을 띤 모든 보석은 어머니 대지가 흘린 월경혈인 거요. 황금은 어머니 대지의 가장 순수한 피이고. 그런 이유로 우리 토착민들이 황금을 모으고, 대지의 월경혈을 모아서 단지에 담아 사원에 보관해 두었던 거요. 대지가 피를 흘릴 때 초록색 혹은 파란색을 띤 귀중한 돌들이 생겨나는데, 우리는 이것들도 보관해 두었지요. 그건 모두 어머니 대지를 공경하기 때문이라오.

우리는 이런 사실을 알고 있기 때문에 오늘날까지도 월경을 막 시작한 소녀들을 구석진 곳에 있게 하면서 아무도 건드리지 못하게 하는 거요. 두 번째 월경을 하면 성인 여자가 되지요. 이렇게 소녀가 사랑할 준비가 되었을 때, 그때 비로소 마마는 남자를 축복하고 남자로 하여금 고백을 하도록 시킨다오. 마마는 젊은 여자에게도 자신의 허락 없이 또 자신을 낳은 어머니의 허락 없이 죄를 범했는지 범하지 않았는지 고백하도록 시키지요. 그러면 젊은 여자는 용서를 구하고 마마는 값을 치르게끔 하지요. 그렇게 해서 여자가 정화되면 깨끗한 마음, 착한 심성, 선량한 영혼을 갖게 되지요. 그런 뒤에 결혼을 시키는 거예요.

베틀

남성과 여성은 매우 다르며 각기 고유한 영역이 있다. 이러한 성gender

170

의 구분은 삶의 모든 부분에 배어 있다. 베틀을 예로 들어보자.

코기 족의 베틀은 나무를 십자형으로 교차시킨 단순한 모양으로, 네 측면의 끝마다 도투마리가 있으며, 약 40제곱센티미터 정도의 공간을 차지한다. 십자형의 각 귀퉁이는 세계의 기본 방위를 상징한다. 그러나 이는 동서남북의 사방이 아니라, 극점에서 태양이 지고 뜰 때 닿는 수평선 위의 네 지점을 가리킨다. 베틀은 세계의 근본적인 구조를 표현하고 있다.

모든 남자는 자신과 가족을 위해 옷감을 짠다. 그는 누후에에서 옷감을 짜면서 그 일의 진정한 의미를 설명해 주는 마마의 말에 귀를 기울인다. 그는 이 단순한 구조로 된 베틀에 앉아 천천히, 신중하게 일한다. 때때로 포포로를 움직이며 명상에 잠기기 위해 손을 멈춘다.

'어머니' 이신 신은 그대가 옷감을 짤 때 그 일에만 집중하고 다른 생각은 하지 말아야 한다고 말씀하셨다. 이것들은 우리가 입을 옷이다. 짜여지는 옷감들은 '어머니' 신의 아들들인 세계의 '아버지들'에게 말을 하지. 그들은 세란쿠아와 루아위코와 신타나Sintana에게 이야기를 한다네. 그대는 오직 이것만을 생각하면서 옷감을 짜야 돼. 베틀은 책과 같아. 그대가 앉아서 옷감을 짜는 것은 책을 읽는 것과 같아. 집중을 해야 해. 그런 이유로 원로들은 오직 성인 남자만이 옷감을 짤 수 있다고 말하는 거라네. 소년에게는 옷감 짜는 일이 허락되지 않아. 우리 조상들이 처음 옷감을 짜기 시작했을 때 그것은 어려운 일이었지. 그러나 '어머니' 신이 처음 주신 그대로의 방식으로 나는 지금도 옷감을 짜고 있지. 베틀은 모든 세계를 상징해. 그것들은 절대로 약해져선 안 되지.

허벅지 위에서 왼손을 뒤틀어 아래쪽으로 미는 실은 여성을 상징하는

가방 만들기는 여성에게 기본적인 일이다.

날실이다. 베틀의 네 귀퉁이는 기본 방위점을 상징하는데, 여기에 걸쳐져 있는 날실은 그 점들을 연결시켜 준다. 날실의 종류에 따라 옷감은 그 성질과 특징을 달리한다. 날실은 수동적이며 생산적이고 영원하다. 날실을 보면 형식과 형태를 알아낼 수 있다. 날실은 '어머니'의 모습을 하고 있는 것이다.

허벅지 옆으로 오른손을 뒤틀어 위쪽으로 스치는 실은 남성을 상징하는 씨실이다. 씨실은 태양이 과거와 미래 사이의 시간을 여행하며 하늘을 돌듯 기본 방위점들을 돈다. 날실은 통과하는 베틀의 북을 받으려고 자신을 연다. 이렇게 옷감은 남성과 여성의 속성이 얼크러져 만들어지며, 세계를 질서 있게 배열하여 하나로 엮어낸다.

최초의 베틀은 '어머니'에게 속해 있었다. 베틀은 모든 세계의 가로대였던 작고 밝게 빛나는 하얀 별이었다. 순백의 정수였다. 세상에 빛이 비춰지기 전, 이 별은 암흑 속에서의 순백이었다. 영어로 검sword이라고 부르는 막대기인 '알도aldo'는 천이 섬세하고 고르게 짜여질 수 있도록 북이 한 번씩 지나갈 때마다 씨실을 압착시키는 역할을 한다. 알도가 검은 색인 이유는 빛보다 먼저 있었던 암흑에서 태어났기 때문이다. "맨 처음 '어머니'는 작은 별과 함께 왔다. 그 뒤 점점 더 떠오르면서, '어머니'는……" 알도가 아홉 세계를 거쳐 성장하도록 하였다. 가능성으로만 있던 것들에 형태를 부여하고, 그것들이 질서를 이루도록 했으며, 생각 속에 있던 하늘의 지도를 실제로 그려나갔다. 베틀의 구조는 우주의 틀을 본뜬 것으로, 그 질서의 기본 개념은 하늘의 네 기본 방위점, 즉 태양 운행의 극점들 안에서 움직인다는 것이다.

생명이 어떤 틀로 규정되기 전, 그러니까 남성성과 여성성이 아직 형태를 갖추기 전인 아주 오랜 옛날에, '어머니'는 자신이 직접 베틀의 가로대가 되어 옷감을 짰다. 그래서 코기 족은 '어머니'의 몸이 남자의 성기 역할을 했다고 농담을 한다. '어머니'는 베틀을 사적인 공간, 궁극적으로는 여성으로 정의될 공간인 자신의 집에 넣어두었다.

생각idea의 세계에는 남자들 혹은 남자들의 생각―이 모든 것이 아루나 안에서 벌어지는 일인데―이 존재하고 있었다. '어머니'만으로 시작된 아루나는 점차 자신만의 인격을 가진 정신적인 존재들로 나누어져 분화된다. 이야기의 이 단계에서 볼 때, 남자들이 아루나 자체라면 그들의 생각은 정신적인 존재들의 마음속에 일어나는 생각들이다. 아루나의 이 남자들은 생각하는 생각들로 그들은 옷감을 짜는 근본 원리를 이해하려고 하였다.

남자들은 궁금해했지. 어떻게 이렇게 될까? 어떻게 옷이 만들어지지? 남자들은 '어머니'께서 어떻게 옷을 만드시는지를 생각했어. 남자들은 생각했다네. 남자들은 생각했다네. 남자들! 그들은 어떻게 생각했을까? 그러자 남자들은 보기를 원했다네. 그러나 '어머니'는 허락하지 않으셨지. 남자들은 생각했지만, 보는 것은 허락되지 않았어. 모든 것이 닫혀 있었으니까.

그러고 나서 '어머니'가 옷감을 짜지 않을 때, 어머니가 어딘가로 가고 없을 때, 남자들은 갔다네. 남자들은 작은 구멍을 만들어 '어머니'가 어떻게 짜는지 보려고 했지. 구멍을 만든 다음 다시 그것을 덮어놓았어. 그리고 마침내 '어머니'가 옷감 짜는 것을 보았다네. 덮어놓은 것을 들추고 '어머니'가 옷감 짜는 것을 보았다네. 남자들은 옷감이 어떻게 짜지는지 보았다네. '저것이 저런 것이었군' 하고 남자들은 생각했지. 그 순간 갑자기 옷감 짜는 것이 엉망이 되어버렸다네. 그러자 '어머니'는 생각하셨지. '무엇이 잘못되었을까? 무슨 일이 일어난 걸까? 그들이 여기에 있는 것일까?' 라고 '어머니'는 생각하셨어.

정신적인 존재인 남자들은 '어머니'가 닫아놓은 생각의 벽 뒤를 침투해 버렸다. 이제 세계의 균형은 헝클어지고, '어머니'의 옷감 짜는 일은 엉망이 되면서 결함이 생겨나게 되었다. '어머니'는 왜 그런지 이유를 알게 되었다. 이제 옷감 짜는 일이 제대로 되기 위해서는 새로운 균형, 더 나은 균형을 찾아내지 않으면 안 되었다.

오늘날에는 남자들이 베틀을 가지고 있다. 베틀은, 세상의 집이요 공공의 장소인 누후에 안에 있다. 베틀의 북을 다루는 사람은 남자다. 남자는 힘이 있고 공공의 행사를 주관하는 사람이다. 오직 남자들만이 옷감을 짤 수 있다. 훌륭하고 조심스럽게 옷감을 짜야 세상이 잘 돌아간다. 옷감 짜는 일은 늘 마마의 감독 아래서 진행된다. 그러나 이 이야기에는 약간 껄끄러운 점이 있다. 남자들은 너무나 많은 것을 착취해 왔고, 자신의 것이 아닌 권력을 억지로 빼앗아갔다. '어머니'는 훨씬 여성적인 존재로 규정되고, 남자들은 훨씬 남성적인 존재로 규정된다. 그러나 옷감은 '어머니'의 아기가 아닌가? 더운 날, 아기들이 운다. '어머니'는 자기 아기의 울음소리를 듣게 될까?

옷감 짜기는 정오가 되기 전에 모두 멈춘다. 검은 막대기가 옷감을 누를 때 나는 울음소리를 듣고 어머니가 자기 아기를 데려가 버릴까봐서.(목화솜이 말라버리면 옷감 짜기가 불가능해지기 때문에 태양볕이 가장 강한 시간에 일을 계속한다는 것은 어쨌거나 좋지 않은 생각이다.) 하지만 어쨌든지 옷감 짜는 일이 남자들한테 주어진 건 틀림없다. 인간 세상에서 옷감을 짜지 않을 수는 없으니까. 그리하여 '어머니'의 모습을 지닌 '어머니'의 딸, 어머니 나보바Mother Navoba가 와서 아침 동안만은 조심스레 옷감을 짜도 된다고 허락해 주었다.

어머니 나보바가 우리에게 이것을 말씀하셨다. 어머니 나보바는 우리

175

소녀들은 아장아장 걸을 때부터 가방 만드는 법을 배운다.

에게 어떻게 살아갈 수 있는지에 대해 말씀하셨어. 그러고 나서 어머니 나보바는 사라졌지. 그러나 어머니 나보바는 아직도 여기에 계신다네. 어머니 나보바는 어떻게 가방을 짜는지, 어떻게 옷감을 짜는지, 어떻게 모든 것을 짜는지 알고 계시지. 어머니 나보바도 그렇게 사시니까. "내가 그대에게 그대가 잡고 있는 기구를 줄 것이니라." 그리하여 어머니 나보바는 나에게 베틀을 주셨어. 내가 옷감과 가방 그리고 몸에 밴 관습들을 잘 짤 수 있도록. 어머니 나보바는 또 '아우'에게도 살아갈 길을 보여주시고 우리에게도 살아갈 길을 보여주셨다네. 어머니 나보바는 나에게 우리가 하려는 모든 것에 대해 이야기하셨지. 우리는 지금도 알고 있어. 사물들이 말하는 소리를 어떻게 들어야 하는지 우리는 알고 있지. 우리는 어머니 나보바가 계신 모든 장소에 어떻게 제물을 바쳐야 하는지도 알고 있다네. 우리는 지금도 알고 있어. 베틀의 '아버지'는 어디에 계시는지. 우리는 지금도 알고 있어. 실의 '아버지'는 어디에 계시는지. 우리는 지금까지도 알고 있어.

아무리 코기 세계를 바라보아도 우리 눈에 보이지 않는 것들이 있다. 남자와 여자란 단순히 사람을 말하는 것이 아니다. 그들은 세상의 원리들을 체현한 존재이다. 결혼은 사랑이나 배우자의 선택, 운명 등이 결정해 주는 게 아니라 마마들이 점을 쳐서 정해 주는 것이다. 결혼이란 남성성과 여성성으로 이루어진 거대한 균형의 일부분이다. 이 거대한 균형이 세계를 움직이게 한다. 거대한 균형은 언어에도 잘 드러나 있다. 단어를 보면 남성성과 여성성이 확연히 구별된다. 남자와 여자 모두 자신의 땅을 소유한다. 딸은 어머니로부터 땅을 상속받고 아들은 아버지로부터 땅을 상속받는 것이 보통이다. 세상의 조화와 균형은 남성과 여성의 협력으로 이루어지는, 마치 인생이라는 베틀 위에서 옷감을 짜는 것과 같은 역동적인 과정이다.

모든 아들과 딸 들은 이것에 동의한다네. 옷감을 짜는 것은 사물들을 서로서로 조화롭게 하는 거야. 베틀을 가로지르는 막대들이 바로 세상을 지탱하지.

이혼

남녀간의 협력 관계가 실패하지 않거나 깨어지지 않는 것은 아니다. 만약 여자가 남편을 떠나면 그럴 때는 언제나 새로운 협력 관계로 들어가게 된다. 남자들이 새 신부를 찾기는 별로 어려워 보이지 않는다. 그러나 버림받은 아내들은 매우 심각한 문제에 직면하게 된다. 한쪽 성은 다

177

른 쪽 성의 일을 절대로 할 수 없기 때문에 균형이 깨져버린다. 홀어머니는 예외적이다. 홀어머니의 경우는 자기 부모나 친정 가족에게 다시 의지하게 된다. 물론 이혼 후 여자는 자신의 경작지를 받는다. 일반적으로 마마들은 이혼 소송에서 여자들이 아이들과 함께 먹고 살기에 충분한 땅을 받을 수 있도록 책임지고 도와준다. 하지만 친정 가족의 도움 없이는 경작을 할 수가 없다.

아마 처음 결혼했을 땐 여자가 정말로 남자를 좋아할 거요. 여자가 임신하면 남자는 어쩌면 여자를 떠날 테죠. 여자는 남자가 자기를 보살필 거라고 생각하지만 남자가 다른 여자에게로 가버리는 경우가 왕왕 있지요. 여자는 남겨져 아이들을 떠맡고 남자는 다른 여자에게로 가버리는 거지요. 여자는 주저앉아 생각하다가 울고 말죠. 난 다섯 아이들과 함께 남겨졌었어요. 그래 '이제 난 어떻게 하지?' 하고 생각했죠. 어린것들이 고기를 달라고 보채면 난 고기를 구하러 나가야 했어요. 남자 형제들에게 가서 부탁할 수밖에 없었지요. 그대가 일을 하러 나가야 돼요. 그러면 누가 아이들을 보살피나요? 만약 아이들을 보살펴줄 할머니나 아버지가 안 계신다면, 그대는 아이들을 외롭게 남겨둘 수밖에 없겠죠. 하지만 남자는 새로 결혼한 여자와 잘 살아요. 내가 입을 옷들은 어디 가서 구할 수 있을까요? 홀로 사는 여자는 옷을 갖기가 정말 힘들어요. 여자에게 필요한 것을 만들어줄 사람은 이제 아버지예요. 예를 들면 말이죠, 여자는 집 짓는 법도 모르잖아요.

그대가 혼자이고 아무도 그대에게 관심을 가지지 않을 때는, 그래, 그때는 부모와 함께 부모 집에서 살아야죠. 만약 누가 다가온다면, 좋아, 다시 결혼할 수 있어요. 허나 그렇지 않다면 어머니, 아버지와 함께 사는 수밖에요. 알다시피, 여자들은 남자를 구하러 나다니지 않아요. 남자들이 우리를 찾는 거죠. 그러나 아이가 다섯이나 딸려 아무도 찾아오지 않는 코기 여자라면 이제 홀로 살아야만 한다는 사실을 알게 된답니다.

길

경작지에는 식물만 심는다. 단백질은 주로 바다에서 잡은 물고기나 사냥을 통해 얻는다. 이런 방식이 정복당하기 전 아메리카 대륙의 일반적인 모습이었다. 최근까지도 이것이 코기 족이 살아온 방식이었다. 그러나 시에라의 저지대로 콜로노들의 침입이 이어지면서 더 이상 바다에 나갈 수 없게 되었다. 그리하여 코기 족은 가축을 많이 기르기 시작했다. 오늘날 그들은 돼지와 소를 키운다. 코기 족 사람들이 경작지를 따라 이동할 때면, 가족 중 두세 명의 남자가 작대기로 앞에서 돼지 떼나 황소, 당나귀를 몰고 가고 여자와 아이들이 뒤에서 따라가는 모습을 종종 볼 수 있다.

사람들은 많이 밟고 다녀 잘 다져진 길을 따라 걷는다. 코기 족은 조상들이 다녔던 길을 그대로 따라 걷는다. 여기에는 상징적 의미도 있고 실제적 의미도 있다. 그레이엄은 이 마을 저 마을로 이동할 때마다 걷고 있는 사람들을 쉴 새 없이 지나쳤다. 남자들은 거의 대부분 멈추어 서서 그에게 인사를 했다. "어디에서 왔소? 어디로 가는 길이오?" 그가 물으면 그들은 "밭에 가는 길이오" "목초지에 놔둔 노새를 데리러 가는 길이야" "경작지를 좀 살피러 가는 길이오" "어머니를 만나러 가" "아버지를 만나러 가는 길이라오" 하고 대답했다. 산맥의 줄기들을 교차하고 또다시 교차하는 식으로 혈족과 장소들 사이에 놀라울 정도로 촘촘한 망을 이루고 있는 수천 개의 개별적인 궤도와 그것이 갖고 있는 강력한 의미 앞에 그레이엄은 감동을 받았다. 이 모든 움직임은 조상들이 잘 닦아놓은 수

179

많은 길을 따라 이루어지고 있었다.

길을 닦고 계단식 단을 세우는 타이로나의 석조 기술은 그곳 어디에서나 볼 수 있다. 그림이나 문양이 새겨진 수많은 돌들이 길을 따라 놓여있다. 조상들의 자취는 자유롭게 여기저기 흩어져 있다. 코기 족에게는 고고학적인 유적지뿐만 아니라 산과 커다란 바위조차도 조상의 자취이다. 이것들은 또한 정신 세계와 소통하는 장소이기도 하다. 그러나 그들을 이해하지 못하는 사람들에게는 위험한 것일지도 모른다. 마마들만이 그곳을 이용할 수 있고 자신들의 능력을 가지고 그곳에서 일할 수 있다. 이곳의 위험을 중화시키고 사물의 균형을 유지하도록 하는 일이 바로 마마들이 온 시간을 바쳐서 하는 일이다.

좌절

그레이엄은 외면당하지도, 그렇다고 완전히 받아들여지지도 않은 채 계속해서 이 세계의 주변부를 맴돌고 있었다. 어느 날 그는 마마 아우구스틴Augustin을 방문하라는 말을 듣고 그의 경작지로 갔다. 마마는 보이지 않았다. 힘들게 마마의 아내를 찾아가 묻고 난 후에야 그레이엄을 안내한 어린 소년이 말을 했다. 마마는 일하러 갔고 자기들이 직접 마마를 찾아야 한다는 거였다. 그들은 골짜기를 향해 기어 내려갔다. 그레이엄은 이건 정말 보통 일이 아니라는 생각이 들어 그냥 농장에서 기다리자고 했다. 그러나 소년은 고집을 부렸다.

절벽 근처를 기어가다가 불쑥 튀어나온 절벽을 간신히 돌아 건너고 나니, 바위가 처마처럼 씌워진 곳에 마마가 한 소년과 함께 앉아 있었다. 그들은 막대기들을 둥그렇게 펼쳐놓고 그 안에 앉아 있었다. 그들 앞에는 덤불이 있었다. 그레이엄은 가까이 다가갈 수 없었다. 의식을 진행하

포포로를 움직이며 명상하고 있는 후안 하신토

는 중이었다. 마마 아우구스틴은 밝은 표정을 지으며 그레이엄에게 다가
오더니 그가 가져온 선물을 받아들었다. 그는 환하게 웃고 나서 이렇게
말했다. "좋아. 자네를 환영하네. 나는 많은 일을 했지. 그럼 안녕히 가
시게." 그것으로 끝이었다.

　이런 일들이 다반사였다. 코기 족은 무언가를 꼭꼭 숨겨놓고 사람을
애타게 만드는 데 대가들이다. 그들은 그레이엄에게 이런 일들을 겪게
하면서 그의 반응을 지켜보고 있었다. 마마들이 그를 데리고 가다가도
갑자기 문전박대하는 일이 많았다. 그래서 그레이엄은 대부분의 시간을
나이 많은 보통 사람과 보냈다. 이들은 자신들이 어렸을 때 본 경이롭고
훌륭한 마마들에 비하면 현재 마마들은 별 볼일 없는 떼거리라고 생각했
다. "옛날 마마들은 거대한 바위를 공중으로 날리기도 하고, 아무리 심
한 병에 걸린 사람도 치료를 했어." "저 젊은 마마들은 지혜를 배우기보

다는 먹을거리나 마누라의 아랫도리에만 관심이 있지. 그들보단 차라리 내가 더 많이 알고 있을걸."

모든 지식이 "어머니 신께서 우리에게 보여주시기를……" "어머니 신께서 우리에게 가르치시길……"로 시작하는 원형 그대로의 계시를 바탕으로 하고 있는 곳이 바로 코기 족 사회다. 그러나 그들은 전통을 이어온 그들 사회의 지식의 총합은 그 자체만으로는 절대로 성장할 수 없고 감소할 뿐이라는 사실을 끊임없이 자각하고 있다. 이러한 불안의 뒷배경에는 너무나 많은 사람이 죽임을 당하고 너무나 많은 것을 잃어버렸던 대학살의 기억, 과거의 정복자들로부터 받은 원초적인 정신 충격이 자리 잡고 있다. 고고학적인 증거들을 감안해 볼 때, 스페인 정복자들이 도착할 당시 시에라에는 30만 명에서 50만 명에 이르는 사람이 살았던 것으로 보인다. 오늘날 코기 족은 약 1만 1천 명 정도이고, 시에라에 살고 있는 전체 토착민 수는 약 2만 명 정도다.

때때로 그레이엄은 기록의 문제에 관해 질문을 던졌다. 만약 지식이 기록된다면 사라지지 않고 잘 보존되지 않을까? 그 물음은 코기 족이 늘 심각하게 고려한 것이자 늘 거부해 오던 것이다. 지식은 한갓 단어의 배열이 아니다. 그것은 이해이며 경험이고 존재하는 방식이다. 지식은 기록할 수 있는 성질의 것이 아니다. 코기 족은 어떤 종류의 기록도 가지고 있지 않다. 이런 방식이 이상하게 보일지 몰라도 분명 이것은 여러 가지 방안 중에서 선별되고 선택된 방법이다.

시저Caesar는 드루이드교Druids[1]의 사제들이 기록을 거부했다고 전하고 있다. 그들은 코기 족의 마마들과 사회적으로 비슷한 역할을 했고, 심지어는 교육 방식—20년간 동굴에 칩거하는 등의 방식—도 비슷했다.

---

1) 고대 갈리아 및 브리튼 제도 토착민이던 켈트 족의 종교—옮긴이

읽고 쓰는 행위가 기억의 능력을 파괴할 수 있다고 느꼈기 때문에 드루이드교의 사제들이 기록을 불신했던 것 같다고 시저는 추측했다.[2] 코기족도 이와 비슷한 말을 한다.

드디어 그레이엄은 산 미구엘로 올라가서 연중 행사로 치러지는 축제를 보게 되었다. 마침내 철통같이 닫혀 있던 문 안으로 초대된 것이다. 함께 자주 시간을 보내곤 하던 늙은 사람 중 하나인 페드로Pedro가 그의 안내자였다. 그레이엄은 다음과 같이 적고 있다.

이곳은 코기 세계의 로마이다. 그 장소에 있는 모든 것, 그리고 사람들이 그곳에 대해 설명하는 모습에서는 온통 전통과 존경과 장엄함이 뿜어져 나온다. 그곳에 가까워지자 페드로가 나를 멈춰 세우고 내게 동전 몇 개를 달라고 말한다. 한 손에는 동전을 들고, 다른 손으로는 내가 마을을 바라볼 수 있도록 나를 꽉 붙잡은 채로 긴 주문을 읊는다. 그러고 나서 나에게 동전을 돌려준다. 나중에 그것이 무엇이었는지 물어보았다. 그는 그것이 모든 사물들에게 나를 받아들이도록 소개한 것이었다고 말했다. 마을에 도착하기 전에 우리는 까시퀴알Caciquial—카시크 마마의 마을—을 지나갔다. 마을 가운데에 '의식을 행하는 집'이 있고, 그 주위로 약 십여 채의 집이 모여 있다. 아무도 없는지 텅 비어 있다. 길에서 약 800미터 떨어진 곳에 시냇물이 흐르고 있고, 그곳에서 올려다보니 거대한 문이 보였다. 망루처럼 생긴 곳에 세워진 육중한 이중문이다. 문은 놀라우리만치 당당해 보였다. 문을 밀고 문지방을 넘어서는데 강력하고 독특한 공간에 들어서고 있다는 느낌이 엄습했다. 문을 지나고 나면 길은 세심하게 가꾼 숲과 야자수들을 지나 마을로 이어진다.(이때쯤 되었을 때 나는 그곳을

2) Gallic Wars VI, 13-18.

'도시' 라고 부르고 싶어졌다.)

마침내 그레이엄은 자기가 어딘가에 도착했다는 것을 느꼈다. 그러나 이번 축제는 엄숙하고 신성한 축제가 아니다. 그것은 흥겨운 축제 '사툴나리아Saturnalia' 였다. 코기 족들은 마을 단위로 일 년에 한 번씩 며칠에 걸쳐 술을 마시고 떠드는 흥겨운 잔치를 연다. 모든 규제가 풀리는 기간 이기도 하다. 평상시에 술은 위험한 것으로 여겨지며, 고지대의 촌락에 서는 아예 술을 마시지 않는다. 그러나 축제 기간에는 이 모든 것이 갑자 기 자유로워지는 것이다. 그레이엄이 산 미구엘에 받아들여진 그때가 일 년 중 유일하게 공식적 무질서의 상태가 되는 때였다.

축제는 온 마을을 들썩이게 한다. 마을을 통제하는 관리자급 사람들을 제외하고 거의 모든 남자들과 수많은 여자들이 완전히 취해 버린다. 춤과 음악이 출렁인다. 악기는 주로 기다란 피리와 북으로, 남녀 무리가 야단 법석을 떨며 마을 둘레를 빙빙 도는 내내 줄기차게 연주된다. 술래잡기 비슷한 게임도 있다. 여자들이 마을 전체를 돌아다니며 남자들을 쫓아다 니는 놀이다. 이 모든 것은 의식이라기보다 아수라장이라고 표현하는 것 이 더 맞다.

사람들은 축제를 만끽한다. 간혹 싸움이 벌어지면 관리자들이 와서 재 빨리 막는다. 축제가 끝나고 나면 사람들이 마마들 앞에 나아가 장시간 고해한다는 것을 안 것은 나중이다. 축제 속에서 사람들의 분노는 거의 곪아터질 지경이 되고 간통은 일상사가 된다. 그러나 마마들이 항상 엄한 것은 아니다. 축제는 그런 것을 발산시키기 위한 중요한 역할을 하고 있 는 것이다.

황소 세 마리를 잡았다. 모두 함께 고기를 요리해서 먹는다.

나를 위한 페드로의 외교는 계속된다. 마마들이 모두 취하는 바람에 그들을 한 장소에 불러 모으는 데 열두 시간이 걸린다. 페드로는 내가 가져 온 선물을 마마들에게 하나씩 나누어준다. 그러고는 나를 대신해 모임을 주선한다. 너무나 취해 있어서 그들은 모든 것에 그러자고 말한다. 한 사람이 점을 치려고 하지만 계속 물을 쏟고 구슬을 떨어뜨린다. 결국 포기를 하고 내 팔을 잡고서는 멍한 표정으로 말한다. "다 좋아. 좋고말고." 그러고는 미친 사람처럼 내 면전에 얼굴을 가까이 대고 히죽 웃는다.

카시크 마마인 마마 발렌시아는 나중에 도착했다. 그는 취하지 않은 것 같았다. 그가 오자마자 마을 군중이 그를 에워싼다. 흠뻑 술에 취한 사람들이 뭐라 중얼거리며 그의 손을 잡기도 하고 다정하게 머리를 껴안기도 하면서 얼마나 그를 숭앙하는지를 표현한다. 마마는 한결같이 태연하다. 이런 일이 늘 있어온 양 행동한다. 마치 성자 같다.

갑자기 콘차칼랴Konchakalla(남쪽 경사면에 사는 코기 족 사람. 전에 말썽을 일으킨 적이 있다)가 거드름을 피우며 나에게 가버리라고 말한다. 젊은 남자들의 무리가 심각한 적대감을 드러내려 한다. 이성적인 생각이나 토론이 가능한 순간은 금세 사라지고 만다. 헤페 마요르인 하신토가 다가왔다. 극도로 취해 있던 그는 이상한 가성으로 비명을 지르더니 머리를 흔들고 부자연스레 팔을 뒤틀어 흔들어대었다. "내가 여기 지도자다. 내가 그 사람을 초청했어! 그 사람은 여기 있을 거야!" 나는 경계심이 극도에 달한다. 그는 완전히 미친 사람 같다. 마마 발렌시아와 젊은 남자들은 아주 빠르게 떠나버린다. 하신토가 나를 붙잡고 웃는다. 그는 "내가 여기 지도자야. 나라구. 나뿐이라고" 하고 주절거리며 바닥에 주저앉아버린다. 카보들은 콘차칼랴를 마을 밖으로 쫓아낸다. 5분 뒤 하신토는 의식을 잃어버린다.

바로 이 지점이, 그레이엄이 코기 족 땅의 심장부로 가장 가까이 다가간 곳이었다. 그는 다시는 그곳으로 돌아가는 것이 허락되지 않았다. 7월 말이 되자 일이 하나도 이루어지지 않고 있다는 느낌 때문에 그는 점점 더 우울해졌다.

촬영 작업에 불리한 쪽으로 모든 일이 돌아가고 있다는 강한 느낌이 든다. 내 힘으로는 그런 의견들을 바꾸어놓을 수 없다는 생각에 심한 좌절감이 몰려온다. 지금껏 내가 만난 모든 사람에게 촬영 이야기를 했다. 그것도 여러 번. 토론을 할 때나 이야기를 나눌 때마다 '된다' 라는 답을 들었다. 하지만 곧이어 수많은 질문이 뒤따르고 마지막에 가서는 '안 된다' 라는 답을 듣게 된다. 현재 모든 이들이 찬성과 반대의 논란이 있음을 잘 알고 있다. 결국 문제는 자신감이다. 수녀들은 내가 사기꾼이고 도둑이며 암살범이 될 가능성이 있는 자이므로 내쫓아야 한다고 하면서 극적인 반전을 꾀하고 있다. 푸에블로 비에호에서는 갈수록 적대감이 확산되어 이젠 어느 누구도 촬영에 대해 이야기하고 싶어하지 않는다. 상황이 심각하다. 나와 BBC가 아주 좋은 사람들이며 약탈이나 강간 같은 행위는 절대로 하지 않는다고 말하면 말할수록 요점에서 벗어난 것이 돼버린다.

코기 족은 '아우' 에게 화가 나 있었다. 생태적인 재앙이 다가오고 있다는 그들의 근본 메시지에 대해 '아우' 의 답하는 방식이 문제였다. 카를로스는 산타 마르타 '인디언의 집' 에서 정부의 답변을 듣고 산으로 갔다. 정부의 말은, 자신들도 역시 걱정하고 있으며 정부에서 고용한 생태학자들은 시에라의 침식된 땅에 구야바나무를 심어 산림을 복구하기 원하고 있다는 거였다. 코기 족의 반응은 매우 싸늘했다. '아우' 는 아무것도 모르고 있으며 지혜의 말에 귀를 기울이려 하지 않는다, 강 주변 지역의 침식을 막기 위해 심겠다는 구야바나무는 오히려 생태 공간에 치명적인 해를 입힐지도 모른다고 코기 족은 말한다.

만약 위대하신 '어머니'께서 시에라의 이곳에 구야바나무를 원하셨다면 '어머니'가 벌써 그 나무들을 심으셨을 거요. 왜 그대들은 여기에 와서 우리한테 이런 말을 하는 거요? 그대들은 아무것도 몰라요. 그대들은 우리한테 와서 다리를 놓아야 한다고 말하지요.(산 아래쪽에서 진행되고 있는 정부 프로젝트를 말한다.) 그리고 기계를 가져와 땅에 거대한 구멍들을 파기 시작했소. 그대들은 자신들이 무엇을 하고 있는지 몰라요. 그대들은 우리 '어머니'의 살을 파고 있는 거요. 그대들은 '어머니'가 피를 흘리도록 만들고 있단 말이요.

다리를 놓는 프로젝트는 여러 해 동안 진행되고 있었는데, 부도덕한 정치인과 계약자 들이 정부 기금을 서서히 갉아먹고 있었다.

이와 동시에 콜롬비아의 모든 토착민을 대표한다고 주장하는 '전 콜롬비아 인디언 협의회Organización Indígena de Colombia(ONIC)에 수녀들의 불만이 접수되었다. 사실 '전 콜롬비아 인디언 협의회'와 코기 족은 이제까지 전혀 접촉이 없었다. 그러나 ONIC가 들은 이야기는 암파로와 BBC가 짜고서 코기 문화를 팔아넘기려 한다는 것이었고, 그들은 이 일을 가지고 정부에 격렬하게 항의했다.

마르틴의 방문

촬영은 이제 정치적인 문제로 비화되어 버렸다. 인디언 업무국의 책임자인 마르틴 폰 힐데브란트가 나서서 해결하지 않으면 안 되었다. 코기 족은 제물을 바치는 의식에 맞춰 그를 초청했고, 그는 공식 방문을 통해 시에라를 여행할 기회를 갖게 되었다.

마르틴이 코기 마을을 방문하기는 처음이었다. 코기 족은 그의 방문을 아주 진지하게 다루었다. 그는 외부인에게 완전히 차단된 코기 족 땅의 핵심 지대와 가장 가까운 고지대 마을 중 한 곳을 방문해 달라는 요청을 받았다. 다른 모든 코기 족 마을처럼, 그 마을에도 선교사들이 세운 사각형의 교회 건물이 있었다. 그러나 교회는 한 번도 사용되지 않은 채 꼭꼭 잠겨 있었다.

코기 족은 교회를 열고, 쭈그러진 가죽 안락의자들을 끌고 나와 교회 앞에 일렬로 놓았다. 마르틴, 암파로 그리고 그레이엄은 앉으라는 소리를 들었고 오렌지를 받았다. 그리고 마을의 남자들이 모여들었다. 마침내 '아우들'이 산에서 벌어지는 회합에 호출된 것이었다.

그 일이 있기 며칠 전, 마마들은 아래쪽에 있는 한 마을에 모여 네 시간 동안 점을 친 바 있었다. 점이 끝나고 해가 진 뒤 헤페 마요르인 하신토가 그레이엄과 카를로스를 마을 밖으로 불러 이야기를 했다. 일부 지역은 제한하겠지만, 그래도 자기들은 촬영을 원한다는 거였다. 카를로스는 다시 마음을 바꿀 수도 있는 것 아니냐고 의심스런 말투로 되물었다. 헤페 마요르는 웃으며 마마들은 마음을 쉽게 바꾸지 않는다고 말했다.

그 다음 날 아침 산 위 회합에 참석하기 위해 마르틴이 도착했다. 그는 헤페 마요르에게 촬영을 어떻게 생각하는지 물었다. 그레이엄이 보고 있었는데, 하신토는 눈 하나 깜빡하지 않고 "마마들은 촬영을 원하지 않는다"고 말했다.

그 회합에는 수녀들도 촬영에 반대하는 이유를 설명하기 위해 초청되었다. 한 수녀가 불평하기를, 인디언을 촬영하는 것은 잘못된 것이라고 했다. 바깥 세계 사람들이 모든 콜롬비아 인들을 인디언처럼 원시적인

코기 족에게 육류와 함께 가죽은 사치스러운 물품이다.

사람, 이교도라고 생각하게 될 거 아니냐는 말이었다.

수녀들은 마르틴이 자신의 입장을 분명히 해야 한다고 느끼게끔 무척 거만한 어투로 말했다. 마르틴은 인디언 업무국의 책임자였다. 토착민들은 그의 책임 아래 있었고, 수녀들도 그의 허락에 의해 그곳에 있는 것이었다. 만약 그가 원한다면 선교원을 즉시 폐쇄할 수도 있었다.

마르틴은 이 자리에서 촬영 여부를 명확하게 결정해야 한다고 말했다. 그리고 결정이 되면 무조건 따라야 한다고 했다. 그러나 결정은 그가 내리는 것이 아니다. 마마들이 결정해야 한다. 수녀들은, 정부와 마찬가지로, 그 결정을 존중해야 한다.

마마들은 말없이 듣기만 할 뿐 아무 대답도 하지 않았다.

그레이엄이 보고타로 돌아갈 시간이 되었다. 그는 작별 인사차 절친하게 지냈던 마마 베르나르도를 찾아갔다. 마마 베르나르도는 여행중에 그를 보호해 줄 증표를 선물로 주었다. 마마 베르나르도의 집을 나와 엄청 난 비를 맞으며 가파른 언덕길을 내려오는 길에, 그레이엄은 미끄러져서 돌부리에 등뼈를 다쳤다. 그는 진흙 속에 파묻힌 채로 의식을 잃었다.

한참 후 그레이엄은 정신을 차리고 일어났고, 깊이 절망한 채 시에라 를 떠나게 되었다. 거칠고 가파른 길을 걸어 내려오면서 그는 '아우'의 '어머니'에게 바치는 성스러운 돌 하나를 만나게 되었다. 그는 돌에게 공경의 마음을 표시해야 했다. 야자수 잎을 그 돌 위에 얹어주는 것이다. 이 행위로 해서 그가 오고 가는 길이 잘 보살핌을 받게 될 것이다. 이는 정신의 세계, 아루나에서 의미 있는 행위이다. 아루나의 조화가 깨지면, 사물과 사람 그리고 동물 들이 아프게 된다고 한다. 잘못된 마음의 토양 에 뿌려진 씨는 땅에서 썩을 것이다. 마음가짐을 올바로 하지 않고 만든 단지는 깨지고 말 것이다. 올바른 정신을 갖지 않고 옷감을 짜면 옷감이 제대로 짜지지 않을 것이다. 정신 세계에 적절한 공경을 표시하지 않는 사람은 병에 걸리게 될 것이다.

그레이엄은 돌 앞에 멈추어 서서 빤히 쳐다보았다. 그는 물에 젖었고 추웠으며 매우 피곤했다. 코기 족은 그에게 험한 고생을 시켰고, 그는 아 무것도 이룰 수 없었다. 그는 야자수 잎에 대해 곰곰이 생각해 보았지만 결국 더 이상 고민하지 않기로 했다.

독감에 걸린 그는 끊임없이 흘러나오는 콧물을 닦으며 보고타에 도착 했다.

마약 전쟁

어느덧 9월이 되었다. 나는 촬영 계획의 최종 마무리를 위해 돌아오겠 다고 한, 마마들과의 약속을 지키고자 콜롬비아로 돌아왔다. 조짐이 별로 좋지 않았다.

당시 콜롬비아라는 나라 전체가 엉망이었다. 일 년 후에 치러질 대통령 선거는 나에게 단 한 가지 점에서 중요한 의미가 있었다. 촬영은 선거 전에 이루어져야 했다. 왜냐하면 선거 후에는 그 동안 우리가 관계 당국과 맺은 모든 성과가 무효로 될지도 모르기 때문이었다. 한편 콜롬비아 사람들에게 선거전은 열광적인 화젯거리였다. 갈란Galán이라는 후보가 판세를 거의 장악하고 있었다. 갈란의 인기는 정직한 사람이라는 이미지, 그리고 마약 재벌에 반대하는 선거 공약에 힘입은 것이었다.

이 점이 바로 그가 총격으로 피살당한 이유였다.

바로 그 순간 콜롬비아는 변했다. 50만 명이나 되는 사람들이 갈란의 장례 행렬을 뒤따랐다. 갑자기 마약 재벌들이 가진 권력과 그 오만함에 대한 극도의 반감이 전국을 휩쓸었다.

콜롬비아는 여러 가지 이유에서 마약 재벌을 눈감아 주고 있었다. 두 개의 거대한 마약 그룹이 칼리Cali와 메델린Medellin에서 활동하고 있는데, 이 두 곳은 콜롬비아 전체를 통틀어 가장 부유한 도시다. 마약 재벌들은 코카인을 팔아 벌어들이는 수억 달러 가운데 극히 일부를 떼어내 공공 주택, 병원, 대중 교통 등의 분야에 지원하는 방식으로 지지자를 다독이고 있었다. 그래서인지 가난한 사람들은 마약 재벌을 끔찍이 좋아하는 것처럼 보인다. 대개 조직 범죄와 자선 사업 사이에는 어느 정도 상관관계가 있다. 사실 이런 일이 콜롬비아에서만 일어나는 것은 아니다. 부호들은 흔히 자선 사업을 많이 하는데, 특히 어릴 때 불우한 환경에서 자란 경우는 더욱 그렇다.

그러나 콜롬비아에서는 그 정도가 일정 수위를 넘어서 있었다. 메델린에서는 특히 더 그랬다. 칼리의 실력자들은 메델린의 경쟁자들보다 더 세련된 사업가 같고 훨씬 냉정하며 신중하다. 교육도 더 많이 받는다. 그러나 대중의 마음속에 존재하는 그들의 이미지는 조직 범죄를 통해 대대로 부를 일군 사람들이다. 메델린의 실력자들 역시 컴퓨터도 두고 재정 관리자도 두고 있지만, 똑같이 시시한 범죄로부터 시작한 집단이다. 일부는 시에라에서 무덤을 도굴하거나 1970년대의 대마초 붐을 타고 첫발을 내디딘 사람들이다. 그들은 돈을 원했다. 그것도 무한대의 돈을. 그러나 그들은 또한 존경도 바랐다. 사람들이 자신들을 알아보고 경의를 표해 주기를 바란 것이다. 그것은 무덤 도굴꾼들이 조합을 만들어 자신들의 존재를 합법화시키려 한 것과 같은 맥락이었다.

최고 실력자들, 곧 에스코바르Escobar, 가챠Gacha, 아벨료 그리고 그들의 협력자들은 대중에게 알려진 명사였다. 그들은 유명해지기를 원했고 인정받고 존경받기를 바랐다. 공적 영역에서 활동하기를 바라면서 정치에도 발을 들여놓았다. 콜롬비아 전체를 자신들의 손 아래 두고 쥐락펴락할 수 있는 실제 가능성은 과거뿐만 아니라 현재에도 있다. 그들은 모든 선거에서 자신들이 지지하는 후보를 후원했고, 여러 도시와 주에서 승리를 거두었다. 에스코바르는 그 자신이 상원 의원이기도 했다.

그들을 반대하는 발언을 조금이라도 내비치는 자는 누구라도 총에 맞아 죽게 된다. 위협 인물이어서가 아니라 단지 존경심을 표시하지 않았다는 이유로 목숨을 앗기는 것이다. '마피오소mafioso'(마약상)가 체포되었을 때 사법부와 경찰은 마약 갱이 거의 협박조로 제시한 협상안을 사실상 그대로 받아들였다. 총알을 받을 것인가, 황금을 받을 것인가의 문제였다. 상당한 금액의 돈과 자동 소총 탄환 사이에서 선택의 기로에 선 상황에서 법의 추상성은 그 의미를 상실하고 만다. 그러나 우리는 수많은 콜롬비아 관리와 기자가 총알을 선택했음을 잊지 말아야 한다. 지금도 그들은 총알을 선택하고 있다.

갈란 후보 암살 사건은 메델린 카르텔이 권력 장악을 위해 그저 한 걸음 더 내디딘 정도의 일이 아니었다. 그 사건은 콜롬비아를 욕보이는 것이었다. 마약 카르텔이 국가를 조롱한 것이다. 정부와 국민은 총알을 선택하기로 했다. 그들은 마약 재벌들에게 전쟁을 선포했다. 그리고 이것이 자살 행위임을 아무도 의심치 않았다. 홍 코너에는 콜롬비아 정부가 있다. 콜롬비아 정부는 용기 있는 도전자이긴 했지만 약하고 삐걱거리기까지 했다. 군대와 경찰 중에 일부 용기 있고 정직한 사람이 있지만 대부분은 조직이 허술하고 부패도 심했다. 정부는 암살 위협을 받은 판사에게 공식 차량을 제공했다. 그런데 알고 보니 모두 고장 난 지프차였다. 위험 지역에 파견되는 고위 공무원에게 수행원을 붙여주기는 했지만 수행원들은 오후 5시만 되면 퇴근해 버렸다. 한편, 청 코너에는 맷집 좋고 훈련도 잘되고 자금도 무한대로 있는 챔피언이 있다. 더욱이 그는 최신 무기로 빈틈없이 무장하고, 거기에 이스라엘, 영국, 북미의 용병까지 대동하고 있다.

전체 사법부는 물론이고 정부 관료 및 그 가족, 공무원, 기자는 자신들이 지는 전쟁에 목숨을 던져야 한다는 것을 잘 알고 있었다. 그러나 그들이 받은 모욕은 도저히 참을 수 없는 것이었다. 그들은 총알을 선택했다. 거의 동시에, 자유주의 성향의 신문《엘 에스펙타도르 *El Espectador*》사무실은 폭탄으로 산산조각이 나버렸다.

국가 전체가 영웅적인 자살을 감행하려는 이 마당에, 나는 보고타에 가기로 되어 있었다. 미국 시민은 모두 콜롬비아를 떠나라는 경고를 받았다. 나는 미국 시민이 아니었다. 모든 외국 기자는 저격당할 것이라는 경고를 받았다. 나는 정말이지 내가 기자라고 생각하지 않았다. 콜롬비아 대사관에서는 헬리콥터가 한 대도 이륙할 수 없게 되었다고 내게 통보해 왔다. 그러나 내게 헬리콥터를 대주기로 한 '헬리콜'에서는 문제없다고 나를 안심시켰다. 지푸라기라도 잡는 심정으로, 나를 말려주기를 기대하면서 영국 외무부에 전화를 걸었다. "우리는 가지 말라는 충고는 해드릴 수가 없군요. 저라면 절대로 가지 않겠지만, 이건 당신 일이지 않습니까?"

집으로 돌아와서 찰리를 노려보았다. 그도 나를 노려보았다. 아무런 도움도 얻을 수 없었다. 내 발목이 부러졌다.—나는 궐련을 피우려다 사무실 창문 난간을 헛디뎠다. 아니지, 거긴 1층이었어. 아래에 지하실이 있는 줄 어떻게 알았겠어? BBC가 건물 내 흡연을 금지하지 말았어야지. 그것은 햄릿이었어. 나는 돌멩이처럼 순식간에 쿵 하고 떨어졌는데 머릿속이 하얘지더군. 음악이 들리는 것 같더니 금세 기절했지. "흡연은 당신의 건강을 해칩니다, 여러분."—그러나 나는 지팡이를 짚고 걸을 수 있었다. 내 아내 사라도 나를 지지해 주었다. 아내는 만약 내가 갈 준비만 된다면 자기도 가겠다는 의사를 분명히 했다. BBC는 이런 바보 같은 결정을 거부하기는커녕 아내가 여행에서 나를 보살필 수 있도록 임시 계약을 해주었다. 유언장을 쓰고 비행기에 오르는 것 이외에는 정말 아무것도 할 것이 없었다.

보고타의 위험들

보고타는 긴장감이 감돌고 있었다. 정부는 큰 저택 몇 곳을 급습하여 차량, 경비행기, 고속 보트와 헬리콥터를 몰수했다. 그러나 실제로 중요한 인물을 체포할 때는 항상 한발 늦곤 했다. 마약 두목들은 모두 잠적했다. 그러나 이들은 매일매일 뒤에서 폭발과 암살을 조종하고 있었다. 찰스턴 호텔 주변의 최고급 저택 몇 채는 경찰의 관할 아래 있었고, 가게와 아파트 단지에는 무장한 남자들이 불안한 얼굴로 경비를 서고 있었다. 내가 만난 콜롬비아 언론인들은 특히 더 불안해하고 있었다. 그들은 더 이상 암살 협박을 받지 않았다. 북소리도 멈추었다. 남은 것은 나쁜 일이 일어나는 것뿐이었다.

나는 콜롬비아 텔레비전이 내 프로젝트에 참여하기를 원했다. 지난번 방문시 나는 정보통신부 장관을 만나 이 문제를 의논했는데 장관의 반응이 매우 뜨거웠다. 그러나 이제 그는 인사 이동으로 자리에 없었다. 나는 국영 텔레비전 회사인 인라비시온Inravision을 찾아갔다. 이곳은 상업방송들과는 달리 일종의 공영 방송 채널이다. 그들은 아주 정중했고, 보고타 시내를 다닐 때 무장 경호원까지 붙여주었다. 그러나 그들은 정치권의 개입 없이는 어떤 일도 하려고 하지 않았다.

새로 부임한 정보통신부 장관은 레모스 시몬스Lemos Simons라는 사람이었다. 그는 콜롬비아에서 경험이 가장 풍부한 정치인 중 한 명이었다. 아주 중요한 지난 몇 주 동안 그는 수상 직무대행 겸 법무부 장관으로 있었다. 두 직위 모두 마약 카르텔로부터 자동적으로 사형 선고를 받는 그런 자리였다. 새로 임명된 법무부 장관은 서른 한 살의 젊은 여성으로, 미국을 공식 방문중이었다. 그녀는 미국에서의 일정을 계속 연장하고 있었다. 그녀는 자신의 야심이 장관 자리를 서른 두 살까지 유지하는 거라고 선언했다고 한다. 시몬스는 몇 분 정도 시간을 내서 나를 만나겠다고 했다.

관료주의적인 혐의와 관성이 강할 뿐 아니라 정부 내에서 진정한 용기를 발휘할 필요가 거의 없는 영국 같은 나라에서 온 나에게 콜롬비아는 매우 깊은 인상을 주었다. 시몬스는 사무실 문 쪽을 향해 기관단총을 겨냥해 놓고 있었다. 그는 폭동을 획책하는 범죄 음모에 대항하기 위해 말 그대로 목숨을 걸고 싸우는 정부의 핵심 주역이었다. 그런 그가 내 말을 듣고 내 이야기를 이해하기 위해 시간을 내주었다. 그는 24시간 안에 인라비시온, 포씨네Focine(전국방송위원회), 오디오비수알레스Audiovisuales,

그리고 국영기록영화제작소가 촬영에 협조하도록 회의를 주선했다. 사실 이 세 조직을 움직이기란 꽤나 귀찮고 시간도 많이 걸리는 일일 것이다.

다음에 만날 사람은 보고타의 아파트로 돌아와 있는 라이클-돌마토프였다. 나는 올해 초 이 '원로'에게 편지를 써서 코기 족이 기록 영화를 만들고 싶어한다고 말하고 그의 도움과 조언을 구했다. 답장을 보내오기를, 자기는 이 프로젝트에 동의하지 않을 뿐더러 아무런 관여도 하고 싶지 않다고 했다. 거기에 덧붙여 그는 의료 지원을 제외하고는 코기 족이 진정으로 원하는 것은 아무 간섭도 받지 않는 것뿐이라고 했다.

그와의 인연을 이렇게 끝내고 싶지 않았다. 왜냐하면 라이클은 이 사람들에 대해 잘 아는 유일한 인류학자였고, 나는 가능한 모든 도움이 필요했기 때문이다. 그는 수상쩍은 눈으로 문구멍을 통해 나를 확인하더니 여러 개의 자물쇠와 빗장, 그리고 쇠사슬을 풀어 문을 열어주었다.

나는 안데스 사람들이 입는, 모직 담요처럼 생긴 '루아나ruana'를 입고 갔는데, 라이클과 알리시아가 그 옷을 보더니 칭찬의 말을 했다.

"두 분이 계시던 아름다운 마을, 빌라 데 레이바에서 이걸 샀어요."

"거긴 우리 마을이 아니야. 절대로 아니라구. 우린 쫓겨났어. 난 모든 것을 팔고 도망쳤어. 모든 것, 책이며 가구며, 모든 것을."

그곳에서 라이클은 위협을 느꼈다고 했다. 나는 충격을 받았다. 서재를 버리고 도망쳐야 한다는 것, 모든 것을 잃어버린다는 것, 얼마나 끔찍한 일이었을까?

"아니, 우린 그런 일에 익숙해. 전에도 그런 일이 있었으니까. 1905년, 바로 러시아에서."

나는 높은 안락의자에 앉아 낭랑하고 유창한 영어로 이야기하는, 머리가 새하얗게 센 남자를 바라보았다. 1905년이라니. 85년 전 그의 서재는 과연 얼마나 컸을까?

"헤랄도, 연세가 어떻게 되시지요?"

아니, 아니, 1905년에 러시아를 탈출한 사람은 그가 아니라 그의 가족이었다. 그는 여기 보고타에서 박해를 받고 협박을 받고 있었다. 그의 얘기를 듣고 나니 마약 재벌과의 전쟁은 인류학자들간의 전쟁보다는 덜 치열해 보였다. 그의 적들은 대학을 포위해 버렸다.

"나를 인디언 애호자라고 부르는 사람들이 있어. 그들은 내가 인디언을 돕는다고 생각하고 나를 죽이고 싶어하지. 그런가 하면 내가 온정주의를 베풀고 있다면서 비난하는 사람도 있어." 두 경우 모두 충분히 이유가 있어 보이긴 한다. "그들은 내가 차를 마신다고 비난하지!" 그것도 역시 맞는 말처럼 보였다. "나를 미 제국주의의 앞잡이라고 불러." 나는 여기서 그의 적들이 확실한 근거도 없는 말을 함부로 하고 있다는 것을 알게 되었다. "그리고 그들은 나를 레비스트로스[3]주의자라고 부른다네!" 그는 주먹으로 의자 팔걸이를 세게 내리쳤다. 이 마지막 비난이 왜 그를 화나게 하는지 이해할 수 있었다. 라이클은 누구의 신봉자가 아니었다. 그는 자기만의 분야에서 기념비적 업적을 쌓은 사람이었다. 하지만 조금은 의아했다.

"레비스트로스주의자라는 말이 아주 막된 말은 아니잖습니까?"

'원로'는 나를 따뜻한 눈길로 바라보았다. "자네는 콜롬비아를 몰라." 나는 내 무지로 인해 무안해졌다. 그의 비판은 옳았다.

"난 이제 절대로 대학에 드나들지 않아. 그들은 모두 내 적이야. 그들이 인류학과 25주년 기념식을 열었지. 내가 설립하고 시작한 학과였어. 나더러 기조 연설을 하라고 초청하더군." 그가 기념식 프로그램을 보여

---

3) Claude Lévi-Strauss. 프랑스 인류학자. 미개 사회도 그들 나름대로의 사회 구성 원리가 있음을 증명하였다. 또 현대 사회의 '민족적 우월감상'의 태도를 비판한다. 그는 인류 문화란 하나의 잣대만으로 재단될 수 없다고 주장했다. ─옮긴이

주었다. 식의 첫 번째 순서로 그의 강연이 잡혀 있었다. "나는 가지 않았네. 그들은 왕자 없이 〈햄릿〉을 공연해야 했지!"

이성적인 규범은 콜롬비아에서 통하지 않는다. 사람들은 아무렇지도 않게 폭탄을 설치한다. 거리에 돌아다니는 열 명 중 한 명은 소총을 든 민간 경비병이다. 그러나 콜롬비아 인류학 역사에 있어서 라이클은 단지 왕자가 아니었다. 그는 왕이었다.

콜롬비아에서 이름 있는 유럽인치고 콜롬비아 내부에 방어적이고 불안정한 민족주의가 퍼져 있다는 것을 모르는 사람은 없다. 콜롬비아 인들은 민족적인 학풍을 강조하면서 콜롬비아가 더 이상 유럽이나 북미의 전초 기지가 아님을 보여주려 애를 쓴다. 어떤 이들은 이런 것이 '에미그레émigré'(이민 온) 학자에 대한 적대감으로 나타난다는 것을 민감하게 느끼기도 한다. 라이클은 콜롬비아 인류학의 창시자다. 그는 자신을 마치 유럽 합리주의의 외로운 요새인 양 바라보곤 한다. 콜롬비아에서 외국인이 공적인 인물이 된다는 것은 치명적인 위험에 놓일 수 있다는 것을 뜻한다. 외로운 남자라면 끔찍한 두려움에 떨게 될지도 모른다.

그러나 촬영은 어떡하나? 지난번 만났을 때, 라이클은《남미 지식학회지 *Journal of Latin American Lore*》에 발표한 자기 글을 복사해서 주었었다. 그 글의 결론은 감동적이었다.

내가 정말로 염려하는 것은 이것이다. 코기 족의 세계관이 우리 자신에 관해 가르치고 있는 것은 무엇인가?…… 나는 코기 족이야말로…… 우리가 현대의 딜레마들을 훨씬 정확히 이해하고 바람직한 방향으로 고쳐 나아가는 데 크게 기여할 수 있을 거라고 믿는다. 또한 진심으로 나는 우리가 정말 운이 좋은 줄을 알아야 한다고 생각한다. 왜냐하면 우리가 '균형'을 이룰 수 있는 방법을 가르쳐줄 사람들이 동시대에 존재하고 있기 때문이다.…… 나는 호소한다. 국제 지역 개발 전문가, 철학자, 심리학자, 인도주의자 들에게 이야기하고 싶다. 참으로 안타깝다, 불행하게도 시에라네바다 데 산타 마르타의 '위대한 어머니'에게서 그들이 너무 멀리 떨어져 있다는 사실이.

이 소중한 뜻을 만방에 전하기 위해서라도 그는 나를 도와 촬영이 정확하고 적절하게 이뤄지도록 해주어야 하지 않을까? 우리는 오랫동안 이야기를 나눴다. 라이클은 생각을 바꾸었다. 그는 촬영이 반드시 이루어져야 하고 자기도 도울 채비를 하겠다고 말했다. 콜롬비아를 버리고 일본에서 일하기로 이미 결정한 상태였기 때문에, 그는 멀리 떨어진 곳에서 그 일을 해야 하리라. 일본에서는 안전할 것이고 인정도 받을 것이다. 며칠 후 그는 떠날 예정이었다.

나는 그에게 그레이엄을 만나달라고 간청했다. "그러지." 그가 동의했다. 그러더니 그가 나를 쳐다보며 물었다.

"그런데 그 친구가 케임브리지에서 공부했다고 그랬나?"

"예, 거기서 박사 학위를 받았지요."

그는 누가 그레이엄의 논문을 지도했는지 물었다. 사실 이미 예상하고 있는 듯도 했다. 그런데 정작 누군지 알고 나자 그가 갑자기 몸을 뺐다.

"그 사람을 만날 수 없네. 그건 영역의 문제야."

당황스러웠다. 그러나 도저히 움직일 수 없는 바위벽이 가로막고 있었다. 왜 그는 그레이엄이 받은 교육을 탐탁지 않게 여기는 걸까?

"그는 다른 학파 사람이야. 자네 인류학자는 나랑은 다른 학파란 말일세. 그가 접근하는 방식은 나와 전혀 달라."

"물론 그가 접근하는 방법은 다르지요! 그는 당신이랑은 다른 세대란 말입니다. 설마 사람들이 모두 같은 관점을 갖고 모두 같은 질문을 반복하고 모두 같은 식으로 생각하기를 바라는 것은 아니겠죠? 그는 달라야 합니다."

내 논리에 오류는 없었다. 그러나 영역의 문제를 이해하지 않으면 안 된다. 라이클은 다른 인류학자나 그들의 스승과 갈등을 겪고 싶지 않은 것이다. 그 배경에는 분명 또 다른 종류의 배신감, 어떤 오래된 불만 같은 것이 있을 것이다. 결국 이야기 끝에 의견이 모아졌다. 라이클은 내게 개인적으로 조언도 하고 연락도 하되 아무도 내 작업이 그의 작품이라거나 그의 감독 아래 이루어졌다는 것을 알게 해서는 안 된다는 것이었다. 충분히 공정한 제안이었다. 나는 그렇게 할 것이다. 그러나 나는 기록 영화에 그의 관점이 들어가고 그가 일군 성과가 충분히 반영되기를 바랐다.

나는 진이 빠진 상태로 그곳을 나왔다. 택시는 한 대도 보이지 않았다. 캄캄한데다 비까지 퍼붓고 있었다. 나는 절뚝거리며 호텔로 돌아왔다. 그날은 내 발목이 부러진 뒤로, 포장이 엉망인 길을 가장 오래 걸은 날이었다. 보고타는 변해 있었다. 수많은 경비 요원이 깔려 있고, 거리의 범죄는 크게 줄어들어 있었다. 저격의 목표물만 아니라면 거리는 평상시보다 훨씬 덜 위험한 편이었다.

호텔에 돌아오자 콜롬비아 라디오 방송에서 나온 사람이 나를 인터뷰했다. 나는 긴장도 풀렸고 할 말도 많았다. 진행자가 "이곳에 오는 게 두렵지 않았나요? 여기 오는 것이 위험하다고 생각하지 않으셨습니까?"라고 묻기 전까지는. "누군가 당신을 없애려는 이유가 있을 때, 오직 그때만 위험할 뿐"이라고 내 생각을 말했다. 이렇게 말하면서도, 누군가 이말을 도전으로 받아들이거나 나를 목표물로 삼지 않아주기를 희망했다. 누군가가 날 위협하지 않아도 나는 이미 충분히 고생하고 있었다. 레비스트로스주의자로 오해받을 만한 말은 피하려고 노력했다.

마마들이 말하다

우리가 시에라로 되돌아갈 때 무슨 일이 벌어질지도 모른다고 그레이엄은 우려했다. 그가 우려하는 것도 그리 놀랄 일은 아니다. 그가 보기엔 모든 일이 아주 천천히 진행되고 있으며 마마들은 촬영에 대해 생각을 정리할 시간이 더 필요했다. 하지만 내 느낌엔 그럴 것 같지 않았다. 나는 그레이엄이 그간 헤쳐 나온 시련을 굳이 겪을 필요가 없었다. 나는 그들이 본래 그런 사람들일 거라고 확신했다. 그는 시험받은 것이다. 마마들은 나를 만났을 때 이미 마음을 정했다. 물론 일반 코기 족 사이에는 다른 의견도 있었다. 그러나 그것은 당연한 일이다. 수세기 동안 이어져 온 의심과 비밀이 쉽게 포기될 리야 없잖은가. 그러나 지난번 상황을 분석해 보건대, 그것은 마마들의 문제지 우리의 문제가 아니었다.

산타 마르타 공항은 이륙이 금지된 경비행기들로 어지러웠다. 각 비행기의 조종석에는 비행기가 정부에 의해 압수당했다는 표지가 붙어 있었다. 모두 마약 산업과 관련된 비행기였다. 마약 카르텔에 대한 총공세가 진행되고 있었다.

라몬이 나를 따뜻하게 맞아주었다. 동시에 상황이 어렵다고 내게 주의를 주었다. 나는 동요하지 않았다. 반드시 촬영을 감행하겠다는 쪽으로 논쟁을 이끌어가지 않을 생각이었다. 마마들이 '아우'에게 이야기하기를 원한다면, 나는 도울 것이다. 만약 그렇지 않다면, 그들 생각에 이득보다 위험이 크다고 판단한다면, 아마도 그들이 옳으리라.

라몬과 함께 나, 아달베르토, 암파로, 그레이엄, 사라는 푸에블로 비에호로 가기 위해 헬리콥터를 탔다. 대통령 집무실에서 온 여성 두 명이 우리와 함께 갔다. 상황은 점점 심각해지고 있었다.

마을은 거의 텅 비어 있었다. 일행 중 몇 명이 우리가 자게 될 의료실로 갔다. 가스 난로에는 가스가 없었고, 수도관은 고장이 나 있었다. 이제 그곳엔 의대생도 없고, 일이 잘되도록 도와줄 아레고세도 없었다. 아레로세는 마누엘리토의 뒤를 이어 고나빈두아 타이로나의 관리자가 되어 있었다. 논란이 열기를 더해 가면서 아레고세는 그들 사이에 꼭 끼인 꼴이 되고 말았다. 마마들은 그의 일처리 방식이 마음에 들지 않았다. 그는 한참 더 배워야 했다. 아레고세의 삶은 평탄하지 않았다. 그는 겁먹고 불행해 보였다.

암파로는 우리가 코기 족을 위해 올바로 행동했다는 확신을 심어주기 위해 거기에 온 거였다. 그녀는 나에게 촬영을 한 해 더 연장할 수 있는지 물었다. 아니, 우리는 그럴 수 없었다. 마마들이 촬영하기를 원한다면, 그때는 여기 있으면서 그들을 도울 것이다. 만약 그들이 원하지 않는다면, 나갈 것이다. 이것은 그들의 기록 영화이고 그들의 프로젝트이다. 단순히 나의 것도 BBC의 것도 아니다.

앞으로 어떤 일들이 벌어질 것인지 의문을 가진 적은 한 번도 없었다. 세계에 무슨 일이 일어나고 있는지에 대한 마마들의 두려움은 나의 인상에 아주 깊이 남아 있었다.

우리는 형님들이라네.
우리는 옛날 방식을 잊지 않았다네.
내가 춤추는 법을 모른다고 어떻게 말할 수 있을까?
우리는 춤추는 법을 아직도 알고 있네.
우리는 아무것도 잊어버리지 않았다네.
우리는 어떻게 비를 부르는지 안다네.
만약 비가 너무 세게 온다면
우리는 그것을 어떻게 멈추게 할지 안다네.
우리는 여름을 부른다네.
우리는 어떻게 세상을 축복하고 번창케 하는지 안다네.

그런데 지금 그들은 어머니를 죽이고 있네.
'아우', 그가 생각하는 것은 모두 약탈뿐이라네.

어머니는 '아우' 역시 돌보고 계시네. 그러나 그는 생각하지 않네.

그는 어머니의 살을 베고 있네.
그는 어머니의 팔을 자르고 있네.
그는 어머니의 가슴을 자르고 있다네.
그는 어머니의 심장을 꺼내네.
그는 세계의 심장을 죽이고 있네.

마지막 어둠이 떨어질 때, 모든 것이 멈출 것이라네.
불, 의자, 돌, 모든 것.
모든 세상이 고통받을 것이네.

그들이 '형님들'을 모두 죽일 때,
그때는 그들 역시 마지막을 맞이할 것이네.
우리 모두는 마지막을 맞이할 것이네.

만약 모든 마마가 죽는다면 그들은 무엇을 생각할까?
'글쎄, 그래서 어쩌라는 거지?' 라고 생각할까?
아니면 무슨 생각을 할까?

만약 그런 일이 일어나 마마들이 모두 죽는다면,
우리 일을 할 사람은 아무도 없다네.
그래, 비는 더 이상 하늘에서 내리지 않을 것이네.
하늘에서부터 점점 더워질 것이네.
나무도 자라지 않고
농작물도 더는 자라지 않을 것이네.

그렇지 않다면 내가 틀린 것이고,
어찌되었든 그것들은 자라게 될까?

마마들은 이미 이런 과정이 시작되었다는 것을 알고 있다. 그러나 그 당시 나는 그들이 어떻게 그런 것을 알고 있는지, 정확히 그들이 무엇을 그렇게 두려워하고 있는지는 잘 몰랐다. 그러나 물에 대해 끊임없이 언급하고 있는 것은 분명 의미심장한 것이었다. 계속해서 그들은 더위와 가뭄 그리고 생명의 종말에 대해 이야기했다. 이것은 게임이 아니다. 우리를 위해서나 그들을 위해서나 세상에서 가장 중요한 것이다.

그날 밤 한 무리의 마마들이 나를 만나기 위해 왔다. 그들은 근엄한 목소리로 아주 짧게 말했다.

"우리가 말한 '예스'는 '예스'예요. 마마들은 두 혀로 말하지 않아요."

창조, 그리고 그후의 역사

코기 족이 맨 처음 나에게 가르쳐준 단어는 '아루나'였다. 마음.

태초에, 암흑이 있었다네.
오직 바다만이 있었다네.
태초에는 태양도 달도 사람도 없었다네.
태초에는 동물도 식물도 없었다네.
오직 바다만 있었다네.

바다는 '어머니'셨다네.
'어머니'는 사람도 아니고, 어떠한 것도 아니셨다네.
아무것도 아니셨다네.
그녀는 처음부터 어둡게 계셨네.
그녀는 기억이고 잠재력이었다네.
그녀는 아루나였다네.

"제게 세상의 창조에 관한 이야기를 해주시겠습니까?"

"그대는 그걸 알 필요가 없소. '아우'는 이해할 수도 없고 이해할 필요도 없지요. 우리는 그대에게 그대가 알 필요가 있는 것들을 이야기해 줄 거요."

나는 내가 이야기 전체를 알 필요가 없다는 데 동의했다. 굵직한 제목들만 이야기하는 데도 아흐레 밤이 걸린다. 그러고 나서 아흐레 밤을 아홉 번 곱한 시간 동안 창조의 위대한 서사시가 다시 자세하게 읊어진다. 우리가 생각하는 방식으로 해석하고 우리의 언어 틀에 끼워 맞추게 되면 창조 이야기는 의미를 잃어버린다. 어쨌거나 나는 그것을 이해할 수도 없었고 이해할 끈기도 없었다.

그러나 나는 아루나를 이해할 필요가 있었다. 그것을 이해하지 않고서는 어떤 것도 이해할 수 없기 때문이었다.

아루나는 과거의 모든 것을 포함하고 미래에 생성될 모든 것을 포함한다. 아루나는 지성intelligence이다. 인간의 '정신spirit'과 우주 사이에 다리를 놓아주는, 집중된 생각이며 기억이다. 세상의 생식 능력을 다스리는 에너지들의 숨겨진 세계이기도 하다. 아루나는 성장을 가능하게 하고 탄생을 가능케 하며 성적 행동을 가능하게 한다. 그것은 어떤 일을 일어나게 만드는 정신적인 에너지이다. 아루나가 없다면 세상은 불모지가 되었을 것이다. 세상은 시작되지도 못하였을 것이다.

아루나는 '어머니'였고 현재에도 '어머니'이다. 코기 족의 현실 생활은 대체로 이러한 실상의 근본 원리를 바탕으로 순환한다. 실상의 근본 원리란, 개성을 가지고 있고 개성을 창조하며, 세상을 형성하고 그것이 꽃을 피우게 만드는 지성적인 사고, 즉 생명력이다. 집중된 생각과 명상을 통해 코기 족은 아루나의 세계로 들어가고 거기서 활동한다.

태초에는 양수羊水이자 우주적 원리, 그리고 '어머니'인 아루나만이 존재했다. 생각과 정신과 생식력의 근원적인 바다였던 무無에 집중한 '어머니'는 세상에 대한 생각을 깊이 하고 그것을 잉태했다. 그것은 우주였고 세계의 집이었던 자궁에서 시작되었다. 이것은 우주의 큰 난자였다.

그리고 나서 아루나, 이 자궁 안에서 '어머니'는 아홉 개의 단계, 아홉 세계를 잉태했다. 아홉 세계는 '어머니'의 딸이었다. 각 세계는 각각의 성격과 색깔과 영토를 가지고 있다. '어머니'의 딸들은 각자 자기만의 개성을 가지고 있었다. 창조와 생식력의 신비는 집중의 결과에 의해 아루나가 여러 개의 정신적인 본체로 나뉘는 과정으로 이해된다. '어머니'는 또한 아들들도 잉태했는데 그들 가운데 세란쿠아가 있다. 세상의 창조는 이처럼 강력한 존재들을 정의하는 것으로 시작된다. 이들의 존재를 통해 '어머니' 역시 하나의 존재로 규정된다.

여성성femininity이라는 개념은 여기에서 시작된다. 아들들에 형태를 부여하는 것에 의해서, 그리고 남성성masculinity을 잉태한 뒤 그것을 자신으로부터 분리시키는 것에 의해서 여성성이 시작되는 것이다. '어머니'는 또한 여성으로 정의된다. 아루나는 끊임없이 조화와 균형을 유지하라고 요구한다. 서로 다르지만 조화를 이뤄야 할 부분들을 주고 또 받는다. 성적 행동sexuality과 성적 구별gender은 이것의 일부이다.[1]

그리고 나서 '어머니'와 아들들은 창조에 대한 문제를 스스로에게 제기했다. "살아있는 존재들을 어떻게 창조할 것인가?" 아홉 세계 중 여덟 번째의 세계까지는 토양이 황폐했다. 아홉 딸 중 여덟은 잉태할 수 없었다. 오직 아홉 번째의 세계, 검은 대지의 세계에서만 '어머니'는 생식력을 가진 딸을 잉태했다.

---

1) 섹슈얼리티가 성행위에 대한 인간의 성적 욕망과 성적 행위, 그리고 이와 관련된 사회 제도와 규범 등을 뜻한다면, 젠더는 남성다움이나 여성다움처럼 사회적·문화적 존재로서의 남성과 여성을 뜻한다. — 옮긴이

바다는 '어머니' 다. '어머니' 는 기억과 잠재력이다.

여기에서 그녀의 아들 세란쿠아는 세계를 수태시켰다. 자세한 것은 중요하지 않다고 들었다. 중요한 것은 '어머니'가 얼마나 열심히 생각해야만—어떤 것보다도 열심히 생각한 것은 최초의 인간을 만드는 것이었다—했는가이다. 눈은 어떻게 작용하게 할까? 그것을 어떻게 만들어야할까? 발, 그것은 어떤 생김새로 만들어야 할까? 처음 만들어진 피조물들은 눈과 발이 잘못 만들어진 것들이었다. 그리고 마침내 성공했고, 그후 역사가 시작되었다. 마침내 인류의 본성이 정착되고 안정될 때까지다른 색깔과 다른 종류의 인간들이 나타났다가 사라지는 진화의 서사시가 시작되었다.

　그리고 다시 이어지는 이야기.

　아직 사람들은 존재하지 않았다네.
　식물도 동물도 태양도 달도 존재하지 않았다네.
　오직 '어머니'뿐.
　오직 아루나뿐.

'어머니'는 아루나에서 세상을 잉태하고 가능성들을 만들었다. 아홉세계가 있었고, 생명과 역사는 오직 아루나에만 존재했다. 이제 육체를만들 수 있게 되었다.

　이제 '어머니'는 우리가 사는 세계인 물질 세계를 만들었다. 이 세계가 내가 두 번째로 단어를 배운 '고나빈두아Gonavindua'이다.

　'고Go'는 '태어날 어떤 것' 혹은 '출생'을 의미한다오. '나Na'는 '오게 될 어떤 것'(이것은 새벽 이전의 첫 번째 빛을 가리키는 단어이다)을 의미하고. 그리고 '비Vi'는 마치 여자가 임신 넉 달째 되었을 때 뱃속에서 어떤 것이 움직이듯 '뱃속에서 움직이는 어떤 것'을 의미해요. '두Du'는 '생명을 가진 모든 것'을 의미하고, '두아스Duas'는 정자를 의미하지요.

이 단어는 세계가 생기를 띠게 됨을 의미한다. 이것은 또 '세계가 시작된 산, 법칙을 가져오는 자'를 의미한다. 물론 세계가 시작된 산은 시에라를 말한다. 그리고 시에라는 세계의 심장이다. 이곳에 '어머니'가 물레를 갖다놓고 돌렸다. '어머니'는 물레의 축 위에 세계를 놓고 돌리면서, 시에라의 꼭대기에 무더기로 쌓여 있다가 전 세계를 향해 끝없이 넓은 나선형으로 뻗어나가는, 공간이자 시간인 실을 자았다.

모든 존재는 서로 비밀스럽게 연결되어 있다. 새벽이 밝아올 때 그들이 함께 만들어낸 창조물, 곧 고나빈두아로부터 나온 흔적들은 그렇게 서로 이어진다. 우주는, 서로 다른 단계에 존재하는 세계들을 지니고 있는 자궁이요, 누후에요, 세계의 집이다. 산들은 세계의 집들이다.

시에라는 우주를 품고 있다. 서로 연결되어 있다는 것은 끊임없이 다시 확인되어야 한다. 실상을 유지하는 일은 어렵기는 하지만 균형을 유지하는 행위이다. 아루나의 역동적인 흐름에 안정을 주기 위해서는 깊은 생각과 심오한 이해가 필요하다. 나는 이것을 배워야 한다고 들었다.

첫 인류

마마들의 이야기를 귀기울여 듣고 그들 속에서 경험해 보니, 시에라는 전 세계를 품고 있는 세계의 심장, 에덴 동산으로 보였다. 그리고 이곳에서 나는 '어머니'의 자손이며 사내아이인 세란쿠아가 인간을 창조했다고 들었다. 인간은 세상을 돌보고 그 안에 있는 모든 것을 잘 보살피도록 만들어졌다. 동물과 식물은 그들의 지배를 받는 것이 아니라 그들의 보살핌을 받는 것이다.

그들 자신을 나타내는 코기 말은 '카가바Kaggaba'인데, '사람들'이라는 뜻이다. 나는 그 단어가 '카기kaggi', 즉 '땅, 대지'를 의미하는 말에서 왔다고 믿는다. 이와 비슷하게, 〈창세기〉에 등장하는 '아담Adam'은 헤브루 말로 '인류'라는 뜻인데, 역시 '땅, 대지'를 의미하는 '아다마adamah'에서 왔다. 그러나 코기 족의 이야기는 단순히 사람이 흙으로부터 창조된 것을 의미하지는 않는다. 그들이 의미하는 바는 인간성은 땅의 본성을 공유하고 있고 그것의 일부분이라는 것이다. '카가바'의 두번째 음절인 '아바aba'는 '어머니'를 의미한다.

이루어질 수 있는 모든 것, 이루어질 예정인 모든 것에 대해 '어머니'는 이미 알고 계셨다. '어머니'가 그것들을 생각하지 않고, 그것들이 아루나의 세계에서 형성되지 않았더라면, 그것들이 잉태될 가능성이 없었을 것이다. 그리고 만약 잉태될 수 없었다면, 만들어질 수도 없었을 것이다. 헬리콥터, 텔레비전 카메라 같은 우리의 모든 발명품은 우리가 단독으로 만든 것이 아니라고 나는 들었다. 이 모든 것들은 시간이 있기 전의 시간으로부터 이미 존재하고 있었다.

시간이 한참 흐른 후, 세란쿠아는 원래의 사람들과는 다른 종류의 인간을 만들었는데, 바로 '아우'였다. 그는 변덕스러운 마음을 가진 존재로 '어머니'의 가르침에 전혀 주의를 기울이지 않았다. 코기 족은 "그는 붉은색에서 녹색으로 그리고 다른 색깔들로 색깔을 바꾸었다"고 말한다. 그의 후손인 우리는 '카사오기Kasaoggi'라고 불려진다. 이 '아우'는 시에라에 남아 있지 않았다. 그는 추방당했다. 그에게는 사물을 알아가는 다른 방식인, '할 수 있는can-do' 지식, 즉 기술적인 지식이 주어졌다. 그리고 그는 바다 건너 그에게 할당된 땅으로 쫓겨났다. 정신적인 것과 물질적인 것 모두를 보살피는 '형님들'은 세계의 심장을 보살피게 되고 그들만의 도구들을 갖게 되었다.

이것이 바로 내가 그들에게 들은 이야기이다. 이야기는 곧 내 머릿속에서 수많은 종류의 반향을 불러일으켰다.

거의 모든 인간 사회에서는 각기 자기들이 피조물의 원형이며 진정한 인간이라고 생각한다. 또 대부분의 창조 신화를 살펴보면 자신들의 땅이 우주의 중심이라고 믿고 있다. '형님' 그리고 '아우'의 개념은 안데스에서만 발견되는 특이한 내용이 아니다. 펠리시티는 그것을 고지대와 저지대 마을 사이의 구별로 보았다. 때문에 코기 족이 산에 있는 토착민을 '형님'으로 여기고 아래에서 온 우리를 '아우'로 여기는 것은 당연하다는 설명이었다.

그러나 시에라는 특이한 세계이다. 그것의 형태, 바다로부터 하늘에 이르는 이 천연의 피라미드, 섬처럼 솟은 모습이 그 독특한 분위기를 조성한다. 광범위한 서식지와 자연 환경, 동식물 종의 엄청난 다양성에서 볼 때 시에라는 그보다 더 큰 세계에 대한 하나의 반영이라고도 할 수 있다. 북반구와 남반구 사이에 위치해 있고, 연중 밤과 낮의 길이가 같으며, 온도나 계절의 변화가 거의 없는 기후 조건도 나처럼 북반구에서 온 사람에게는 아주 낯선 모습이다. '세계의 심장'이라는 표현은 단순히 그들의 자만에서 나온 표현이 아니다.

천지 창조 이야기는 성경의 신화를 떠올리게 한다. 코기 족의 세계는 에덴 동산과 아주 흡사하다. 평소에 나는 인류에게 이상적인 물질 세계란 어떤 모습일지 궁금해하곤 했었다. 분명히 영국은 아니다. 인류는 이 섬에 늦게, 자연의 힘들로부터 자신을 어떻게 보호해야 하는지 이미 알고 난 후에 도착했다. 시에라는 내가 궁금해하던 세계와 훨씬 비슷해 보인다. 열대림 위로, '엘 인피에르노El infierno'의 머나먼 저쪽, 개방된 사바나 지역에 코기 족이 산다. 그곳은 너무 덥지도 너무 춥지도 않은 곳이다. 과일이 풍부하고, 옥수수와 야채가 빨리 자라며, 힘차게 흘러 내려가는 강줄기로는 시원하고 상쾌한 물이 끊임없이 넘쳐흐른다. 시에라는 자급자족이 완벽하게 이루어지는 세계이다. 인류를 위한 집을 설계한다고 할 때, 아무리 뛰어난 건축가라도 이보다 더 이상적인 구조를 고안해 낼 수는 없을 것이다.

그런 관점에서 '아우들'은 에덴 동산에서 쫓겨난 아담과 이브의 후손들이다. 혹시 이 모든 것이 선교사에게 들은 이야기를 일부 재구성한 것은 아닐까? 성경은 백인들의 역사이고 인디언 자신들은 아담 이전의 세계에 속한다고 생각하는 것은 아닐까? 물론 그럴 수도 있다. 그런데 흥미로운 부분이 있다.

아담과 이브는 무엇이 나쁜 짓인지도 깨닫기 전에 죄를 짓고 쫓겨났다. 금단의 열매를 먹고 난 후에야 선과 악을 구별할 수 있었다. 이미 저지른 죄를 주워 담기에는 너무 늦어버린 것이다. 그런데 코기 족의 이야기에서는 '아우'가 어머니의 가르침에 충실하지 않았기 때문에 쫓겨난다. '아우'는 자신과 연결된 모든 존재를 도덕적으로 이해하지 못한 상태이다. 그런데 그런 '아우'가 기계를 만든다. 이 점이 바로 그가 위험한 이유이다. '아우'를 추방한 것은 벌을 주기 위한 것이 아니라 세계를 방어하게 하기 위한 것이다. 바다는 '세계의 심장'을 안전하게 지키기 위한 장벽이다.

이는 성경 이야기를 주도면밀하게 변형한 것일 수도 있다. 그렇다면 아루나는 무엇일까? 세상이 생각들과 본질들로 만들어졌으며 모든 존재가 그것의 반영이라는 주장은 무엇일까? 코기 족의 종교는—여느 주요 종교의 심오함과 통찰력과 비교해 보더라도, 그것은 종교로서 손색이 없다—그들의 언어로 표현되어야 가장 정확하다. 기독교 창조 신화의 영향인 듯한 요소가 보인다 하더라도 이를 인류가 공유하는 지식의 일부로 받아들여야지 빌려왔다거나 변조한 것으로 받아들여서는 안 될 것이다. 코기 족의 신학은 자기만의 역사적인 발전 단계를 거친 것이 분명하다. 그러나 우리는 그 내용을 전혀 알 수 없다.

코기 족의 믿음 체계는 상당 부분 지구상의 다른 위대한 종교와 비슷하다. 예를 들어 아루나는 하늘과 땅을 유지시켜 주는 변함없는 실상인 도교의 '도道' 개념과 놀랍도록 유사하다.

혼돈으로 이루어졌지만 완전한 어떤 것이 존재했다.
하늘과 땅이 생기기 전에 그것이 먼저 존재했다.
소리 없이, 실체 없이
무엇에도 의지하지 않고, 변하지 않고
사방으로 널리 퍼져 있으며, 그침이 없다.
어떤 이는 이것을 하늘 아래 존재하는
모든 것의 어머니라고 생각할지도 모른다.
그것의 진정한 이름은 아무도 모르지만
우리가 이름 붙여 부르기를 '도'라고 한다.[2]

아루나처럼 도는 남성적인 것과 여성적인 것을 생성할 수 있는 에너지를 가지고 있다.(그것을 각각 양과 음이라고 부른다.) 코기의 종교는 살아있는 형이상학적 실재의 개념을, 세계의 고등 종교에서 공통으로 발견되는, 그러나 그보다 훨씬 세심하고 아름답게 표현된 창조 이야기에 버무려놓았다.

이 사람들은 어디에서 온 것일까? 그들이 말하는 '지식'이란 무엇일까?

---

2) 《도덕경》 25장, trans. by A. Waley, *The Way and Its Power* (London, 1934), p. 74.

해수면 높이에서 바라본 밀림. 밀림은 덥고 습도가 높다.

2,000미터 높이에 있는 사바나 지역

타이로나 사회

이른바 타이로나 문명이라 할 때 이것은 하나의 사회를 뜻하는 것이 아니라 매우 압축된 공간에 살아가는 수많은 사회를 일컫는다. 스페인 인들의 기록을 통해 알게 된 약간의 지식이 우리가 알고 있는 타이로나 문명사의 전부다. 그러니 그 내용은 당연히 피상적이다. 타이로나 문명을 가장 자세히 기록한 사람은 후안 데 카스텔랴노스Juan de Castellanos이다. 그는 엘 도라도를 찾아 탐험하던 중 우연히 보고타를 발견한 히메네스 데 케사다Jiménez de Quesada와 함께 여행한 모험가였다. 16세기 중반, 그는 부와 모험을 찾아 타이로나 땅을 탐험했다. 대표적인 저서인 《인디아의 유명한 사람들의 비가》는 300년 동안이나 출판되지 못하고 있었다. 카스텔랴노스는 운문 형식으로 글을 썼는데, 그것은 그가 본 것들이 더 웅대하게 보이도록 하기 위해서였다.

그는 건강과 생식 능력을 유지하기 위해 인디언들이 행한 방법을 언급했다. 그는 그 방법을 단식 그리고 로스 아루노스los alunos와 연결 지어 설명한다. 그렇지만 로스 아루노스에 대해서는 아무런 설명도 남기지 않았다. 단지 글의 운율을 맞추기 위해 넣은 말이 아닌가 짐작된다.

> 그들은 오랜 시간 동안 지루한 단식을 계속한다네,
> 그들의 아이들과 땅에 심어놓은 것들을 위해.
> 마침내 모든 것들이 다 되었을 때
> 오직 그 순간이 되어야
> 아루노스가 역할을 할 것이네.[3]

이와는 별도로, 나오마Naoma(오늘날의 마마)들과 그들에게 복종하는 카시크들을 언급한 것을 제외하면, 스페인 사람들의 기록에서 토착 사회의 구조와 믿음 체계를 설명한 부분은 찾아보기 어렵다. "윤이 나는 거대한 돌들이 깔린 안뜰에서 그들은 이상한 위엄과 청결함과 호기심으로 가득 찬 축제를 연다."[4] 단식중에 "악마들은 그들에게 수천 가지 거짓말을 하라고 말한다.…… 거대한 바람이 불기 시작한다. 오두막을 통째로 날려버릴 것 같은 기세다."[5] 악마는 스페인 사람들에게는 정말로 실재하는 존재였다.

스페인 기록자들은 타이로나 농업이 고도로 발달한 것을 보고 크게 감동을 받았다. "시골에는 유까, 수많은 구야바나무, 구아나바나와 또 다른 종류의 과일들, 엄청난 양의 파인애플과 옥수수가 보기 좋게 자라고 있다."[6] "우리 눈을 가장 즐겁게 해주는 것은 수많은 뿌리 작물과 옥수수, 바타타, 유까, 나메, 아우야마, 페레르, 면 그리고 피노네스, 큐로스, 체리, 구야보이스, 마모네스, 구아이마로스, 구아모스, 사과와 같은 수많은 과일 나무였다."[7]

관개 시설도 인상적이었다. "획기적이고 세련된 방식으로 만들어진 도랑을 통해 물이 과수원과 경작지로 흘러 들어갔다. 그것은 롬바르디아와 에트루리아 사람들이 물을 대는 방식과 똑같다."[8] 그들은 타이로나 보석들의 규모와 다양함에도 놀랐다. 그러나 이 사회가 어떻게 기능을 했는지 더 잘 이해하려면 다른 출처로 눈을 돌려야 한다.

---

3) …… tienen prolijisimos ayunos
   Por sus hijos o por su sementera
   Y entoces solamente los alunos
   A cosas necessitas salne fuera. (8, 258)
4) Simon, V, 191.
5) Simon, V, 217.
6) Oviedo, 8, 255.
7) Simon, V, 191.
8) Oviedo, 8, 245.

마마들은 자신들의 과거를 이야기한다. 내가 알기로 그것은 그 동안의 고고학적 기록과 안데스 지역 다른 산악 사회의 내용과 정확하게 일치한다. 그들은 오로지 구전으로 전해지는 가르침에만 의존한다. 또한 자기들의 지식을 보존하고 유지하기 위해 전력을 기울인다. 이런 모습들로 미루어볼 때, 그들의 이야기에 실수가 존재할 가능성은 거의 없다.

시에라는 수많은 생태적 석단石壇들로 구성되어 있다. 북쪽 기슭은 바다이다. 이곳에 해안 도시들이 있었고, 이 도시들을 통해 소금과 물고기를 얻을 수 있었다. 이러한 도시 중 하나가 쉔헤Chenge에서 발견되었다. 그 도시는 순전히 바다 소금을 채취하기 위해 세운 도시였다. 이런 도시에는 또 백사장을 따라 숲이 펼쳐져 있었고, 이 숲에서 키 큰 야자수, 캐슈, 아몬드, 박나무, 선인장 열매 등이 났다.

조금 더 높은 지대의 도시에서는 무더운 밀림에서 나는 작물을 전문적으로 취급했다. 푸에블리토가 바로 이 지대에 속한다. 푸에블리토는 그 밀림의 가장 아래쪽에 위치하고 있어, 가드나무, 잠보-세다, 타구아 야자수가 30미터 높이까지 자란다. 바로 아래에는 카로브나무, 아보카도, 고무나무, 월계수가 온통 열대산 칡에 덮여 있다. 또 이 밀림에서는 원숭이, 이구아나, 악어, 마코앵무새, 다람쥐 같은 설치류 동물을 잡아 고기를 얻었다.

더 높은 곳으로 올라가면 훨씬 시원하고 축축한 지역이 나온다. 이곳에도 과일이 풍부하며 더 큰 동물을 사냥할 수 있다. 여기서도 역시 경작지에서 목화와 옥수수를 재배한다. 그러나 현재 코기 족과 바깥 세계와의 경계를 이루는 좀더 높은 곳은 숲이 울창한 사바나 지역이 펼쳐진다. 요리용 바나나, 사탕수수, 뿌리 작물과 옥수수가 풍부하다.

각 도시는 또 전문화된 공예 기술을 발달시켰다. 예를 들면 푸에블리토에서는 석조 공예가 발달하고, 본디구아에서는 금속 공예가 발달했다.

푸에블리토롤 통과하는 수로의 일부분. 수로 체계가 아주 잘 설계되어 있다.

집의 입구에 있는 포장석. 푸에블리토의 석조물은 '잃어버린 도시'의 것보다 작지만 더 정교하다.

각 도시마다 부족도 달랐다.(예를 들어 푸에블리토는 타이코 족이 모여 살아 타이코Tayko라 불렸다.) 복장도 각기 특색이 있었으며, 언어도 마찬가지였던 것 같다. '잃어버린 도시'는 테이후나Teijuna라고 불렸다. 그곳은 테이후나 사람들의 거주지였다. 그런 까닭에 나중에 스페인 어로 '타이로나'라고 불리게 되었던 것이다. 테이후나란 남성의 상징을 가리키며, 벌새의 날카로운 부리를 일컫기도 한다. 그런가 하면 근원의 장소, 씨앗을 키우는 모판을 뜻하기도 하고, 고환을 의미하는 단어와도 관련이 있다. 그것은 또 테이후나 사람들의 시조 이름이기도 하다.

지역마다 다른 생태적 환경에 적응해 온 결과 각 도시는 뚜렷이 구별되는 특징을 보인다. 그러나 어느 도시도 홀로 생존할 수는 없었다. 시에라 전체를 하나의 망처럼 엮어놓은 길과 계단의 네트워크를 따라 물건을 교역하면서 이들은 서로 의존했다.

석조 공예가 이런 모든 체계의 중심 열쇠가 되었다. 이 기술을 활용하여 코기 족은 평평한 계단식 농경지를 만들고, 어떤 날씨에도 끄떡없는 배수로를 만들 수 있었다. 이렇게 짜임새 있는 토지 구획을 실행하기 위해서는 시에라 전체를 지휘할 만한 권한 있는 감독자가 필요했다. 그러나 이곳은 잉카 제국도 아니고 위대한 왕도 없었다. 모두 나오마, 곧 마마들의 책임이었다.

모든 마을에 마마들이 있었다. 이들은 일상 생활의 모든 일에 축복을 주고 길잡이 역할을 했다. 그러나 이들이 실제 살고 있는 곳은 위쪽이었다. 지금도 그렇듯이, 마을 주민들이 경작지를 옮겨 다니며 생활하다가 의식이나 공동의 일이 있을 때에만 마을에 들어왔기 때문일 것이다. 마마들은 확실히 사람들이 밀집해 있는 도시가 아닌 명상하기 좋은 산 높은 곳이나 의식을 치를 장소를 따라 옮겨 다니며 살았다. 시에라의 높은 지대는 늘 폐쇄된 세계였고, 코기 족 일반 대중은 2천 미터 아래에 살고 있었다.

마마들은 코기 족 사회가 공적으로 필요로 하는 커다란 규모의 일들을 감독했다. 농업과 무역을 감독하는 것도 그들의 몫이었다. 그들은 어디에 무엇을 키워야 할지, 어떤 농경지를 사용해야 할지, 무엇을 교환해야 할지 잘 알고 있는 전문가였다. 스페인 사람들은 이러한 물품 교환을 보고 무역이라 부르고, 타이로나 사람들을 상인이라고 불렀다. 그들로서는 코기 족의 생활 방식을 이해할 어떠한 방법도 없었기 때문이다. 스페인 사람들이 지켜본 것은 실은 무역이나 사적 소유 같은 개념이라곤 전혀 없는 고도로 규제된 사회였다. 그 사회는 개인이 땅이나 그 밖의 것을 가지고 자기가 하고 싶은 일은 무엇이나 할 수 있다는 생각 자체가 없는 사회였다.

태초에 '어머니' 께서는 우리가 어떻게 형제처럼 함께 살아갈 수 있는지 가르쳤지요. 그래서 우리는 형제처럼 함께 살았다오. 우리는 바다 근처에서 살았고, 밍게오에서 살았고, 이 근처 모든 곳에서 살았어요. 우리는 어떤 것도 해치거나 파괴하지 않았소.

우리는 평화로이 살았고, 어떤 것도 팔거나 사지 않았소. '어머니' 께서는 우리가 어떻게 살아야 하는지 어떻게 경작지들을 평화롭게 할 수 있는지 가르치셨지요. 만약 우리가 경작지를 만들고 씨를 뿌리고 그러고 나서 그것을 판다면, 그것은 마치 '어머니' 의 가슴이나 다리, 팔 가운데 하나를 잘라내는 것과 같아요. 우리는 평화로이 살았지만, 콜럼버스가 오면서 변하고 말았소. 그들은 읽고 쓰는 법을 알았소. 우리에게 이렇게 말하기 시작했지요. "여기 있는 이 땅은 내 것이고 저기 있는 저 땅도 내 것이고, 여기 위에 있는 이것도 내 것이다." 우리는 땅의 넓이를 어떻게 재는지도 몰랐소. 우린 한 경작지에서 일하다 다른 데로 옮겨가는 식으로 살았으니까. 그러나 콜럼버스가 오더니 이렇게 말을 한 거요. "여기 있는 이것은 내 것이고, 저기 있는 저것도 내 것이다. 내 것이야. 내 것이라고!" 그러나 '어머니'는 이런 식으로 말씀하신 적이 한 번도 없어요. 그래서 우리도 이런 식으로 결코 말하지 않았소. 그러나 그때 그렇게 말하는 것을 배운 거요. 그러고는 이렇게 말을 했지요. "저기 있는 저 땅은 내 것이고, 이 땅도 내 것이다. 나는 그것을 팔거나 살 거야." '어머니'는 우리에게 평화로이 함께 살아야 한다고만 말씀하셨지요. 그런데 콜럼버스는 다른 걸 가르쳐 주었소. 덕분에 우린 이 땅은 내 것이고 저기 있는 저것도 내 것이야 하는 식으로 생각하는 법을 배운 거요. 그러나 우리 코기에게 '어머니'는 그런 것을 절대로 가르치지 않으셨다오. '어머니'는 사고파는 일을 가르치지도 않았고, 무슨 영수증 같은 것에 대해서도 가르치지 않으셨소.

이들의 교환 시스템은 물물교환도 아니고 선물을 주고받는 것도 아니었다. 그것은 균형의 시스템, 세계를 안정시키는 데 필요한 규제의 시스템이었다. 마마들은 시에라를 식량이나 다른 생산품의 교환을 통해 살아 움직이는 유기적인 전체로 보았다. 우리가 무역이라고 부르는 교환 시스템은 코기 족 사회에서는 도덕적 차원에서 필요한 것이었다. 그것은 실재實在의 내적 특성을 외적으로 표현하는 방식이었다. 그리고 그 실재의 요구들에 대한 응답이었다.

마마 만들기

세계란, 실재에 의미와 질서를 부여하는 우주적 지성의 표현이었다. 실재는 지성적인 것이었다. '어머니'는 물질 세계인 동시에 실재를 형성하는 지성이기도 했다. 생명은 실재의 다양한 부분 사이에 조화가 유지

224

되어야 살아 숨쉴 수 있다. 마마들은 어떤 행동도 홀로 고립된 것으로 보아서는 안 된다고 배웠다. 모든 행동은 전체와의 관계 속에서 파악되어야 하며, 그것이 전체의 균형에 영향을 미친다는 사실을 한시도 잊어서는 안 되었다. 이 같은 마마들의 생각은 기억술을 통해서, 주문이나 기술적인 장치를 통해서 다듬어졌다. 그러나 그것은 오직 부분적으로만 그랬다. '세계'라는 복잡다단한 구조는 조금만 변화를 주어도 결과가 달라질 수 있다는 것을 깊이 이해해야 했다. 아울러 진실로 심오한 생각이 존재해야만 했다.

만약 우리가 코기 족의 사상을 단순히 원인이 있어서 결과가 있다는 식의, 다시 말해 기계적인 사고 방식에 불과하다고 여긴다면 이들의 사상은 지극히 순진하고 미신적인 것으로밖에 보이지 않을 것이다. 예를 들어 만약 무언가가 균형을 잃음으로써 병에 걸리게 되었다는 이야기를 들었을 때, '아우'는 그것을 미신이라고 생각할 것이다. 특히 그 진단이 아주 구체적일 때 그렇다. "만약 물이 축복받지 않으면 당신에게 사마귀가 생길 것이다." 이러한 말로 인해 심오한 사상이 조잡하고 단순하게 느껴질지도 모른다. 그러나 아무런 고민도 생각도 없이, 전체적인 중요성과 결과를 고려하지도 않고 어떤 일을 한다면, 아무도 예측하지 못한 결과가 빚어질 건 뻔하다. 세계의 건강은 교란될 것이다.

핵에너지와 집약 농업, 에어로졸 스프레이에 대해 알고 있는 우리는 이것이 의미하는 것이 무엇인지도 이미 알고 있다. 그것은 전혀 이상할 것이 없다. 명백한 진실처럼 보인다.

어떤 것 혹은 모든 것에 대한 의미를 남김없이 파악하기란 인간이 가진 이해력의 범위를 넘어서는 일이다. 그러나 세계는 한 몸이고, 살아있는 조화, 즉 단 한 분뿐인 '어머니'이기 때문에, 그분에게 질문을 건넬 수 있고 응답도 들을 수 있다. 점이야말로 모든 문제를 푸는 주요한 열쇠가 된다.

점에 기반을 둔 사회의 관념은 우리의 가치관과 매우 격렬한 충돌을 일으킨다. 비판적인 지성을 바탕으로 스스로 모든 결정권을 가지려는 우리와 다르게, 코기 족 사회는 알 수 없는 것에 대한 복종을 요구한다. 우리는 세속적이고 이성적인 개인주의자들이다. 코기 세계는 그 중심이 종교적이고 신비로우며 권위적이다. 1,500여 년이라는 긴 세월 동안 점에 의한 의사 결정 방식을 바탕으로 하는, 고도로 조직화된 사회가 대규모 인구를 형성하며 시에라에 유지되어 왔다는 사실을 이해하기 위해 우리가 꼭 이들의 가치를 존경하거나 공유해야만 하는 것은 아니다. 우리의 문명은 아직 그들이 성공한 수준에까지 다다르지 못했다.

점이란 그저 '위대한 어머니'에게 모든 문제를 떠넘기는 그런 손쉬운 방편이 아니다. 점은 질문에 담긴 모든 전조를 고찰하기 위해, 그 질문을 적절히 정의하기 위해, 그리고 점괘를 제대로 해석하기 위해 오랜 시간의 정신적인 노력이 필요하다. 점치는 그 사람의 마음이 아루나이다. 따라서 적절한 집중을 통해 물질 세계를 뛰어넘을 수가 있고, 마침내 모든 것을 하나로 묶어주는 아루나의 세계에서 일을 할 수가 있다. 이런 것이 가능하도록 하기 위해, 그리고 이 같은 초월적인 상태에 다다르기 위해 무엇보다 중요한 것이 마마를 양육하는 일이다. 식민지 시절 스페인 사람들이 문서를 남길 당시에도 이는 마찬가지였는데, 그 당시 마마를 길러내는 교육 방식도 오늘날과 다르지 않았던 것 같다.

지위를 얻기 전에 성직자들은 10년 혹은 16년, 더 오래로는 20년 동안이나 단식을 해야 했다. 그 기간 동안에는 매일 옥수수 요리 한 그릇만 먹고 숲 속 깊은 곳이나 동굴에서 은거하며 지내야 했다. 그들은 음식을 가져오는 사람들 말고는 아무도 보아서는 안 되었다. 만약 우연히 여자를

보았다면 그때까지 해오던 단식을 모두 무효로 돌리고 전체 과정을 처음부터 다시 시작했다.[9]

마마 수련생, 즉 '모로'는 태어난 순간부터 일반 사람들과는 다른 종류의 인간으로 양육된다. 마음은 정신 세계, 즉 아루나에 맞추어진다. 물질 세계와의 접촉은 생존이나 육체적 감각의 퇴화 방지 같은 절대적으로 필요할 때만 최소한으로 허용된다. 마마 베르나르도는 이것이 의미하는 바를 이렇게 묘사했다.

가르침을 잘 전달하기 위해서는, 새로 태어난 아기를 선택해서 '의식을 행하는 집'에 데려다놓고 기르는 겁니다. 정말 훌륭한 마마를 만들려면, 아기가 태어나는 바로 그 순간에 아기를 데려와서 외부와 격리시켜야 돼요. 아기를 회반죽으로 붙인 돌 목욕통에서 씻겨요. 목욕통의 물을 저어서 정화시킨 뒤 아기를 그 안에 넣고 목욕을 시키는 거지요. 그러고 나서 불도 빛도 없는 곳에 아기를 둬요. 아무것도 볼 수 없는 곳, 빛이 없는 데에다 아기를 둬야 해요. 아무에게도 아기가 눈에 띄지 않도록. 아기는 조그마한 '의식을 행하는 집' 안에 있게 되지요. 그 집에는 각각의 구역이 있어요. 아기를 위한 조그만 공간도 있고. 아기는 홀로 있어요. 어머니가 근처에 살면서 아기를 보살피기도 하지만, 늘 곁에 있으면서 아기를 보살피는 사람은 카보 한 사람이오. 카보는 한밤중에만 아기를 밖으로 데리고 나오지요. 아기가 울 때는 카보가 어머니를 불러 젖을 물리도록 합니다. 밤에는 어머니가 와서 아기를 목욕도 시키고 집 밖에서 아기를 닦아주기도 하고 젖도 먹인다오. 그러고 나면 카보가 다시 아기를 안으로 데리고

---

9) Simon, V, 218.

'의식을 행하는 집'을 설명하는 마마 베르나르도

들어가지요.

어머니는 피가 있는 음식은 절대 먹어선 안 돼요. 돼지고기도 닭고기도 쇠고기도. 피가 있는 것은 어떤 것도 먹어서는 안 되지요. 어머니는 오로지 흰 콩과 흰 감자, 달팽이('모이 호이 호이Moi hoi hoi'라 불리는 흰 굼벵이 종류)만 먹어야 해요. 그런 음식에서 젖을 만들 지방을 얻는 거지요. 어머니는 또 주변을 두리번거린다거나 강물에 들어가 목욕을 해서도 안 돼요. 늘 자기 집에만 있어야 해요.

아기의 잠자리는 순백의 부드러운 야자 섬유인 '와따watta'로만 만든다오. 단단한 바닥에 부드러운 와따를 깐 침대 위에서 아기가 잠을 자지요. 아기의 옷도 와따로 만들어요. 그러면 와따의 뻣뻣한 부분이 아기가 앉는 의자처럼 되거든. 거기에 아기가 눕는 거지요. 카보라 해도 방 안에 아기와 함께 있어선 안 돼요. 밖에 머물러야 합니다. 잠을 자서도 안 되죠. 절대 잠들면 안 돼요. 늘 깨어서 모로를 보살펴야 하니까.

아기가 자라기 시작하지요. 다섯 달이 되면 기어다니기 시작해요. 그때가 되면 카보는 잔뜩 주의를 하면서 아기가 집 밖으로 나가지 않도록 해야 돼요. 어머니도 여전히 가까이 있으면서 아기를 보살피는데, 계속해서 모이 호이 호이만 먹어야 한다오. 아기에게 젖을 먹인 뒤에는 아기 혼자 두고 나오고. 아기가 고요함 속에서 머물 수 있도록 말이죠. 아기가 자라한 살이 되고 두 살이 되어도 카보와 어머니는 아이에게 아무런 일도 일어나지 않도록 보살펴야 해요. 카보는 항상 아이 생각을 해야 합니다. 혹시라도 아이가 아플 경우를 대비하면서. 어머니도 마찬가지죠. 늘 아이를 어떻게 보호할까 생각해야 돼요.

카보는 항상 그곳에 있으면서 잠이 들지 않도록 포포로를 먹고, 깬 상태로 경계 태세를 늦추지 말아야 해요. 그러나 어머니는 잠을 자도 됩니다. 그들은 모로에게 감자와 바카타를 갈아 만든 가루를 먹인다오. 가끔은 거기다 코코아를 약간씩 집어넣기도 하지요. 어머니는 따뜻한 물만 마시고 찬물은 마시면 안 돼요. 찬물을 마시면 어린아이를 차갑게 하는 게 되거든. ─불이 없다는 걸 기억하시길. 그러니 찬물을 마시면 안 되는 거요. 단물도 마셔선 안 돼요. 하지만 시에라의 높은 곳 파라모paramo에서 자라는 식물이 들어 있는 물, 약간 달짝지근한 물은 마셔도 돼요. 그건 좋아요. 그 물은 가슴을 가득 채워서 어머니가 아이에게 계속 젖을 물릴 수 있게 해주거든. 아이를 데리고 나와서 젖을 물리지요. 처음에는 오른쪽 가슴으로, 다음에는 왼쪽 가슴으로. 그러고 나서는 다시 안으로 아이를 데려가지요.

아이가 네 살이 되면 젖을 떼고 어머니는 축복을 받는다오. 축복을 받고 나면 강에 들어가 목욕을 할 수 있어요. 다시 나다닐 수도 있고. 그러나 아이는 여전히 나갈 수 없지요. 실내에만 있어야 돼요.

어느 날 밤 어머니가 와서 밤새 따뜻한 물로 아이 몸을 씻기지요. 두 시간에 한 번씩 모두 네 번을 씻긴다오. 그리고 나면 아이를 찬물에 목욕 시킬 수 있어요. 더 이상 따뜻한 물로 목욕시킬 필요가 없어지는 거지요. 그런 뒤 어머니는 아이를 완전히 카보들에게 넘겨주게 돼요. 카보들은 아이를 돌로 된 목욕통에서 씻깁니다. 물을 휘휘 저은 뒤 아이를 집어넣어 씻기지요. 찬물에 말이오. 그후부터 아이는 카보들과 함께 자라게 되지요.

아이는 자라면 노래를 부르기 시작한다오. 자기 스스로, 노래를 부르기 시작하는 거요. 어느 정도 자라면, 카보들은 아이를 밤에 데리고 나가기 시작하지요. 짚으로 된 모자를 씌워 아이 머리를 가린 상태로 말이오.

이 짚을 짜 만든 모자는 각 면이 거의 아이 크기만큼이나 되는 커다란 사각형으로 되어 있다. 그것을 머리 꼭대기에 씌워 모로가 별이나 달을 전혀 볼 수 없게 하는 것이다. 그가 아는 세계는 온통 마음의 눈으로 본 세계다. 이처럼 정신 세계에서 양육된 아이는 우주의 내적인 음악을 듣기 시작한다. 그리고 아이는 자기가 들은 것에 맞추어 행동하기 시작한다. 아이는 춤추기 시작한다.

카보들은 아이를 데리고 나가서 가르치지요. 그렇게 해서 아이는 제물을 바치는 것도 할 줄 알게 되고, 아루나에서 세계의 스승들, 선조들과 이야기도 하게 돼요. 가끔씩 어머니가 집 앞으로 오기도 하는데, 그러면 아이는 춤을 추지요. 계속 춤을 춰. 춤을 추면서 놀아요. 아이는 계속 춤을 추고 어머니는 그에게 노래를 한다오. 그런 뒤 아이는 다시 안으로 보내지고 문이 닫히죠.

그래서 모로는 아무것도 모른다오. 닭을 본 적도 없고 돼지를 본 적도 없고 나무와 새를 본 적도 없으니까. 집 밖 세계에 관해 아무것도 몰라요. 마마들은 늘 세란쿠아에게 기도를 드려 아루나로부터 식량을 구하고 고기를 구하고 모든 음식을 구하지요. 어디까지나 아루나에서 그렇다는 거요. 그렇게 구한 것들을 모로에게 주지요. 모로를 축복하면서 그에게 아루나의 음식을 주는 거요. 그리고 모로가 더욱 튼튼히 자라도록 모로의 몸을 문질러주고 마사지를 해줘요, 마사지를. 와따로 만든 천으로 마사지를 하지요. 어머니도 모로의 온몸을 이 천으로 문질러주면서 더욱 튼튼하게 자라도록 한다오. 어머니는 그를 쉼 없이 문질러주지요. 이렇게 문질러줄 때에만 모로를 밖으로 데리고 나올 수 있어요. 그러고 나면 모로는 다시 안으로 들어가지요. 그렇게 그는 마사지를 받아요. 끊임없이.

모로에게는 식사를 위해 파라모에서 나온 일종의 감자가 주어지지요. 그 감자는 세란쿠아가 심은 겁니다. 그래서 이제 흰 감자를 먹을 수가 있어요. 파라모에서 나온 감자를 먹을 수 있다오. 또 흰 옥수수도 먹을 수 있지요. 이 모든 것은 모로를 위해 아주 조그맣고 하얀 특별한 솥에다가 요리를 하지요. 그것을 요리해다가 '의식을 행하는 집'으로 옮겨 카보에게 주면, 카보가 그걸 안으로 가져가 모로에게 주지요. 모로를 위해 요리할 때는 요리에 들어가는 것들의 수를 세어야 해요. 솥에 흰 콩 네 개를 넣고, 흰 감자 네 개를 넣고, 그 위에 흰 굼벵이 한 마리를 얹는 식으로. 그것들을 모두 한꺼번에 요리해서 모로에게 줘요. 가끔 깨진 솥에서 나온 파편을 불 위에 놓고 그 위에서 굼벵이 한 마리를 구워주기도 하지요. 굼벵이는 지방질이 있어 구우면 갈색이 됩니다. 그렇게 요리가 다 되면 모로에게 먹으라고 주는 거죠. 하지만 모로는 돌과 석회로 정화된 물만 마셔야 해요. 그리고 그 물은 축복을 받아야 하고. 모로가 음식을 먹을 때마다 마실 물을 주는데, 반드시 축복된 물만 줘야 해요.

아이는 자꾸 물을 찾지요. 그때 아이는 아마도 물 속을 들여다보면서 거품이 이는 걸 보고 좋아할 거요. 아이는 계속 물을 달라고 하지요. 왜냐하면 그것을 좋아하니까. 모로는 스스로 배운다오. 마마들은 정말로 아무것도 가르치지 않아요. 모로는 들음으로써, 정신적으로 들음으로써 배운다오. 지식은 아루나로부터 그에게 와요. 마마들이 그를 직접 가르치진 않지요.

모로는 점에 의해서 선택된다. 청년기에 이르면 이 교육을 계속할 것인지 말 것인지를 결정하게 된다. 더 이상 개발될 자질이 없는 모로도 있다. 혹은 아이가 결핍감을 느끼고 더는 견디지 못하는 경우도 있다. 그러나 마마 베르나르도와 같은 일부 사람은 초세간적인 단순함을 지니고 자라 진정한 마마로 성숙하게 된다. 마마 베르나르도는 갓난아기였을 때부터 세속을 멀리한 경우가 아니다. 그는 조그마한 아이였을 때부터 '모로' 생활을 시작했다. 그렇기에 더 견디기가 힘들었다. 그 생활은 9년 동안 계속되었다.

만약 그대가 마마가 되고 싶다면 집중하지 않으면 안 돼요. 여자 생각으로 방황해서도 안 되고 이 생각 저 생각으로 방황해서도 안 돼요. 집중을 해서, 마마들이 하는 얘기를 잘 들어야 합니다. 모로가 되면 자기가 원하는 것을 할 수 없는 것은 물론이고 모든 것이 통제받지요. 마마들이 그대를 데리고 나가 봉헌 의식을 할 때는 단식을 해야 돼요. 아무것도 먹지 않고 가야 하는 거지요. 돌아왔을 때도 먹을 건 주지 않아요.
아마도 한밤중에만 먹을 걸 줄 거요. 그래, 여기 배고프고 졸린 그대가 있어요. 그대는 마마들이 무슨 말을 하고 있는지 알아듣지 못해요.—그냥 뭘 좀 먹었으면 좋겠고, 아버지 어머니가 곁에 있었으면 좋겠지요. 물 한 모금 마셨으면 좋겠는 겁니다. 그러나 그 어떤 것도 허락되지 않지요.

'의식을 행하는 집' 의 지붕 모습

정말이지 고된 가르침 뒤에야 마마가 될 수 있다오. 허나 결국 그대는 익숙해질 거요. 배고픈 것에 익숙해지고, 한밤중에만 먹는 것에도 익숙해지겠죠. 나이가 들어갈수록 더 익숙해지겠지요.

그래서 다 자라 어른이 되면 그들은 그대에게 포포로를 주지요. 구슬도 주고 점칠 때 쓸 그릇도 줄 거요. 구슬 등을 받게 되면서 그대는 배우게 되지요. 원로들한테 가르침을 받는 거요. 마마들로부터 지식을 얻는 거지요. 그대는 이제 홀로 일하고 점을 치고 사람들을 도울 수도 있소. 이 모든 것을 할 수가 있어요. 나도 원로들한테 배웠지요.

원로들은 나한테 도둑질하지 말고 다른 사람의 아내를 취하지 말라고 가르쳤소. 또 어떻게 행동하는 것이 적절한 행동인지도. 그들은 또 언젠가 '아우' 가 이곳에 와서 세계가 어떻게 되어 있는지 세계가 어떻게 시작되었는지 우리에게 물어볼 거라고 하셨소. 그 말을 듣고 나는 생각을 했

233

지요. '아니야. 그것은 불가능해. 왜 아우가 여기까지 올라와서 그런 걸 물어보겠어?' 그런데 그대가 이렇게 온 거요. 난 옛날 마마들이 그렇게 말한 것을 기억하고 있어요.

그러니 우린 여기에서—우리가 어떻게 춤춰야 할지 알고 있을 때—우리가 어떻게 춤춰야 하는지 모른다고는 말하지 않을 거요. 우리 어머니들은 우리가 어린아이일 때부터 춤추는 법을 가르치지요. 우리는 어떻게 춤을 추는지 알아요. 북춤과 피리 춤, 막대기 춤을 어떻게 추는지도 알고, 바다 조개껍데기의 춤도 알고 있지요. 그러니 우리가 춤추는 법을 모른다고 말하지 않을 거요. 우리는 춤추는 법을 알고 있소. 우리는 아무것도 잊어버리지 않았거든.

이해력이 가장 심오한 마마는 가장 단순하게 말을 한다. 진실하며 위대한 마마 몇몇이 이룬 일종의 기품을 코기 족 사회는 인식하고 있다. 여러 날 동안 낮이나 밤이나 한숨도 자지 않고 단식을 한 마마들은 마치 술에 취한 것처럼 보이기도 하고 무아경에 빠져 있는 것처럼 보이기도 한다. 그러나 특별한 몇몇 사람에게 있어선 그것이 곧 자연스러운 모습이기도 하다. 말하자면 이런 사람들은 인간 이해력의 한계를 뛰어넘은 사람들이다. 그들은 어린아이처럼 된다. 세계는 그들에게 항상 신선하게 다가온다. 그들은 자신들이 무지함을 알고 있다. 코기 족에게는 이런 사람이 가장 현명한 사람이다.

"모든 것이 아루나에 살아있습니까?" 내가 라몬에게 물었다.

"마마가 세상을 볼 때는 정신적인 세계를 보지요. 저 바위를 보면서 또한 정신적이며 영적 존재로서의 바위도 보는 겁니다. 저 강을 보지만 그는 또한 정신적 존재인 강도 보는 거요. 그것들은 같은 장소에 있는 게 아니에요." 라몬이 답답하지만 어쩔 수 없다는 표정으로 나를 보았다.

"'아우'도 아루나에서 일을 합니까?"

"아, 물론. 그 사람도 생각을 하고 무언가를 만들어내고 자기 생각도 가지고 있잖소. 그러나 이해는 못해요. 그래서 물건을 만들어도 잘못 만들지. 그대에게 정신을 보는 눈이 없다면 그대가 만든 사물은 잘못 만든 것으로 보이지 않겠지. 그러나 그 물건들은 잘못 만들어진 것이오. '아우'는 아루나에서 잘못된 방식으로 일하고 있소."

물질 세계의 형상과 특성, 그것의 탄생과 성장, 쇠락의 과정은 아루나의 세계에서 이루어지는 복잡한 질서에 의존한다. 그리고 인간이 하는 일은 그러한 질서를 조화롭게 유지시키는 것이다. 어떤 순간에는, 마마들이 삶을 어떻게 살아야 하는지를 말해 주는 초자연적 존재들, 윤리적 신들('어머니', 세란쿠아)을 이야기하고 있는 것처럼 보인다. 그런데 다른 순간, 그들이 "나는 비를 부르는 법을 안다네"라고 이야기할 때는 그들이 마치 주문을 통해 일하고 있는 것처럼 보인다. 사실상 마마들은 신에게 공손히 복종하지도 않고 신을 조종하기 위해 주문을 쓰지도 않는다. 그들은 모든 생명의 근원인 정신의 바다와 상호 작용하면서 아루나에서 일한다. 마마들은 스스로에 대해, 자신들의 명령대로 자연이 움직이도록 하는 마법사라고 여기지도 않고, 또 자신들을 하나 혹은 여러 신의 중재자나 탄원자 역할을 하는 성직자로 여기지도 않는다. 그들은 자기들이 받은 가르침 그대로 물질 세계로부터 초연해져 있다. 또 그래야만 명확한 이해력을 가지고 아루나에서 일을 할 수 있다고 믿는다.

나는, 코기 족이 아루나를 이해하는 방식을 살피게 되면 그들과 다른 초기 아메리카 대륙 사람들의 믿음 체계를 더 잘 이해할 수 있을 거라고 생각한다. 북미 전역을 통틀어 알라스카의 트링기트Tlingit 족에서 플로리다의 칼루사Calusa 족에 이르기까지 인간, 식물 그리고 동물이 정신적·영적 생명을 공유하고 있다는 일반적인 믿음이 퍼져 있었다. 똑같은 사고 방식이 분명 남미의 고도 문명 사회와 숲 속 인디언 사회에도 존재하고 있었다. 이러한 사고 방식 아래서는 대지가 다치거나 상처받을 수 있는 살아있는 존재로 묘사되곤 한다. 각각의 사회들은 정신적인 세계에서 일을 할 때 서로 다른 방식을 이용했다. 어떤 사회는 환각제를 사용하기도 하고, 어떤 사회는 제물을 바쳐 신탁을 얻기도 하며, 어떤 사회는 다른 생명체의 형질에 동화되기도 한다. 그러나 춤에 대해서는 어떤 사회를 막론하고 특별하게 여기는 것 같다.

코기 족의 뚜렷한 특징은 물질 세계와 정신 세계 사이의 출입구로서 마음과 정신과 의식을 중요시한다는 점이다. 아루나에서 일하기 위해, 마마가 약물을 섭취하거나 새 복장을 하거나 동물을 제물로 바치거나 같은 단어를 계속 중얼거리는 등의 일은 하지 않는다. 대신 그는 집중한다.

물론 16세기 기독교는 이러한 종류의 믿음을 범주화하는 데 아무 어려움도 느끼지 않았다. 그 당시 유럽에서 기독교는 이교도들이 갖고 있는 믿음의 가치를 간단히 전도시켰고, 그렇게 이교도들에 맞섰다. 이교도들의 신은 악마들이었다. 타이로나에서 스페인 사람들은 야성의 자연 상태에서 악마를 숭배하는 한 사회를 목격했다. 그리고 타이로나 사람들이 스페인 사람들에게서 본 것은 비상한 힘이 깃든 기이한 무기를 가진 야만인이었다.

정복자들

스페인 국왕은 카리브 해 연안에 살고 있는 인디언들을 노예로 삼아도 좋다고 이미 승인해 놓고 있었다. 인디언들이 야만인이고 불완전한 인간이라는 것이 그 근거였다. 그들은 "터키 인들과 같은 야만인은 아니지만" "진정한 인간"으로 독립적인 삶을 살아갈 수 없었다. 인디언을 그렇

236

게 보는 증거는 다음과 같았다.

그들은 옷을 입지 않고 다니면서도 부끄러움을 못 느낀다. 그들은 백치
와 같고 미쳐 있으며 이성이 결여되어 있다.…… 그들은 변덕스럽다. 그
들은 충고를 해줘도 소용없다. 그들은 은혜를 모르고 그저 신기한 것만
좋아하는 자들이다. 그들은 술주정꾼을 숭앙하고 여러 가지 과일과 뿌리,
곡물로 만든 술을 마신다. 그들은 술에 취해 담배를 피운다.…… 그들은
야만적이고…… 불충스럽고 잔인하고 복수심이 강하다.…… 그들은 게
으름뱅이에다 도둑이고 거짓말쟁이고 판단력이 흐리며…… 무당에다 사
기꾼, 마법사다.

이런 비난이 아주 인상적이라고는 할 수 없다. 실제로 이런 논거 위에
서 전 유럽이 행한 노예화가 정당화되었을 테니까. 그러나 이곳에서는
좀더 억지스러운 이유가 동원되었다.

그들은 산토끼처럼 겁이 많고, 돼지처럼 더러우며, 벼룩과 거미, 날굼
벵이를 먹는 자들이다.…… 그들은 예술도 모르고 예절도 모른다.……
그들은 수염도 없는데, 만약 누가 수염을 기르면 뽑아버린다.[10]

1514년 최초로 이곳에 상륙한 스페인 사람들은 맨 처음 강탈한 해변
을 따라서 내륙 쪽으로 약탈해 들어갔다. 그러나 그들이 발견한 것은 텅
빈 마을들뿐이었다. 인디언들이 서둘러 달아난 곳에서 스페인 군인들은
해먹과 옷, "심지어는 옷 사이에 숨겨져 있던 금 세공품 조각을 발견했

---

10) Herrera, V, 32.

다." 후에 군인들은 공격을 당했다.

수많은 나무들이 장식용으로 양옆에 줄지어 서 있는 넓고 아름다운 길을 따라 올라가니 거대한 소라를 불면서 천 명이 넘는 인디언들이 소리치며 활을 쏘았다.…… 그들은 머리를 장식하고 온몸에 황토색 칠을 한 채 대대 형태를 이루며 일제히 다가왔다.[11]

다빌라는 "사격하라! 진격하라! 수색견을 풀어라!" 하면서 다각도의 응전을 명령했다. 그 결과는 혼란만 가중시켰다. 총알은 빗나갔고, 개들은 서로 물어뜯었으며, 그러는 사이 인디언들은 사라져버렸다. 그들을 쫓아가 보았으나 버려진 마을만 더 발견했을 뿐이다. 그러나 그들은 배로 돌아가기 전 7천 페소 어치의 황금을 주웠다.

일 년 뒤인 1525년에는 돈 로드리고 데 바스티다스Don Rodrigo de Bastidas가 카리브 지역을 평정하고 이 위대한 모험에 동참할 50여 가족을 데리고 와서 산타 마르타에 도시를 건설하기 시작했다.

시에라에는 많은 '잃어버린 도시'들이 있다. 기록에는 150개 이상의 마을과 도시가 있었다고 되어 있다. 이로타마Irotama와 가이라카Gairaca와 같은 곳은 지금도 그 이름이 그대로 쓰이고 있다. 그러나 바스티다스가 발견한 '타이보Taybo' 같은 도시는 지도와 백인의 기억에서 사라져버렸다.

타이보에는 많은 황금이 있었던 것으로 보인다. 총독은 무거운 형벌을 과하겠다고 협박하면서, 기독교인들에게 인디언들로부터 황금을 빼앗지

---

11) Oviedo, VII, 121~134.

말라고 명령했다. 왜냐하면 그는 처음부터 그 땅에 평화를 정착시키고 싶다고 말했기 때문이다. 기독교인들은 그럴 때 비로소 그들에게 이익이 된다는 사실을 이해해야 했다. 그러나 군인들은 다른 생각을 가지고 있었고, 이런 규제에 반항하기 시작했다.……[12]

마마 발렌시아는 푸에블리토 사람들을 일컬으면서 타이코Tayco라고 했다. 그는 한 번도 스페인 사람들의 기록을 읽거나 들어본 적이 없었다. 그러나 기억하는 것은 그의 임무였다.

마마 발렌시아는 푸에블리토의 계단에 앉아 그것을 기억해 냈다. 그는 처음 정착한 사람들을 기억했고, 인디언들이 그들을 받아들인 것을 기억했다.

오래 전 '아우'와 '형님'은 아루나에서 서로 의사 소통을 했소. 잘했지요. 평화로웠고 아무런 문제도 없었어요. 잘 살았다오. '아우'와 '형님' 사이에 아무 문제도 없었다오. 전혀 문제가 없었지요. 그런데 언제부턴가 싸움이 일어났소. 크리스토퍼 콜럼버스가 '형님'을 죽이기 시작했지요. 토착민들은 줄곧 여기에서 살아왔어요. 여기 모든 곳에 살고 있었지요. 보고타에도, 쿠카투Cukatoo에도, 그리고 다른 장소에도, 다른 장소에도, 그리고 또 다른 장소에도 살고 있었다오. '형님'은 모든 장소에 살고 있었어. 그러나 그때 '아우'가 와서 우리에게 전쟁을 벌인 거요. 우린 두려움에 떨면서 달아났어요. 높은 산으로 올라갔지요. 두려웠소. 그래서 달아난 거요. 도망을 친 거지요. 달아나면서 우리 것이었던 모든 걸 남겨두어야 했어요. 여기엔 토착민들이 살았다오. 그들은 그들 자신의 모자, 허리

---

12) Oviedo, VI, 106.

띠, 옷을 가지고 그들 방식대로 살았어요. 그러다 모든 것을 뒤에 두고 달아난 거요. 그들은 개를 풀어 우리를 이곳에서 쫓아냈소. 사냥개들이 짖었고, 우리는 달아났다오. 어떤 사람은 쓰러졌고, 어떤 사람은 죽임을 당했지요. 군인들이 뒤에서 우리를 쫓아왔소. 정복자들, 정복자의 군인들이 우리 뒤에 있었어요. 좋은 것은 죄다 남겨두었는데, 그들은 그걸 가지고 가서 어딘가에 숨겨버렸어요. 마침내 '형님'이 달아나기를 멈추고 황금 세공품이나 뭐 다른 것, 가방 같은 것을 찾았지만, 그것들은 거기에 없었어요. 그들은 넘어지고 쓰러졌지요. 모든 것이 사라졌다오. 모든 것이.

물론 백인들이 이곳에 정착한 유일한 목적은 인디언들의 부를 가로채기 위한 것이었다. 그러나 바스티다스와 그의 계승자들은 약탈보다는 공식적으로 공물을 바치게끔 강요하는—물론 무력을 등에 업고서—방식으로 그들의 부를 취하고자 했다.

그러나 이는 쉽지 않았다. 바스티다스는 부하들의 약탈을 막으려다 부하들에게 그 자리에서 살해당하고 말았다. 그러나 산타 마르타 주변의 '에코노미엔다스economiendas'라는 거대한 사유지를 기반으로 안정적인 시스템이 서서히 자리 잡아갔다. 이러한 사유지에서 인디언들이 일을 하며 스페인 정복자에게 식량을 공급하는 시스템이 형성되었다.

인디언들은 여기에 순순히 적응하지만은 않았다. 산발적인 전쟁이 시작되었다. 처음엔 스페인 정복자들의 토벌대가 패했다. 그러나 1530년과 1536년 사이, 수많은 타이로나 마을이 불에 타고 인디언 경제는 파탄에 이르렀다. 오직 시에라가 무정부적 분열 상태로 가는 것을 막고 안정을 유지하려는 마마들의 노력에 의해 겨우 지탱되는 정도였다. 마마들의 그런 노력으로 연안 도시들이 기능을 계속하고 있다는 것을 스페인 정복자들이 알아차리기 시작했다. 예를 들어, 1558년에,

만하레스Manjarrés 대령의 폭정으로 억압과 괴롭힘을 당하던 둘시노, 시에나가, 가이라 등의 토착민 마을은 과도한 세금과 공물을 지불할 능력이 전혀 없었다. 그래서 그들은 그곳을 떠나 시에라로 갔다. 시에라에 살고 있던 인디언들은 그들에게 부과된 세금과 공물을 바칠 수 있도록 금을 주었다. 금을 받은 뒤 그들은 다시 집으로 돌아왔다. 왜냐하면 자기들이 그곳을 떠나버리면 가이라, 시에나가와 둘시노에서 생산되는 소금과 생선에 의존해 살아가는 시에라의 인디언에게 그것들을 공급할 수 없기 때문이었다.[13]

16세기 한 세기 내내 시에라의 세계는 계속 황폐해져 갔다. 성장 일변

---

13) Juan de Espeleta, *Accusation presented against Captain Luis de Manjarrés*, MS 1558, National Historical Archive, Bogota, Caciques e Indios T. XXXI fol. 568 v.

도의 스페인 정착촌에서 온 개별적인 원정대들은 산발적이지만 결연한 저항에 부딪쳤다. 잠깐의 평화가 있었지만, 후에 더 많은 싸움이 벌어졌다. 스페인 사람들이 기독교를 전파시키려 하는 순간 둘 사이의 협력은 끝이 나버렸다. 예를 들어, 한 스페인 사령관이 포시구에이카Pocigueica로 군대를 데려오자 타이로나 사람들은 그들을 도와 집도 짓고 음식도 가져다주었다. 그러나 기독교로의 개종과 스페인 국왕에 대한 복종을 요구하기 시작하자, 인디언들은 즉시 자신들은 노예가 될 의사가 없으며 스스로를 방어할 것이라고 선언했다. 힘겨운 전투 끝에 마을 밖으로 빠져나온 스페인 군인들은 사로잡은 인디언 한 명을 말뚝에 꿰어 경고조로 포시구에이카 입구에 매달았다. 인디언들은 공격을 했고, 스페인 사람들은 도망을 쳤다. 인디언들 역시 총독의 조카를 붙잡아 똑같은 말뚝에 꿰어 매달았다.

당연하게도, 인디언들의 독화살은 무장한 스페인 군인들을 감당하기에 역부족이었다. 서서히, 그리고 꾸준히 '형님'의 세계는 몰락해 갔다.

그럼에도 불구하고 시에라네바다의 문명은 75년 동안 계속해서 기능을 했다. 스페인 사람들은 산 아래쪽으로 식민지를 넓혀나갔다. 잉카와 아스텍이 붕괴되었지만 이 산을 중심으로 긴밀하게 엮여 있던 통합성은 사라지지 않고 있었다. 그런데 결국 이것이 무너지는 계기가 찾아왔다. 약탈에 의해서가 아니라 '성전聖戰'에 의해서였다.

스페인 사람들은 남성과 여성의 관계에 대한 인디언들의 태도를 그대로 두고 볼 수가 없었다. 그것은 자신들의 방식과 근본적으로 달랐고, 마치 금기를 파괴하는 것으로 보였다. 인디언의 사회에서는 남자들이 여자들을 지배하지 않았다.

학살

스페인에서 온 정복자들은 성적으로 매우 억압되어 있었다. 그들은 온갖 부류의 남성 사회 ─ 곧 함선, 군대, 교회 ─ 에 둘러싸여 있었다. 더욱이 그들은 도덕적인 순결을 위해서는 전 국민이 성전에 나서는 그런 나라에서 온 사람들이었다. 카스티야Castile의 성인 인구 중 4분의 1은 1570년까지 수도회에 속해 있었으며, 그들의 성적 행동은 종교 재판소의 감독을 받도록 되어 있었다. 반反 종교 개혁의 분위기 아래서 육체는 혐오의 대상으로 가르쳐졌고, 인간의 몸은 항상 가려져 있어야 했다. 귀족층의 여성은 마치 미끄러지듯 걸어가는 것처럼 보이기 위해 종종걸음으로 걷는 법을 배워야 했다. 다리를 가지고 있는 걸 보여서는 안 되었다.

단 하나의 성만이 강조되는 사회에서 오랫동안 살아온 스페인 사람들에게, 육체에 대한 유혹은 동성애로 발전할 가능성이 아주 높았다. 따라서 동성애는 죄악 중에서도 가장 두려운 것이었다. 그들에게는, 엄격한 통제도 도덕성도 없는 인디언 사회에서 남자들이 자연스레 서로의 육체를 탐하게 되리라는 게 너무도 자명해 보였다. 그러므로 그들에게는 콧수염, 턱수염 기르는 것을 포함해 남자다운 덕목을 강조하는 것이 매우 중요했다. 여자들은 마치 이런 사내들로부터 끊임없이 위협을 당하기라도 하는 듯이 조신하게 행동해야 했고, 겸손하고 복종적인 태도를 보이도록 은근히 강요받았다. 마드리드에서는 자기 아내가 대중 앞에서 발끝을 살짝 드러내 보이는 '음란한' 행동을 했다 하여 남편이 칼로 찔러 죽인 경우도 있었다.

길들여지지 않은 야만 상태의 이 신세계에서 그들은 육체적 혐오를 일으킬 만한 온갖 관습을 찾아내려 했다. 유럽인들은 신세계의 사람들이, 몸통에 눈이며 입 등이 달린 '블레미에Blemmyae' 라는 머리 없는 사람이

나 단 하나뿐인 거대한 발로 햇빛을 가리곤 하는 '모노콜리Monocoli' 와
같은 모습일 거라고 생각했다. 그러나 그들은 이를 입증할 만한 증거를
찾을 수 없었다. 그런 상황에서 도덕적 혐오감을 일으킬 만한 것이 있다
면 그것은 가장 그럴듯한 증거가 될 터였다. 정복 초기엔 식인종이 카리
브 해 전역에서 발견되었다고 보고되었다. 그러나 그 두려움은 식인 축
제를 봤다는 목격자가 단 한 명도 나타나지 않으면서 차차 엷어져갔다.
하지만 한 가지 공포가 남아 있었다. 그 한 가지는 가장 손쉽게 관찰될
수 있는 것이었는데 바로 성적인 방탕함이었다.

인디언들에겐 스페인 사람들 같은 육체에 대한 공포감이 전혀 없었다.
스페인 사람들이 생각하기에, 신세계의 남자들은 동성애에 빠져 있는 것
이 틀림없었다. 한눈에 보아도 증거는 충분했다. 먼저, 몸에 털이 부족했
다. 수염을 기르지 않은 남자는 꼭 여자 같았다. 게다가 그들은 여자들에
게 순종적인 모습을 보이는 때도 있었다. 물론 지금도 코기 족은 마찬가
지다.

처음에 '어머니' 께서 남자에게 충고를 하셨지요. 남자들을 가르치신
거지요. 여자들이 우리에게 말할 때 우리가 여자들의 발을 바라봐야만
하는 이유가 바로 여기에 있어요. 우리는 '어머니' 의 얼굴을 바라봐서는
안 돼요.

스페인 사람들은 인디언들의 사회 규제 방식을 전혀 이해하지 못했다.
카스티야에서는 성적 행동이 이들과는 매우 다른 방식으로 이루어졌다.
예를 들어 코기 족에게는 성적인 입문식이 성인이 되는 통과 의례에 있
어 중요한 부분이다. 코기 족이 보기에는 사정射精, 정액 그리고 월경혈
을 정확히 맞추고 적절히 통제하는 것이야말로 생명 —인간의 생명뿐만

아니라 모든 생명—을 조절하는 데 필수불가결한 부분이다. 아루나가 곧 생성의 힘인 만큼 성적인 방사는 물질 세계와 정신 세계 사이의 상호 작용으로 이해될 필요가 있다.

스페인 사람들에겐 이 모든 것이 방탕하게만 보였다. 신세계를 묘사한 방대한 기록에서 오비에도Oviedo는 여성과 남성 모두 '망측한 남색男色 행위'를 일상적으로 했다고 힘주어 적고 있다.[14] 발보아Balboa는 이런 인디언들을 처벌하기 위해 40명이나 되는 사람을 개들에게 던져 개밥이 되게 했다.[15] 프레이 페드로 시몬Fray Pedro Simón은 타이로나 사람들이 "이런 악에 깊이 젖어 있었던 까닭에 사원마다 무시무시하고 혐오스러운 상을 천 개씩이나 채워 넣어 더욱 큰 자극을 추구했다"고 확신했다.[16] 동성애는 아메리카 대륙의 스페인 정복자에게 결코 떨쳐버릴 수 없는 공포였다. 그것은 마음속의 공포요 자신들의 본성에 대한 두려움이었다. 바로 그런 이유로 그들은 인디언 사이에서 동성애를 근절시키기 시작했다.

코기 족은 옛날에도 그랬지만 오늘날에도 여전히 동성애를 비자연적인 것이라고 생각하지 않는다. 단지 좀 드문 것으로 볼 뿐이다. 언젠가 라몬과 식사를 하던 중 남성성과 여성성 사이의 균형이라는 것이 무슨 의미인지 이야기하다가 그 주제가 튀어나왔다. 예를 들어, 레즈비언(여성 동성애자) 가장도 있을 수 있을까 하는.

"그렇소. 있을 수 있소." 라몬은 남편과 아내로서 살고 싶어한 두 여성의 이야기를 알고 있었다. 그들은 그 문제를 마마와 상의했다. 마마는 그것이 그들이 결정한 삶의 방식이며 또 그렇게 살 수밖에 없다면 동의한

---

14) Oviedo, VI, 140.

15) 아메리카 토착민들 사이의 비자연스러운 행동과 관련하여 유럽 사람들의 생각을 더 살펴보고자 한다면 Peter Mason, *Deconstructing America* (London, 1990)를 참조하라.

16) Simón, IV, 356.

다고 했다. 선조들 중에서도 그런 방식으로 함께 산 두 여성의 이야기가 전해 오고 있다. 이야기에서는, 두 여성 사이의 성 관계가 다른 성과의 성 관계보다 훨씬 나았다고 한다. 라몬은 남성간의 동성애가 간혹 사람들의 반대에 부딪치기도 했으나 그것은 동성애가 좀 이상하다는 정도였으며, 그 자신은 한 번도 해보지 않았다고 했다.

물론 코기 족 사회는 타이로나 사회와 같지 않다. 코기 족 사회에서는 성적인 행동을 통제하고 있으며 성적인 문란함은 심각한 범죄이다. 타이로나는 이보다는 덜 엄격했을지 모르지만, 동성애가 널리 퍼져 있음을 목격했다는 일부 스페인 사람들의 주장은 별로 근거가 없어 보인다. 그러나 그들은 16세기 말엽 산타 마르타의 새 총독으로 부임한 후안 구이랄 벨론Juan Guiral Velón에게 깊이 영향을 미친 것 같다. 스페인 사람들에게 야만인 사회는 당연히 도덕적으로 문란한 상태이며, 그 중에서도 가장 문란한 것이 혐오감을 주는 성적 행동이었다. 사람들은 새 스페인 총독이 자신의 영지에 도덕적인 질서를 부여할 거라고 기대했다. 그러나 육체를 억압하는 온갖 망령은 누구보다도 벨론에게서 가장 격하게 표출되고 있었다. 1599년, 총독은 시에라의 북쪽 기슭에 있는 헤리보카Jeriboca 마을에 토착민 지도자들을 불러 모았다. 그 자리에서 그는 토착민의 '사악한 죄악'을 중지시키겠다고 선포했다.

총독의 말이 무슨 뜻인지 토착민 지도자들이 제대로 이해했는지는 명확하지 않다. 그러나 그들은 총독의 이야기가 함축하는 바가 무엇인지는 완전히 이해했다. 스페인 사람들과 토착민 사이의 거북하고 불편한 공존은 막을 내리게 되었다. '아우'는 '어머니'의 법칙이 지배하는 자리에 자신의 법을 들이밀면서 이제 '형님'을 멸망시키려 하고 있었다. 선교사들은 각 마을에 교회를 세우고 십자가를 꽂았다. 그리고 누후에, 즉 세상의 집은 악마의 집이라고 가르치기 시작했다. 이제 작물을 어떻게 키우는지 모르고 비를 어떻게 내리게 하는지 모르는 무식한 사람들, 바로 선교사들의 법칙이 힘으로 강요될 게 뻔했다. '세계의 심장'은 위협받고 있었다. 그들로부터 지켜야 했다.

이야기는 헤리보카에서부터 시작되었다. 이제 타이로나의 강력함을 보여주어야 할 시기가 된 것이다. 스페인 사람들은 수많은 공동체가 자신들에게 적대적이라고 기록하고 있다. 마신가, 마신쿨랴, 자카, 마마자카, 로타마, 멘디구아카, 타이라마, 부리타카, 타이로나, 마로마, 구아차카, 초네아, 나후안헤, 신토, 가이라카, 마마토코, 시에나가, 둘시노, 두라마, 오리구아, 디보카카, 다오나, 마사카, 첸구에, 사카사, 다오다마, 구아리네아, 코민카, 초켄카, 마산가, 그리고 마우라카타카. 이 밖에도 많았다. 그들은 수천의 전사들을 모집했고 합동 전략을 짰다.

전쟁을 치르려면 잉여 식량이 충분해야 했다. 시에라 전역에 여분의 씨앗들이 뿌려졌다. 마마들은 점과 춤으로 '어머니'에게 자문을 구했으며, 그 자체로 이미 세계의 부조화가 되는 이 곡식들이 잘 자랄 수 있도록 아루나에서 일했다.

산타 마르타는 폐쇄되었고, 이곳을 파멸시키기 위한 계획이 준비되었다. 그러나 공격이 시작되기 전에 이미 산타 마르타는 경고를 받고 있었다. 토마스 데 모랄레스Tomás de Morales라는 선교사가 마신가의 중앙 광장에 십자가를 세워놓았었다. 그런데 그가 다시 마을에 돌아왔을 때 십자가는 사라지고 없었다. 인디언들은 자신들이 십자가를 없앴다고 했다. 선교사는 또 '악마의 집'이 활과 화살로 가득한 광경도 목격했다. 그런가 하면 한 선교사는 헤리보카에서 공격이 감행될 예정이라는 소식을 직접 듣기도 했다. 이 소식들은 모두 스페인 군대로 흘러 들어갔다.

반란은 계획된 날짜인 7월 29일에 시에라 전역에서 일어났다. 약 40명의 스페인 군인이 죽임을 당했고, 인디언 마을에 세워진 교회들은 불타

코기 족은 가축이 없으면 살아갈 수 없다. 가축은 스페인 정복자들이 물려준 유산이다. 아메리카 대륙에 칠면조를 가져온 이들은 스페인 정복자였다.

없어졌다. 산타 마르타에는 불화살이 빗발치듯 날아들었다. 그러나 산타 마르타는 이미 공격을 기다리고 있었다. 스페인 사람들이 제해권을 쥔 이후로 (적어도 해적들이 없을 때) 그들은 언제든지 본국으로부터 병력을 요청할 수 있었다. 덕분에 반란의 날이 닥치기 전 이미 출동 태세를 끝낸 스페인 군대가 콜롬비아에 주둔하고 있었다. 원병은 즉시 급파되었다.

증원 부대가 산타 마르타에 모여드는 데는 7주가 걸렸다. 인디언들이 그들을 막을 수 있는 방법은 없었다. 인디언들은 길에 함정을 파 독 묻은 막대기를 꽂아놓고 스페인 군대의 진군을 막으려 했다. 그러나 갑옷에 화기까지 갖춘 스페인 군인 200명은 독화살로 무장한 인디언 전사 2천 명보다 훨씬 강했다.

스페인 군대의 진군은 무자비했다. 그들은 연안을 따라 천천히 움직이면서 본다Bonda 인근의 한 마을에 도착할 때까지 닥치는 대로 불을 지르고 파괴를 자행했다. 이들 군대가 본다를 완전히 장악하는 데는 열 하루가 걸렸다. 그 열 하루는 모두 피로 물든 날들이었다. 그 사이 거의 모든 토착민 지도자가 붙잡히고, 금붙이를 달고 있던 그들의 귀와 코, 입술은 잘려져 나갔다. 시에라로 도망쳤던, 전 토착민 전사들의 지휘관 쿠챠시크Cuchacique도 결국 붙잡혔다.

스페인 군대는 석 달 동안 계속해서 마을들을 점령하고 집과 곡물을 불태우거나 약탈하고 사람을 죽였다. 인디언 지도자들과 그들의 가족은 모두 감옥에 처넣어졌다. 인디언 지도자들은 후안 구이랄 벨론 총독에 의해 판결을 받고 사형에 처해졌다. 쿠챠시크는 말 두 마리에 매달려 사지가 찢기는 형벌을 당했다. 그의 몸뚱이와 머리는 많은 사람이 볼 수 있도록 길거리에 내걸렸다. 그리고 난 뒤에야 드디어 사태의 실질적인 부분이 시작되었다.

만약 누구라도 사악하고 부자연스런 남색의 죄를 범하는 것이 발견되면, 그 사람은 내가 정한 장소에서 선고를 받고 관례대로 단두대로 보내질 것이다. 그런 뒤 산 채로 불태워져 마침내는 재밖에 남지 않게 되리니 아무도 그를 추도할 수 없을 것이다. 이런 형벌이 이 죄를 범하는 모든 인디언에게 적용된다는 점을 잘 알아야 한다. 죄를 지으면 본인은 유죄 판결을 받을 것이고, 집은 파괴되고 불태워질 것이다. 치안 판사의 허가 없이는 어떤 사람도 그곳에 다시 돌아가 집을 지어서도 안 되고 살아서도 안 된다.

이제부터 인디언들은 계곡의 드러난 지역 등 정해진 장소에서만 살 수 있었다. 시에라 네바다로 돌아가는 것은 금지되며 어길 시 죽음을 각오해야 했다. 인디언의 모든 마을에는 정복자들이 들어가 원하는 대로 약탈이 자행되었다. 그리고 "살기를 원하는 인디언들"은 "평화"를 위해 1,500파운드에 달하는 황금을 지불해야 한다는 선고가 내려졌다.

> 콜럼버스가 왔을 때
> 그들은 우리의 것을 가져가버렸다네.
> 우리의 황금을 빼앗아갔다네.
> 우리의 신성한 황금을 모두 가져가버렸다네.
> 사냥개를 풀어 우리를 쫓으니 도망쳐야만 했다네.
> 공포에 떨면서 우리는 도망을 쳤다네.
> 모든 것을 뒤에 남겨두고 도망을 쳤다네.
> 개를 풀어 우리를 쫓을 때, 우리는 신성한 황금 조각들을 숨겨놓았다네.
> 우리는 그것들을 잃어버렸다네.
> 그들은 우리의 영혼을 빼앗아가고

모든 것을 앗아가버렸다네.

인간 사냥개는 군대에서 직위도 갖고 봉급도 받을 수 있었다. 그러나 그것은 아무런 비용도 들지 않는 그럴싸한 제스처일 뿐이었다. 한편 군인들은 급여를 받은 적이 거의 없었다. 코기 족에게는 사냥개 군인들이 가장 끔찍하고 떠올리기 싫은 기억이 되었다.

콜럼버스가 들어와서는 사냥개를 풀어 우리를 뒤쫓게 했소. 우리는 달아나야 했지요. 신성한 모든 것을 그대로 두고 말이요. 그러자 그들이 그것들을 가져가버렸어요. 그러고는 사냥개를 풀어 우리를 뒤쫓은 거요. 모든 것을 가져가버렸다오. 모든 것을.

모든 것을.

그런 것들을 훔치려고 사냥개를 풀어 우리를 쫓게 한 거요. 사냥개들 때문에 우린 다 잃어버렸소. 그것들을 가져가려고 개를 풀어 우리를 쫓게 했어요. 개들이 우리를 공격하니까 우리는 도망을 친 거요. 두려웠소. 그래서 모든 걸 버리고 떠난 겁니다.

그 일이 있기 전에는 누구나 다 춤추는 법을 알았지요. 누구나. 누구 하나 모르는 사람이 없었소. 인디언이라면 누구나 어떻게 춤을 추는지 알았소.

코기 족 생존자들

발각되지 않았거나 천신만고 끝에 겨우 살아남은 생존자들, 최하층 사람들은 밀림으로 달아나서 산으로 올라갔다. 그들은 불꽃의 파수꾼인 마마들에게 갔다. 코기 족의 기억에 남아 있는 것은 시에라의 전 부족에서 온 엄청난 수의 피난민이었다. 그들은 식량과 도움이 절박한 상황이었지만, 이들에게 줄 수 있는 것은 태부족이었다.

수천 명이 굶주림으로 죽어갔다. 유럽인에게서 옮겨온 질병 때문에 죽은 사람도 많았다. 이런 질병으로 인해 토착 인구의 80퍼센트에서 90퍼센트가 숨졌다. 물론 생존자도 있었다. 나는 나이 든 사람들로부터 그 이야기를 수도 없이 들었다. 한 사람은 이야기를 하고 다른 한 사람은 이야기가 한 토막씩 끝날 때마다 추임새를 넣었다. 그들은 포포로를 계속 달각거리면서 누후에의 어둡고 두터운 연기 속에 이야기를 쏟아냈다.

콜럼버스가 와서 우리의 신성한 것들을 모두 가져가버렸소. 그들은 오늘날에도 그 짓을 계속하고 있지요. 콜럼버스의 사람들은 여기까지 올라와 도적질을 했다오. 그들이 왔을 때 우리는 도망을 치고 달아났소. 우리는 두려웠어요. 그게 바로 우리가 이 높은 곳에 살고 있는 이유요. 당연히 그렇지 않겠소? 그들이 모든 걸 훔쳐간 게 사실 아니오?

추임새가 뒤따랐다. "그렇지. 그게 그렇게 된 거야."

콜럼버스가 왔을 때 우리는 달아나 여기까지 올라온 거라오. 그들도 여기까지 우리를 쫓아왔지. 쫓아왔어요. 그래서 우리는 여기까지 올라와야 했던 거요. 살아남은 네 부족의 인디언들만이 여기로 올라온 거지요.

마마들이 말해요. "나는 황금도 없이 머무르게 되었다네.
나는 아무것도 가진 것 없이 남겨졌다네.
그러나 나는 여전히 귀하고 강하며 심오한 사상을 가지고 있다네.
시스템.

코기 족의 집. 문 옆에는 대부분 코카 나무들이 자라고 있다.

우리, 이 관습을 지켜나가세.

전통을 지키세.

우리가 그것을 지키기를.

우리는 '어머니' 대지를 공경한다네."

이곳에서 마마들은 살아남기 위해 각 사회를 마침내 하나로 통합해 냈다. 세계를 지탱하는 그들의 일이 그침 없이 계속되어야 했다. 항복은 상상도 할 수 없는 일이었다. 항복은 사실상 모든 것의 종말을 의미했을 것이다. 스페인 사람들이 산 아래 모든 것을 파괴하기는 했지만 산까지 식민지로 만들지는 못했다. 그곳은 그들로서는 뚫고 들어갈 수 없는 곳이었다.

겨우 네 부족만이 살아남았다.(그들 중 하나는 그후 멸망했다.) 개별 도시를 통치하던 카시크들, 즉 위대한 족장들은 더 이상 존재할 수 없었다. 다양한 형태의 농업과 수공업을 각기 다른 사람들이 수행하던 방식의 전문화된 구조는 다시는 복원되지 않았다. 각 가정이 최소한의 것으로 연명해 나아가는 자급 사회가 되지 않으면 안 되었다.

마마들은 소박함과 물질적 평등에 기반한 새로운 사회 질서를 만들어 나아갔다. 각 가정은 별도의 지역에 경작지를 두어야 했다. 과거에 시에라를 지탱시켰던 대규모의 생산품 교환은 더 이상 이뤄질 수 없었다. 그러나 아루나에서만큼은 변함없이 교환이 이루어졌다. 마마들은 여전히 시에라의 이 마을 저 마을을 다니면서 봉헌 의식을 주재했고 증표들을 날랐다. 정신 세계를 통해 세상을 조정하고 규제하는 일은 계속되었다. 시에라의 물질 생활은 황폐해졌지만 형이상학적 삶만큼은 손상 없이 지속되었다. 대중이 할 일이란 이제 마마들에 의해서 지탱되는 형이상학적 삶을 계속해 나아가는 것이었다.

코기 족이 언제부터 땅을 사적으로 소유하게 되었는지는 명확하지 않다. 그들 이야기에 따르면 이것은 '아우'가 억지로 가르친 것이었다. 소유 개념이 생기면서, 불가피하게도, 부유한 코기와 가난한 코기 사이에 차이가 생겨났다. 어떤 코기는 아주 부유해져서 가축 수백 마리를 가지고 있다. 반면 어떤 코기는 매우 가난하다. 한 예로, 이혼녀의 사생아인 페드로는 가난하게 자라 아무 상속도 받지 못했다. 그러나 부유하든 가난하든 모든 코기 족은 똑같이 생긴 집에서 몇 안 되는 엇비슷한 가정용품을 가지고 살고 있다. 또 코기 족은 하나같이 삶의 모든 부분에서 마마들의 권위에 복종한다. 그럼으로써 인간과 자연의 조화를 유지하고자 한다. 그들이 믿기에, 그렇게 하지 않으면 가난한 자건 부자건 모두 멸망하게 된다.

코기 족에게는, 세상이 끝나는 그날 어떤 일이 일어날지 명확하지 않은 적이 없다. '아우'가 자신이 태어난 '세계의 심장'을 다시 점령하는 바로 그때, 사람들은 마지막 파괴의 신호인 '최후의 나팔 소리'를 듣게 될 것이다. 콜럼버스가 자신의 마지막 목표를 달성하는 그 순간에 마마들은 죽을 것이고 세상은 혼돈에 빠질 것이다. 산꼭대기의 눈이 녹을 것이며 물이 완전히 마를 것이다. 자연은 균형을 잃어버리고 말 것이다.

19세기가 되자, 선교사와 소작농이 시에라 북쪽 언저리에 나타나 일을 하기 시작했다. 1875년, 산 안토니오에 콜롬비아 정부의 기관과 학교가 들어섰다. 짐작이긴 하지만, 일반 사람들은 코기 족이 거의 다 사라지고 없을 거라고 생각했다. 그러나 정부 관리나 소작농들이 시에라 북쪽의 더 높고 신성한 지역에 발을 들여놓았다는 기록은 없다.

'세계의 심장'이 심각하게 위협을 받은 것은 오로지 오늘날에 와서이다. 그것은 침략에 의한 위협이 아니다. 산 아래에서 벌어지고 있는 일들의 직간접 영향에 의한 것이다. 우리 사회는 그들에게 더욱 심각한 압력을 가하고 있다. 그들은 바다로부터 완전히 단절되었다. 동시에 우리는 세상을 덥게 만들고 있다. 나무를 자르고 대지의 광물을 파냄으로써 세상을 덥게 만들고 있는 것이다.

이런 사태 때문에 우리에게 경고를 해야 하는 것이다. 이것이 그들이 텔레비전을 통해 말을 해야 하는 이유이다.

받아들여지다

그 분명한 선언 이후에—"우리가 말한 '예스'는 '예스'야. 마마들은 두 혀로 말하지 않는다네"—나는 부름을 받고 누후에로 갔다. 어둡고 비가 내리는 날이었다. 푸에블로 비에호로 가는 길 위로는 급류가 타고 넘쳤고, 내 부러진 발목으로는 범람하는 물 속을 제대로 걸을 수 없었다.

255

노새에 카메라 장비를 싣고 시에라에서 움직이기란 쉬운 일이 아니다.

나는 그레이엄에게 몸을 반쯤 의지한 채로 걸어야 했다. 누후에에는 사람들로 가득 차 있었다. 마마 발렌시아가 일어나서 이야기했다.

그대가 처음 여기에 왔을 때 나는 이 촬영에 호의적이었소. 나는 그게 좋을 거라고 생각했지요. 그런데 그 사이 '인디언 의회' 사람 둘이 나를 찾아왔어요. 그들 말이, 그대들이 나쁜 사람이라는 거요. 우리한테서 뭘 훔치기 위해 왔다더군요. 만약 그게 사실이라면, 우리는 촬영을 허락하면 안 되오. 그 말이 사실이라면, 그대는 돌아가야 할 거요. 말해 봐요. 그게 사실이오?

나는 지팡이에 의지한 채로 등받이 없는 의자에 앉았다. 내가 무슨 말을 할 수 있겠는가?

제가 9개월 전 이곳에 왔을 때 여러분은 '아우'에게 이야기하고 싶다고 말씀하셨습니다. 당신은 '아우'에게 삶의 방식을 바꾸라고 경고하고 싶다고 하셨지요. 바꾸지 않으면 세계의 심장이 죽게 되고 모든 것이 멸망한다고 하셨습니다. 저는 여러분을 돕겠다고 말씀드렸지요. 돌아오겠다고 했고, 이렇게 돌아왔습니다. 이곳을 떠나 있는 동안 저는 일에 필요한 여러 가지 것들을 준비했습니다. 세계가 여러분이 하는 말을 들을 수 있도록 만반의 준비를 하고 돌아온 거예요. 여러분이 그때 안 된다고 하셨다면 저는 가고 없었을 겁니다. 만약 지금이라도 안 된다고 하시면 저는 돌아가겠습니다. 결정은 마마들이 하십시오.

당신 같으면 자기가 믿을 만한 사람이라는 것을 어떻게 보여줄 수 있겠는가? 마마들은 나를 보고, 사라를 보고, 그레이엄을 보았다. 그들은 들었고, 결정했으며, 전 공동체가 동의했다. 그들은 우리와 함께 촬영을 할 것이다. 유일한 예외는 산 안토니오에 있는 마을이었다. 그들은 수녀들의 설득에 넘어갔고, 이 모임에 나오지 않았다. 산 안토니오는 늘 다른 사람들과 사이가 불편했다. 그곳 사람들은 라몬과 논쟁을 시작하기 훨씬 전부터 걸핏하면 싸우려 들었다.

암파로가 처음 시에라로 찾아왔을 때 그녀는 마마들에게 보고타의 정부가 도움을 주고 싶어한다고 말을 전하면서 자기가 정부 대표라고 설명했다. 그러나 정부가 코기 족을 위해서 무엇을 할 수 있었겠는가?

마마들은 콜럼버스가 이번엔 어떤 속임수를 쓰려고 하는지 의심했다. 그래서 일부는 암파로를 시험하기 위해, 즉 그녀가 자기들을 멸망시키고자 어떤 새로운 방식의 제안을 하는 것은 아닌지 알아보기 위해 비꼬듯이 좀 우스꽝스러운 요청을 했었다.

우리는 그대가 원자폭탄을 갖고 있다고 들었소. 오랫동안 우리는 산 안토니오와 사이가 좋지 않아요. 산 안토니오를 날려버리게 우리한테 원자폭탄을 주시오. 그게 우리를 돕는 거요.

나는 산 안토니오에 대해 너무 염려하지 말라는 소리를 들었다.

다음 날 분위기는 아주 명랑하고 가벼웠다. 나는 선물을 나누어주었다. 산타 마르타에서 가져온 생선과 조개껍데기였다. 그런데 조개껍데기가 문제였다. 영국에서 조개껍데기를 열심히 구하던 중 데번[17]의 한 수입업자가 태평양산 조개껍데기를 취급한다는 정보를 얻게 되었다. 그래서 나는 지구를 반 바퀴나 돌아온 엄청난 양의 조개껍데기를 사가지고 그곳에 갔던 것이다.

보고타의 엘 도라도 공항에서는 심각한 장애물이 기다리고 있었다. 조개껍데기를 인디언에게 줄 선물로 가지고 간다는 것이 너무나 터무니없게 들릴 터여서 나는 그럴싸한 다른 목적이 있는 것처럼 가장해야 했다. 그런데 무엇으로 가장을 한다지? 콜롬비아로 마약을 밀수입하는 최초의 사람인 양 행동해야 할까?

더 중요한 문제는 코기 족이 조개껍데기를 받아줄 것인가 하는 것이었다. 그들은 선물에 명확한 선을 긋고 있다. 시에라에서 제자리를 잡을 만한 물건 같으면 그들은 진지한 자세로 그것을 받을 것이다. 그러나 고마움을 표하지는 않을 것이다. "이것은 여기 있어야 해요. 이것을 이리 가져온 것은 올바른 일이오" 하는 식이다. 그러나 시에라에 적절하지 않은 물건이라면 퉁명스럽게 거절당한다. 태평양에서 가져온 이 조개껍데기를 그들은 과연 어떻게 생각할까?

---

17) 데번셔Devonshire 주. 영국 남서부의 주—옮긴이

나는 그것이 포포로에 쓸 만한지 잘 모르겠다고 말하고 나서 약간 주저하면서 조개껍데기를 건넸다. 마마들은 조개껍데기 자루를 유심히 보더니 그 중 몇 개를 꺼내서 주위로 돌렸다. 조개껍데기들은 종류별로 각각 이름을 가지고 있었다. 아니, 이것은 포포로에 쓸 것이 아니야. 내가 가져간 조개껍데기는 그들의 선조가 사용했던 신성한 조개껍데기였다. 이들의 조상이 대대로 사용한 조개껍데기 가운데 어떤 것들은 몇백 년이 되었을 것이 틀림없는데, 이것들은 아직까지도 봉헌 의식이나 제식에 사용된다. 뒤에 나는 산타 마르타 박물관에서 똑같은 조개껍데기들을 보았다. 타이로나 유적지의 무덤 소장품에서 발견된 것들이었다.

1,600년 전 시에라는 태평양에서 조개껍데기를 받아들인 것으로 보인다. 나는 위대한 보물을 가져간 것이다. 마마들은 기뻐했다. 그러나 포포로에 쓸 조개껍데기를 받기를 기대한 일반 대중은 그다지 기쁜 빛이 아니었다. 그들은 나에게 다음에 어떤 종류의 조개껍데기를 가져와야 하는지 자세히 설명하면서 견본으로 조개껍데기 몇 개를 건네주었다.

라이클의 조언을 듣고 가져간 다른 선물은 가방을 만들 때 쓰는 바늘 꾸러미였다. 코기 족 여자는 누구나 늘 모칠라를 만든다. 그들은 딸이 아장아장 걷기 시작할 때부터 바느질을 가르친다.

가방은 나선형의 고리 모양으로 바느질이 되어 있는데, 밑바닥 가운데부터 만들기 시작하여 바깥쪽으로 넓혀나가다가 위쪽으로 완성시켜 가면서 소박한 줄무늬를 넣는다. 가방은 우주이다. 그 안에 모든 것을 담는다. 둘레의 둥근 줄무늬들은 우주의 층을 이루는 세계들이다. 나무나 과일이나 코카와 같이 가지고 다녀야 하는 것이면 무엇이든 이 가방 안에 넣어서 가지고 다녀야 한다. 가방이 무거우면 끈을 앞쪽으로 끌어 가방 뒤쪽 윗부분에 힘이 실리도록 한다. 아기도 이런 방식으로 데리고 다닌다. 누후에처럼 가방도 자궁의 형상을 하고 있다. 모든 아기는 첫 인간,

실을 잣는 여자   밧줄 만들기

즉 최초의 '형님'이다. 등에 아기를 업고 다니는 여자는 '어머니'이다. '어머니'는 세계라는 가방을 만들었고 그 안에 생명이 있게 하였다.

코기 족 여자들은 말수가 거의 없다. 지금까지 어떤 여성도 나에게 몇 마디 이상 말을 한 적이 없다. 그러한 성별간의 엄격한 분리 때문에 내가 선물로 가져간 바늘을 그들이 어떻게 받게 되는지 분명치가 않았다. 나는 바늘을 남자들에게 주어야 했다. 여자들에게는 선물을 줄 수 없었다. 남자들이 그 선물을 좋아할지도 확실하지 않았다.

다행히도 그들은 매우 흥미로워했다. 헤페 마요르가 책임지고 바늘을 나누어주기로 했다. 이제 모든 가정이 내 선물을 똑같이 나눠 받게 되었다. 선물을 받아든 남자들이 서둘러 자리를 떴다. 선물에 대한 그들의 금욕적인 태도에만 익숙해 있던 나로서는 이런 흥분된 모습이 잘 납득이 되지 않았다. 아레고세의 집 밖에서 남자들이 모두 모여 뭔가를 열심히 토론하는 모습이 보였다. 그리고 약 30분 뒤 그들은 기쁨에 넘쳐 되돌아갔다. 내가 올바른 일을 한 것 같았다.

분위기는 이제 느긋하고 편안해졌다. 모든 사람이 의무실 근처에 큰 대자로 드러누웠다. 암파로의 해먹에 누운 마마 베르나르도가 아달베르토의 멋진 모자에 흥미를 나타내기 시작했다. 그러더니 그것을 자신의 머리에 써보았다. "내가 어떻게 보여?" 마마 아우구스틴이 웃으며 말했다. "아주 멋있게 보여! 정말 멋져!" 마마 베르나르도가 담배로 까매진 데다 코카 잎 때문에 푸른빛이 감도는 몽톡한 이빨을 드러내며 싱글벙글 웃었다. "여자들이 이젠 다 자네 뒤를 따라다닐 걸세." 마마 아우구스틴이 선언하듯 말했다. "여자들이 마마인 자네를 망쳐놓을 게야!"

웃음이 가라앉자, 창문에 등을 기대고 앉아 있던 한 노인이 큰 소리로 웃으며 말했다.

"이제 우리는 '예스'라고 말했어. 그대는 우리를 밧줄로 묶어서 데려가 소시지를 만들어놓겠지. 그러면 유일하게 남게 되는 사람들은 산 안토니오에 있는 사람들뿐일 거야."

촬영이 시작되다

우리와 함께 런던으로 돌아왔던 그레이엄은 촬영 일정을 짜기 위해 먼저 콜롬비아로 떠났다. 나는 황금전시박물관의 카탈로그를 꼭 챙겨가라고 당부했다. 만약 마마들이 특별히 관심을 보이는 세공품이 있다면, 우리가 복제품을 만들어 가서 그들에게 설명해 줄 수 있을 것이다.

시에라에 도착한 그레이엄은 환대받는 손님이 되어 있었다. 전에는 경험해 보지 못한 따뜻함과 친절함이 그를 기다렸다. 사람들과 이야기를 나누려고 자신이 묵고 있는 조그만 집 주변을 어슬렁거리고 있으면 사람들이 스스럼없이 말을 건네왔다. 커피 한 잔 마시고 잡담을 나누기 위해 남자 여자 할 것 없이 많은 사람이 그를 찾아왔다.

그는 예전에 언덕에서 굴러 등뼈를 다치기 전에 마마 베르나르도한테 받은 것과 똑같은 증표를 많은 사람들이 가지고 있다는 사실을 알게 되었다. 코기 족은 그것을 매우 진지하게 여기고 있었다. 증표는 마마들이 자기들을 안전하게 보호하고 있음을 시각적으로 상징하는 표지였다. 그레이엄이 마마 베르나르도에게 증표를 받은 뒤 자기한테 있었던 이야기를 자세히 들려주자 코기 족 사람들은 아주 우스워했다. 마마 베르나르

262

도는 순수하지 않은 인류의 표본을 보호해 주려다 너무 무리를 했던 것이다. 그레이엄은 생각이 좀 달랐다. 그는 마마 베르나르도에게 제발 다시는 자기한테 증표를 주지 말라고 애원했다. 마마는 큰 소리로 웃었다.

산 위에는 모든 것이 평화롭기 그지없었다. 그러나 산 아래 콜롬비아의 상황은 촬영 날짜가 가까워지면서 급속히 악화되었다. 콜롬비아 국내선 비행기가 폭파되었다는 뉴스를 듣자마자 나는 보고타에 있는 우리 화물 관리자에게 전화를 걸었다. 폭탄이 갈수록 커지고 대담해지고 있었다. 경호 경찰인 DAS의 본부가 오전에 일어난 대규모 차량 폭발로 파괴되었다. 이 폭발로 수십 명이 죽고 수백 명이 다쳤다. 개중에는 비자를 갱신하려고 줄을 서 있던 많은 외국인도 포함되어 있었다.

게릴라들이 자기와 이야기하고 싶어한다는 소문을 듣고 라몬은 집 주변에 망꾼들을 세워둔 뒤 몸을 숨겼다. 카르타헤나의 한 호텔이 폭파되면서 미국인 기자 둘이 숨졌다. 그 동안 나와 함께 곳곳을 누비며 모험에 찬 작업들을 해왔던 녹음 기사가 출발 일주일 전 BBC에 전화를 해서 이번 작업에 합류하지 못하겠다고 한 것도 놀라운 일은 아니었다.

그래도 우리에겐 이 마약 전쟁으로부터 우리를 지켜줄 어느 정도 든든한 보호자가 있었다. 최소한 그레이엄은 그랬다. 어느 날 그가 로다데로의 한 술집에 앉아 있는데 비싼 옷에 보석에 번쩍거리는 롤렉스 시계까지 찬 남자들이 갑자기 그를 에워쌌다. 그들은 그레이엄의 외모에 무척 감동해 있었다. 그 남자들은 그 지역 마약 재벌인 '엘 모노', 곧 아벨료의 친척들이었다. 아벨료는 이미 체포되어 미국으로 넘겨진 상태였다. 그레이엄의 외모가 그와 똑같았던 것이다.

두 사람이 얼마나 닮았는지 알고 싶어서 엘 모노의 사진들을 구해다 살펴봤지만 우리 눈엔 유사점을 찾기가 어려웠다. 어쨌거나 단지 외모가 닮았느냐 아니냐의 문제만은 아니었다. 그레이엄이 웃는 모습, 고개를 돌리는 모습, 나이프며 포크를 사용하는 모습—이 모든 모습이 엘 모노와 똑같았다.

그를 체포하려고 작정하지 않는 이상 그레이엄은 안전할 것이다. 우리는 그저 그레이엄 옆에 바짝 붙어 다니면 되었다.

황금 장신구 만들기

첫 번째 촬영 대상은 황금이었다. 황금은 볼 만한 구경거리일 뿐만 아니라 중요한 의미를 지니고 있기도 했다. 자연스럽게 보고타의 황금전시 박물관에서 일이 시작되었다. 그러나 촬영 과정을 통해 깨닫기 전까지 나는 황금의 중요성을 충분히 이해하지 못하고 있었다.

어떤 것을 촬영하면 좋을지 마마 발렌시아가 골라주었다. 그가 고른 것은 아주 인상적으로 보이는 세공품이었다. 박물관에서 써 붙인 설명문에는 '펜던트'라고 적혀 있었다. 10센티미터 정도의 크기로, 지지대 없이 홀로 설 수 있는 구조였다. 다리는 땅딸막하고 무릎은 약간 구부렸으며, 양손은 커다란 골반 쪽에 갖다 붙이고 통통한 팔꿈치는 몸 양편으로 비죽 내밀고 있었다. 고양이 같은 머리에 으르렁거리는 입, 그리고 덤벼들 듯한 자세에서는 공격적인 인상이 묻어났다. 표정만 다를 뿐 비슷한 형상의 세공품이 여럿 있었는데, 그것들은 종종 '전사들warriors'이라고 불리기도 한단다.

이 상은 어깨 아래를 다 벗은 상태이고 다만 팔꿈치 쪽에 완장처럼 여러 줄의 띠를 두르고 있다. 손은 배를 가로지르는 막대기를 쥐고 있는데 막대기 양끝에는 조그마한 나선 모양의 장식이 각각 달려 있다. 양손으로 막대기를 쥔 형상이 마치 역도 선수 같은 모습이다.

어깨에는 목걸이가 늘어뜨려져 있다. 가장 눈에 띄는 것은 머리 부분

264

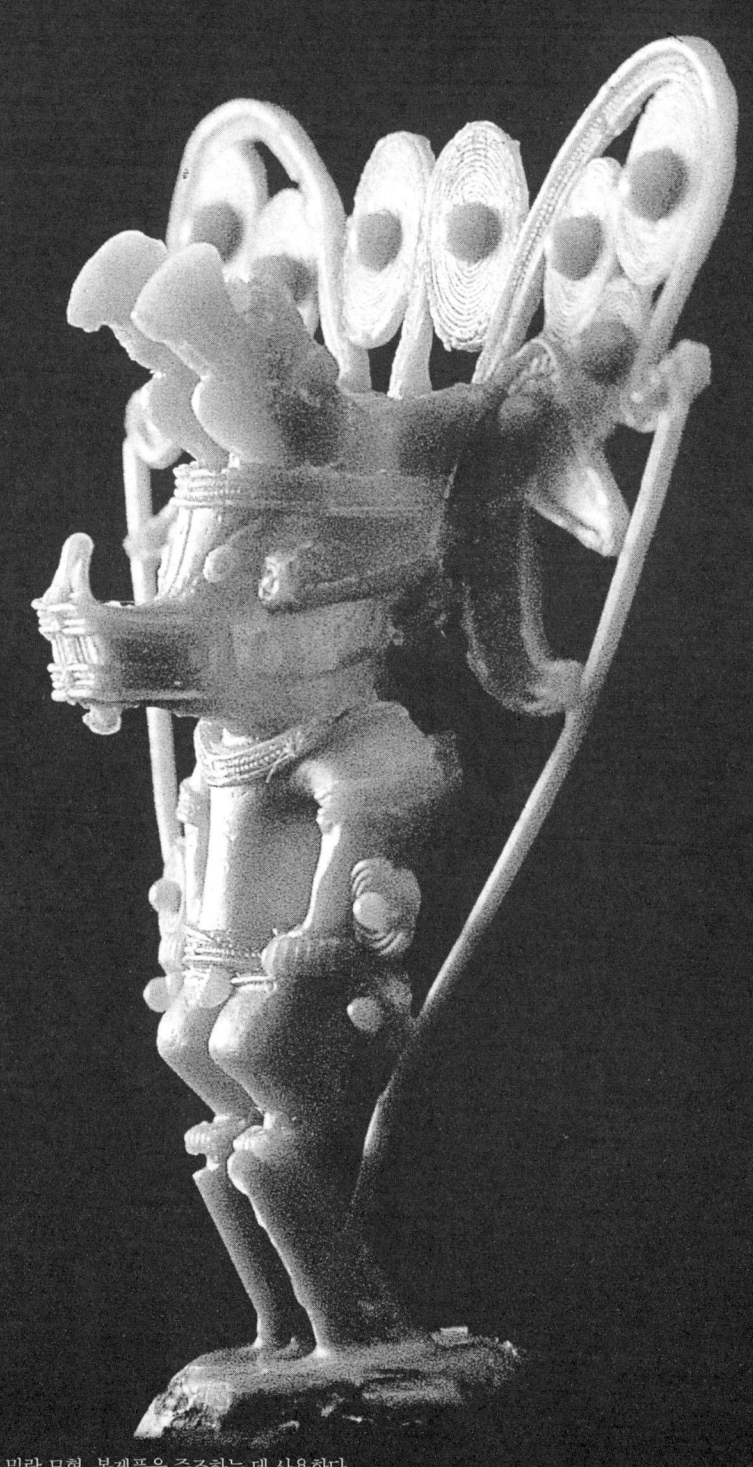

황금 상의 밀랍 모형. 복제품을 주조하는 데 사용한다.

이다. 머리가 전체 균형에 어울리지 않을 정도로 큰데다 거품을 내며 끓어오르는 듯한 소용돌이들이 머리를 온통 뒤덮고 있다. 크고 넓적한 귀는 머리 양쪽으로 늘어뜨려져 있고, 큰 부리를 지닌 새 한 쌍이 머리띠 위에 앉아 있다. 그 뒤로, 중앙에 공 같은 것이 박힌 나선 모양의 판이 여덟 개가 있는데 그것들은 마치 빙글빙글 돌아가는 불꽃처럼 펴져 있다.

이 상이 만들어진 시기는 정확하지 않고 '유사 이전'이라고만 알려져 있는데, 이는 콜럼버스 이전이라는 의미이다. 모든 타이로나 황금이 그렇듯이 그것도 순수한 황금은 아니고 '툼바가tumbaga', 즉 황금과 구리의 혼합물이다.

이 상은 이 분야의 대가가 만든 것이다. 그는 아마도 먼저 진흙과 숯가루를 섞은 혼합물로 최초의 상을 만들었던 것 같다. 혼합물의 일부가 수많은 황금 세공품의 내부에서 발견되었다. 그는 또 주조하는 동안 열에 의해 금이 가는 것을 막기 위해 이 상을 여러 날 동안 햇볕에 말렸을 것이다.

이렇게 최초의 상을 만든 다음에는 준비한 얇은 밀랍 판을 녹여 불순물을 걸러낸다. 불순물이 걸러진 밀랍은 다시 종이처럼 얇아질 때까지 펴서 늘인다. 이것을 모형에 대고 눌러주면 섬세한 문양이 밀랍에 찍히게 된다. 상의 머리 장식에 보이는 나선 모양의 문양처럼 섬세한 부분을 표현하는 데는 밀랍이 적격이었을 것이다. 여기에 녹아 있는 상태의 밀랍을 조금씩 떨어뜨려 아주 좁은 공간까지 배어들도록 하면 밀랍이 상에 빈틈없이 달라붙게 된다. 그런 다음 숯가루로 만든 용액을 전체적으로 발라 상이 더욱 선명히 드러나도록 한다. 이것을 한 번 더 말리고 나서 젖은 진흙과 숯으로 된 반죽을 사방에 붙여 거푸집을 만든 뒤 굽는다. 이 반죽 속에 들어 있는 숯의 입자들이 꽤 굵기 때문에 통풍은 잘되는 반면 반죽 자체에는 아무런 무리도 가지 않는다.

이 반죽 거푸집 바닥에 밀랍이 녹아서 흘러나갈 구멍이 있었을 것이고 거푸집 위에도 구멍이 나 있었을 것이다. 그리고 상 옆쪽으로는 정교하게 만든 밀랍 막대기들이 있었을 것이다. 밀랍이 녹아내릴 때 이 막대기들이 거푸집에 통로를 만들어 남은 밀랍이 모두 빠져나가도록 했을 것이다. 모형에서 거푸집으로 뻗어나와 있는 핀들은 밀랍이 흘러내릴 때 파편이 떨어지는 것을 막아주었을 것이다.

이렇게 구운 거푸집 안에는 진흙과 숯을 이겨 만든 최초의 상이 들어 있고, 핀으로 이 상과 거푸집 사이, 즉 밀랍이 녹아내려 생긴 빈 공간을 연결해 상을 고정하고 있다. 장인은 이제 거푸집이 식기 전에 금과 구리의 합금 용액을 꼭대기에 있는 구멍으로 부을 것이다. 이때 공기가 들어가지 못하게 하기 위해서 장인은 합금 용액의 온도를 정확히 유지하면서 균등하게 부어야 했다. 금속이 차가워지고 나면 거푸집을 부순다. 만약 이 과정 중 하나라도 잘못되면 처음부터 다시 시작해야 한다. 이때는 거푸집은 물론 조각상까지 모두 부숴버린다.

이제 드러난 것은 속이 텅 빈 구리 상이다. 속은 파내어지고 붉고 얇은 금속 층만 남겨져 있다. 그리고 마지막으로 요술이 부려진다. 강한 산을 준비해서 증류시킨다. 기록에 의하면 주로 약초의 즙을 이용했다고 한다. 상을 여기에 담근 뒤 다시 열을 가하면, 표면의 구리는 산화구리로 변해서 용해되고 금만 남게 된다. 이렇게 완성된 작품은 번쩍번쩍 윤이 난다. 용광로에 집어넣기 전에는 어떤 것도 이 상을 변질시키거나 부식시킬 수 없다. 그 표면은 결코 탁해지는 법이 없다. 이렇게 해서 상이 생명을 부여받게 된다.

이 특별한 상의 기원은 알려져 있지 않다. 그것의 의미나 목적도 알려져 있지 않다. 그러나 그것은 무덤 도굴꾼 카노가 모아서 박물관에 준 뒤어난 소장품 가운데 하나였다. 카노는 대신 그 거푸집을 차지했다. 그는

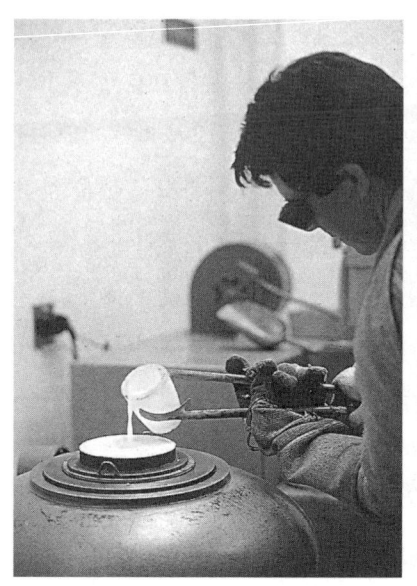

아들에게 거푸집으로 금 세공품을 만들어 재현하는 일을 시켰다.

세공품이 완성되는 과정을 보면서 나는 원래의 세공품이 얼마나 섬세하게 만들어졌는지, 금속이 얼마나 효율적으로 사용되었는지 알 수 있었다. 오늘날 누구도 밀랍을 그 당시처럼 얇게 만들지 못한다. 그래서 복제품은 원본보다 무게가 더 나간다. 온도 조절 또한 매우 까다로워서 제아무리 현대식 전기 가마를 사용해도 결과가 늘 만족스럽지는 못하다.

나는 카노의 아들에게 무덤 약탈을 어떻게 생각하는지 물어보았다. 그의 대답은, 이러한 보물이 콜롬비아 사람들에게 과거에 대한 자부심을 갖게 해줄 뿐더러 역사에 대한 감각도 갖게 한다는 것이었다. 결과적으로 이 세공품들은 누구에게도 속하지 않는다는 것이 그의 요지였다. 그와 같은 세공품을 만들어낸 큄바야, 무이스카 같은 문명은 이미 몇백 년 전에 사라지지 않았냐는 거다. 나는 타이로나는 사라지지 않았다는 점을 지적했다. 코기 족이 아직까지 이들 유적지에 대한 자신들의 권리를 주장하고 있다는 말과 함께. 그는 내 말을 마뜩찮아했다. 자기는 타이로나 무덤들을 약탈하라고 한 적이 없단다. "만약 마마들이 우리가 만든 것을 갖고 싶어한다면 주겠다더라 하세요. 선물로 말예요. 그들이 그걸 원할지 잘 모르겠지만요."

리카르도

우리는 런던에 있는 현상소로 그 동안 찍은 필름 몇 롤을 보냈다. 우리가 가지고 있는 장비가 제대로 작동하는지, 시에라에서 일을 시작해도 될는지 확인하기 위해서였다.

이론적으로는 모든 일이 문제없을 것 같았지만 실제로는 그렇지 못했다. 촬영에 대한 논쟁은 잠잠해졌으나 라몬이 한동안 보이지 않았다. 그래서 촬영의 첫 부분에는 그가 나오지 않게 되었다.

그레이엄은 마마 베르나르도의 아들 환초Juancho에게 통역을 부탁해서 문제를 해결했다. 환초는 어릴 때 선교사들을 따라 몇 년 동안 시에라를 떠난 적이 있었다. 마마 베르나르도는 아들이 바깥 세계에 대해 알면 무언가 유익한 점이 있을 거라고 생각했다. 아들이 되돌아오리라는 믿음에도 추호의 의심이 없었다. 그 판단은 옳았다. 환초는 이제 아버지와 함께 살고 있으니까.

그레이엄은 또 과지라 인디언 리카르도 누네스Ricardo Núñez를 고용해 우리 시중을 들게 했다. 리카르도는 키가 훤칠하고 마른 편이었는데 배는 고무공처럼 생긴 올챙이배를 하고 있었다. 그는 연안 지역에서 흔히 볼 수 있는 메스티소mestizo―토착민과 아프리카 흑인의 혼혈―의 검은 피부를 하고 있다.[1] 그는 사탕수수를 자르는 데 쓰는 날이 넓고 긴 칼을 화려한 장식이 유난히 돋보이는 칼집에 넣어 마치 검처럼 허리에 차고 있었다. 이러한 리카르도의 모습은 내가 있는 세계보다 정복의 세계에 그가 더 가까이 있음을 암시한다. 그는 진지한 자세로, 노래를 흥얼거리는 듯한 불명확한 억양에 무슨 뜻인지 알 수 없는 이상한 속담을 섞어가면서 말을 했다. 그가 무슨 말을 하는지 거의 알아들을 수가 없었다.

과지라 사람들이 알고 있는 법이란 피의 복수와 개인적인 충성이 다였다. 국가는 그들에게 의미가 없다. 왜냐하면 국가가 그들에게 주는 것이 아무것도 없기 때문이다. 리카르도는 전형적인 대가족 안에서 태어나 자랐다. 그의 말을 빌면, 그와 형제들은 '제멋대로' 자라도록 내버려졌다. 아버지는 농업 노동자로 일하다가 사고로 자동 수확기에 양다리를 잃었다. 리카르도와 형제들은 아버지가 정신이 들어 다리가 없어졌다는 것을 알면 아마 자살하고 말 거라고 병원에 말했다. 그들의 말이 옳았다. 가족들은 아무런 도움도 받지 못했다. 어머니까지 앓아누웠다. 아들들은 동전 한 닢 남지 않게 될 때까지 어머니를 보살폈다. "약 살 돈 한 푼 남지 않게 되자 어머닌 돌아가셨지요."

현재 시에라에는 리카르도만의 조그만 경작지가 있다. 그 땅은 아파서 길옆에 쓰러져 있던 사람을 병원에 데려다줬더니 그 보답으로 그 사람이 준 것이었다. 그러나 돈이 없이는 농사도 마음대로 지을 수 없었다.

리카르도는 마을에서 존경받는 남자다. 마을 여자들은 종종 말썽을 피운 아들 일을 가지고 찾아와 경찰에게 말 좀 잘해 달라고 부탁하곤 했다. 최근에도 한 아이가 강도짓을 했다고 지명 수배되었는데 아이 어머니가 울면서 리카르도를 찾아와 아들 녀석이 자수할 수 있도록 도와달라고 했다. 그런데 문제는 중재인 없이는 아이가 자수하자마자 총살을 당할 수

---

1) 실제로 메스티소는 토착민(인디언)과 백인의 혼혈을 일컫는 말이고, 토착민과 흑인의 혼혈은 물라토라고 부른다. ─옮긴이

도 있다는 것이었다. 리카르도는 아이에게 자수하도록 설득했고, 아이는 보석금을 내고 풀려났다. 그 과정에서 아이가 더 말썽을 피우지 않을 거라는 리카르도의 보증이 한 역할을 했다.

두 주도 채 안 된 어느 날, 아이의 어머니가 다시 찾아왔다. 이번에도 아들이 자수하도록 도와달라는 부탁이었다. "내 아들이 강도라면서 총으로 쏴 죽이려고 해요. 아, 경찰은 모두 정말 거짓말쟁이예요! 제발 제 아들 좀 도와주세요." 리카르도는 자기가 해야 할 도리는 이미 다 했다고 느꼈다. 그는 아이 어머니에게 그 애가 강도가 맞다, 이 근처 사람 모두 아이가 버스를 세워 승객을 턴 적이 있다는 걸 알고 있다. 그리고 경찰이 전적으로 옳다고 이야기해 주었다.

리카르도는 개인의 존엄성과 가족의 명예를 높이 여겼다. 과지라에 사는 가족과 그는 모든 것을 나누어가졌다. 돈이 조금이라도 생기면 그 돈을 다 털어서 가족 모두에게 선물을 사 보냈다. 그는 특히 자기가 장군과 그 조카들의 운전병으로 근무했던 군대 경력을 자랑스럽게 여겼다.

그 애들은 괜찮은 젊은이들이었어요. 내가 한잔하러 나가면서 "난 열시까진 반드시 돌아와야 해"라고 하면, 그 애들은 열시에 나를 찾으러 왔어요. 내가 뭘 하든 상관하지 않고 나를 꼭 집에 데려다줬지요. 괜찮은 젊은이들이었어요.

그의 집은 지금 산타 마르타에 있다. 그러나 그는 디불라에서 자라면서 콜로노(정착자)들이 시에라 북부 저지대로 침투해 들어오는 과정을 목격했었다. 1960년대가 되자 벌목업자들이 열대림을 베어내기 시작했고, 그 자리에 대마초 재배 농부들이 들어왔다. 정착자들의 침입이 시작된 것이다.

리카르도   환초

그 당시에는 폭력, 살인, 노상 강도가 아주 흔했어요. 사람들을 붙잡아 돈이며 물건을 뺏고는 죽였지요. 물건을 안 뺏기려는 사람은 다 죽였어요. 아주 잔인하게요. 마을 어른들이 더 이상 그런 범죄가 일어나지 않게 하자고 결의하기 전까지 그런 일이 계속되었지요. 마을 어른들은 그런 사람을 다 쫓아내버렸어요.

그러나 이러한 자경단自警團의 움직임은 상황을 개선시키지 못했다. 소작농을 쫓아내려다 오히려 대지주만 불러들인 꼴이 되었다. 결국 연안 가까이에 있는 넓은 지역은 대다수 사람이 다가갈 수 없는 지역이 되고 말았다. 백만장자 대지주들이 민병대를 고용해 폐쇄해 버렸기 때문이다.

리카르도는 우리를 안전하게 지켜줄 것이다. 육로를 이동할 때 필요한 장비를 시에라의 아래 지역에서 산 위까지 노새를 이용해 실어 나르기로

272

했다. 강도들도 리카르도를 보면 함부로 접근하지 않을 것이다. 강도들은 우리도 손대지 않을 것이다. 무장 강도들은 산타 마르타에서 나온 차량, 특히 버스를 주기적으로 멈춰 세웠다. 크리스마스가 다가오고 있었고, 그들은 가족에게 줄 선물을 모으고 있었다.

리카르도는 든든하고 능력 있는 안내자였다. 게다가 푸에블로 비에호의 코기 족 또한 그를 잘 알고 좋아했다. 코기 족보다 키가 거의 두 배는 되는 그는 마치 친절한 거인 같은 모습으로 코기 족 마을을 돌아다녔다. 그는 암파로와 같은 정열로 코기 족과 친밀하게 지내면서 그들을 돕는 일이면 무엇이든지 했다. 시에라에 경작지를 가지고 있다는 것은 그 자신 콜로노라는 얘긴데, 리카르도는 여느 콜로노와는 생각이 달랐다. 정부가 코기 족의 반대에도 불구하고 재녹화 사업을 벌이려 할 때 그는 정부가 책정한 재녹화 사업비를 마마들이 바라는 종묘장 만들기에 써버렸다.

시에라에서 리카르도는 그레이엄의 든든한 친구였다. 몇 달 동안 낙심천만해 있던 그레이엄에게 그는 카를로스와 함께 큰 힘이 되어주었다. 이제 그는 마마들에게 촬영에 잘 협조해 달라고 부탁할 참이었다. "제가 그분들께 아주 특별한 요리를 해드리려구요."

그러나 리카르도는 특별 요리를 할 필요가 없었다. 푸에블로 비에호에 도착해서 보니 이미 모든 사람이 일할 준비를 다 갖추고 있었다. 유일한 문젯거리는 보고타에서 보낸 필름이 아직 런던에 도착하지 않아 카메라가 제대로 작동하는지 어떤지 확신할 수가 없다는 거였다. 하지만 그에 대해서는 우리가 어떻게 손써 볼 도리가 없었다.

피

제일 먼저 촬영할 부분은 축제를 위해 소를 죽이는 장면이었다. 필요

273

이상으로 잔인하고 시간도 오래 끄는 것처럼 보였다. 칼로 목을 따놓고 는 바로 죽이질 않았다. 불쌍한 생물의 죽음의 고통이 약 5분간 계속되 었다. 역겹기도 했거니와 도살하는 이가 혹시 무능력한 것은 아닐까 혼 란스럽기까지 했다. 나중에 오고간 대화를 번역해 보고 나서야 그 이유 를 명확히 알 수 있었다. 코기 족은 '아우'의 주의를 끌기 위해 일부러 그 장면을 볼거리로 만들기로 한 것이다. 촬영에 임하는 그들의 마음 자 세에는 텔레비전 시청률에 대한 고려까지도 담긴 것처럼 보였다. 그들이 서로 "이 장면은 방송에 잘 나오겠는걸" 하고 말하는 소리를 듣고 나는 놀라지 않을 수가 없었다.

자연을 대하는 코기 족의 태도를 아주 낭만적인 시각에서만 바라보는 사람에게는 그들의 이런 면이 시사하는 바가 클 것이다. 마마들은 땅에 구멍을 내거나 바위를 부수는 행위들 때문에 '위대한 어머니'가 겪는 고 통을 마음속에서 그대로 느낄 수 있는 것 같지만, 일반 대중은 도살하는 소가 겪는 고통에 별로 동요하는 것 같아 보이지 않았다. 그들은 동물의 목을 타고 피가 흘러나오는 모습을 촬영하는 데 너무도 열심이었다.

피 담을 그릇을 가져와. 이건 너무 작아.······ 피를 받으려면 숟가락이 필요해. 참, 저 사람들, 촬영하고 있는 거지?

자신들이 하고 있는 일에 대해 이리저리 재기도 하고 구상도 하는 사 람들 손바닥 안에 우리가 있었다.

우리가 처음 맞닥뜨린 문제는 촬영 일정이 잡힌 두 마을 사이의 조그 마한 의견 충돌이었다. 두 마을은 정치적으로 또 종족적으로 동맹 관계 에 있었다. 거리도 180미터 정도밖에 떨어져 있지 않았다. 만약 그 두 마 을이 유적지로서 발견되었다면 아무도 이들이 서로 다른 공동체라고는 생각하지 못했을 것이다. 그러나 그들은 서로 뚜렷이 구별되었다. 각자 자신들이 '형님'의 가장 지혜롭고 심오한 지식의 핵심을 수호하는 사람들이라 여기며 상대편 마을은 자신들보다 격이 한 단계 떨어진다고 생각했다. 논의 끝에 해결책을 찾아낼 수 있었다. '아우들'에게 전하는 주요 메시지를 두 마을의 누후에서 각각 나누어서 전하기로 한 것이다. 양쪽 모두 자기들의 메시지가 더 심오하다는 걸 우리가 인정하게 될 것이며 상대 마을의 메시지에는 깊이가 없다는 걸 알게 되리라 확신했다.

밤이 되자, 누후에서 첫 번째 중요 연설을 촬영하기 시작했다. 이제 코기 족이 효율적이고 전문적인 자세로 촬영에 임하고 있다는 것이 더 확실해졌다. 아니, 우리 자신의 전문성이 시험받고 있었다. 첫 번째 시험 문제는 조명용 발전기를 건물 어디에 설치해야 하는가였다. 기계 소리가 녹음되는 것을 피하려면 멀리 떨어뜨려놔야 하는데 그것이 불가능했다. 그래서 방음벽 역할을 할 만한 구조물을 만들었다. 하지만 발전기의 열로 안이 너무 더워져서 이 방법은 접어야 했다.

두 번째 방법으로 커다란 가스통을 여러 개 놓고 거기에서 가스를 끌어다 불을 켜보기로 했다. 우리는 누후에 입구 바로 앞에 가스등을 설치했다. 마마들은 누후에 안에 앉아 우리가 장비를 조립해 가스등을 켜는 것을 인내심을 갖고 지켜보았다. 그들은 가스 운반용 고무관이 가스등에서 빠지는 바람에 2미터나 되는 화염이 나무와 짚으로 된 건물을 향해 뿜어지는 광경을 보고도 태연했다.

세계의 종말을 불러올 뻔한 상황이었다. 한두 발자국만 더 가까웠더라도 코기 족 마마들은 앉은자리에서 불에 탔을 것이다.

다행스럽게도 우리는 장비를 안전하게 갖추고 일을 시작할 수 있었다. 마마들은 메시지를 상세히 전하기 시작했다.

아버지 세란쿠아는 세상이 평화로이 존재하도록 만들었소. 세계는 언제 멸망하게 될 것인가? 우리가 제대로 행동하고 생각하고 봉헌 의식을 계속한다면 세계는 끝나지 않을 것이오. '형님'은 그들이 가야 할 길을 잊지 않았다오. 그러나 만약 세상이 끝난다면 우리도 함께 죽음을 맞이할 것이오. '형님'과 '아우' 모두 죽음을 맞이할 거요. 여기 있는 모든 살아 있는 존재, 모든 것들이 죽고 말 거요.

그들은 세계가 살아있는 생명체라고 설명했다. 살아있는 모든 생명체가 그렇듯이 세계 또한 피와 물에 의존하고 있다.

우리에게 힘을 주는 것은 피요. 이는 대지에게도 마찬가지요. 우리는 대지에 해를 끼치지 않아요. 어머니를 해치지 않지요. 그러나 '아우'는 '어머니'를 해치고 있소. '아우'는 대지의 황금과 물을 모두 가져가버리오. 정복이 시작되고부터 지금까지 저들은 그렇게 하고 있다오.

이 이야기는 내가 그다지 기대한 것이 아니었다. 대지의 피라는 게 뭔가? 피와 황금 사이에 무슨 관련이 있다는 건가? 그렇다면 소를 죽인 것은 일종의 교훈을 주기 위해 일부러 한 것이란 말인가?

좋아, 이제 피가 빨리 흘러나오게 목을 따!

대지에는 피와 물이 흐르고 있다오. 우리는 피를 흘리면 죽지요. 대지를 파헤쳐 돌을 꺼내면 이 세계가 피를 흘리게 되고 결국 죽을 수도 있소. 대지에서 황금을 꺼내면 대지가 죽을 수 있다오.

항아리 만들기

여러 날 계속 촬영을 하면서 황금의 진짜 의미가 점점 더 분명히 다가왔다. 마마들에게 황금은 시에라의 생식력을 책임지는 데 있어 열쇠와도 같은 것이었다. 그들은 대지가 처음 비옥해졌을 때 황금이 생겨났다고 믿는다. 여성의 생식력이 월경의 피로 증명되듯이 대지의 생식력은 황금으로 증명된다는 것이다.

황금 세공품을 만드는 것은 단순히 기술의 연마만을 의미하는 것이 아니다. 세공품 그 자체도 그저 이목을 끈다거나 장식에 쓴다거나 하는 뜻이 있는 것이 아니다. 황금으로 어떤 것을 만든다는 것은 생식력의 본질 그 자체를 가지고 일을 한다는 의미이다. 즉 생명의 근원 원리들과 할 수 있는 가장 직접적인 상호 작용을 하는 것이다.

오늘날 코기 족은 황금으로 뭘 만들지 않는다. 그 대신 대지의 또 다른 분비물인 진흙을 가지고 만든다. 질그릇을 만드는 과정을 지켜보면 그들이 황금을 어떻게 사용했는지 조금이나마 상상할 수 있다.

질그릇은 대지 그 자체이다. 모든 것이 다른 모든 것 안에 포함되어 있는 세계에서—이것이 코기 족이 우주를 인식하는 방법이다—질그릇은 자궁을 가진 어머니의 또 다른 모습이다. 뭐든 넣어가지고 다니는 가방으로 여자들이 만드는 모칠라가 여성을 나타낸다면 질그릇은 남성을 나타낸다. 어느 집이나 지붕에는 조그마한 항아리들이 놓여 있다. 집은 항아리 안에 있고, '어머니'의 품안에 들어 있다. 음식은 질그릇에 담겨 요리되며, 그렇게 만들어진 음식은 건강 만점이다.

모칠라를 만들 때 여성들은 그렇게 많은 노력을 기울여 마음의 준비를 할 필요가 없다. 모든 여성은 어떤 의미에서 '어머니'이기 때문이다. 그러나 항아리는 남성이 만든다. 남성은 마치 성년을 준비할 때처럼 조심스럽고 진지한 마음으로 항아리를 만들어야 한다. 준비와 지식 없이 아무렇게나 만든 항아리는 금방 망가지고 그 힘은 보잘것없어진다. 코기족은 항아리가 인간에 의해 만들어지는 어떤 것이라고 생각하지 않는다. 그 항아리를 만드는 사람에게 주어지는 것이라고 생각한다.

'어머니'는 우리에게 항아리를 주셨소. 항아리를 제대로 받기 위해 우리는 약자를 지켜주고 병자를 도와줄 힘을 기르고 다스려야 한다오.

항아리를 만들려는 젊은이가 있으면 마마에게 가서 "항아리를 만들고 싶습니다"라고 말을 해요. 다음 날 마마는 점치는 데 쓸 그릇을 가지고 언덕에 올라가 자리를 잡고 앉는다오. 그리고 항아리를 만들어도 되는지 아닌지 묻지요. 점을 친 결과, 안 된다고 할지도 모르오. 그러면 그에게는 항아리가 주어지지 않아. 그건 그 시기에 젊은이에게 힘이 없기 때문이오. 항아리를 받을 힘이 없기 때문이지요. 만약 '법칙'이, 점괘가 "된다"고 하면 마마는 그에게 바다에서 가져온 하얀 돌을 쥐어준다오. 점괘로 나온 승낙을 보증하는 증표로서 건네주는 거지요. 마치 여성이 주듯이 그렇게 마마가 젊은이에게 돌을 준다오. 그리고 말을 해요. "오늘부터 그대는 여자를 쳐다봐선 안 돼." 그런 다음 젊은이를 '의식을 행하는 집' 안으로 들여보내면 젊은이는 그곳에 자리를 잡는다오.

흰 돌은 '세와sewa'라고 하는데, 이것은 하고 있는 일이 아루나에서 조절되고 있음을 알리는 일종의 표지이다. 일이 잘 이루어질 수 있도록 인간과 자연 사이에 이미 균형이 잡혀져 있음을 상징하는 증표인 것이다. 그런 증표는 나무를 베는 일에서 집을 짓는 일까지 마마들의 정식 허가가 따르는 일에는 모두 주어진다. 항아리를 만드는 도공은 대지에서 진흙을 파내야 하기 때문에 그러한 균형과 힘의 조절이 필수다.

　콜롬비아에서는 모든 땅이 신성했소. 석유를 파낼 수도 없고, 고속도로
를 건설할 수도 없고, 산을 잘라낼 수도 없었소. 그대는 그런 것들을 할
수 없었소. 콜롬비아에서는 시에라 네바다를 보살피라고 세란쿠아가 말
씀하셨다오. 그래서 우리는 그런 방식으로 살아왔던 거요. 그것이 오늘
마마가 항아리를 만들도록 하는 이유라오. 마마는 아루나에 제물을 바쳐
질병이 발생하지 않도록 한다오.
　대지의 진흙은 여자였소. 그래서 마마가 항아리를 만들도록 할 때 그가
값을 치르는 거라오.[2] 도공이 진흙을 파내는 데는 나흘이 걸리지요. 그는
파낸 진흙을 강으로 가져가 쌓아둔 뒤 갈아서 가루를 만든다오. 그러면
마마가 "그대는 완전히 복종해야 해. 소금도 먹어선 안 되고, 여자도 봐선
안 되고, 여자의 집에 들어가서도 안 돼. 금지된 것들이야" 하고 말을 한
다오.
　도공은 항아리를 모두 만들 때까지 이 규칙을 지켜야 돼요. 그는 한 달
동안 약 서른 개의 항아리를 만듭니다. 다 만들기까지 여자를 건드리지도
보지도 않으며 목욕도 밤에만 해야 되오. 밤 여덟시가 되어야 목욕하러
갈 수 있소.

도공이 일을 하는 동안 마마는 한시도 자리를 비우지 않는다. 도공이
진흙으로 일을 한다면, 마마는 아루나에서 일을 한다. 도공은 수백 년 동
안 항아리를 만들던 사람들이 앉아 일한 넓적한 돌에 앉는다. 그는 봉헌

---

2) 값을 치른다는 것은 진흙에 대한 결혼 지참금, 즉 진흙을 신부로 보고 신부를 데려오듯 진흙을 가
　져오는 것에 대해 값을 치른다는 말처럼 보인다.

지붕 위에 뾰족한 부분이 둘씩 있는 집은 여성을 나타낸다.

지붕 위 항아리에 뾰족한 부분이 하나인 집은 남성을 나타낸다.

항아리는 소용돌이 모양으로 만들기 시작한다. 가방, 방추紡錘, 그리고 세계도 마찬가지다.

의식과 함께 일을 시작한다. 나뭇잎사귀 하나, 조그마한 돌 하나, 그리고 목화솜 한 뭉치를 손에 꼭 쥔 채 명상을 한다. 그런 다음 그것들을 진흙을 빚는 판자 밑에 둔다. 그리고 드디어 일을 시작한다.

그가 지금 만드는 것은 아주 단순하다. 그것은 나선 모양으로 빚기 시작해 위쪽, 바깥쪽으로 점점 불려가는 고리형 항아리다. 모칠라를 만드는 것과 아주 흡사하다. 면이나 야자 섬유가 아니라 진흙으로 만든다는 것이 다를 뿐이다.

일단 항아리가 만들어지면, 그대는 어떻게 해야 그것을 알맞게 굽는지 알고 제대로 축원해야 하오. 제대로 축원하지 않으면 불을 지펴도 연기가 사방으로 퍼져나가 항아리가 잘 구워지지 않아요. 그러니 제대로 축원할 줄 아는 사람이 항아리를 만들어야 하는 거요. 어떻게 축원할지 아는 사람이 만들어야 연기가 위로 곧장 올라갑니다.

항아리가 다 구워지면 그것으로 요리를 해봐요. 그때도 축원을 해야 해요. 그러지 않으면 그 항아리로 요리한 음식을 먹는 사람이 병에 걸리게 되지요. 그러니 정말로 정말로 제대로 축원할 줄 아는 사람이 항아리를 만들어야 하는 거요.

선조들은 나에게 그 방법을 가르쳤다오. 위대한 마마들이 나에게 모든 것을 가르치셨어요. 모든 종류의 음식이 이 항아리로 요리되지요. 감자, 콜리플라워, 고기, 그 밖의 모든 것이. 그런 요리가 보호되려면 그대는 정성을 다해 항아리들을 축원해야 돼요.

한 달이 지난 뒤 마마는 도공에게 "그대 아내를 부르라"고 말하지요. 그리고 마마는 "이 젊은이는 순종했고 항아리를 받았습니다. 그에게 아무런 문제가 없도록, 아프거나 고통받지 않도록 보호해 주십시오" 하고 세란쿠아에게 말씀드리지요. 세란쿠아에게 허락을 요청하고 젊은이와 그의 아내를 위해 축원하고 기도를 드린다오. 그런 다음 마마는 젊은이가 아내와 잘 수 있도록 하지요. 이렇게 젊은이는 자기 항아리를 받게 되는 거라오.

그렇게 마마들은 여기 이 마을에서 질그릇 만드는 법을 가르쳤어요. 그들이 여기서 만드는 항아리는 '후아마카Huamaca'로 보내지 않아요. 항아리는 이 마을에 있게 돼요. 후아마카에 있는 항아리는 오직 후아마카에만 속하지요. 여기 있는 항아리는 오직 여기에만 머물고. 오직 이 마을에, 오직 이 마을에만. 그렇게 운명이 정해졌다오.

잘 만들어진 항아리는 그 자체가 여러 힘 사이의 균형이 이루어지는 지점, 곧 세계의 조화가 이루어지는 지점이다. 조화의 초점들은 '어머니'라 부르는 힘의 중점들에 연결되어 있다. 일반 항아리들은 '칸야이마쿠canyayimacu'라고 부르는데, 이 항아리가 있게 됨으로써 물질 세계와 정신 세계 사이의 균형점, 다시 말해 '어머니' 칸야이마쿠의 장소가 만들어진다.

설사병이 돌게 되면 '어머니' 칸야이마쿠에게 간청해서 아이들을 보호해야 하지요. 아이들을 치료해 토하지 않도록 하기 위해서는 '어머니' 칸야이마쿠에게 마음을 모아야 해요. '어머니' 칸야이마쿠가 살고 계시는 장소에 온 마음을 모아야 돼요.

그대가 항아리를 받게 된다면 대지에 축원할 수가 있다오. 사람들이 묻혀 있는 곳들도 축원할 수 있고. 그대는 씨앗이 뿌려진 대지에 축원할 수 있다오. 나는 그것이 어떤 건지 알고 있소. 만약 항아리를 받지 않았다면 그대는 이런 일들을 할 수 없어요. 항아리는 마마들이 가지고 있지요.

황금 상은 항아리 안에 넣는다오. 황금으로 만든 뱀도 항아리 안에 넣고. 그리고 지금 황금 상은 황금 뱀을 무찌르고 있다오. 왜 그런 것일까?

항아리를 받을 때 그대는 강인함도 받는다오. 그대는 다스리는 자와 같아지지요.

오래 전에는 마마들이 새, 돼지, 사슴, 뱀 등 온갖 것을 그려 넣어 항아리를 만들었소. 그들은 또 우리를 파묻을 커다란 옹기도 만들었다오. 마마인 족장이 죽으면 그들은 커다란 옹기를 만들어 그를 안에 넣고 묻었지요. 왜 이렇게 했을까? 그건 땅이 우리 '어머니' 대지임을 알았기 때문이라오.

그런데 다른 나라에서 '아우'가 오더니 그런 그림을 그려 넣어 항아리를 만드는 사람을 마법사라며 없애야 한다고 했어요. 또 다른 어딘가에서 온 '아우'는 토착민을 없애기 위해 개와 함께 순찰대를 보냈지요. 일부 사람들이 그들과 싸우기 시작했어요. 싸웠지요. 그러나 이길 수가 없었어요. 가진 거라곤 화살뿐이었거든. '아우'가 항상 이겼다오.

장식을 그려 넣은 항아리는 더 이상 만들어지지 않는다. 그것은 코기족이 만드는 법을 모르기 때문이 아니다. 항아리를 만들 때 꼭 필요한 점과 점괘, 축원과 기도를 잃어버렸기 때문이다. 스페인 정복자들이 파괴한 도시들에서 도망쳐 나오는 동안 수많은 전문가가 죽임을 당했다. 기술은 다시 배울 수 있지만, 물질적 과정에만 능숙한 것은 공허할 뿐 의미가 없다. 아루나에서 제대로 일을 하지 않고서는 그런 일은 그저 불협화음만 만들어내고 생명의 조화와 균형만 혼란시킬 뿐이다. 그 결과는 병과 폭력의 양산이다.

아루나에서 경외하고 조정하고 기도하고 명상하고 일하는 것과 동일한 과정이 타이로나의 황금을 만지는 데에도 적용되었다. 황금 세공 역시 생명의 본질을 다루는 일이었다. 기술적으로뿐만 아니라 정신적으로도 제대로 된 과정을 거쳐야 했다. 황금 세공을 하는 사람 또한 세공품을 자신이 만들었다고 여기지 않고 주어진 것이라고 여겼다. 간단한 항아리를 만들든 황금 상을 만들든 진정한 장인은 실재의 형태를 빚어내는 '힘'이다. 실재란 '어머니'이며, 형태를 빚어내는 힘은 세란쿠아이다.

질그릇에 담겨 있는 힘에서 우리는 황금 세공품에 담겨 있는 힘에 대한 단서를 찾을 수 있다. 만약 도공이 만든 단순한 항아리가 그 완벽한 조화로움으로 인해 치유의 힘을 지닌다면, 그가 타이로나 마마인 나오마의 감독 아래 단식과 금욕 그리고 명상을 하면서 만든 황금 세공품, 즉 세란쿠아에 의해 주어진 장엄한 황금 상은 훨씬 더 큰 힘을 지닐 것이다.

항아리나 황금 상을 만드는 목적은 분명했다. 이것들이 지닌 힘은 세계의 어떤 특정한 국면에 결부되어 있다. 그것은 바나나, 유까 또는 마코앵무새 등이 보여주는 건강성과 같은 것이다. 이것들은 자신만의 고유한 생명이 있으며, 대지 안에 존재하는 진흙 항아리들 속에 머무르고 있다.

철학자의 황금

코기 족에게 이러한 황금 세공품이 어떤 의미가 있는지 더 살피기 전에, 과연 우리가 사는 이 세계에서는 황금이 어떤 의미가 있는지 돌아보는 것도 좋을 것이다. 사실 어떤 사회를 막론하고 황금은 여느 물질과는 다르게 여겨왔다. 황금의 아름다움과 불훼손성이 그 이유겠지만, 그것만으로는 우리가 황금에 대해 갖는 경외감이 다 설명되지 않는다. 황금을 금속이라고 생각하는 사람은 거의 없다. 황금은 일종의 궁극적인 완성을 상징한다. 예컨대 우리가 '황금 시대'라고 할 때 이 말은 순수와 광휘의 시대를 의미한다. '총아golden boy'라는 표현은 보통 사람에 비해 그 능력이 월등히 뛰어난 젊은이를 일컫는다. 같은 무게를 놓고 견준다고 할 때 황금보다 더 값나가는 물질은 많다. 그러나 황금은 다른 어떤 물질보다도 우리가 그 가치의 정수라고 생각하는 특별한 분위기를 지니고 있다.

황금의 의미는 보고타의 황금전시박물관에서 여실히 드러나는 것 같다. 아메리카 토착민의 무덤 부장품을 우리가 성스러운 곳이라고 생각하는 장소─금고로 사용하려고 만든 사원─에 두었다는 사실은, 우리의 황금 숭배가 어떤지를 잘 보여준다. 우리에게는 "이것은 우리에게 가장 소중한 것"이라고 강력히 언명하는 건축적 표현이 어디에도 없다. 성당의 경우 한갓 자만심의 표현에 지나지 않는다. 이곳 박물관에서 진지하게 고려된 점은 누구도 침해할 수 없을 정도로 안전해야 한다는 것이다. 코기 족은 나에게 자신들이 가장 중시하는 비밀만큼은 촬영을 허락하지 않았는데, 이와 마찬가지로 박물관 측도 황금이 전시된 방들은 그 입구조차도 촬영을 허락하지 않았다. 물론 방문객은 누구나 그 문들을 볼 수 있다. 이것은 종교적 경외감을 보안이라는 형식으로 위장해 놓은 것이다. 황금에 대해 이야기할 때 우리는 가격 이상의 가치를 지닌 어떤 것을 가지고 이야기하고 있다는, 한갓 미신적인 무엇이 아니라 일종의 격세유전적인 확신이라 할 무엇에 도달하게 된다.

우리가 황금에 대해 가지고 있는 태도는 모순적이다. 우리는 아무런 이해의 틀도 없이 황금에 대해 이 같은 경외감을 품고 가치를 부여한다. 유럽에서 식민지 정복이 시작되던 시기에 학자들은 연금술에 커다란 관심을 쏟고 있었다. 그것은 이른바 '비금속卑金屬'을 황금으로 변하게 하려는 노력이었다. 연금술에 대한 이성적인 설명은 어디에도 없었다. 그것은 부를 추구하는 방법으로서는 별로 생산적인 것이 못 되었다. 그러나 그들이 찾은 것은 단순한 부가 아니었다. 죽을 수밖에 없는 인간의 숙명을 뛰어넘도록 해주는 '철학적인 황금'이었다. "이 예술(연금술)로 만들어진 황금은 모든 면에서 천연 황금보다 뛰어나다."[3] 진짜 황금에서는 찾을 수 없어서 우리를 실망시킬지도 모르는, 황금의 이러한 초월성에 대한 관념은 지금도 여전히 살아있는 것처럼 보인다.

'어머니'들

이 점에 있어서 타이로나 사람들과 그들을 침략한 사람들은 황금에 대한 생각이 같았다. 16세기의 타이로나 사람들 그리고 오늘날의 코기 족에게는 황금 세공품이 '철학적인 황금'이다. 그것은 물질 세계뿐만 아니라 아루나 세계에서도 행해지는 예술, 따라서 금속의 생명을 세계로 하여금 타락하기 쉬운 자신의 본성을 뛰어넘도록 하는 물질로 여기게 만드는 예술을 통해서 창조된 황금이다. 이렇게 만들어진 황금 세공품은 생명 그 자체의 지속성을 보장한다.

만약 우리가 오렌지나무든 무슨 나무든 심고 난 뒤 뿌리째 뽑아버린다면 나무는 죽고 말 거요. 대지의 황금을 파내는 것이 바로 그와 같은 일이지요. 대지는 죽어버릴 거요. 우리는 세계가 죽어가고 있다는 얘기를 수없이 많이 들어왔지요. 왜 죽어가고 있겠소? 그건 저들이 너무나 많은 무덤을 도굴했기 때문이오. 세계는 사람과 같소. 무덤을 약탈하고 황금을 훔쳐낸다면 세계는 죽고 말 거요. 우리는 대지에 묻혀 있는 황금을 꺼내지 않아요. 황금이 거기 있다는 것은 알고 있지요. 허나 꺼내지 않아요. 우리는 점을 통해서 '어머니'께서 황금을 가져가지 말라고 충고하신 걸 알고 있소. 황금이 어디에 있는지 알지만, 우리가 하는 건 그저 그것에 제물을 바치는 것뿐이오.

---

3) *Mirror of Alchemy*, attributed to Roger Bacon (London 1597), p. 19.

황금 세공품은 정신적인 힘이 모여 있는 집중점이다. 그 정신적인 힘이란 생명의 특별한 양상을 길러내는 힘이다. 그것은 그러한 양상을 띤 '어머니' —즉 유까의 '어머니', 바나나의 '어머니' 혹은 '아우'의 '어머니' —가 편히 쉴 수 있는 곳이다. 그것은 '위대한 어머니'의 생명에 필수적이다.

우리가 어떻게 생명을 지속시켜 나갈 수 있을까? 우리는 피가 없이 살아갈 수 없고 뼈가 없이 걸을 수 없소. 여기 모든 마마들이 우리가 말하려고 하는 것이 무엇인지, 어떻게 말을 해야 하는지 동의하고 있지요. 만약 발을 잘라낸다면 나는 걸을 수 없을 거요. 우리가 대지에서 황금을 파내는 일이 이와 같지요. 저 아래 바다 옆에는 호수가 있었고, 거기에 수많은 '어머니들'이 살고 계셨다오. 저들은 석유를 꺼내기 위해 호수의 물을 빼고 바닥을 파냈지요. 언젠가 저 강에 저절로 불이 날 거요. 황금은 자신만의 생각을 하고 말을 할 수 있을 거요. 그것은 살아있는 존재라오. 저들은 당장 황금 약탈을 그만둬야 해요.

만약 황금을 모두 가져간다면 세계는 끝장이 나고 말 것이오. 바나나나무, 모든 나무, 모든 새 들의 '어머니들'은 도적을 맞아왔소. 저들은 '어머니'의 몸을 잘라내고 있어요. 모든 것을 가져가고 있다오. '어머니'로부터 모든 것의 영혼을 훔쳐가고 있지요. '어머니'의 바로 그 영혼과 생각을 훔쳐내고 있는 거라오.

'어머니들'이 땅에서 파내어지고 항아리에서 꺼내어지면 그들로 상징되는 힘들이 흩어져버리고, 세계는 혼돈 속으로 더 깊이 빠져들게 된다. 그들 안에 담겨 있던 조화가 파괴된다. 시에라의 식물과 온갖 생명체가 자손을 번식시키지 못하고 사라지는 것만 보아도 알 수 있다. 코기 족은

288

세계를 이해하는 자신들의 방식을 의심하지 않는다. 그들의 눈앞에서 생명체들이 사라지고 있지 않은가.

저 아래 바다 옆에는 유까, 사탕수수, 바나나, 나무들, 모든 나무들, 모든 새들의 '어머니들'이 살고 있었소. '아우'는 그것들을 파내기 시작했지요. '아우'는 어떻게 무덤을 도굴하면 되는지 배워 모든 '어머니들'을 꺼내기 시작했다오. 저 아래 황금은 경작지에 뿌려진 씨들과 같소. 세란쿠아가 그것을 거기에 심었는데, '아우'가 훔치기 시작한 거지요.

여기에 모든 새들, 마코앵무새, 잉꼬를 데려다놓은 것은 세란쿠아였소. 그들은 파라모 위의 성스러운 호수들 속에 계시는 자신들의 '어머니들'을 보기 위해 바로 이곳 하늘을 날아다니곤 했다오. 그러나 그들은 더 이상 날아오르지 않아요. 너무나 큰 피해를 입고 난 뒤로는 여기에 더 이상 올라오지 않아요.

그렇소. 시에라는 변했고, 풀도 변했소. 우리 지붕을 만드는 데 쓰는 짚도 사라지고 있소. 산들도 변해 가고, 전에는 한 번도 본 적 없는 덩굴과 잡목만 자라고 있다오. 저들은 풀의 '어머니'를 파괴시켜 왔다오. 저들은 계속해서 파괴하고 또 파괴할 거요. 그래 이제는 자라기를 멈추었고, 다른 풀들도 사라지고 있다오.

한번은 마마 발렌시아와 함께 푸에블리토라 불리는 지역으로 갔다. 황금의 '어머니들'께 제물을 바치기 위해서였다. 세상을 조화롭게 하기 위해 마마들이 시에라의 마을들을 돌아다닐 때면 반드시 지니고 다녀야 하는 증표도 가지고 갔다. 그 증표는 아루나에서 음식을 나르는 역할도 하는 것이어서 제물을 바칠 때는 꼭 필요했다. 화사한 옷을 입고 소풍 나온 크리스마스 관광객 속에 섞여서 마마 발렌시아는 마치 아우슈비츠의 유적지를 보러 온 늙은 유태인처럼 두리번거렸다. 그의 그 끝이 없어 보이는 슬픔은 그곳에서 일어난 비극 때문이기도 했고 그 장소의 상징성 때문이기도 했다. 생명의 직조물 안에서 '빌려와 만든 것'이라는 개념을 전혀 갖고 있지 않은 문화에 대고 이야기하고 있다는 것을 잘 알았기에, 그는 내게 최대한 단순한 말로 설명하려고 했다.

우리의 모든 황금 조각과 돌 구슬은 항아리 안에 있어야 돼요. 그런데 지금은 모두 흩어져버렸다오. 집에서 쫓겨나 밖에서 잠을 자야 한다고 생각해 보시오. 그건 마치 그런 것과 같다오. 세란쿠아는 모든 것이 제 집에 있어야 한다고 말씀하셨지요. 우리는 그것들을 항아리라고 보지만 세란쿠아는 집으로 만드신 거라오. '위대한 어머니'께서는 모든 것을 항아리 안에 창조하셨지요. 세란쿠아는 '아우' 역시 항아리 안에다 창조하셨어요. 그러나 '아우'는 더 이상 그에 대해 생각하지 않지요. 오직 파괴만 일삼을 뿐. '어머니'는 모든 것을 만드셨고, 모든 것들의 '어머니들'을 만드셨다오. 이제 그들은 모두 도둑맞아 파괴되고 말았소. 나무, 새, 동물 그리고 사람의 '어머니들'이 파괴되었소. 새들의 '어머니'는 항아리 안에 넣어둔 황금으로 된 작은 새였소. 표범의 '어머니'는 작은 표범이었고. 그들 모두 자신들의 항아리 속에 살았지요. 그러나 모두 도둑맞고 말았소.

그래서 내가 '어머니들'께 제물을 바치러 여기에 온 거요. 그러나 내가 무엇을 할 수 있을까? 나는 예전에 그들이 살던 빈 구멍에다 제물을 놓아둘 뿐. 어쩌면 그들이 여전히 그것들을 받을 수 있을지도 모르지요. 혹은 받을 수 없을지도. 하지만 내가 달리 무얼 할 수 있겠소? 무엇을 할 수 있겠느냐 말이오. 나는 '아우'가 이에 대해 어떻게 생각하는지 알고 싶소. '아우'는 자기가 한 일이 잘한 일이었다고 생각하고 있는 것일까?

카노가 만든 황금 상을 마마 발렌시아에게 선물로 주었을 때, 그는 그것을 쥔 채 한참 동안 말없이 앉아 있었다. 그 황금 상의 머리 주변 뾰족이 나온 곳마다 조그마한 황금 잎이 달려 있었다. 마마 발렌시아는 그것을 골똘히 바라보더니 잎들이 햇빛 아래 흔들리도록 부드럽게 흔들었다. 그는 그것이 무엇인지 정확히 알고 있었다.

이건 우리가 잃어버린 것이라오. 저들이 가져가버린 우리의 비밀스러운 물건 가운데 하나지요. 우리가 전에 가지고 있던 비밀스러운 물건 중 하나와 똑같이 생겼어요. 정말 똑같이 생겼어. 하지만 똑같은 것은 아니오.

'형님들'이 이런 물건들을 가지고 있었소. 그러나 '아우'가 와서 사냥개를 풀자 무서워 달아나면서 떨어뜨린 거지요. 그때 사냥개들이 이것들을 주워 물었다오. 이건 그들이 가져간 것들과 비슷하게 생겼지만 똑같은 것은 아니에요.

'형님'은 이런 것을 일곱 개나 가지고 있었는데, 그들이 모두 가져가버렸다오. 그들은 사냥개를 풀었고 우리는 두려움에 떨었지요. 우리는 달아나느라 바빠 이걸 생각도 못했소. 그들이 우릴 쫓아왔고, 우리는 가방을 두고 달아났던 거요. 저들이 이걸 어디에서 얻었을까?

지금 이것이 나를 슬프게 하는구려. 이것이 날 아프게 해요. 우리가 잃어버린 걸 생각나게 해. 저 아래에서 저들은 너무나 많이 것을 훔쳐갔소. 그래서 보고타의 박물관에 수많은 황금 세공품이 있는 거라오. 이 황금을 만든 이는 세란쿠아였소. '남시코 Namsiko'였다오. 이것은 '신타나 Sintana'에 속하는 것이라오.

그는 그 상이 세상을 창조한, '어머니'의 아들 중 하나를 표현하고 있다고 설명했다. 머리 위 여덟 개의 나선 문양 장식은 아루나의 아홉 세계

복제 황금 상을 들고 있는 마마 발렌시아　　　남시코를 표현한 조각상

중 여덟 세계를 가리킨다고 했다. 가운데에 공처럼 생긴 매듭을 중심으로 나선형으로 퍼져나간 이 장식들은 모칠라의 바닥이나 항아리의 바닥이 맨 처음 만들어지는 순간을 연상시킨다. 그 상 전체 혹은 그 상을 치장하고 있는 것들은 아홉 번째 세계를 의미한다. 머리 위에 앉아 있는 한 쌍의 새 이름은 남미의 큰 독수리, 콘도르이다.

　　남시코는 족장이지요. 새, 뱀, 표범, 이들은 모두 남시코의 수하들 같은 존재이고. 그는 모든 동물, 모든 새의 족장이었다오. 그들의 족장이었다오. 맨 처음 대지가 생겼고, 그 다음 남시코가 태어났지요. 그 뒤로 남시코는 모든 걸 책임지게 되었다오. 사람들이 처음 황금을 만들기 시작했을 때 남시코도 거기 있었어요. 황금을 넣을 항아리를 만들면서.

그러나 내가 마마 발렌시아에게 준 황금 상은 사진처럼 죽어서 딱딱하게 굳어 있는 것이다. 그것은 올바른 방식으로 만들어진 것이 아니었다. 기술적으로 충직하게 본뜬 복사품에 불과했다. 그것은 아루나에서 주어지고 만들어진 것이 아니었다. '철학적인 황금'으로 만들어진 것이 아니었다.

우리는 특별한 물건들을 가지고 있었소. 우리가 두려움에 떨며 도망칠 때 저들이 이 물건들을 가져가더니 이내 우리 무덤을 약탈하기 시작했어요. 심지어 여기까지 올라와 무덤을 파헤치기 시작했지요. 무덤 통로에는 황금을 지키는 보초들이 서 있었는데, 저들은 이것마저 파헤쳐 가져가버렸소. 예전에 우리가 여기에 살 때는 어른 남자들만 바다로 내려갈 수 있었지요. 이들은 황금 세공품이 여자나 아이에게 위험하다는 걸 알고 있었다오. 하지만 이제는 누구나 다 내려가요. 우리 조상들은 생각한 거지요. 저들이 황금을 죄 가져가버린 다음엔 아무도 위험하지 않을 거라고. 그러나 그후로 우리는 모두 아프기 시작했다오. 이제 어떤 마마들은 "비록 저들이 황금을 모두 가져가버리긴 했지만 그래도 제물을 바치는 건 여전히 중요해"라고 말을 하지요. 허나 다른 마마들은 "왜 그래야지? 그게 가치 있다고 말하는 이도 있지만, 이젠 아무 소용 없는 일이야"라고 말해요.

우리는 고통받고 있소. 병 때문에, 몸을 다쳐서 고통받는 사람들이 많다오. '아우'가 우리를 도울 수 있어요. 나는 '형님'이라오. 나는 태양을 보살피고 산을 보살피고 새들을 보살핀다오.

나는 내가 할 수 있는 일이라면 뭐든 했지요.
그러나 오래지 않아 나도 죽게 되겠지.
기침 때문에 너무 힘들어요.

'아우' 는 나를 도울 수 있소.
'아우' 는 나를 구원할 수 있다오.

코기 족이 모두 죽는다면
'아우' 여, 그대는 계속 살아갈 수 있을 것 같소?
태양이 사라지고 세상이 멸망할 거라는
수많은 이야기가 들려오고 있다오.
그러나 우리가 잘 행동하고 잘 생각한다면
세상은 끝나지 않을 거요.
그것이 우리가 여전히 태양과 달과 대지를 보살피는 이유라오.

우리는 늘 별과 산과 태양에게 제물을 바친다오.
그것이 우리가 여기에 살고 있는 이유라오.
내가 계속해서 그렇게 하는 한, 아무 일도 일어나지 않을 거요.
'아우' 에게도 아무런 일이 일어나지 않을 거요.

무덤 도굴

촬영이 끝나갈 무렵 우리는 무덤 도굴 현장을 촬영할 수 있었다. 현장에 초대를 받은 것이다. 프랭키 레이의 친구 몇이 바로 아래 물가에 있는 무덤 몇 개를 도굴하고 있었다. 그곳은 정부 보호를 받는 '타이로나 국립공원'에 속한 지역이었기에 입장권을 사서 들어가야 했다. 아마 도굴꾼들도 입장권을 샀으리라.

해변 바로 뒤에 마치 달의 분화구처럼 생긴 지역이 있었다. 무덤 수십 개가 이미 난폭하게 파헤쳐져 입을 벌린 채로 있었다. 도굴꾼들은 유쾌한 떼거리였다. 건장하게 생긴 메스티소가 우두머리였다. 마약 거래 초창기에 모노 아벨료를 도와 사업이 번창하도록 한 사람 중 하나가 바로 자신이라고 했다.

그들의 행동은 명백히 불법이었다. 고고학자나 코기 족 입장에서 보자면 무척이나 파괴적인 것이었다. 그러나 '구아케로스'(무덤 도굴꾼들)는 자신들이야말로 선량이 시민이며 오히려 법이 자신들을 구속하고 있다고 생각한다. 그들은 대부분 마약 거래에 별로 관여하지 않는데다 토지도 충분치 않아 생존이 쉽지 않았다. 집을 구입하거나 식량을 사서 먹고 살 수 있을 만한 안정된 직업도 없었다. 그들 생각엔, 땅 속에 황금이 있다면 그것을 파내 콜롬비아의 문화 유산이 빛을 볼 수 있게 하는 게 당연한 일이었다. 그 덕에 자신은 물론 국가도 이익을 볼 수 있으니까.

일반 콜롬비아 사람들은 법이 자기네 편이라고 생각하지 않는다. 개인 차원에서, 법이란 조그만 범죄에도 권한을 휘두르는 경찰을 의미한다.—사람들은 벌금을 물려도 사유 재산을 몰수해 가도 속수무책이다. 그것은 국가가 저지르는 도둑질이라는 게 그들 생각이다. 좀 추상적으로 말한다면 법은 부패한 정권의 도구라는 것이다. 1950년대의 '라 바이오렌시아'는 다른 모든 당파를 제친 채 당시 권력을 거머쥐고 있던 자유파와 보수파간의 협정으로 종결된다. 그 결과 정치적인 힘이 지방과 중앙의 소수 독재자에게 집중되면서 부패와 후원의 뿌리 깊은 구조가 자리 잡게 되었다. 대다수의 콜롬비아 인은 법이 정직하다고 생각하지 않으며, 법규를 지키는 것보다 명예로운 행동을 더 높이 산다.

리카르도가 호의와 우정을 가지고 우리를 든든히 지켜준 것처럼, 구아케로스도 호의와 우정을 가지고 우리를 대했다. 우리는 그들의 손님이었다. 우리가 찍고 싶은 것은 무엇이든 촬영을 허락했다. 며칠 후 촬영 팀의 일부가 산타 마르타에 모여 회식을 열기로 했을 때는 행여나 해를 당하지 않도록 동행해 주었고, 촬영이 끝났을 때는 공항까지 따라와 우리가 안전하게 떠나는 것을 지켜봐 주기도 했다.

그들은 자기들이 토착민의 적이라고는 생각하지 않았다. 언젠가 우연히 그들 중 한 명을 산타 마르타 거리에서 만난 적이 있었다. 거리에서 지나가는 행인을 붙들고 무덤 부장품을 팔고 있었는데, 나는 그에게 '인디언의 집'으로 내가 고른 품목 몇 가지를 가져오라고 했다. 그곳에서 코기 족 몇 명이 그가 가져온 물건을 볼 수 있었다. 그와 함께 온 사람 중에는 도굴꾼의 우두머리도 있었다. 그들은 가지고 온 물건을 라몬과 마마 발렌시아 등 몇 명의 코기 족 앞에 늘어놓았다.

나는 마치 강제수용소의 경비병에게 죽은 자에게서 뽑은 금니를 그 가족에게 보여달라고 요구하기라도 한 것처럼 몹시 난감한 기분이 들었다. 이들의 만남으로 어떤 결과가 초래될지 알 수 없었다. 서로를 이해하기 어려운 윤리 체계를 가진 양측이 둘 모두에게 큰 가치를 지닌 물건을 앞에 두고 어떤 방식으로 대면하게 될지 궁금할 뿐이었다.

도굴꾼들이 가져온 물건을 보고 충격에 싸여 있는 코기 족에게 나는 어떤 물건이 가장 가치가 큰지 물었다. 그들이 고른 것은 내가 길거리에서 사라고 종용받던 물건이었다. '세와' 돌들을 꿰어서 만든 끈이었는데, 그것은 제물로 사용되기도 하고, 어떤 일을 하도록 허가할 때 마마가 그 당사자에게 주기도 했다. '세와'는 불투명한 반보석에서 잘라낸 것으로 크기나 모양은 윗옷에 다는 둥근 단추와 비슷했다. 코기 족은 이것을 '씨앗'이라고 부르면서, 이 '씨앗들' 없이는 식물이 모두 죽을 거라고 했다. 나는 그 끈을 사서 코기 족에게 선물로 주었다.

그 당시 구아케로스는 나를, 무덤 소유권을 주장하는 코기 족과 아주 가까운 관계로 보았음에 틀림없다. 그러나 그들은 자신들이, 코기 족이 생각하듯, 야만적인 약탈자나 신성 모독자라고 생각하지 않았다. 그들은

작업중인 무덤 도굴꾼들

오히려 콜롬비아의 문화 유산을 세상의 빛 앞에 내놓고 있다며 자신들의 역할을 자랑스러워했다. 비록 돈을 위해 하는 일이긴 하지만 그들 역시 자신들의 발견물에 커다란 존경심을 가지고 있었다. 나는 지형을 읽고 판독하는 법, 발굴한 것을 해석하는 법 등을 무덤 도굴꾼들에게서 배웠다는 고고학자도 만난 적이 있었다. 확실히 도굴꾼은 자신들이 파헤치고 있는 무덤에 대해 상당한 식견을 갖추고 있었다. 예를 들어 그들은 도굴하는 무덤 속에 흩어져 있는, 깨어지고 불에 탄 조개껍데기 흔적만 보고도 무덤의 소장품에서 무덤 주인이 어떤 사람인지까지 정확히 지적해 냈다.

반면에 그들은 자신들이 찾아낸 것들에 담긴 신비한 의미는 전혀 몰랐다. 촬영 당시 그들이 도굴하던 무덤에는 커다란 항아리가 묻혀 있었다. 타이로나 이전 시대의 것이었다. 나는 그 항아리의 쓰임새가 코기 족이 묘사한 것과 똑같이 균형, 조화, 건강을 창조하는 데 있다는 것을 믿어

의심치 않았다. 물론 무덤 도굴꾼에게는 그저 금전적인 가치로밖에 보이지 않았을 것이다. 도굴꾼들이 이 위대하고 장엄한 물건을 바닥에서 들어 올리는 순간 항아리가 산산이 부서져 가루로 변하고 말았다. 구름처럼 피어오르는 먼지 가루가 무덤을 채우며 마치 으르렁거리듯 쓰게 웃는 것 같았다. 남은 것은 그들 머리 위로 빈 가장자리를 붙들던 두 개의 테뿐이었다. 세계를 지탱하고 있는 조화를 아무 생각 없이 파괴하는 '아우'의 이미지, 그것은 극적이고 강렬한 순간이었다.

그들에게는 그날이 돈이 되는 날이었다. "거기에 마치 씨앗들처럼 모셔져 있는" 금붙이들이 땅에서 엄청나게 쏟아져 나오고 있었다. 한쪽 무덤에서 무리와 떨어져 조용하게 일하던 한 소년은 30분 만에 몇 년을 정직하게 일해야 벌 수 있는 돈보다 많은 1만 4천 달러 어치의 황금 세공품을 꺼냈다.

우연하게도 우리는 결정적인 순간을 촬영하고 있었다. 도굴꾼들은 아마 일 년에 한 번 정도나 이런 규모의 발굴을 할 수 있을 것이다. 그들 중 몇은 아 라 카노à la Cano에서 복제품 만드는 일을 하고 있었다. 우리가 촬영한 도굴꾼 중 한 명은 날조 전문가로 유명한 사람이었다. 실제로 그는 파헤친 무덤에 자기가 만든 모조품을 넣어놓고 그곳으로 고고학자들을 안내한 적도 있었다. 그에 따르면 그들은 "황금 코끼리를 찾기 전까지" 완전히 속았다고 했다.

우리는 아주 능숙한 전문 날조꾼들과 일을 하고 있는 것이 확실했다. 그들은 심지어 발굴 품목에 코끼리를 포함시켜서는 안 된다는 것까지 알고 있었다. 사실 나는 이것들이 모두 우리에게 팔기 위해 무덤 속에 놓아둔 가짜라는 확신이 강하게 들었다. 누군가 내게 조용히 "소년이 파낸 것들을 사세요. 싼값에 살 수 있을 거요. 촌뜨기잖소. 저 아인 자기가 받은 값에 만족할 겁니다"라고 말하는 소리를 듣고 내 확신은 더 강해졌다.

나중에 나는 그 아이가 발굴한 것들을 엘 모노의 아내가 구입했다는 이야기를 들었다. 나는 내 견해를 수정해야 했다. 마약 재벌의 아내에게 가짜를 팔지는 않았을 테니까.

박물관의 황금

정복 초기에 빼앗은 황금은 모두 녹여졌다. 지금은 그런 일이 없다. 황금은 박물관으로 가거나 개인 소장품이 된다. 황금 세공품은 박물관에 말없이 앉아 있다. 그리고 그것들의 '힘'을 오직 황금으로서만 인식할 뿐 그 쓰임새나 중요성을 전혀 이해하지 못하는 사람들이 그것들을 쳐다 본다. 그레이엄이 한번은 '황금전시박물관'에 갔는데 알후아코 마마가 전시장 곳곳을 돌아다니면서 황금 '어머니들'에게 노래하는 모습을 보았다고 했다. 나는 촬영을 위해 마마 발렌시아를 산타 마르타로 데리고 갔다. 우리는 전시품을 보기 위해 작은 박물관으로 들어갔다. 손목 띠와 흉패 등 몸에 두르는 장식물부터 보기 시작했다.

이것들은 '아가haga'라고 하지요. 춤출 때 이것을 입었어요. 비를 부르고 나무와 강에 축원하기 위해 춤을 출 때 이걸 목과 손목에 둘렀다오. 그대가 조상들과 이야기하고 싶다면 이런 '아가'를 입는다오.

그는 상들이 있는 곳으로 갔다. 그 중에는 카노가 만든 복사품과 비슷한 남시코도 있었다. 또 땅 속 항아리들에서 나온 여러 종류의 황금 '어머니들'도 있었다.

저기 저것이 모든 '아우들'의 '어머니'라오. 이들을 모두 저들이 가져갔어. 아아.

내가 만약 '아우'의 말을 할 수 있다면 '아우'에게 이들을 어떻게 보살피고 있는지 물어볼 텐데. 먹을 것은 어떻게 가져다주는지, 땔감을 어떻게 가져다주는지. 저곳에서 이들이 슬퍼하고 있구려. 저런 식으로 가두어 놓았으니 말이오. 그래서 저 많은 질병이 만연하게 된 거라오. 이들을 여기에서 어떻게 보살피고 있는지, 내가 저들의 말을 할 수만 있다면 물어 보았을 텐데. '어머니'는 이들을 적절한 장소에 두었었지요. 이제 '아우'들은 이들을 여기에 죄수처럼 가둬놓고 음식도 주지 않은 채 한갓 구경거리로 만들어놨구려.

마마 발렌시아가 말하는 음식과 땔감은 '어머니들'이 제대로 일할 수 있도록 아루나에 바치는 제물이다. 그들의 '힘'은 점점 쇠미해지고 세계는 혼돈 속으로 빠져들고 있다.

'형님들'은 우리가 코기 족이 되어 이 같은 제물을 바치기를 기대하지는 않는다. 우리는 아루나에서 일하지도 않고 그것을 이해하지도 못한다. 그러나 그들은 무덤을 도굴하는 것이 세계의 기반을 파멸하는 것이며, 도굴을 멈추지 않는다면 우리가 무엇을 하든 그것은 아무 의미가 없다고 분명히 확신하고 있다. 이 세상의 모든 과학이 이미 깨진 조화를 회복시킬 수 있는 건 아니다. 이제 항아리 안에서 누구의 손도 타지 않고 남아 있는 '어머니'는 극소수이다. 세계의 마지막 실들이 잘려졌다. 마지막 핏방울이 도둑맞았다.

우리는 어느 달에 세계가 멸망할 것인지 어느 날에 세계가 끝날 것인지 모른다오. 우리는 아직 몰라요. 왜 대지가 쓰러지고 있겠소? 저들이 너무 많은 석유와 석탄을 약탈하고 광물을 파내면서 '어머니들'을 찢어발겼기 때문이라오. 그래서 대지가 쓰러지고 있는 거라오.

이런 온갖 약탈 때문에 태양조차도 꺼지고 말 거요. 대지가 끝장이 날
때는 불, 의자, 돌…… 모든 것이 멈추고 모든 것이 끝장날 것이오.

세계의 심장

   하마터면 누후에를 불태우고 그 안에 앉아 있던 사람들을 모두 황천길로 보낼 뻔한 해프닝으로 시작한 첫 번째 촬영 여행은 한겨울 동지 바로 전에 시작해서 새해에 끝났다. 우리 앞에 펼쳐진 저 높은 산들 위에서는 마마들이 남쪽 하늘을 움직이는 해를 따라 돌기 시작해 해가 하늘을 가로질러 북쪽으로 나아갈 때까지 아흐레 동안 의식을 치르는 춤을 추었다.

   이 의식을 지켜보는 일은 허락되지 않았다. 코기 족 생각에 그 의식은 자기네가 전하고자 하는 메시지에 꼭 포함시킬 만한 내용이 아니었다. 카보들이 길과 산등성이를 지키고 서서 누구도 침입하지 못하도록 막았다. 그러나 마마들은 촬영을 위해 일부러 여러 마을에서 와 며칠씩 보내면서 자신들이 거들 수 있는 부분을 도왔다. 마마 발렌시아, 카시크 마마, 후안 하신토, 헤페 마요르 등 일단의 마마들은 이번 작업의 일체를 감독하기 위해 우리와 늘 함께 있었다.

   저녁이 되면 우리는 우리 자신만의 의식을 열었다. 촬영 팀이 가져온 크리스마스 보따리에는 입으로 바람을 불어넣을 수 있는 아주 깜찍한 눈사람과 약간의 술이 들어 있었다. 가끔씩 리카르도는 한밤중에 밀림으로 사라졌다가 잠시 후 치린체Chirinche 한 병을 들고 다시 나타나곤 했다. 치린체는 집에서 사탕수수로 만드는 술인데 명목상으로는 집에서 빚는 것이 불법이었다. 콜로노들은 이 술이 워낙 뛰어나다보니까 양조 회사들이 이 술의 시장 유통을 막고자 정부에 뇌물을 먹인 탓이라고 생각했다. 아일랜드에서도 집에서 술을 빚는 사람들 사이에 이와 비슷한 생각이 퍼진 적이 있었다. 양쪽 다 거대한 양조 회사들이 소규모 제조자에게 불리하도록 모종의 음모를 꾸몄을 수는 있다. 그러나 나는 콜롬비아의 밀림에 사는 단순 정착자들이 가지고 있는 믿음, 즉 여건만 된다면 세상이 치린체에 열광할 것이라는 믿음은 잘못되었다고 분명히 말할 수 있다.

치린체에 대한 최고의 칭찬은 다 마셔갈수록 맛이 더 좋아진다는 것이다. 마지막 3분의 1은 실제로 꽤 마실 만하다.

나의 계절 의식儀式은 '샤누카Chanukah' [1]이다. 사무실 동료 한 사람이 고맙게도 펠리시티를 통해 나에게 샤누카 초들을 주었다. 덕분에 매일 밤 나는 촛불을 밝힐 수 있었다. 아홉 개 들이 초 한 세트를 다 태울 때까지 매일 밤 하나씩 불을 밝혔다. 갈수록 더 많은 코기 족 사람들이 이 작은 의식을 보러 왔다. 그러나 나는 그들이 이 의식을 어떻게 생각하는지는 알 수 없었다.

바깥 세상에 대해 코기 족이 보이는 호기심에는 한계가 있었다. 그러나 그들은 자주 나에게 내가 어디서 왔는지 설명해 달라고 했고, 어떤 때는 우리가 어떻게 살고 있는지 이야기해 달라고도 했다. 이런 대화 중 가장 보람이 있었던 것은 지구 위 어디쯤에 영국이 자리 잡고 있는지 설명해 줄 때였다. 북쪽으로 갈수록 더 추워진다는 것은 이해하기 어려운 일

---

1) 하누카라고 하기도 한다. 헤브루 어로 '봉헌' 이라는 뜻. 유태인들의 절기. 키슬레브월(12월) 25일에 시작하여 8일간 이어진다. —옮긴이

이 아니었다. 코기 족의 상식으로는 영국이 파라모와 비슷한 땅으로, 그러니까 시에라의 고지대와 유사한 곳이라고 인식되었다. 나는 그들이 영국을 아주 높은 지대에 위치하는 것으로 여긴다는 생각이 들었다. 그들은 확실히 내가 묘사한 식물이나 나무가 고지대에 속하는 것들이라고 느꼈다. 계절에 대한 개념도 그들에게는 매우 흥미로운 현상이었다. 기술과 관련한 질문은 단 하나뿐이었는데, 그것은 우리의 의복에 대한 것이었다. 섬유는 어떤 것을 사용하는가? 염색은 무엇으로 하는가?

이 마지막 질문을 한 사람은 마마 피스칼이었다. 아내와 함께 가장 신성한 장소 가운데 한 곳에서 내려온 그는 포포로에 쓸 조개껍데기를 태우는 의식을 보여주었다. 이번에는 제대로 된 조개껍데기를 한 자루 가지고 갔다. 그리고 특별히 마마들을 위해 아주 값진 제물용 조개껍데기도 조금 가져갔다. 조개껍데기들이 미리 씻겨져 있어 약간 걱정이 되었지만, 원래 포포로용 조개껍데기는 깨끗이 씻어서 쓰며, 껍데기에 붙어 있는 것들은 모두 바다로 되돌려진다는 사실을 알게 되었다. 나는 이번에도 운 좋게 선물을 잘 고른 셈이었다.

조개껍데기 태우기

마마 피스칼은 아이들 몇을 앉혀놓고 어떻게 불을 지펴서 조개껍데기를 태우는지 가르쳤다. 그는 일정 수의 작대기를 불의 카보들인 두 지점 사이에 직각으로 세웠다. 그것은 베틀의 이미지이자, '의식을 행하는 집'의 바닥이 지닌 이미지였다. 또 우주를 나타내는 십자 이미지이기도 했다. 그는 일곱 세계를 나타내는 작대기 일곱 개를 세고 나서, 조개껍데기 아홉 개를 마치 샌드위치 모양으로 그것들 사이사이에 끼워 넣었다. 그러더니 통역을 하고 있던 환초—선교사들이 데려갔다가 다시 집으로 돌아온 소년—의 옆구리를 슬쩍 건드렸다.

생각을 잘해야 돼. 조개껍데기들을 태울 때는 아루나에서 '어머니' 메투사Methusa를 생각하는 거야. 그냥 아무렇게나 태워서는 안 돼. 만약 네가 아무렇게나 태운 조개껍데기로 가루를 내서 쓰면 오한이 들게 돼. 그러니까 조개껍데기를 정성스럽게 씻는 거야. 좋아, 이제 이 대목에서 난 '아우'에게 곧장 이야기해야겠군. 처음에 '어머니'는 아홉 아들을 의미하는 조개껍데기 아홉 개를 센다오. 그러고는 다시 아홉 딸을 의미하는 조개껍데기 아홉 개를 세지. 환초, 너는 '아우'처럼 되고 있구나. 넌 우리가 이 모든 걸 그만둬야만 한다고 생각하는 거냐?

이 말을 듣고 있던 환초는 당황해서 "아니오"라고 대답했다. 그에게 그건 좋은 생각 같아 보이지 않았다.

조개껍데기가 다 타자 그는 호리병박에 그것들을 넣어 빻은 다음 거기에 물을 부었다. 호리병박 주둥이에서 연기가 피어올랐다. 학창 시절의 화학 수업 광경이 떠올랐다. 조개껍데기의 성분은 석회이다. 석회를 태우면서 산소를 첨가시키면 탄산칼슘(생석회)이 되고, 생석회에 물을 넣으면 발열 반응으로 인해 중탄산칼슘(소석회)이 된다. 내 기억에, 화학 선생님이 이 실험을 해보인 까닭은 이 과정에서 수소 가스가 생기는 것을 증명하기 위함이었다. 그는 왜 누군가 소석회를 얻으려 하는지는 전혀 설명하지 않았다. 아마도 소석회를 코카 잎과 함께 먹는다는 생각은 꿈에도 해보지 못했을 것이다. 그런데 그때 그는 왜 우리에게 그 화학 반응을 이해시키려 했을까? 삶은 온통 수수께끼투성이다.

마마 피스칼은 멋진 시간을 보내고 있었다. 치린체를 마신 탓인지 촬영이 끝나자마자 그는 기분이 한껏 고조되어 춤을 추기 시작했다. 마마와 마찬가지로 살아있다는 기쁨에 취한 카메라맨 빌 브룸필드Bill broomfield는 꼬마 아이들과 놀기 시작했다. 그는 아이들을 한 명씩 머리 위로 올려 그네를 태웠다. 마마 피스칼이 그에게 뛰어오르더니 "나도! 내 차례야!" 하고 소리쳤다.

시에라에서의 가장 유쾌한 추억 중 하나는 붉은 턱수염을 기른 커다란 남자, 빌 브룸필드가 자그맣고 빛나는 존재인 마마 피스칼을 높이 들어 올리는 장면이다.

수녀들

단 하나 약간 불쾌한 것은 산 안토니오에서 들려오는 소문들이었다. 수녀들의 직접적인 반대는 많이 잦아든 편이었다. 교회는 며칠 동안 선교원에 젊은 신부 한 사람을 보내 수녀들이 문제를 일으키지 못하도록 했다. 수녀들을 대하는 신부의 태도는 전혀 자분자분하지가 않았다. 그는 심지어 수녀들이 16세기 기준으로 봐도 뒤떨어진다고 생각했다. "그들이 무슨 생각을 하든 누가 상관하겠어요?" 그는 이렇게 물었다. "이건 코기 족이 원하는 일이잖아요."

하루는 이 멋진 남자가 그레이엄에게 수녀들의 학교가 학생을 천 명은 수용할 수 있는데도 겨우 스물 세 명밖에 없다는 말을 했다. 그러면서 "만약 거기에 그 똑똑한 수녀라도 한 사람 없었다면 그마저 안 됐을 겁니다"라고 덧붙였다. 아파하는 아이가 있을 때마다 그 똑똑한 수녀는 아이 부모에게 아이가 나을 때까지 선교원에 둬야 한다며 설득했다. 그 덕분에 아이의 치료는 아주 천천히 이뤄졌다.[2]

수녀들이 비록 침묵을 지키고는 있지만 그들이 불러일으킨 불안의 여파는 여전히 산 안토니오 부근을 휘젓고 있었다. 우리가 황금을 훔치고 아이들을 훔치고 코기 족을 BBC의 노예로 넘긴다는 이야기가 계속해서 떠돌고 있었다. 그러나 우리 가까이에 있는 어느 누구도 이 점을 염려하는 것 같지는 않았다.

'의식을 행하는 집'을 설명하다

나는 만약 '아우'가 마마들을 진지하게 받아들이도록 만들려 한다면 마마들의 말이 진실임을 증명해야 한다고 말했다. 즉 자신들이 알고 있는 사실을 어떻게 알았는지 설명해야 한다고 나는 마마들에게 말했다. 그들은 나의 말을 완벽하게 이해했고, 자신들이 가진 지식의 배경에 대해 가능한 한 많이 설명하려고 했다.

지식을 전달하는 것이야말로 그들에게는 근본적인 일이다. 그들에 있어 지식의 전달은 두 가지 형태를 띤다. 한 가지는 제자 마마인 모로를 교육시킴으로써이고, 다른 하나는 '의식을 행하는 집'인 누후에에서의 삶을 통해서이다.

누후에는 다목적 건물이다. 법정이기도 하고 회의장이기도 하고 교실이기도 하고 기숙사이기도 하다. 대중은 거기서 많은 시간을 마마들의 가르침을 들으며 보낸다. 그것을 '충고하기'라고 부른다. 이 자리는 종종 아주 격렬한 형태로 번지기도 한다. 사람들로 가득 찬 누후에 안에서 마마, 카보, 코미사리오 들이 흥분해서 대중을 몰아붙이는 동안 그레이엄이 상황 파악을 못한 채 멀뚱히 앉아 있곤 한 적이 벌써 몇 차례였다. 그들 중 절반은 주의 깊게 들었고 나머지 반은 졸았다. 마침내 마마 한

---

2) 집으로 돌아갔다면 빨리 치료될 수 있었는데도, 똑똑한 수녀가 수녀원 학교의 인원수를 채울 심산으로 집으로 돌려보내지 않는 바람에 치료가 늦어졌다는, 비꼬는 투의 말―옮긴이

사람이 신선한 공기를 쐬러 밖으로 나갔다. "도대체 무슨 일이 일어나고 있는 거죠?" 그레이엄이 물었다. "아, 별일 없소. 사람들한테 '법칙'을 상기시켜야 하니까 말이오. 그럴 땐 소리 지르는 게 더 나아요. 그러면 들을 테니까. 하지만 다들 게을러서 아무리 말해도 잊어버린다오."

이제 마마들이 '아우'에게 충고를 하고 있었다. 이는 그들이 자주 보여온 행동 방식이었다. 그들의 이런 말하기 방식을 분석해 보는 것도 재미있을 것이다. 마마 베르나르도가 누후에를 설명하는 방식을 예로 들어 보자.

그의 말은 네 부분으로 구성되어 있다. 그는 어떤 것이든 이런 방식으로 분석되어야 한다고 설명했다. 첫 번째 부분은 살아있는 것으로서 누후에의 특성에 관련된다. 그는 누후에의 구성 요소 중에 물이 존재한다는 이야기부터 꺼냈다. 물은 두 가지 방법으로 그곳에 존재하고 있다. 첫 번째는 그 구성 요소인 나무 속에, 두 번째는 산으로서의 누후에 이미지 속에. 그건 모든 산에는 물이 있기 때문이다. 이 의미는 너무나 분명해서 그는 설명하는 데 전혀 어려움을 느끼지 않았다. 왜냐하면 그가 쓰는 언어에서 '물'이라는 것은 자동적으로 창조 당시의 태곳적 물을 의미하기 때문이다. 태초에는 모든 것이 물이었다. 그리고 물은 '어머니'였다. 그것은 아루나였다. 물, 즉 생명의 정수가 있는 곳에 기억이 존재하고 잠재의 가능성이 존재하고 있었다. 대지 역시 '어머니'이다. 그렇게 그는 물이 생명력과 연결되어 있으며 물이 말랐다는 것은 죽은 것이라는 이야기를 하기 시작했다.

우리가 지금 '대지'를 말하는 까닭이 뭐겠소? 왜 '물'을 말하는 거겠소? 그건 그것들이 태초부터 존재했기 때문이오. 그게 바로 우리가 지금도 '물'을 말하는 까닭이오. 태초에 우리는 물에서 생겨났다오. '어머니'

가 우리를 거기에서 만드신 거지요. 모든 나무들, 저 나무, 다른 나무, 또 다른 나무 모두가 물을 지니고 있소. 나무는 말라 죽었을 때라야 자를 수가 있고 땔감으로 사용할 수가 있다오. 어떤 나무라도 불을 피우는 데 사용할 수 있다오.

우리는 모두 물이 필요해요. 물 없이는 살 수가 없소. 조개껍데기도 물로 썻고, 요리도 물이 있어야 하고. 수많은 것들. 그리고 우리가 보는 모든 산에는 물이 있다오.

맨 처음 만든 '의식을 행하는 집'들은 아주 작았다오. 그것들은 아루나에서 만들어졌지요. 하지만 오늘 우리가 갖고 있는 것들은 다 커요. '어머니'는 우리에게 모든 산을 돌보라고 말씀하셨소. 그것들이 '의식을 행하는 집'이지요. 우리가 보고 있는 모든 산이 다 살아있다는 걸 우리는 알고 있다오.

따라서 우리가 이해해야 할 첫 번째 요점은 물이 단순한 액체가 아니라는 것이다. 물은 우리가 생겨나온 최초의 정신적 대양spirit-ocean이다. 물을 함유한 존재라면 어떤 것이나 아루나가 지닌 생명의 특질을 띠고 있다. 나무와 산처럼 '의식을 행하는 집'에도 물과 정신적인 생명spirit-life이 있다.

세계의 창조란 아루나를 배열해서 형태를 부여한다는 의미였다. 그 결과로 생성된 모습은 혼돈 상태와는 구별되는—즉 반대되면서 동시에 상호 보완적인 힘들이 분리된 상태로 있는—십자형의 기본 형태를 취한다. 이러한 힘들을 분명히 드러내서 분리하는 것이 세계 창조의 토대를 이룬다. 이것이 가르침의 두 번째 내용이다. 이렇게 두 번째 부분은 반대되는 두 개의 쌍, 즉 네 부분으로 세계가 분할된다는 것을 가르치고 있다.

단 하나의 산에 대해 말을 해도 나흘 밤이 걸린다오. '어머니'는 우리에게 자기가 만든 모든 존재에 대해서 네 가지 중요한 생각이 있다고 말씀하셨소. 그래서 우리가 처음 만든 '의식을 행하는 집'에 네 개의 불을 밝힌 거지요. 이곳에는 이 집을 오른쪽과 왼쪽으로 나누는 기둥 두 개가 있소. (기둥 밑으로는 돌로 된 토대들이 있지요. 이건 그것들의 의자라오.) 그러니 그대는 이 네 가지를 이야기해야 돼요. '어머니'는 이걸 말씀하셨다오. 신성한 산에 대해 이야기할 때 마마들은 항상 네 가지 것을 이야기해요. 모든 산에는 '천둥 사내들'이 살고 있지요. 또 모든 산에는 '천둥 여자들'도 살고 있어요. 밑에서부터 꼭대기까지 이 산들을 만들고 그곳에 살고 있는 이들이 바로 그들이라오.

코기 족이 '의자'라고 할 때 그것은 세상과 조화를 이루며 앉아 있는 장소를 의미한다. 오른쪽과 왼쪽을 분명하게 나누는 기둥들은 균형을 이루어 편안한 상태를 상징한다.

천둥 사내들과 천둥 여자들은 아루나의 '힘'들인 천둥의 '아버지' '어머니'들이다. 물을 지닌 다른 모든 존재들처럼 그들도 생명을 가지고 있다.

'의식을 행하는 집'의 생명력을 분명하게 밝히고, 이 생명력이 산들의 생명력에 필적한다는 것을 또 분명히 밝히고, 다시 그것이 반대편으로 배열되는 과정을 명백히 한 뒤, 마마 베르나르도는 호모 사피엔스를 소개한다. 그는 인류 역시 이 세계의 부분이라고 설명한다. 인류 역시 아루나의 물에서 형성되었으며 자연계에 자신의 자리를 가지고 있다.

처음에 우리는 물에서 형성되었소. 그래서 우리에게 눈물과 침이 있는 거라오. '어머니'가 처음 인간을 만들었을 때 '어머니'는 눈을 먼저 만들

'의식을 행하는 집' 안에 모여 있는 남자들

었다오. 그 눈은 '어머니'가 처음 만든 다른 것들처럼 둥글게 생겼지요. '아우'는 우리가 다 잊어버렸다고 생각하지만 우리는 잊지 않았다오. 우리는 아직도 잘 알고 있어요. 우리는 아직도 '어머니'께서 첫 번째 인간을 만들기 위해 얼마나 열심히 일하셨는지를 알고 있다오. 지금 '아우'는 우리에게 첫 번째 인간이 어떻게 만들어졌는지 묻고 있소. 우리는 이야기해 줘야 해요.

'어머니'는 우리를 저 아래 깊은 대지 속에다 만들어놓으셨소. 우리가 대지를 뚫고 위로 위로 올라온 거지요. 우리가 여기까지 올라오는 데 모두 아홉 세계를 거쳐야 했소. 그러나 우리는 여전히 한가운데에 있을 뿐. 영혼을 위한 아홉 세계가 저 위에도 존재하고 있다오. '어머니들'과 '아버지들'은 더 높이 높이 올라갔거든. 그들은 저 하늘 너머로 갔지요. 사람들이 죽을 때 사람들의 영혼 역시 하늘로 올라간다오. 그렇게 가장 밑에서부터 '쿠리안Kurian'에 이르기까지 일곱 세계가 있다오. 쿠리안은 '어머니' 께서 휴식을 취하는 곳이라오. '어머니'는 더 위로 올라와서 이곳, 우리가 살고 있는 세계에 다다랐지요. 그 뒤 '어머니'는 더 멀리 올라갔다오. 우리가 죽으면 우리 또한 저 하늘로 '어머니'를 따라 올라간다오.

　태초가 어떻게 형성되었는지 '아우'가 이해할 수 있도록 설명해 주는 것은 좋은 일이오. 아마도 '아우'는 태초가 어땠는지, 우리 모두가 처음에 어떻게 만들어졌는지 우리가 자기들한테 말해 줄 수 없을 거라 생각하겠지만.

아래 아홉 세계를 통한 발전 과정, 그리고 위로 아홉 세계의 존재는 다음에 이어지는 '의식을 행하는 집'의 구조를 이해하기 위해서도 조리 있게 설명될 필요가 있다. 일곱 번째 세계인 쿠리안은 나도 이해하지 못하는 세계이다. 마마 발렌시아는 가끔 내가 일곱 번째 세계의 사람이며 자신은 아홉 번째 세계의 사람이라고 말하곤 했다. 그가 이런 말을 할 때는 늘 나에 대한 애정과 호의가 느껴졌다. 그러나 이 말은 또한 자기가 더 완벽하고 더 현명하며 더 온전히 형성된 사람이라는 뜻이기도 했다. 이 말은 일곱 달 만에 태어난 조숙아, 그러니까 뼈가 아직 여물지도 않은 채로 태어난 아기를 보며 코기 족이 느끼는 감정과 비슷한 것 같았다.

　마지막으로 배운 것은 누후에가 아무렇게나 지은 게 아니라 '어머니' 한테서 배운 설계법에 따라 지은 것이라는 사실이다. 누후에는 '어머니의 법칙'대로 지은 집home이다.

　우리가 어떻게 살아야 하는지 가르친 이는 '어머니'였소. '어머니'는 '아우'도 가르쳤지요. '칸토토cantoto'(문 안쪽에 있는 가로대를 지탱하는 기울어진 기둥들)를 보구려. 그것들은 마마와 코미사리오를 지켜주는 카보들과 일반 대중들이라오.

우리는 기둥 네 개를 지붕 꼭대기에 설치한다오. 그렇게 해서 네 기둥이 지붕의 뾰족한 두 부분을 지탱할 수 있도록 하지요. 덩굴 위의 조그맣고 둥근 곳은 이 뾰족한 부분들을 위한 의자라오. '어머니'께서는 지붕을 엮을 수 있도록 풀을 주셨다오. 이에 관해선 밖에 나가서 자세히 이야기해 드리리다.

이엉을 제대로 엮으려면 한번은 위로, 한번은 아래로, 또 다음번은 위로, 이렇게 계속 방향을 바꾸면서 엮어나가야 해요. 그런 식으로 해서 짚을 모두 아홉 층으로 쌓지요. 지붕 꼭대기에 오른다는 건 아래로부터 아홉 세계를 거쳐 이곳 우리의 세계로 올라오는 것과 같다오.

완전한 조화는 세계 안에서 작용하는 힘들의 균형에 달려 있다. 그 균형에는 성별의 균형도 포함한다. 누후에는 남자들의 집이고, 여자들은 그들만의 집이 따로 있다. 그러나 아루나에서는 각자의 집에 있는 것들에서도 성별의 균형이 이루어져야 한다.

그대는 화톳불 네 개를 보았을 거요. 두 개는 왼쪽에, 두 개는 오른쪽에 있지요. 이 불들 주위로 돌들이 있고. 이 돌들은 여자들이라오. 여자들 집에는 어디나 돌이 세 개 있는데, 그것들은 남자들이지요. 불이 지펴져 타기 시작하면 각 방향에 나무토막을 두 개씩 두어야 해요. 그리고 이들 나무토막 위에 막대기들을 놔둬요. 이것들이 마마, 카보, 대중 그리고 코미사리오 들을 따뜻하게 해주지요. 누후에서는 불 가까이에 돌들이 있다오. 여자들 집에서는 돌과 불이 집 안쪽에 있지요.

불을 축원하기 위해서는 불의 '어머니들'과 나무토막의 '어머니들'에게 마음을 모아야 돼요. 우리는 '어머니'에게 '의식을 행하는 집'에 불을 피울 수 있도록 허락해 달라고 요청하지요. 세란쿠아는 '의식을 행하는 집' 마다 '두무나dumuna'(식물의 일종)를 갖다놓고 태우라고 말씀하셨다 오. 나쁜 영혼들을 없앨 때 이걸 사용하는 거지요. 우리는 '의식을 행하는 집' 이건 여자들의 집이건 모두 두무나를 태워서 깨끗이 한다오. 두무나에 도 좋은 두무나와 나쁜 두무나가 있고, 왼쪽 두무나와 오른쪽 두무나가 있지요. 우리는 누후에의 왼쪽에 커다란 두무나를 두고 오른쪽엔 작은 두 무나를 둔다오.

마침내 마마는 그 동안 설명한 것들을 요약한 뒤, 어떻게 누후에가 코 기 족의 전통과 지식을 전승하는 중심으로, 다시 말해 '세계의 심장' 안 에서도 심장으로 작용하는지 설명했다.

'의식을 행하는 집' 에는 화톳불이 네 개가 있소. 이것은 세계를 지탱하 는 기본 방위점이지요. 동시에 이 불들은 '의식을 행하는 집' 도 지탱해 준 다오. 소년을 데려와 고백도 시키고 가르침도 전할 때 우리는 그 소년을 '의식을 행하는 집' 한가운데에 세우지요. 마마들은 항상 이렇게 말을 해 요. "소년에게 제대로 가르침을 전하려면 아이를 데려와 '의식을 행하는 집' 한가운데에 세워야 한다"고. 우리에게 처음 가르침을 준 분은 '어머 니' 셨소. 어머니가 우리를 가르치셨다오. 그리고 이제 우리는 아이들에게 어떻게 가르침을 주어야 할지 알고 있지요.

재판

이미 말했듯이, 이들이 실제로 가르침을 전하는 방식은 꽤 격렬하다. '의식을 행하는 집' 을 촬영할 때마다 우리는 엄격히 제한을 받아야 했

315

일정한 간격으로 둥글게 배치해서 집을 짓는다.   진흙과 윗가지들로 짓는 보통의 집들

다. 그러던 어느 날 밤 우리는 어떤 중요한 가르침을 엿듣게 되었다.(우리가 녹음하고 있는 내용을 환초가 번역해 주었고 또 우리가 녹음하고 있다는 것을 마마들에게도 알렸기 때문에 그 자리에 비밀은 존재하지 않았다.) 한 젊은 남자가 유부녀를 유혹하려고 했다는 이유로 마을 사람들 앞에 불려나와 문책을 받고 있었다. 그는 '의식을 행하는 집' 한가운데에 앉아 있었고, 여자는 허리까지 벗겨진 채―아주 수치스러운 일인데―로 문가에 서 있었다. 자정이 가까운 시각이었고 밖은 추웠다.

심문은 카보가 죄를 지은 두 남녀를 데려와 그 중 젊은 남자에게 여자를 아내로 삼으라고 요구하는 것으로 시작되었다.

"왜 자네는 자기 여자도 아닌 다른 여자를 따라다녔는가? 자네는 다른 여자들을 존중해야 돼. 자네가 저 여자를 원한다면 데려가게. 자네가 여자를 데려가겠다고 밤새도록 큰소리치지 않았는가? 여자를 데려가."

"싫습니다. 데려가지 않겠습니다."

"어서 데려가. 데려가란 말이다."

그때 젊은 코미사리오가 끼어들었다.

"자네는 저 여자를 데려갈 텐가 아닌가?"

"아니오, 데려가지 않겠어요."

"데려갈 거지? 그렇지?"

"아뇨, 데려가지 않을 거예요."

거부는 심각한 의미가 있었다. 젊은 남자가 여자를 아내로 삼고 갈라 선 여자의 남편에게 보상의 의미로 제물을 주면 문제가 없었다. 그러나 그 젊은이한테는 그럴 생각이 없었다. 그래서 이렇게 창피를 당하고 있었다. 코미사리오가 비난의 말을 퍼부었다.

"얼마나 자주 내가 자네에게 여자들을 바르게 대하라고 가르쳤는가? 여러 번, 아주 여러 번 가르쳤어. 그런데도 자네는 여전히 이런 식이야. 마마들 역시 우리에게 늘 자기 여자가 아니면 취하지 말라고 가르치지. 그러나 우리는 듣지 않아. 그렇지 않은가? 이런 문제는 결코 멈추는 법이 없어. 아무리 많이 가르쳐도 젊은 남자들은 계속 이러겠지. 우리는 계속해서 이런 젊은이들을 불러다놓고 얘기하게 될 테고. 그럼 젊은이들은 숲으로 달아나 숨겠지. 그러고는 하고 싶은 짓을 다 할 거야. 하지만 그래선 안 돼."

코기 족은 모든 나쁜 행동―방탕함은 명백히 나쁜 행동이다―이 세계와의 조화를 깨뜨린다고 본다. 그럼에도 나쁜 행동 역시 행동의 한 패턴이라고 받아들인다. 이를 고치기 위해 마마는 나쁜 행동을 한 사람이 자기 행동을 되돌아보고 왜 그런 행동을 하게 되었는지 이유를 찾을 수 있도록 돕는다. 이것이 코기 족이 '고백'이라고 부르는 과정이다. 행동이란 더 깊숙이 들어 있는 문제의 한갓 증상에 지나지 않는다. 나쁜 짓을 한 사람은 아루나 안에서 생각과 행동 사이의 관계가 잘못되어 있는 사람이다. 그 관계가 잘되어 있다면 그런 식으로 행동하지 않았을 것이다. 그러기에 마마 산토스는, "그대는 마마들에게 가서 고백을 해야 한다. 이런 짓을 멈출 수 있도록 잘 고백하거라"라고 충고를 했다.

이때, 좀 무심하게 있던 사람들이 해먹에서 몸을 움직이기 시작했다.

"그래, 이제 저 자가 여자를 데려가겠대지?"

"아니, 데려가지 않겠다는군."

"수도 없이 이런 가르침을 들었을 텐데, 젊은것들은 도대체 듣지를 않는구먼."

"저기 밖에 있는 여자도 마마들에게 가서 고백해야 해."

"그렇지. 저 여자도 고백해야지."

"어서 여자를 데려가. 그런 걸로 이야기하는 것도 지쳤어. 우린 여기 밤새도록 있었단 말이야. 배도 고프고 피곤하고. 코카 잎도 다 떨어져 가."

"누굴 보내서 코카 잎 좀 가져오게 하면 어때?"

다시 본론으로 돌아갈 시간이다. 코미사리오는 상황을 정리하기 시작했다.

"그들 모두 고백하러 갈 겁니다. 그러나 여기서 우리는 그들이 아무것도 고백하지 않았다는 걸 압니다. 그것이 우리가 계속해서 질문을 하는 이유예요. 그들이 고백한다면—하지만 그들이 여기서 모두 다 고백한 건 아닙니다—알 수 있게 될 겁니다. 그들이 모든 것을 고백한다면 우리도 알게 되지요. 나는 여기 이 젊은이가 모두 다 고백한 건 아니라는 걸 압니다. 그래서 젊은이는 다시 고백해야 돼요. 나이 드신 코미사리오는 어떻게 생각하는지 물어봅시다. 그를 깨우세요. 우린 그가 어떻게 생각하는지 알아야 해요. 보세요. 거기 밖에 있는 사람들, 다들 안으로 들어오세요."

"모두 들어왔나요? 다 오지 않았으면 나가서 마을을 둘러보고 찾아오도록 하세요. 모두 다 있어야 합니다. 이제, 저 사람을 밖으로 데리고 나가 서로 얼굴을 볼 수 있게 하세요. 그들이 진실을 말하는지 봅시다."

이제, 나이 든 코미사리오로 목공이면서 피리도 부는 클레멘테 Clemente가 깨어났다. 클레멘테가 심문의 시작 부분을 보지 못했기에 처음부터 다시 하기로 했다.

"저 여자를 데려갈 건가?"

"싫습니다."

"데려가도록 해, 어서. 졸립다구."

마마 산토스는 이번엔 궁지에 몰린 젊은이의 자존심을 더욱 몰아세웠다. "자네가 저 여자를 데려가겠다면 그렇게 하게. 저 여자 남편에게는 자네가 다른 여자를 찾아주겠다고, 대신 저 여잘 데려가겠다고 하란 말일세."

이미 젊은이는 자기가 받아들일 수 있는 만큼 받아들인 상태였다. "제가 못된 짓을 했습니다. 제가 왜 이런 짓을 했을까요? 우리는 늘 이런 짓을 해요. 해서는 안 됩니다. 우린 이런 짓을 하지 말아야 해요."

이제 그의 기세는 꺾였다. 그러자 카보와 코미사리오 들이 더욱 세게 몰아붙였다. "저 여자의 남편에게 여잘 데려간다고 말하게. 말하란 말이야. 말하라구."

"그 여자를 데려가게. 남편한테 지금 당장 데려가겠다고 말하게. 그에게 다른 여자를 찾아주고 그 여잘 데려가란 말이야."

"남편에게 제가 여자를 데려가지 않겠다고 말해 주세요. 남편이 저 여자를 데려가야 해요. 전 안 데려갑니다."

"비난받을 사람은 자네야. 여자들 뒤꽁무니를 쫓아다니는 건 남자지.

여자들은 그렇게 하지 않아. 자넨 지난밤에도 밖으로 나갔었어. 카보들이 모두 자넬 찾았지. 자네는 숨어 있었어. 자, 이제 어디에 숨어 있었는지 말해 보게."

그때 문 쪽에서 여자가 카보에게 뭐라고 말을 했다. 그 바람에 잘 진행되던 심문이 중단되었다. "저 여자 말이, 자기는 자고 있었는데 깨어서보니 문이 열리고 남자가 집 안에 들어왔답니다. 저 자는 즉시 달아났고, 아무 일도 일어나지 않았대요. 저 여잔 그 남자가 카보인 줄 알았다네요. 하지만 카보가 아니었죠."

왜 여자는 그 남자가 카보라고 생각했을까? 카보 중 하나가 한밤중에유부녀를 방문하는 습관이 있다는 걸까? 여자가 자기 애인을 보호해 주려고 저러는 걸까? 클레멘테는 여자가 거짓말을 하고 있다고 확신했다.

분명, 전 코기 사회는 정직함을 중요시했다. 거짓말에 대한 죄값은 매우 엄중하다. 죄를 지은 자는 깨진 질그릇 조각 위에 무릎을 꿇고 앉아무거운 돌을 어깨 높이로 든 채로 카보, 코미사리오, 마마 들의 가르침을들어야 한다. 만약 돌을 들고 있는 팔이 내려가면 자세를 바로 할 때까지포포로 작대기로 맞는다. 그레이엄은 황소를 훔친 한 남자가 거짓말을한 대가로 이런 벌을 받는 모습을 본 적이 있다고 했다. 포포로 작대기들은 꽤 폭력적인 목적으로 사용되었다. 심지어는 이 작대기로 죄인의 귀를 찌르기도 했다. 밤이 끝나갈 무렵이 되자 그 남자는 몰골이 말이 아니었다고 했다. 머리와 귀는 찢어지고 무릎은 부풀어 오르고 살갗은 벗겨졌단다. 움직일 기력조차 없어 보이는데다 고통에 피로가 겹쳐 거의 제정신이 아니었다고 했다. 이 형벌을 그들은 '무릎꿇림'이라고 부른다. 클레멘테는 이 형벌이 지금 필요할지도 모른다고 생각했다.

"카보에게 물어봐. 이 말이 사실인지. 사실이라면 다행이지만, 만약거짓말이라면 저 여자는 여기 '의식을 행하는 집'에서 무릎꿇림을 당할 거야. 만약 사실이라면 이 젊은이도 그렇게 말을 해야겠지. 내가 싫어하는 건 사람들이 거짓말을 하는 거야. 만약 그 말이 사실이고 이 친구가 여자를 데려가기 원한다면, 데려갈 수 있어. 그걸로 된 거야. 그 남자가 카보였고 그 자가 여자들 뒤꽁무니를 쫓아다녔다면, 우리는 그 자를 여기에 데려와 무릎을 꿇릴 거야. 자, 어떤 게 진실이지? 진실이 어떤 거야? 자네가 저 여자를 데려갈 거라면 지금 데려가. 여자가 밖에서 추위에 떨고 있어. 저 여자를 데려가. 데려가란 말일세. 저 여자를 데려갈 건가 말 건가?"

"싫습니다. 데려가지 않을 거예요. 그리고 아무 일도 일어나지 않았어요."

"이젠 우리 모두 지치고 졸려. 다 자네 때문이야. 빨리 결정해."

긴 침묵이 흘렀다. 젊은이는 자신이 어떤 선택을 할 수 있을지 생각했다. 어쨌든 자기를 구하려던 여자 친구의 시도는 카보에 대한 거짓 비난이 되어버렸다. 그 결과 매우 힘들어질 수도 있었다. 지금 상황에서 최선의 길은 스스로를 클레멘테의 자비 앞에 내던지는 것이었다.

"들어보세요. 전 저 여자를 남편에게 돌아가게 할 겁니다. 남편이 저 여잘 데려가야 해요. 이 모든 말썽에 대한 대가로 남편에게 구슬 두 개를 주겠습니다. 네, 제가 저 여자를 취했어요. 그러나 이제 저 여자를 데려가세요. 전 데려가지 않을 겁니다."

클레멘테가 해먹에서 일어났다. 그러고는 옛날 말을 써서 최후의 판결을 내렸다.

"다리는 걷기 위함이요, 머리는 생각하기 위함이요, 귀는 듣기 위함이로다. 이제 무릎을 꿇려라!"

형벌은 야만적으로 보인다. 일단 형벌이 끝나면, 모든 문제는 끝이 난다. 어떠한 수치심도 남지 않게 된다. 코기 족 남자들은 육체적으로 매우 강인하고 그 점을 자랑스러워한다. '무릎꿇림'은 육체적으로도 사회적으로도 더 이상의 어떤 자국도 남겨놓지 않는 것 같다. 푸에블로 비에호의 수녀들은 그레이엄에게, 코기 족이 죄인의 머리를 밀어버리는 것 같은 그런 덜 야만적인 형벌을 사용했으면 좋겠다고 말했다. 그러나 코기 족이 보기에는 오히려 그런 식으로 계속해서 치욕을 느끼게 하는 것이야말로 정말이지 야만적이다. 형벌은 비록 엄혹할망정 빨리 끝내는 것이 낫다, 이것이 그들의 생각이다.

바깥 세계

고립된 산 속에서 바깥 세계와 완전히 단절되어 사는 것은 나로선 낯선 경험이었다. 여기에서 통용되는 유일한 법은 누후에서 규정되는 '어머니의 법칙'이었다. 비록 코기 족이 몇몇 물품을 바깥 세계에서 들여오고는 있지만, 전반적인 생활 양식과 사고 방식은 수백 년 동안 변하지 않고 있었다. 가장 색다른 광경 중 하나는 아침마다 길이라든지 공공의 장소를 치우기 위해 사람들을 모으는 모습이었다. 마을의 모든 남자들은 밤새도록 이야기를 나누다가 동트기 직전에야 각기 아내가 있는 집으로 돌아간다. 그러고는 첫 햇살이 비치면 바로 카보들이 집집마다 돌아다니며 고래고래 소리를 질러 사람들을 불러낸다. 때론 완력으로 끌어내기도 한다. 그런 식으로 일할 팀을 모으는 것이다.

마마들은 한쪽에 서서 포포로를 움직대며 아루나에서의 일을 하고 있다. 그 일들―그들이 '축복하기'라고 해석하는 활동―을 관장할 '어머니들'과 '아버지들'에게 마음을 모으는 것이다. 한편 카보와 코미사리오는 모든 사람이 차례로 노동에 참여하고 있는지 확인한다. 코기 족의 복장은 18세기에 한 차례 변화가 일어나 그때부터 바지를 입은 듯하다. 연장의 경우 정복당하기 전까지는 금속이 아니라 돌과 뼈로 만들어 썼던 게 확실하다. 그러나 그 외에는 아무것도 변하지 않았다.

한편 우리는 매일 'BBC 월드 서비스'라는 라디오 방송을 들었다. 베를린 장벽이 무너졌다는 소식도, 루마니아에서 혁명이 일어났다는 소식도 방송을 통해 들었다. 우리 세계는 변하고 있었다. 모든 생명이 위태롭게 매달려 있는, 열원자핵으로 된 다모클레스의 검[3]이 윈치에 감겨 내려져 해체되고 있는 게 분명했다.

코기 족이 원자력으로 인한 파괴 위협에 완전히 무지한 것은 아니다. '고백'이라는 시스템을 통해 그들은 놀라울 정도로 많은 정보를 입수할 수 있다. 내가 아는 한 고고학자 말이, 자기가 시에라에서 작업을 하고 있을 때 코기 족 한 사람이 밀림에서 불쑥 나타나더니 스페인 어로 이렇게 말했다고 한다. "나는 그대들이 새로운 폭탄을 만들고 있다는 걸 알고 있소. 이 폭탄은 사람은 죽이지만 그대들의 집은 파괴하지 않을 것이오. 그대들은 왜 이런 짓을 하고 있소? 누구를 죽이려는 거요?" 고고학자는 이 코기 족이 무슨 말을 하는 건지 알아들을 수 없었다. 몇 주 후 집에 돌아온 그는 그 무렵 막 알려지기 시작한 '중성자탄'에 대한 기사를 읽게 되었다. 이런 이야기들 때문에 사람들은 코기 족이 텔레파시를 사용하는 신비한 능력을 가졌다고 생각하기도 한다. 그러나 나는 이런 새로운 정보들이 인디언 공동체 사이에서 매우 빨리 전해지고 있으며 그들이 이를 매우 심각하게 여기고 있다고 믿는다.

한번은 마르틴 폰 힐데브란트가 나에게 아마존의 한 샤먼이 트랜지스터 라디오로 뉴스를 듣고 있더라는 이야기를 해주었다. 그 불쌍한 남자

---

3) 신변에 따라다니는 위험. 시라쿠스의 왕인 디오니소스가 왕위의 행복을 칭송하는 다모클레스를 왕좌에 앉히고, 그 머리 위에 머리카락 하나로 칼을 매달아 지배자의 신변의 위험을 가르쳤다는 이야기에서 유래한다. 여기서 다모클레스의 검이란 핵전쟁의 위험을 나타낸다. —옮긴이

는 자기가 라디오에서 들은 이야기 때문에 매우 심란해 있었다. 그래서 자기와 함께 일하던 다른 샤먼들에게 이야기를 했다. 그들이 마르틴에게 도 설명했지만, 문제는 미국과 소련이라고 불리는 아주 힘센 두 남자가 있다는 것이었다. 이 힘센 두 남자는 이스라엘이라고 부르는 매춘부의 환심을 사기 위해 경쟁하고 있었다. 이 매춘부는 양다리를 벌리고 쪼그 리고 앉아서 줄줄이 폭탄을 낳았다. 폭탄은 매우 뜨거웠는데 그 안에는 세계를 날려버릴 수 있을 정도로 엄청난 힘이 들어 있었다. 그래서 샤먼 들은 이 폭탄들을 영산靈山에 가져와 아무도 꺼내갈 수 없도록 봉인해 두는 작업을 하고 있었다. 그곳에서 폭탄을 차갑게 식힐 수 있었다. 다행 히도 그들은 성공했고 세계는 구원되었다.

코기 족은 자신들이 우리 세계를 완벽하게 이해하고 있다고 확신하지 는 않는다. 오히려 그렇지 않다는 것을 잘 알고 있다. 가끔 우리가 듣고 있던 뉴스를 설명해 주면 무슨 얘긴지 알아듣지 못하기도 했고 건성으로 흘려듣기도 했다. 우리가 이런 방법으로 세계를 멸망시키든 저런 방법으 로 멸망시키든 무슨 차이가 있겠는가?

'어머니' 께서는 여기에다 굳건한 들보를 세워두셨다오. 그런데 저들이 온갖 것을 파내감으로써 들보가 흔들리기 시작했소. 대지가 무너지고 있 다오. 칼로 우리 다리를 잘라내면 우리는 피를 흘리며 죽을 수밖에. 대지 도 마찬가지오. 저들이 착취를 멈추지 않는 한 대지는 종말을 맞이할 거 요. 세계가 끝장이 나면 우린 모두 죽게 되겠지. '형님', '아우', 그리고 대지 위에 살아있는 모든 생명이 죽음을 맞이하게 되겠지요.

좀더 직접 관련이 있는 뉴스가 파나마로부터 전해졌다. 미국이 마약과 의 전쟁에 협력한다는 명분으로 가까운 콜롬비아 북쪽 지역에 전면 공격

324

을 감행했다는 것이었다. 코기 족은 미국의 군사 공격에 강한 관심을 나타내면서, 우리에게 몇 번씩이나 미국이 콜롬비아로 쳐들어올지 어떨지를 물었다. 우리는 그런 일이 생기지 않기를 바랐다. 콜롬비아에는 그런 전쟁이 아니더라도 이미 많은 문제들로 넘쳐나고 있었다.

총에 맞을 뻔하다

새해 직전, 헬리콥터가 와준 덕분에 우리는 며칠 휴가를 가질 수 있었다. 밍게오를 오가는 첫 번째 비행은 등골이 오싹한 악몽 같았다. 그곳 주둔 부대가 교체되면서 신임 지휘관이 우리가 누구인지 몰랐기 때문이었다.

총구들이 자신을 향하고 있는 것을 본 조종사는, 내 생각엔 그게 더 바보 같은 짓이었는데, 자기가 누군지 군인들이 알아볼 수 있도록 둥글게 원을 그리며 주위를 돌았다. 이 헬리콥터를 대여해 줄 때 '헬리콜' 측은 헬리콥터 한 대가 부족하다는 이유로 난색을 표했었다. 내가 보기에, 그때 그쪽 사람 누구도 이 조종사에게 헬리콥터 한 대가 부족한 이유를 설명하지 않은 건 정말 너무한 일이었다.

지난 11월 시에라 남쪽에서 사고가 하나 있었다. 석유 회사에 소속되어 일하던 헬리콥터 한 대가 게릴라에게 납치된 것이다. 조종사는 지니고 있던 총을 순순히 건네주고 자비를 구했다. 게릴라들은 가까운 경찰서까지 조종하라고 명령했다. 그는 그렇게 했다. 그들은 경찰서 위를 원을 그리며 돌았고 폭탄을 떨어뜨렸다. 그러고 나서 조종사에게 교외에 착륙해 헬리콥터에 불을 지르도록 지시했다. 조종사가 이제 자신은 죽을 일만 남았다고 체념한 바로 그 순간, 이별의 동작으로 게릴라들은 그에게 총을 돌려주며 집으로 돌아가라고 말했다.

나중에 들은 소리지만, 신원이 밝혀지지 않은 비행기는 파괴하라는 복무 규정에 따라 한 장교가 우리를 격추시키려고 허가를 요청했었단다. 물론 우리 헬리콥터는 비행 승인을 받은 것이었다. 그러나 아무도 그곳 군인들에게 그 사실을 전해 주지 않았던 것이다. 부대장은 어떻게 하는 게 좋을지 잠시 생각했다. 그리고 좀더 기다려보기로 결정했다. 이 결정은 어쩌면 군사 행동으로는 부적절한 것일지 모른다. 그러나 나는 그 결정에 조금도 불평하지 않았다.

가족의 도착

가족은 타강가에서 기다리고 있었다. 우리는 햇볕 아래서 며칠간 푹 쉬었다. 산호초 주위에서 수영을 즐기기도 했다. 가족은 휴식이 필요한 상태였다. 런던에서 여기까지 오는 동안 많이 지쳐 있었다. 그들이 탄 비행기가 보고타의 안개 때문에 오도 가도 못하고 카라카스에 묶여버린 탓이었다.

지연은 꽤 오래 계속되었다. 마침내 승객들은 자신들이 대체 왜 보고타에 가야 하는 건지, 그럴 이유가 있는 건지, 하는 생각마저 들기 시작했다. 비행기는 영원히 착륙한 채로 있을 것 같았다. 게다가 이 비행기의 승무원은 한 사람도 보이지 않았다. 조만간 비행기가 이륙할 거라는 소리조차 더 이상 들리지 않았다.

남자들이 물리력을 동원해 항공사 직원들을 협박하기 시작했다. 그러고 나면 여자들이 이어 소리를 지르며 길길이 뛰었다. 말 그대로 물리적으로 위협했다. 항공사 직원은 어디론가 숨어버렸다. 점잖은 남자 승객들은 이런 일에 붙잡혀 있을 여유가 없다며 몸을 뺐다. 1989년, 카라카스 공항 폭동이 시작되었다.

공항을 파멸에서 구하는 방법은 하나뿐이었다. 그것은 항공사가 잽싸게 승무원을 찾는 것이었다. 그날 오후 늦게, 모두들 보고타에 도착할 수 있었다. 함께 도착한 내 아내와 두 딸은 이제 아비안카Avianca 항공사를 어떻게 다뤄야 할지 잘 알고 있었다.

너무 흔해서 놀랄 것도 없는, 그러나 정말 터무니없는 연착 후, 아비안카는 승객들을 산타 마르타 행 비행기에 옮겨 태우기 시작했다. 그러나 불행히도, 그들도 방송했듯이, 산타 마르타까지 가기에는 너무 어둡고 늦은 시간이었다. 그래서 임시방편으로 승객을 부카라망가로 데려가기로 했다. 부카라망가는 안데스에 있는 아주 괜찮은 도시라는 설명과 함께. 그러나 그곳은 아비안카 말고는 어느 누구도 카리브 해의 휴양지로 추천하지 않는 곳이다. 왜냐하면 그곳에서 해변까지 가려면 600여 킬로미터나 걸어야 하기 때문이다.

아비안카는 화가 난 콜롬비아 사람들을 다루는 데 아주 능숙했다. 그거야말로 그들이 매일 하는 일이었으니까. 그러나 카라카스 폭동의 불길을 뚫고 온 영국 여자들에게는 어림없는 일이었다. 결국 비행기는 산타 마르타까지 날아갈 수 있었다. 여기에 모종의 교훈도 있기는 하지만 그걸 가지고 길게 이야기할 생각은 없다.

마침내 가족이 도착했다. 가족은 이미 강도나 게릴라 같은 소소한 문제가 생길 경우에 대비해 마음의 준비가 다 된 상태였다. 아무 걱정도 없었다. 내가 촬영 작업을 하는 동안 가족들은 시간을 때울 요량으로 프랭키 레이와 함께 계곡 한 곳을 따라 밀림으로 들어갔다. 자기들만의 탐험이었다. 그들이 찾아간 곳은 '잃어버린 도시' 아래쪽의 시에라 지역이었다. 그곳에는 인디언은 별로 없고 콜로노만 여기저기 흩어져 살고 있었다. 알고 보니 그곳은 프랭키의 '은행 구좌'가 될 지역이었다. 인근에 버려진 도시가 또 하나 있었던 것이다. 고고학자들에게도 알려지지 않은 곳이었다. 무덤 도굴꾼들은 대개 공동 묘지나 타이로나 거주지 같은 특정 지역을 확보하고 있다가 가진 것도 떨어지고 땅도 부드러워지면 조금씩 땅을 파는 식으로 일을 한다. 프랭키는 더 이상 땅에 구멍을 파는 일은 하지 않지만, 비 오는 날 뭐 하나 건지는 것쯤이야 어떠냐는 생각을 하고 있었다.

아내 사라와 두 딸 케이트, 로스는 다음 지점에서 나와 합류할 예정이었다. 코기 세계로의 첫 번째 방문 이후로 나는 주변 세계를 과거와는 좀 다른 방식으로 생각하고 이해하게 되었다. 이와 함께 나는 가족 모두가 이러한 경험을 공유한다면 삶이 훨씬 쉬워지리라는 것을 깨닫게 되었다. 동시에 나는 코기 족에게 내 가족을 보여주는 것이 도움이 될지 모른다는 기대도 갖고 있었다. 확실히 지난번 방문 때 사라와 함께한 것이 크게 도움이 되었다는 인상을 받기도 했었다. 코기 족에게 내가 가족을 가진 하나의 완성된 인격체로 보이지 않는다면, 내가 어디에서 왔는지, 어떤 사람인지 그들이 이해하기란 어려운 일이었다. 그들이 나를 떠돌이 강도라고 몰아세우는 산 안토니오 마을 사람들의 이야기를 믿을까봐 두렵기도 했다. 코기 족은 줄곧 부족이나 가족이라는 관점에서 우리 촬영 팀 사이의 관계를 파악하려고 했다. 팀원간에 혈연으로 맺어진 관계가 없다는 말에 그들은 내심 불만족스러워했다.

마마 발렌시아가 길에서 열세 살짜리 로스를 처음 만나 어떻게 대했는지 들었을 때 나는 내 직감이 맞았다는 걸 알았다. 그는 아이를 아무 말 없이 위에서 아래로 천천히 주의 깊게 살펴보더니, 한순간 얼굴을 활짝 펴면서 아이 손을 붙들고 아래위로 억세게 흔들며 소리를 쳤다고 한다. "안치카hanchika! 안치카! 안치카!" 로스는 이 기운 센 작은 난쟁이 아저씨가 누구인지 몰랐지만 그것이 진심 가득한 환영 인사임을 단번에 알아차렸다. 그것은 코기 족이 우리 중 누군가를 처음으로 열렬히 그리고 진심으로 환영하는 말이었다. 나로서도 처음 들은 말이었다.

아루아코

라몬은 산타 마르타에서 기다리고 있었다. 덕분에 나는 마음이 한결 든든했다. 그는 아무 문제도 없어 보였다. 자기 동생이 죽이겠다는 협박을 해와서 조금 염려하기는 했지만, 게릴라들은 그에게 어떤 연락도 하지 않고 있었다. 그는 촬영에 매우 적극적이었다.

우리는 그때까지도 보고타에서 런던으로 보낸 필름 뭉치에 대해서 아무런 보고도 받지 못하고 있었다. 필름 뭉치는 파리에서 오도 가도 못하고 있는 상태였다. 촬영이 다시 시작됐지만 펠리시티는 전화로 이 문제를 해결하기 위해 산타 마르타에 며칠 더 머물러야 했다.

새해 첫날 밤늦은 시각에 타강가에 있는 술집 블루 웨일에 모습을 나타낸 리카르도는 내게 새벽 3시경 시에라로 실어갈 짐을 노새에 싣겠다고 말했다. 그는 사라와 내 딸들에게 변치 않는 충성심을 맹세했다. 그러더니 호텔의 다른 손님들에게 자기 허락 없이는 누구도 이 여자들에게 접근해서는 안 된다고 했다. 만약 허락 없이 다가가면 자기 칼에 토막이 날 줄 알라고 으름장을 놨다. 우스꽝스런 허풍 같았지만 그 아래에는 엄청난 긴장감이 흐르고 있었다. 리카르도는 진심으로 내 가족의 안전을 염려하고 있었다. 이 말이 퍼져나가 아무 일도 일어나지 않게 하려고 일부러 이런 연출을 해보인 것이다.

리카르도에게는 길고 어려운 여행이었다. 왜냐하면 우리는 푸에블로 비에호보다 훨씬 높은 계곡을 향해 거슬러 올라가고 있었기 때문이다. 우리가 향하는 곳은 코기 족의 심장 지대로 대략 200여 채의 집이 모인 촌락이었다. 그곳엔 콜로노도 없었고 의무실도 없었다. 오직 코기 족만이 살고 있었다. 그 사람들이 '아루아코Aluako'였다. 이 이름은 '알후악 Arhuac'에서 나온 것인데, 시에라에 있는 '알후아코'라는 이름도 여기에서 파생되었다고 알려져 있다.

코기 족은 우리가 머물 수 있도록 집 네 채를 내주었다. 그 중 두 채는 커다란 직사각형 모양이었다. 원래 선교사가 지은 집으로 하나는 교회로, 다른 하나는 막사로 썼었다. 이제는 둘 다 영구히 폐쇄된 상태였다. 다른 두 채는 흔히 볼 수 있는 둥근 모양의 집이었다.

라몬은 우리에게 마을을 구경시켜 주었다. 마을엔 사람들이 가득 차 있었다. 마을은 강의 두 지류 사이에 위치하고 있었다. 집을 지을 때 까는 주춧돌도 일부 아주 오래된 것들이었지만, 중앙 도로도 아주 오래 전에 포장이 된 것이었다. 코기 족은 자신들의 계보를 아주 멀리까지 추적한다. 현재 아루아코에 살고 있는 부족 가운데 최소한 한 씨족은 아주 먼 옛날 이곳에 살다가 스페인 정복자들이 들어오기 오래 전에 연안 지역으로 옮겨갔었다고 이야기한다. 그들은 피난민이 되어 다시 이곳에 돌아왔다. 아마도 1599년의 큰 피난 때 돌아왔을 것이다. 그러나 그들이 마을로 돌아왔을 당시 마을에 누가 살고 있었는지는 확실하지 않다.

마을의 외양은 역시 정신적인 지형을 이루고 있다. 마을을 통과해 강의 양안을 연결하는 그 오래된 길은 아루나의 길이기도 하다. 그 길은 아루나에서 일하는 법을 아는 사람들이 정신 세계로 들어가는 길인 것이다. 마을 가장자리에는 커다란 돌들이 놓여 있는데 이는 이 지역이 생식력의 중심임을 보여준다. 개방된 원 모양의 돌들은 자궁을 나타내고, 커다란 돌 하나는 고환을 나타낸다. 가옥들 사이에도 조그만 돌들이 서 있는데 이는 사람을 보호하고 길러주는 존재들이다. 이 모든 장소에서 마마들은 인간이 자연에 바치는 자양물, 곧 정신의 식량, 음료, 땔감을 나르는 나뭇잎이나 구슬, 돌과 같은 제물을 바치면서 일을 해야 한다.

이 마을은 아주 커서 누후에가 두 곳이나 필요하다. 하나는 일반 대중을 위한 것이고, 하나는 마마들을 위한 것이다. 이 마을은 가파른 산자락 사이의 평평한 지대에 자리 잡고 있어서 '잃어버린 도시'와 같이 엄청난 규모의 계단식 대지를 만들 필요가 없었다. 그러나 마을의 크기는 '잃어버린 도시'와 거의 비슷하다. 질서정연한 느낌을 강하게 풍기는 이 마을은 그 계획과 관리가 전체적으로 이루어진다. 어떤 면에서 코기 족은 시에라의 정원사들이다. 그들이 모든 것을 관리하고 있음을 느끼기란 어렵지 않다. 우리를 대하는 사람들의 모습 또한 아주 느긋하고 편안했다. 전에 촬영했던 지역에서 많은 친구들이 올라오기도 했지만 새로운 얼굴들도 아주 많았다. 전에는 여자와 아이들이 우리가 나타나면 몸을 좀 뒤로 빼기도 했는데, 이곳에서는 누구한테나 한결같이 환대를 받았다. 사람들은 나를 불러서 자기 아내나 가족을 소개하기도 했다. 숙소에 있을 때도 찾아오는 손님이 끊이지 않았다. 그들 중에는 어린아이도 있었다.

이제 우리는 공식적인 환대에 익숙해졌다. 손님들은 바나나, 오렌지, 계란과 같은 선물을 가지고 왔다. 그러나 처음과는 달리 훨씬 편하고 격식도 없었다. 아루아코는 수백 명의 사람들이 사는 아주 큰 마을이다. 이 강의 계곡에는 4천 명의 코기 족이 살고 있다. 그 가운데 4분의 1이 넘는 사람들을 볼 수 있었다. 아이들이 특히 많았는데, 저녁이 되면 우리 숙소로 떼를 지어 몰려왔다. 아이들은 케이트와 사라, 그리고 카메라 조수인 존이 걷는 모습을 볼 때면 특히나 더 웃고 떠들어댔다. 우리는 왜 그들 셋이 다른 사람보다 더 웃겨 보이는지 이해할 수 없었다. 하지만 아이들이 이 세 사람을 보고 상스런 소리로 우스개를 한다거나 낄낄거리며 웃으면 아이 엄마가 아이를 입 다물게 하는 모습은 자주 볼 수 있었다.

코기 족 아이들은 떼거리로 몰려와 우리 숙소를 차지하고 앉아 있기도 하고 문밖에서 안을 엿보기도 했다. 우리는 아이들이 게임을 한다든지 장난감을 가지고 노는 모습을 전혀 보지 못했다. 그러나 아이들은 항상 낄낄거리고 웃어댔고 시끌벅적했다. 이 아이들과 가장 많은 시간을 보낸 건 로스였다. 로스가 아이들에게 뭔지 알아들을 수 없는 말을 중얼거릴 때마다 아이들은 무척 즐거워했다. 또 로스가 휘파람을 불면 아이들도 금방 배워서 따라했다.

코기 족은 장수하는 종족이긴 하지만 유아 사망률은 매우 높은 편이다. 내가 보기에 아이들의 60퍼센트가 태어난 첫해에 죽는 것 같다. 그 원인은 대개 호흡 곤란 때문이다. 물론 코기 족은 이 문제를 가볍게 여기지 않는다. 모든 아기들은 축복받은 존재이다. 그러나 아픈 아기에게 계속 약을 먹여 생명을 유지시키는 것과 죽도록 내버려두는 것 사이에서 선택을 해야 하는 상황이라면 그들은 죽도록 내버려두는 쪽을 택할 것이다.

살아남은 아이들은 가족의 사랑을 듬뿍 받고 자란다. 가족끼리의 삶은 친밀하고 애정이 깊다. 아이들이 우리 숙소에서 그렇게 많은 시간을 보내는데도 그냥 놔둔다는 것은 코기 족이 우리를 얼마나 신뢰하고 있는지 보여주는 것이었다. 그것은 우리에게 커다란 기쁨이었다.

라몬

우리가 편안하고 분명하게 접대를 받은 이유 중 하나는 라몬이 우리와 함께 있었기 때문이라고 나는 확신한다. 라몬은 우리가 해를 끼치거나 위험을 안길 사람이 아님을 보증해 주는 존재였다. 게다가 그는 촬영에 따른 제반 문제에 있어서도 마마들과 완벽하게 조정해 주었다.

라몬은 자신이 이런 특수한 위치에 있게 된 것이 가족 내력 때문이라고 믿는다. 어머니 쪽 가족은 스스로를 '창조의 신' 중 하나인 '루아위코 Luawiko'의 후손이라고 여긴다. 그러나 루아위코는 언제나 일정 부분 외부자의 입장에 있었다. 이 점에서는 라몬도 마찬가지였다.

'어머니'로부터 처음 나온 남성적 힘들, 곧 최초의 두 신은 세란쿠아와 '세오쿠쿠이Seocucui'로 불린다. 세란쿠아는 직물을 짜고 사물에 모양을 입힌 최초의 존재, 태양의 움직임 및 시간의 흐름에 관여하는 존재였다. 그리고 세오쿠쿠이는 어둠과 죽음에 관여하는 존재였다.

루아위코는 그들의 동생이었다. 세란쿠아와 세오쿠쿠이가 경멸하는 무식한 장난꾸러기였다. 두 형은 '어머니'가 하시는 말씀을 하나도 빠뜨리지 않고 들었다. 그들에게 '어머니'는 최고의 존경 대상이었다. 그러나 라몬의 말처럼 루아위코는 "'어머니'의 말씀을 헤아리기는커녕 천방지축 나가 놀기만 했다."

이야기는 계속된다. 어느 날 '어머니'는 십이지장충에 감염되었다. '어머니'의 두 발톱 사이에 그것이 박혀 있었다. ―이 이야기의 대담함에는 한계가 있지만, 두 발톱 사이라는 신체상의 틈은 문맥으로 보건대 분명 다른 것을 상징한다. ― '어머니'는 아들들에게 그것을 없애달라고 간청했다. 세란쿠아와 세오쿠쿠이 둘 중 누구도 쉽게 건드리지 못했다. 그러나 루아위코는 "어머니, 제게 바늘을 주세요. 제가 즉시 뽑아드릴게요"라고 말했다. 그러고는 그것을 뽑았다.

'어머니'는 그 보답으로 아들에게 특별한 힘을 주었다. 세란쿠아와 세오쿠쿠이가 그를 시샘하여 없애려 했지만, "'어머니' 자신이 그에게 힘을 주었기 때문에, 그 어떤 마력이나 술수도 그에게 먹혀들지 않았다." 결국 두 형은 그의 충고를 받아들이게 되었다.

라몬은 자기가 이러한 전통을 물려받았다고 생각한다. 그는 결코 모르였던 적이 없다. 하지만 루아위코 역시 어렸을 때 아무것도 배우지 못했었다. 라몬은 자기가 비록 편협한 사람들에게는 오만불손해 보이겠지만 꼭 필요한 일을 할 준비가 되어 있는, 예의 격식 따지지 않는 용감한 사람이라고 생각한다. 결국에는 사람들이 자기의 충고를 받아들여야 한다. 비록 루아위코가 형들의 핍박으로 고통을 받긴 했으나 그 고통 덕분에 몸에서 사탕수수를 만들어내지 않았던가. 실제로 루아위코를 고통받게 함으로써 최초의 두 신은 '형님'이 필요로 하고 가치 있게 여기는 기계, 곧 '트라피체trapiche'라는, 설탕을 만드는 기계를 만들어내지 않았던가.

트라피체는 놀라운 물건이다. 이것은 큼지막한 각재角材들을 넝쿨식물로 묶어서 만들었는데, 지지대 역할을 하는 커다란 다리 두 개가 가로대를 지탱하고 있다. 가로대에서 뻗어나온 긴 막대기를 마구를 찬 노새가 돌리게 되는데, 노새가 장치 주위를 돌면 노새에 연결된 가로대가 수직으로 된 원통을 돌리게 된다. 이 원통은 양쪽으로 하나씩 다른 두 개의 원통에 맞물려 있어서 결국은 세 개의 원통이 돌게 되고, 사탕수수가 그 사이를 지나면서 즙을 내게 된다. 아래로 떨어진 액즙을 모아 굳히면 정제되지 않은 설탕 덩어리가 된다. 코기 족은 트라피체가 루아위코의 몸으로 만들어졌다고 말한다.

그들은 여기에서 루아위코의 다리를 잘랐소. 양쪽 다리 모두. 그렇게 트라피체를 만들었어. 트라피체는 루아위코의 양다리로 만들어진 거요.
분쇄기가 만들어지자 루아위코는 돌아왔소. 다시 태어난 거지. 사람들은 자기들이 루아위코를 죽였다고 말했지요. 팔을 잘라 분쇄기에 넣고는 갈았으니까. 사람들이 그의 팔을 갈자 거기서 하얀 줄기가 나왔다오.

라몬은 자신을 루아위코와 동일시한다.

그들은 루아위코와 싸우기를 멈췄어요. 모두 돌아가 루아위코 곁으로 갔지요. 그런데 이건 나한테 일어난 일이기도 하오.

트라피체. 스페인 사람들이 들여왔다.

    이야기란, 신화의 언어를 사용해 역사 과정을 묘사하는 방법이다. 루아위코는 복잡한 역할을 맡고 있다. 어떤 의미에서 그는 아무것도 배우지 못하고 무지 속에 자란 스페인 정복자, 즉 '형님'이 죽이려다 실패한 '아우'를 나타낸다. '아우'가 아무리 갈기갈기 찢긴 적이 많을지라도 승리는 매번 '아우' 편이었다. 그는 끊임없이 되살아났다. 결코 패배시킬 수가 없었다. 설탕을 만드는 기계와 사탕수수는 스페인 사람들이 가지고 온 것들이었다.

    16세기까지 타이로나 농업은 광대한 관개 시설과 배수 작업이 필요한 대규모 옥수수 재배를 근간으로 하고 있었다. 시에라에 바나나와 사탕수수 등 낯선 작물을 들여온 것은 스페인 정복자들이었다. 1600년경, 시에라의 경제 질서가 무너지면서 피난민들은 이 새로운 작물에 의존하게 되었다. 이 작물들의 재배에는 마을 사람들이 모두 모여 일할 수 있는 커다란 시설이 굳이 필요하지 않았다. 이 작물들은 오늘날까지도 코기 족이 먹는 기본 음식이 되고 있다. 중요한 구근 작물인 카사바는 원래 아프리카에서 들어왔는데 스페인 정복자들이 데려온 흑인 노예들과 함께 들어온 것이라고 했다.

루아위코는 침략자를 상징하기도 하는데, 놀라울 정도로 긍정적인 모습으로 그려지고 있다. 그러나 그는 동시에 토착민을 뜻하기도 한다. 그는 관습의 속박에서 한 걸음 벗어난 인물이며, 아무리 새롭고 낯설더라도 꼭 필요한 물건이라면 가져다 쓰게 할 뿐 아니라 그것을 고유한 문화 속에 자리 잡게 하는 인물이다. 이는 라몬이 마마들과 맺고 있는 관계를 잘 표현해 주는 것이기도 하다. 코기 족은 라몬을 존경하고 진지하게 대하기는 하지만 늘 얼마간의 거리를 두고 있다. 그는 아주 유용한 인물이긴 하지만, 그들 말로 완전히 성숙한 존재는 아니다. 그들에 비하면 그는 사실 '아우'이다.

점치기

여러 가지 구슬에 대해, 또 조짐을 읽어내는 기술적 과정에 대해 설명한 뒤 마마는 직접 점을 시연해 보였다. 자신들이 어떻게 일하는지 보여주기 위해서였다. 마마들은 의식용 뾰족 모자와 점칠 때 필요한 그릇을 가지고 마을 위쪽 언덕으로 가서 앉았다. 모자는 집을 상징한다. 모자는 그 자체가 세계 전체의 이미지인 둥근 두개골 위에 얹은 둥근 집이다. 모자 집을 쓴 마마는 세계가 되고, 그의 점은 인간, 물질 세계 그리고 아루나 사이의 의사 소통이다.

모든 것을 네 계급으로 구분하는 세계, 이곳에서는 돌 구슬도 자연히 네 계급으로 구분된다. 구슬은 흰색, 검은색, 붉은색 그리고 초록색을 띠

338

고 있다. 흰 구슬은 '아부abu', 즉 '어머니'라고 불린다. 이 구슬은 태고의 영적 대양인 물을 상징한다. 검은 구슬은 영혼을 상징한다. 이 구슬은 새벽 이전의 시간에 속해 있고 죽음과 관련이 있다. 초록색 구슬은 식물과 나무를 나타내며 초목과 관련된 점을 칠 때 사용한다. 붉은 구슬은 인간의 피를 상징하고 병과 관련된 점을 칠 때 쓴다.

'기술적인technical' 의미에서 점의 원래 목적은 제물을 어떤 곳에 바쳐야 하는지 알아내는 것이다. 점의 전 과정은 제물을 한 장소에서 다른 장소로 옮김으로써 세계의 균형을 유지한다는, 전체 시에라 안에서 균형을 이루도록 사물들의 위치를 재조정한다는 코기 족의 견해에 맞추어져 있다. 돌 구슬은 '투마tuma'라고 불린다.

투마는 점을 치기 위해 특별히 만든 거요. 그것은 살아있어요. 생명이 있고 영혼이 있지요. 그 안에 모든 것이 담겨 있소.

점을 치기 위해 투마를 큰 호리병박으로 만든 그릇 위에 놓는다. 그릇은 '투투마tu-tuma'라고 부른다.

마마는 투마를 골라서 투마의 '어머니'가 거하고 물의 '어머니'가 거하며 점의 '어머니'가 거하는 정신의 힘을 투마에게 부여합니다. 마마는 투마에게 힘을 줘요. 물을 가져와 투투마에 붓지요. 그러고는 물을 축복하고 기도한다오. 이제 그것들은 정화가 돼요. 물, 투마 그리고 투투마, 이세 가지가 모두 정화가 돼요.

곧바로 마마가 투마를 향해, 이제 서로 이야기를 나눌 것이라고 말을하지요. 그러고는 투마를 통에 던져 넣어요. 그러면 금세 거품이 일고 거품들이 하는 말이 나타난다오. 마마는 거품의 언어에 귀를 기울여요. 듣는 거지요. 마마는 필요한 것을 분명하게 듣는다오.

　무덤 도굴에서 염려스러운 것 한 가지는 도굴 품목 중에 점 구슬도 포함된다는 점이었다. 황금의 '어머니들' 처럼 점 구슬도 땅 속 자신들의 항아리 안에 보관되어 있었다.

　이것들은 구슬의 집이었소. 네 종류의 구슬, 그것들 모두 자신들의 항아리 속에 들어 있지요. 우린 항상 항아리 안에 구슬을 넣어둬요. 우리 또한 항아리 속으로 들어가지요. 우리를 나타내는 모든 것이 항아리 속으로 들어갑니다. 이제, '아우' 들이 대지의 뿌리를 뽑아내는 바람에 대지가 약해지고 있소. '아우' 가 구슬을 다 훔쳐가 버리면 이 세상 모든 것이 말라가기 시작할 거요.

　코기 족은 자신들이 황금의 투마와 투투마도 가지고 있었는데 '아우' 가 훔쳐가 버렸다고 주장한다. 보고타의 황금전시박물관에는 황금 조각들을 옷처럼 걸친 실물 크기의 '인디언' 상이 있다. 그런데 머리에 쓰고 있는 황금 모자는 꼭 점칠 때 쓰는 그릇처럼 보인다.
　코기 족은 촬영 때마다 진지한 자세로 임했다. 직접 연출을 하는 듯한 자세로 촬영이 가능한 장소와 시간을 선택했다. 그저 시늉만 하는 것이 아니라 실제로 의식을 행했다. 우리가 촬영한 점 의식도 실제로 점을 친 것이었다. 마마들은 거품의 이야기를 주의 깊게 듣고 해석했다. "거품이 어떻게 말을 하지요?" 라고 우리는 부득불 묻지 않을 수 없었다. 마마들은 점괘를 보고 이야기를 했고, 라몬이 그것을 해석해 주었다.

　콜롬비아에서는 태초에

모든 것, 모든 것이 언제나처럼 우리들 사이에
존재하고 있었다네.
토착민들,
같은 믿음,
같은 가면,
같은 춤.
모든 것이 잘 조직되어 있었고,
질서가 있었으며,
동물마다 자신의 터전이 있었네.

'아우'는 다른 장소, 다른 나라에서 살도록 허락되었고,
그 사이로는 바다가 놓여 있었네.

그가 말하길,
"'아우'는 저쪽에,
'형님'은 이쪽에.
그대들은 바다를 건너서는 안 된다."
그건 이 콜롬비아가
세계와 우주의 심장이기 때문이었네.

그러나 '아우'는 다른 나라에서 이곳으로 왔다네.
그는 즉시 황금을 보았다네.
그는 즉시 황금을 훔치기 시작했다네.
황금 상들, 황금 신탁들이 있었다네.
마마는 황금 그릇을 가지고 점을 쳤다네.

그는 황금 투마를 가지고 있었다네.

그는 모든 것을 가지고 있었다네.
'아우' 는 그 모든 것을 다른 나라로 가져가버렸다네.

마마의 슬픔은 갈수록 커지네.
자신이 나약함을 느끼네.
그는 대지가 쇠락하고 있다고 말한다네.
대지가 그 힘을 잃어가는 건
'아우' 들이 석유와 석탄, 광물을
많이 가져갔기 때문이라네.

인간의 몸속에는 많은 액체가 흐르고 있다네.
이 액체가 마르면 우리는 몸을 더 지탱하지 못하고 쓰러질 테지.
이와 똑같은 일이 대지에도 일어날 수 있다네.
약함은 그대를 쓰러지게 한다네,
약함은.

그래서 오늘날 대지에는 온갖 질병이 생기게 되었다네.
동물은 죽어가고,
나무는 말라가며,
사람은 병에 걸리네.
앞으로도 수많은 병이 생겨날 것이네.
어디에도 치료할 방법은 없을 것이네.
왜 그런 것일까?

그건 '아우'가 우리 안에 있기 때문이라네.
'아우'가 세계의 법칙의 기본 토대를
위반하고 있기 때문이라네.
완벽한 위반.
도적질.
약탈.
고속도로를 만들고,
석유를 뽑아내고,
광물을 뽑아낸다네.

우리는 그대에게 말하네.
우리는 이곳에 있는 사람들이고,
코기 족이며,
아사리오 족이고,
알후아코 족.
그것은 위반이라네.

그렇기에 마마들은 말하네.
"부탁하노니 BBC여,
어느 누구도 이곳에 와서는 안 된다오.
이제 약탈은 그만하길.
왜냐하면 대지가 붕괴하려고 하기 때문에.
대지가 약해져 가고 있기 때문에.
우리는 대지를 보호해야만 한다네.
우리는 대지를 공경해야만 한다네.

그가 대지를 공경하지 않기 때문에.
그가 대지를 공경하지 않기 때문에."

'아우'가 생각하기를,
'그래! 여기 내가 있어! 나는 우주에 대해 많이 알고 있어!'
그러나 이 앎이란 세계를 파괴하는 법을 배우는 것이고,
모든 것, 모든 인류를 파괴하는 법을 배우는 것에 불과하다네.

대지는 느낀다네.
저들이 석유를 꺼내면,
대지는 그 자리에서 고통을 느낀다네.
그래서 대지는 병을 내보내는 것이라네.
수많은 의약품이 발명되겠지만

그러나 결국에는 아무 소용도 없으리.

의약품도 아무 소용이 없으리.

마마들은 말하네.

'아우'가 반드시 이 이야기를 배워야만 한다고.

코기 족이 말하는 법

며칠 뒤 헬리콥터를 타고 날아온 펠리시티는 좋은 소식 —지금은 오히려 얄궂다는 생각이 들긴 하지만—을 들고 왔다. 파리에 있던 '러시 rushe'[1]가 드디어 런던으로 보내졌다는 소식이었다. 사라, 케이트, 로스는 헬리콥터를 타고 산 아래로 내려가 다시 집으로 돌아가는 긴 여정을 시작했다. 아내는 지금까지 우리가 촬영한 필름을 모두 가지고 돌아갔다. 가족이 집에 도착하기까지는 나흘이나 걸렸다.

아루아코에서 보내는 하루하루는 꽤나 특이했다. 이곳은 진정 우리가 살던 세계와는 다른 곳이었다. 마치 다른 별에 와 있는 기분이었다. 코기 족은 이런 말을 계속 되풀이했다. "우리는 아무것도 잊어버리지 않았소. 아무것도 잊어버리지 않았어. 우리는 여전히 법칙을 알고 있고 또 지키고 있소." 이곳에서 이 말은 자명한 진실이었다.

한밤중, 둥근 보름달과 네 개의 화톳불이 비추고 있는 누후에로 걸어가던 일은 무척이나 감동적인 경험으로 남아 있다. 그것은 아무나 쉽게

---

1) 기록 영화에서 사용되는 테스트나 편집용 첫 프린트. —옮긴이

해볼 수 없는 특권이었다. 서서히 계곡 아래로 내려앉던 구름이 짚을 엮어 만든 누후에의 지붕을 포근히 감싸 안는다. 뒤편의 산은 마치 누후에의 모습을 크게 키워놓은 것 같은데, 구름은 그런 산을 똑같이 감싸 안고 있다. 누후에 안, 천장을 가득 채우고 있는 두터운 연기는 마치 산 위의 구름에 이어져 있는 것 같다. 사람들은 불 주위에 앉아 있다. 처음 당신의 눈에 띄는 것은 불꽃 가까이에 있는 몇 사람뿐이다. 그들이 입고 있는 흰옷에 모닥불이 아른거린다. 눈이 그곳에 적응되면서 모닥불마다 대략 쉰 명씩, 적어도 모두 200여 명의 남자들이 앉아 있다는 걸 깨닫게 된다. 누구나 흰옷을 입고 있고, 누구나 포포로를 들고 있다.

아마도 '아우'는 우리가 소금도 먹지 않는다고 야만스럽고 원시적인 인간이라고 생각할 거요. 그렇진 않소. 우리는 소금을 먹어요. 우리는 문명화된 사람들이오. 이곳에 소금을 가지고 온 사람은 우리 조상이었소. 그래, 우리는 모두 소금을 먹기 위해 이곳 '의식을 행하는 집'에 온다오. 우리는 여전히 여기에 있소.

문명화를 가리키는 세계 공통의 상징이 왜 소금일까? 유태인 가정에서 다들 그러듯이 우리 집에서도 유태교 안식일에는 빵과 소금을 먹는다. 《아라비안 나이트》에는 한 도둑이 훔치러 들어간 집에서 우연히 소금을 맛보고 자기가 훔친 것과 맞바꾸는 이야기가 나온다. 영국식 정찬에서는 소금 그릇의 위치가 신분이 높은 손님과 낮은 손님 사이의 경계를 나타낸다. 신분이 낮은 사람은 '소금 아래'에 앉게 된다. 린디스판 Lindisfarne 복음서에 나오는 '대지의 소금salt of the earth'이라는 말은 대단한 신뢰와 신용을 나타낸다.

마마 산토스가 이야기를 하고 있다. 종교 의식을 행할 때 보통 들을 수 있는 간결하고 상징적인 말투다. 그는 노출된 암염嚴鹽 광맥을 하나의 상징으로 들어 이야기한다. 동물이 소금을 핥기 위해 광맥을 찾아가는 것처럼, 코기 족은 생명을 유지하기 위해 누후에를 찾아간다고. 마마들이 다들 그렇듯이 그 또한 다른 많은 상징과 느낌을 들어가면서, '아우'가 이곳에 온 까닭은 코기 족이 여전히 공경을 받을 만한지 알아보기 위해서라고 말한다.

오래 전, 법칙이 우리에게 모습을 드러내었소. 법칙은 파수꾼인 카보와 그 주위를 둘러싼 벽과 함께 우리에게 왔다오. 우리가 떠나지 못하도록. 우리는 지금까지 그 카보를 거역해 본 적이 없소. 우리는 법칙을 지키고 법칙에 충실해야 하오. 우리는 서로 다투지 않는다오. 우리는 의자를 나눠 쓴다. 그것이 우리가 패배하지 않고 살아남은 이유라오. 공동체는 우리의 토대요. 우리가 그것을 잊어버린다면, 그때는, 그렇지, 세계가 무너질 거요.

그의 말이 끝나자 두 사람이 북을 두드리기 시작한다. 한 쌍의 피리 연주도 시작된다. 한 사람은 호리병박을 딸가닥거리면서 구멍이 하나뿐인 남자 피리를 연주하고, 다른 한 사람은 구멍이 여섯 개인 여자 피리를 연주한다. 음악은 처음에 단순하고 반복적인 멜로디로 시작하다가 점차 복잡한 변주로 이어진다. 집 한가운데서 누군가 춤을 추기 시작한다. 천천히 좌우로 몸을 흔드는 춤이다. 세계 자체에 귀를 기울인 자만이 익힐 수 있는 춤. 200명이나 되는 남자들이 진지하게 바라보고 있다. 그 춤은 보는 이를 황홀경으로 몰아가지도 않고, 부두교의 춤처럼 가슴을 고동치게 만들지도 않는다. 고요하고 편안하며 꿈결 같은, 마치 깊은 생각에 잠긴 듯한 춤사위다. 그것은 우주의 심장에 자리한 '세계의 집'에서 바로 이 세계가 추는 춤이다.

우리는 여기에, 이 산과 함께 살고 있다오. 산은 아직 비어 있지 않소. 그러기에 우리는 말할 수가 있는 거라오. 이것이 산의 본모습이라고. 그렇지 않소?

조상들에게 인사하다

우리는 마마 발렌시아, 후안 하신토, 그리고 모로 두 사람과 함께 아루아코에서 푸에블리토로 내려갔다. 그곳은 산이 수세기 동안 비어 있던 곳으로 어떤 것도 제 모습을 하고 있지 않았다. 마마 발렌시아는 두 소년을 동그랗게 원을 그리고 있는 돌덩어리들 쪽으로 데리고 갔다. 한때 '의식을 행하는 집'이 있던 자리였다. 마치 지금도 그 안에 포포로를 들고 있는 사람들이 가득 차 있기라도 한 것처럼, 그는 두 소년을 데리고 문 쪽으로 돌아가, 흔적도 없이 사라져버린 누후에 앞에 섰다.

너흰 아이처럼 그냥 서성거리기만 해서는 안 돼. 무얼 말할 것인지 생각해 보고 나서 조심스럽게 이야기하거라. 문으로 가서 말하거라. 안에 있는 사람들에게 인사를 해야지. 어디서 왔느냐고 사람들이 물을 거야. 그럼, 너희는 "저희는 이러이러한 곳에서 왔습니다"라고 대답하는 거야. 그 사람들이 "오는 길에 무슨 일이 일어났는가?" 하고 물을 거다. 그러면 너희는 "아니오. 아무 일도 일어나지 않았습니다"라고 해야 해.

그들은 태양 아래에 그대로 몸을 드러낸 채로 서 있었다.

그러면 그 사람들이 "잘 지내고 있는가?" 하고 물을 거다. 너희는 "네, 잘 지내고 있습니다"라고 해야 한다. 그러고 나서야 안으로 들어갈 수 있어. 안으로 들어가면 말하고자 했던 게 무언지 마마들에게 이야기하거라.

그들은 문지방을 넘어 텅 빈 원 안으로 들어갔다.

이렇게 말해. "저희는 도우러 왔습니다. 여러분을 위해 나무와 음식을 가지고 왔습니다." 계속 그렇게 말해. 계속. 그러면 마마들이 마침내 입을 열 거야. 조상 마마들이 말을 해줄 거야. "좋아, 좋아. 내일 오도록. 너희를 위해 언덕에서 점을 쳐주겠다"라고.

마마 발렌시아가 위를 올려다보았다. 그러나 거기엔 아무것도 없었다. 무슨 과거의 울림 같은 것조차 없었다.

조상 마마들에게 이야기하러 내 여기 왔건만 아무것도 없네. 있는 건 빈 구멍들뿐. 내 누구에게 제물을 바친단 말인가?
그들이 모든 것을 파괴했네. 정부와 '아우'는 말하지. "여기 와서 위대한 '어머니들'과 '아버지들'에게 제물을 바치시오"라고. 그러나 여기에 아무것도 없다면 내가 어떻게 제물을 바칠 수 있겠는가? 바로 그들이 모든 것을 파괴하고 훔쳐갔다네. 그러니 내가 누구에게 제물을 바칠 것인가?
여기, 조상들을 위해 음식을 가지고 왔다네. 허나 누구에게 바칠 것인가? 그들이 모두 다 없애버렸으니.

의식을 치를 수도 있겠지만, 그것은 아마도 공허하고 무의미한 것이

350

될 것이다. 그는 소년들에게 어디에 제물을 놓아야 하는지 가르쳐주었다. 하나는 출입구였던 지점의 오른쪽에, 다른 하나는 왼쪽에 두라고 했다. "이제 예의에 맞게 작별을 고하거라. '저는 저기 저곳을 방문하려고 합니다. 그 뒤에 다시 오겠습니다'라고 말하거라."

그들은 폐허가 된 도시를 걸었다. 깨끗하고 잘 정돈되어 있었다. 코기족이 직접 그곳을 돌보고 있었다. 그곳에서 일하는 사람들은 라몬의 주선으로 발레두팔에서 '인데레나Inderena', 즉 국립공원관리국 트럭을 타고 온 코기 족 사람들이었다. 그들은 그곳에서 제물을 바칠 수 있도록 '의식을 행하는 집'을 짓기로 되어 있었다. 그런데 인데레나는 이 사람들을 길가에 아무렇게나 내려놓고 가버렸고, 이들은 이곳 유적지까지 걸어오느라 이틀 전에야 당도했다고 했다. 인데레나가 식량도 주지 않고 가버린 탓에 이들은 트럭에서 내린 뒤로는 아무것도 먹지 못한 상태였다.

우리는 그들에게 음식을 주었다. 마마 발렌시아가 함께 온 모로 둘을 데리고 길을 따라 돌들이 서 있는 곳으로 갔다.

봐라. 여기 보이는 모든 게 다 마을이었다. 계단식 대지도 여기 있었지만 이젠 아무것도 남아 있지 않아. 이 돌은 카보들이지. 너희는 허락도 받지 않고 이 돌들을 지나쳐서는 안 돼. 이들 카보는 못된 놈들이나 표범이 여길 지나지 못하도록 지키는 역할을 한단다.

너희가 이 돌들에게 허락도 받지 않고 지나간다면 다른 카보들이 너희를 붙잡을지 누가 알겠느냐? 그들이 너희에게 어떤 일을 할지 누가 알겠느냐? 허락도 받지 않고 이곳을 지나간다면 그들은 다른 카보들에게 이야기하겠지. 서로 의사 소통을 하고 있으니까. 그건 마치 너희가 대통령을 만나러 가는 것과 같아. 그곳도 그냥 걸어 들어가면 안 되잖아. 허가를 받아야만 들어갈 수 있는 거잖아.

마을 위로 우뚝 솟은 산

구름에 덮인 계곡

관광객들이 가벼운 여름옷 차림으로 어슬렁거리고 있었다. 남자들은 허리까지 웃옷을 벗어젖힌 채로 베네수엘라 산 폴라Polar 맥주를 마시고 있었다. 관광객들은 관광지에 어울리지 않게 하얀 옷을 입고 있는 이 낯선 사람들을 멀뚱거리며 쳐다보았다.

그럼, 카보들에게 들어가도 좋은지 허락을 구해 보자. 이제 내가 말할 거야. 내가 여러분을 찾아 어디어디에서 왔노라고, 여러분 모두에게 이야기하기 위해 왔노라고 말이야.

그게 바로 내가 지금 하려는 거야. 자, 그럼 그들이 나에게 불만을 말하는지 한번 들어볼까? 아마도 그들은 "누가 우리를 보러 내려왔단 말인가?" 하고 말하겠지. 그리고 내가 족장이라는 걸 알면 이렇게 말할 거야. "들어보시오. 그들이 모든 것을 훔쳐갔소. 우리는 여기에 아무것도 가지고 있지 않다오." 그러면 그때 나는 제물을 바칠 거야. 정신 세계에서 말을 하면서 말야. "보십시오. 제가 설탕, 고기 그리고 커피를 가지고 왔습니다." 나는 그들에게 주려고 이런 것들을 가지고 왔거든. 그것들을 여기에 내놓고 그들이 받아 가는지 볼 참이야. 이 모든 일은 다 아루나에서 이루어져.

후안 하신토가 놀란 모습으로 주위를 두리번거렸다.

봐. 조상들은 이곳에서 모든 걸 가지고 있었어. 저들이 모든 것을 파괴해 버린 거지. 이걸 봐. 저들은 항아리란 항아리는 다 깨트려버렸어. 여기는 이제 텅 빈 구멍 말고는 아무것도 볼 게 없어. 다른 계단식 땅들도 마찬가지야. 저들이 모든 걸 훔쳐가 버렸으니까.

마마 발렌시아는 그가 무슨 대답을 원하는지 잘 알고 있었다. "그렇다네." 마마 발렌시아가 슬픈 목소리로 말했다. "그들이 모든 걸 파괴시켜 버렸다네." 콜롬비아 관광객들이 이들을 호기심 가득한 눈으로 쳐다보았다. 그러나 코기 족이 하는 말을 이해하지는 못했다.

모로를 가르치다

푸에블리토에는 동굴이 하나 있었다. 모로가 어둠 속에서 여러 해를 보낼 때 사용하던 곳이었다. 우리는 그 신비한 공간을 볼 수 있었다. 마마 발렌시아가 카메라 앞에서 이 고대의 장소가 어떻게 사용되었는지 시연해 보일 참이었다. 그곳에는 2미터 높이에 2.5센티미터 두께의 얇은 석판들로 만들어진 통로가 있었다. 통로는 더 깊숙한 공간으로 이어졌다. 한 줄기 광선이 천장으로부터 뒤쪽 벽면을 향해 내려들고 있었다. 벽에 커다란 거미 한 마리가 붙어 있는 모습이 보였다.

"저건 위험하지 않나요?"

"물 수도 있소."

"물리면 어떻게 되는데요?"

"죽을 수도 있지요."

'아우들'은 텔레파시로 함께 회의를 했다. 그리고 거미의 생명을 놓고 투표를 했다. 판결은 만장일치였다. 빌이 큰 돌을 들어 거미를 짓이겨버렸다. 거미는 자기네 선조들의 대열에 합류했다.

마마 발렌시아는 아홉 살쯤 되어 보이는 어린 소년 모로를 데리고 어둠 속으로 들어갔다. 한쪽 눈은 이미 멀었고 다른 쪽 눈도 거의 보지 못하는 소년이었다. 그곳에서 마마는 가르침을 펴기 시작했다. 그는 소년에게 제물 꾸러미—마른 이파리 하나, 엄지와 다른 손가락 사이에 감을 수 있는 약간의 실—를 건넸다.

소년은 어떻게 해야 세계를 올바로 생각하고 이해하고 느낄 수 있는지를 배웠다. 코기 족의 관점에서 볼 때, 전체 인류의 미래가 건강할 것인가 아닌가는 지금 이렇게 '세계의 심장'을 보살피는 짐을 지고자 배우고 있는 이 소년, 그리고 이 소년과 같은 소수의 아이들에게 달려 있다. 우리는 대지에 해를 입히고 있고 '어머니'에게 상처를 입히고 있다. 설령 우리 모두가 슬기롭고 착한 사람이 된다 하더라도 우리는 마마들이 하는 일을 할 수 없다. 이것은 세계가 혼돈으로 빠져드는 상황에서 이 세계의 식물과 피조물을 아루나에서 책임감을 갖고 보살피라는 가르침이었다. 여기 폐허가 된 유적지의 한 동굴 속에 앉아 있는 늙은 남자와 눈먼 소년은 '어머니'의 마지막 수호자들이었다.

그의 가르침은 온화했다. 상처받은 것은 치유되어야 하고, 깨어진 것은 고쳐져야 한다. 이것은 엄청난 일이다. 그러나 마마들은 희망이 없다고 생각하지 않는다. 우리가 더 이상 상처 주고 파괴하지만 않는다면.

조상들이 이곳에 살고 있을 적에는 여기에서 '어머니'께 제물을 바쳤단다. 이제 네가 가져온 제물을 '어머니'께 바치거라. 마음을 모아서, 이것이 아루나에 계시는 '어머니'께 바치는 음식이라는 걸 생각해라. 이것은 '어머니'의 고기이고 야채이며 땔감이지. 공들여 마음을 모아서 너의 제물을 바쳐라.

나무, 새, 물의 '어머니들'을 생각하고 그분들께 제물을 바쳐라. 처음엔 왼편에다가 제물을 바치고, 다음엔 오른편에다 바치거라. 새, 나무, 물, 경작지 들의 '어머니들'이 살고 계시는 집에 마음을 모아라. 다른 것은 생각하지 마라. 열심히 마음을 모아야 한다. 그리고 한 분 '어머니'가 아니라 모든 '어머니들'께 제물을 바쳐라.

이 주변에서 너는 세계가 지금 어떤 모습으로 있는지 많이 보았을 것이다. '어머니'와 세란쿠아는 세계를 훌륭하게 만드시고는 보기 좋게 꾸며놓으셨었지. 그러나 넌 이제 세계가 무너진 모습을 본 거야. 저들은 돌이란 돌은 다 깨트려버렸어. '어머니'는 이 돌들을 제대로 놓아두셨었지. 그런데 저들이 돌을 뒤집어엎고 깨트려버린 거야. 생각해 보거라. 저들이 '어머니'의 팔과 다리를 부러뜨리고 등에 상처를 입혔다고 말이야. 그래서 아루나에서 이 돌들을 제자리에 다시 갖다놓고는 '어머니'께 바치는 거란다. 이 모든 돌이 다 '어머니'라는 생각에 마음을 모으거라. 저기, 돌이 하나 엎어져 있구나. 저러면 '어머니'가 일어나실 수가 없어. 저긴 또 '어머니' 손이 잘려 있군. '어머니'가 아무것도 드실 수가 없게 말야. 다리가 잘린 것도 있구나. '어머니'가 걸으실 수가 없겠어. 마음으로 보거라. 여기에 마음을 모아 돌들을 치료해 주거라. 저기 고통 속에 누워 있는 저 모든 돌들을 생각하고, 제물을 바쳐 저들을 치료해 주거라.

이제 음식을 거기에 올려놓거라. 네가 이 모든 것들에 제대로 마음이 모아질 때, 네가 가져온 음식 제물을 저들의 오른손 쪽에다 두거라. 네가 저들을 치료해 줄 약을 바치고 있다고 생각하려무나. 저들은 아프고 고통받고 있어. 그리고 넌 저들에게 치료약을 주는 거지.

자, '아우'가 뭐라고 할까? 자기가 '어머니'의 팔다리를 절단낸 게 사실이라고 고백할까? 뭐라고 하는지 한번 보자. 그래, 제물을 거기다 놔.

거기다 놔. 그래 거기. 이제 '어머니'가 이 음식과 땔감을 가져가시는 길에다 마음을 모으거라. 마음을 모아서 길이 아주 분명히 드러나도록 해봐. 어떤 해악도 '어머니'께 미치지 않도록 말이야. 어떤 위험도 없는 아주 훌륭한 길을 만들거라. '어머니'가 넘어지지 않도록 구덩이를 메우고, 표범이나 뱀이 공격하지 못하도록 울타리를 세우거라. 아주 분명히 드러나게 해봐.

시에라에는 비와 눈이 녹아내려 물이 풍부하다.

해발 600미터 높이에 있는 사탕수수 밭

이제 피의 '어머니' 께, 또 피와 관련된 모든 것들에게 제물을 바칠 차례다. 제물을 왼쪽에 놓거라. 제물을 놓으면서 네가 바치는 음식에 마음을 모으거라. 그러고 나서는 '어머니' 들에게 작별을 고하거라.

이곳은 '의식을 행하는 집' 과 같단다. 네 마음이 이리저리 떠돌지 않도록 해야 한다. 열심히 마음을 모아서 제물을 바쳐놓고 가야 하는 거야. 음식, 물, 땔감, 그 밖에 '어머니' 가 필요로 하는 모든 것을 여기 두고 가는 거지.

그 다음엔 하늘을 생각하거라. '아버지' 세란쿠아와 '아버지' 루아위코에게 마음을 모으고 아루나에서 그들에게 말해. "여기 제가 아루나에서 음식을 바치면서 '어머니' 를 보살피고 있습니다"라고. 마음을 모아서 단계별로 모두 제물을 바쳐라. '어머니' 의 길을 뚜렷이 만들고.

저들이 이 모든 걸 녹음하고 있어. 저들이 알아들어야 해. 처음엔 저들이 와서 우리가 가진 걸 모두 가져가버렸고, 지금은 저들이 여기 와서 우리 사진을 찍고 있구나. 그건 똑같은 거야. 난 저들이 내 목소리를 녹음했다가 나중에 듣는다는 게 사실인지 궁금해. 아마도 우리 사진만 찍어갈지도 모르지. 만약 그렇다면 난 매우 화가 날 거야. 저들은 나처럼 생각하지 않는다는 거지. 나는 여기 와서 구덩이들, 깨진 돌들을 보았어. 파괴되어버린 모든 것을 봤지. 그것이 나를 아프게 해. 그러나 저들한테는 그게 아무런 의미도 없어.

네 제물을 저 위 하늘에 바치고, 저 아래 대지에 바치거라. 저들이 있는 아홉 세계 모두에 바쳐. 처음에 우리한테는 곧게 뻗은 훌륭한 길들이 있었어. 이제 그 길들은 갈가리 찢기고 돌들은 죄다 흩어져버렸어. 만약 '위대한 어머니' 께서 이 길들 위로 걷는다면, 넘어져서 다리가 부러지고 말 거야. 이제 모든 길은 파괴되고 폐허가 되었구나. '아우' 는 자기가 무슨 일을 저질렀는지 알고나 있을까? 과연?

기술의 승리

먼저 배를 타고 그 다음엔 걸어서 푸에블리토까지 간다는 일 년 전의 내 계획은 기발하긴 했지만 확실히 문제가 있었다. 그래서 헬리콥터를 착륙시킬 만한 지점을 발견했을 때 나는 무척 기뻤다. 우리는 헬리콥터를 밀림에 에워싸인, 둥근 모양의 빈 터에 착륙시켰다. 떠날 때쯤 되어서야 나는 그곳이 자연스럽게 형성된 원형의 분지라는 걸 깨달았다. 그곳에서 밖으로 나오는 유일한 방법은 상공을 향해 수직으로 120미터 정도 날아오르는 것뿐이었다.

헬리콥터에 타고 나서 발견한 문제점은 헬리콥터가 수직으로 120미터를 날아오르지 못한다는 것이었다. 헬리콥터는 앞으로 전진하면서 날아야 했는데 이는 불가능한 일이었다.

약 70미터 상공까지 날아오른 헬리콥터는 동력이 딸려 이내 땅으로 내려앉고 말았다. 우리는 헬리콥터에서 내려 오도 가도 못하게 된 기계 덩이를 바라보았다.

오랫동안 나는 내가 만드는 기록 영화의 내용과 그것을 만드는 방법 사이에서 갈등을 느끼고 있었다. 애초부터 내가 마마들에게 지적한 문제이기도 했다. 그것은 우리의 기술과 기계를 쓰지 않고는 영화를 만들 수 없다는 것이었다. 헬리콥터, 발전기, 카메라('아우'의 위험한 세계를 대표하는 모든 것들)를 '세계의 심장'으로 가져와야 했다. 코기 족이 촬영에 들어가기 전 마음의 준비 시간을 가졌다는 건 그들에게 닥칠 이 같은 갈등을 해결할 방도를 찾았다는 뜻이었다. 그런데 나는 내 문제를 해결할 방도를 찾지 못했다. 그 대신 심각하게 생각하지 않는 방식으로 내 문제에 접근했다. 웬일인지 나는 마마들이 이 문제를 풀 수 있다면 나로선 별로 걱정할 필요가 없다고 느꼈다.

이제 나는 내가 왔던 세계 속으로 다시 있는 힘껏 내 자신을 던져 넣었다. 내가 집중해야 하는 것은 기계였다. 우리는 기세당당하게 그곳을 날아오를 것이었다. 탑승자 수를 줄이고 기어를 더 낮춰서 우리는 다시 날아올랐다. 나무 꼭대기 정도의 높이에서, 조종사는 가장 낮은 크기의 나무를 찾으며 빙글빙글 돌았다. 그는 한 나무를 목표로 했으나 간만의 차이로 빗나갔다. 그가 낄낄거리고 웃었다. 우리는 '발키리의 기행Ride of the Valkyries' [2]을 부르며 밀림을 빠져나왔다.

우리가 도착한 곳은 이로타마 호텔에서 가까운 해변의 집으로 그레이엄이 빌려놓은 것이었다. 조종사는 우리를 해변에 내려주겠다고 했다. 멋진 생각처럼 보였다. 해변의 집에 머물게 되면 공항에서 이런저런 짐들을 옮겨올 필요도 없을 뿐더러, 일광욕과 수상 스키를 좋아하는 사람들에게는 신나는 일이 될 테니까.

그러나 실제로는 일이 아주 엉망으로 돌아갔다. 착륙해서 보니 해변은 시끄럽고 요란스럽기 짝이 없었다. 바닷물은 미적지근해서 오래 몸을 담그고 싶은 생각이 싹 가셨다. 시에라의 강에서 목욕할 때 같은 그런 상쾌함이 없었다. 딱딱한 벽, 단단한 천장 때문에 집에 들어서면 밀실 공포증 같은 게 엄습했다. 이엉 집처럼 숨을 쉬는 집이 아니었다. 나는 나무가 타면서 나는 편안한 냄새가 그리웠다. 그러나 우리는 코기 족 촬영을 이미 끝마친 상태였다. 나는 다시 원래의 내 세계에 정착해야 했다.

그러고 있을 때 우리 모두를 충격에 휩싸이게 한 소식이 런던으로부터 날아들었다. 사라가 영국으로 가지고 간 필름들이 엑스레이의 영향으로 모두 망가져버렸다는 거였다. 코기 족에게 되돌아가 다시 영화를 찍어야

---

2) 북유럽의 신 발키리는 오딘 신의 시녀로 전사한 영웅의 영혼을 발할라Valhalla로 인도한다. 여기에서 '발키리의 기행'은 독일의 음악가 리하르트 바그너가 작곡한 〈발키리The Valkyries〉라는 오페라 곡의 한 부분이다. ─옮긴이

한다는 얘기였다.

그것은 충격이었고 이해할 수 없는 일이었다. 나는 사라가 비행기를 탈 때 공항 직원들이 필름 통을 엑스레이로 찍으려 하는 것을 못하도록 말렸다는 걸 알고 있었다. 그러면 도대체 어디서 이런 일이 벌어졌단 말인가? 필름이 우리에게 오는 길에 엑스레이를 찍힌 걸까? 그렇다면 사용하지 않은 필름도 다 망가져 있을 터였다.

런던에서는 촬영 전이 아니라 촬영 후에 필름이 손상되었다고 우리에게 알려왔다. 망가져서 도저히 쓸 수 없는 장면은 대개 아주 어두운 데서 찍은 것이었다. 우리는 쓸 수 없는 장면들의 목록을 작성해서 다시 찍어야 했다. 엑스레이로 인한 손상의 위험을 그나마 줄이려면, 더 큰 발전기와 여분의 라이트들을 보고타에서 가져와 그것들을 가지고 재촬영에 들어가는 것이 좋았다.

우리는 나중에 보고타와 산타 마르타 사이에서 필름이 망가졌으며 이 필름 손상이 런던으로 돌아가는 여행과는 아무 상관도 없다는 사실을 알게 되었다. 엑스레이로 찍히지 않은 필름은 하나도 없었다. 결국 필름 편집자, BBC 기술자들과 함께 필름의 손상을 방지할 수 있는 방법을 찾아내야만 했다. 다행히도 우리는 그 방법을 찾아냈고, 덕분에 처음 촬영 때에는 감히 시도하지 못했던 방식으로 어두운 장면을 찍을 수가 있었다.

빌과 나는 누후에서 커다란 조명을 사용하는 데 만전을 기했다. 그 조명이 코기 족의 신경을 크게 자극할지 모른다고 느꼈기 때문이었다. 그러나 코기 족이 우리와의 일에 아주 협조적이고 적극적이라는 걸 알고 있었기에 어쩌면 아무 문제가 없을 것도 같았다. 물론 장비를 산 위로 가져가는 일은 쉽지 않을 터였다. 그러나 이번이야말로 아주 좋은 조건 아래서 꼼꼼히 일을 진행해 나갈 수 있었다. 나는 내가 영원히 떠나왔다고 믿었던 세계, 코기 족의 세계로 다시 돌아가야 한다는 사실이 전혀 불행하게 느껴지지 않았다.

코기 족은 혼란스러워했다. 그것은 분명 설명하기 어려운 문제였다. 그러나 그들은 협조하기로 결정했다. 그들은 다시 한 번 모두를 불러 모을 것이고, 우리는 재촬영해야 할 것들을 다시 찍기 시작할 것이다.

물과 이야기하다

한편, 코기 족은 밍게오에서 '파가멘토pagamento', 즉 제물을 바치기로 되어 있었다. 제물을 바치는 일은 마마들에게 기본이 되는 일의 하나이다. 생태적 균형을 유지하기 위해서는 물질 세계에서 일하는 것만으로는 충분치 않다. 마마는 아루나에서도 균형을 이루어야 한다. 그는 기억과 잠재의 세계에서 일하는, 보이는 세계만이 아닌 보이지 않는 세계의 정원사이기도 한 것이다.

타이로나 문명이 번성할 당시, 시에라는 경작 지역과 노동 지역이 여기저기 흩어져 있어서 전체적인 조율이 필요했다. 어떤 지역도 홀로 생존하기는 어려웠다. 오늘날 코기 공동체들이 과거에 비해 물질적인 자급자족도가 훨씬 높다고는 해도 시에라를 균형 잡힌 전체로 여기는 사고방식은 그대로 남아 있다. 마마들이 하는 일은 시에라 전 지역에 걸쳐 정신적인 조화와 균형을 이뤄내는 것, 개별 생물 종들의 안녕을 이뤄내는 것이다. 이를 위해 그들은 성스러운 장소에 둘 조그만 증표들을 가지고 곳곳을 돌아다니면서 그에 걸맞은 '어머니'에게 마음을 집중한다.

'아우'가 시에라의 저지대로 밀고 들어오기 시작하면서 코기 족은 이러한 성스러운 장소로 더 이상 갈 수 없게 되었다. 바다 가까이에 있는 성소는 접근하기가 특히 더 어려웠다. 이런 상황은 코기 족에게 아주 심각한 일이었다. 그들에게는 바다가 그 자체로 매우 중요했기 때문이다.

'어머니'가 대양으로서 시작되었다고 믿고 바다가 곧 세계가 태어난 양수라고 믿는 사람들에게 바다는 특별한 장소임에 틀림없다. 코기 족은 해변의 조개껍데기와 하늘의 별 모두가 세란쿠아가 세계를 수태시키는 최초의 행위(그의 사정射精)에 의해 생긴 흔적이라고 말한다. 바다와 하늘은 둘 다 태초에 존재한 대양의 모습인 것이다.

바다와 하늘을 태초의 단일 연속체의 부분으로 보는 사상은 우리의 문화를 포함해 많은 문화에 공통으로 존재한다. 〈창세기〉에 언급된 창조는 "물들waters에서 물들을" 분리하면서 시작된다. 헤브루 말로 물은 복수형 '마임mayim'이고, '천국heaven'이나 '하늘sky'은 '샤-마임sha-mayim'이다. 조개껍데기와 생명 세계의 수태 사이에 관계가 있다는 이야기 또한 여러 문화에서 공유되는 것이다. 바다에서 나온 조가비로부터 여신이 태어나는 장면을 그린 보티첼리의 〈비너스의 탄생〉은 우리 자신의 고대 신화를 바탕으로 한 것이다. 사실 크로노스가 신의 고환을 잘라 바다에 던지자 아프로디테('거품에서 태어난')가 태어났다고 전하는 헤시오도스[3]의 이야기는 코기 족이 바다에서 생명이 탄생했다고 말하는 방식과 놀랍도록 유사하다.

코기 족의 이러한 사고 방식은 생명과 물의 순환을 전체적인 시선에서 바라보는 방식과 맞닿아 있다. 생명의 물들로 인해 시에라는 하나가 된다. 코기 족은 물이 바다에서 증발하여 열대우림의 구름으로 되었다가 다시 비가 되어 내리거나 높은 봉우리에 눈으로 쌓인다는 것을 아주 잘 알고 있다. 빙하 지대 바로 아래에 코기 족의 신령스런 호수들이 있다. 빙하의 녹은 물로 이루어진 이 깊은 호수들로부터 아래쪽의 모든 생명이 삶을 영위해 갈 수 있는 강들이 시작된다. 라이클-돌마토프에 따르면,

---

3) 기원전 8세기경 그리스의 시인 ― 옮긴이

호수들 주변의 설원이 고나빈두아라고 불리고 이 호수들은 '어머니'의 질膣이라고 불린다고 했다. 고나빈두아가 새 생명의 첫 움직임, 즉 '태동'이라는 뜻을 지니고 있으니, 이 모든 것이 무엇을 의미하는지 이해하기는 어렵지 않다.

실제로 코기 족은 새롭게 태어난 강물을 강에서 양육된 아기라고 말한다. 그리고 그들은 이 새로 태어난 강물이 콸콸 소리 내며 산을 따라 흘러 내려오면서 강물의 생명이 시작된다고 이야기한다. 물의 생명은 모든 것의 생명이 된다. 그들은 계속해서 식물과 동물, 대지가 공유하는 물— 생명의 정수이자 아루나 자체인 물—에 대해 이야기를 들려주었다.

그들은 우리에게 거듭 수사적인 질문을 던졌다. "우리는 어떻게 살아 있는가?" 답은 "우리에게 물이 있기 때문"이다. "맨 처음 우리는 물에서 형성되었소. 그것이 우리에게 눈물과 침이 있는 이유라오." 눈물의 형태로 있는 소금물과 침의 형태로 있는 맑은 물, 이는 세계 그 자체의 물과 같은 물이다. 왜냐하면 세계와 그 안에 있는 모든 것이 이 물 속에 살아 있기 때문이다. "우리처럼, 나무와 언덕에도 물이 있다오. '어머니'는 모든 존재에게 물을 주셨소. 우리가 살아가려면 물이 필요하다오. 물이 없다면 우리는 목말라 죽을 거요. 대지는 자신의 피를 가지고 있고 자신의 물을 가지고 있소."

세계는 바다, 즉 아루나로부터 시작되었다. 이는 물과 이야기함으로써 우주의 기억과 잠재력에 다가갈 수 있음을 의미한다. 구슬 점은 구슬과 물이 하는 대화이다. 이것을 통해서 마마들은 존재의 핵심과 대화를 한다. "처음에 '어머니'께서 우리에게 구슬을 주셨소. 우리는 아루나에 살고 있었고, 우리에게는 물이 책과 같다오. 그 위에 구슬이 할 이야기를 쓰지요."

포포로 역시 물이 이야기하는 한 가지 방식이다. 이때 물은 사람의 침

이다. 포포로 테두리에 쌓이는 고리 모양의 칼슘 덩어리는 침(몸속에 있는 맑은 물)이 조개껍데기 가루(세란쿠아의 씨, 모든 생명의 씨인 두아dua)와 섞여서 만들어진다. 명상을 하면서 천천히 막대기를 핥은 뒤 막대기를 호리병박의 목에 비벼주면 칼슘 덩어리가 만들어지는 것이다. 이 칼슘 덩어리 또한 책으로 묘사된다. "우리는 그 위에다 우리 생각을 쓴다오."

따라서 바다를 찾아가는 것은 마마들에게는 가장 중요한 활동이다. 그것은 산꼭대기를 찾아가는 것만큼이나 중요하다. 사실 해변과 산꼭대기는 연결되어 있다. 하나의 구조가 가지고 있는 양 끝단이다. 그 구조의 균형을 유지하기 위해서는 둘 다 조화로운 상태를 유지해야 한다. 물들의 균형을 유지하는 것은 다른 모든 것들에 근본이 된다.

코기 족에게 가장 신령스런 장소 가운데 하나는 밍게오의 해변 뒤편에 있는 민물 호수들이다. 이 호수들은 산꼭대기에 있는 호수들을 바다 근처로 옮겨놓은 듯한 모습을 하고 있다. 이 호수들은 또한 시에나가 그란

데의 호수들처럼 민물과 소금물이 만나는 곳이기도 하다. 이 지역은 스페인 정복기 당시 코기 족이 생식 에너지를 얻던 중심지로, 이들은 수많은 황금 상을 항아리에 담아 이곳 땅 속에 묻어놓았다. 그러고는 돌로 된 파수꾼들을 세워 호수 주변을 에워쌌다. 이곳은 정신적인 중심지였고, 수많은 '어머니들'의 집이었다. 또 시에라의 생물 종을 보호하자는 생각이 집중된 곳이기도 했고, 제물을 바치는 성소들이 있는 곳이기도 했다.

현재 이곳은 다른 종류 에너지의 중심점이 되었다. 그곳은 완전히 파괴되었다. 가장 중요한 호수는 물이 바닥이 났고, 돌 파수꾼들은 다른 곳으로 옮겨졌다. 황금의 '어머니들'은 도난당했다. 이제 그곳엔 높다란 안전벽 뒤로 거대한 석탄 화력 발전소 터모-과지라Termo-Guajira의 굴뚝만이 어슴푸레 빛나고 있다.

이곳이 파라멘토를 바칠 곳이다. 그리고 이 의식이 진행되는 동안 마마 베르나르도는 파라모로 가서 이곳에서와 똑같이 제물을 바칠 것이다. 이렇게 함으로써 세계의 양쪽 끝을 하나로 묶는 것이다.

제물을 바치다

우리는 먼저 조개껍데기를 모으기 위해 디불라로 갔다. 그러나 우리는 크게 낙담할 수밖에 없었다. 조개껍데기의 양이 일 년 전과 비교해 두드러지게 적었다. 바다는 불모지가 되어가고 있었다. '어머니'는 눈에 띄게 쇠약해졌다. 마마 발렌시아는 화가 나서 파도에 떠내려가는 쓰레기를 푹 찔렀다.

전에 마마들은 이곳에 와서 제물을 모으곤 했다오. '어머니'께서는 수많은 조개껍데기를 가져다주셨지. 그러나 이제 조개껍데기는 모두 사라져버렸소. '아우'는 '어머니'께 아무것도 갖다 바치지 않소. 단 1센트도. 자, 이제 내가 무엇을 할 수 있겠소?

제물로 바칠 돌도 모아야 했다. 작은 자갈을 모으는 것이다. 해변에서 주은 작은 자갈은 시에라의 특정 부분들을 보살피는 데 쓰기도 하고, 세계를 조절하는 움직임의 일환으로 파라모로 옮겨지기도 한다. '아르타-이치harta-ichi'라고 부르는 돌은 코카 잎을 보살피는 데 사용하는 돌이다. '마마-퀴치mama-quichi'라는 돌은 부싯돌로 매장할 때 쓴다. 빛의 씨앗이라는 뜻의 '마마-퀴치-세와mama-quichi-sewa'라는 돌도 있다. '젤라-퀴치zela-quichi'라는 돌은 멧돼지와 돼지들을 보살피는 데 쓰고, '노아-이치noa-ichi'라는 돌은 담배 반죽용으로 쓴다.

그곳에서 우리는 터모-과지라 아래쪽의 해안으로 내려갔다. '아우'에게는 힘을 상징하는 이 거대한 건물의 한쪽 그늘에서 '형님들'은 바다에 제물을 바쳤다. 마마들은 각각 물가로 다가가 시계 방향으로 몸을 돌리고 생명과 세계가 물레처럼 빙빙 돌아가는 모습을 연출하였다. 물가에 선 채, 생명을 지탱하는 '위대한 어머니'와 모든 '어머니들'에게 마음을 모으며, 마마들은 파라모에서 가져온 잎사귀 조각들을 파도 위로 던졌다. 파도를 하나에서 아홉까지 세는 사이, 그들이 바친 제물은 바다 한복판으로 떠밀려갔다.

마마들은 모두 '어머니'에 대해 생각한다오. 바다는 우리를 위해 존재하지요. '어머니'께서는 우리를 위해 많은 걸 준비해 두고 계신다오. 바다는 우리의 '어머니'라오. '어머니'는 아주 많은 것들로 우리를 보살펴주시지요. '어머니'는 '아우' 역시 보살피신다오. 모든 것을 보살펴주시지. 모든 것이 최후를 맞을 때까지 우리는 결코 이 진실을 잊지 않을 거라오.

춤추는 마마

　시에라로 돌아가 손상된 장면들을 다시 촬영할 시간이 되었다. 시에라가 해변 뒤쪽으로 불쑥 모습을 드러냈다. 그곳은 이 열대의 '천국'과는 동떨어진 세계였다. 그곳으로 되돌아가는 것이 마치 집으로 돌아가는 것처럼 느껴졌다. 그곳에는 이제 친구들이 많이 있었다. 그러나 모든 사람이 다시 찾아든 우리를 기쁘게 맞아준 것은 아니었다.

　전에 한 번도 만난 적이 없는 한 마마가 특히 그랬다. 그는 우리를 불안하게 만들었다. 그가 촬영에 반대한다는 얘기도 들렸다. 자기 모습이 촬영되는 것을 원치 않는 사람은 언제나 있게 마련이었다. 우리는 그런 사람의 의사를 존중하고 배려해 왔다. 그러나 이번 경우는 좀 힘들어 보였다. 나는 그에게 물의를 일으키고 싶지 않다고 말했다. 그리고 그에게 우리가 와 있는 것에 반대하는지 물었다. 그날 그는 일찍부터 술에 취해 있었다. 술에 취했다고 해서 그가 횡설수설한 것은 아니었다. 그는 나에게 촬영에 반대하는 것이 아니라 촬영당하는 것을 원하지 않는다고 말했다.

　누후에에 라이트를 설치하고 있을 때였는데, 그가 오더니 우리가 거기에 있는 걸 자기는 허락하지 않았다며 투덜거렸다. 그가 나를 집 한가운데로 끌어내 내 머리카락을 두 손으로 붙잡고 내 눈을 빤히 들여다보면서 말할 때, 나는 속으로 짐을 싸서 철수할 준비를 했다. 그가 말했다. 우리는 형제들이다. 우리는 똑같은 살과 피를 가지고 있다. 그의 번쩍이는 두 눈은 나를 노려보고 있었고, 그의 턱에는 침이 묻어 있었다. 그가 바닥에 쪼그리고 앉으면서 나에게도 앉으라고 했다. 손은 여전히 내 머리를 붙잡고, 눈은 여전히 나를 노려보며, 입은 계속해서 형제애를 중얼거렸다. 그러더니 나에게 춤을 어떻게 추는지 아느냐고 물었다. 나는 모른다고 했고, 그는 자기가 가르쳐주겠다고 했다. 우리는 일어섰다. 그는 전

368

에 내가 구경한 적이 있는, 천천히 좌우로 몸을 흔드는 동작을 계속하기 시작했다. 그런데 그의 동작은 전에 내가 본 것보다 훨씬 유연하고 우아했다. 나는 그의 동작을 따라하려고 애를 썼다.

다른 사람들이 일하는 동안 우리는 춤을 추었다. '의식을 행하는 집'에는 코기 족 사람들이 점점 더 불어났다. 땅거미가 지고 불이 밝혀졌다. 사태는 아주 이상한 쪽으로 흘러가고 있었다. 이 일촉즉발의 위기를 어떻게든 넘기려면 마마 발렌시아, 마마 산토스, 그리고 아레고세가 상당한 외교적 수완을 발휘할 필요가 있었다. 이 새로운 마마는 가장 뛰어난 춤꾼으로 알려진 사람이었다. 춤을 추는 것, 특히 이렇게 뭔가 연결점을 찾기 어려운 관계에서는 춤을 추는 것이 가장 솔직한 언어적 표현이 된다.[4] 이와 함께 그가 나를 춤을 추도록 이끈 데에는 나를 통제하고 상황을 장악하려는 뜻도 있었다.

누후에에 있던 대중 가운데 한 명이 우리에게 발전기를 선물로 내놓으라고 제안을 했다. 그러면 매일 밤 불을 밝힐 수 있을 것이다. 마마 발렌시아와 마마 산토스는 좋은 생각이라며 동의했다. 마마 발렌시아가 우리에게 발전기를 내놓으라고 했다. 아레고세도 찬성했다. 마마 발렌시아는 우리가 여러 대의 발전기를 두고 가야 한다고 말했다. 그러다 그가 화톳불에서 나오는 그을음 때문에 라이트가 곧 거무튀튀해지지 않겠느냐고, 갑자기 생각이라도 떠올랐다는 듯이 물었다.

"맞습니다." 아레고세가 맞장구를 쳤다. "얼마 지나지 않아 램프에 불이 들어오지 않을 겁니다."

마마 발렌시아는 더 깊이 생각했다. 만약 발전기에 이상이 생기면 어떻게 될까? 우리야 발전기 다루는 법을 알지만 코기 족은 모른다. 그는

---

4) 코기 족은 아이들이 춤을 먼저 춤추는 법을 배우고 그 뒤에 걷는 법을 배운다고 말한다.

대중이 우리와 마찰을 일으키지 않도록 조심스럽게 사태를 진정시켰다.

마마 산토스는, 문제가 이제 해결되었으며, 슬프게도 발전기를 요구하는 것이 좋은 생각이 아닐 수 있다는 걸 알았으니, 토론을 끝낼 시간이라고 결정했다.

그러나 나를 붙잡은 손을 놓고 자리에 앉아 있던 그 춤추는 마마는 기뻐하지 않았다. 우리는 여전히 통제되지 않은 상태였다.

포포로를 받을 때 우리는 아무것도 먹지 않고 나흘 밤을 보내야 하지요. 저들도 똑같이 해야 해요. 우리 코기 족은 잠자지 않고 먹지 않고 일곱 밤을 보낼 수 있어야 합니다. 저들도 뭔가를 이해하려면 똑같이 해야만 해요. 아, 이 모든 촬영, 만약 그대가 생각하는 모든 것이 잠자는 것이고 잠자는 데 시간을 다 써버린다면 그대는 하나도 이해할 수 없을 거요.

저들은 우리가 가진 것을 모두 가져가버렸소. 그래서 이제 저들에게 잠자지 않고 일곱 밤을 보내게 될 거라고 말하는 거요. 우리는 저들이 모든 것을 가져가버렸다는 걸 알고 있소. 그리고 이제 저들은 우리에게 보여주기 위해 되돌아왔지요. 왜 저들은 자신들이 가지고 있는 물건을 단 한 번도 우리를 위해 남겨두지 않는 걸까요? 저들은 모든 것을 가져가버렸는데. 우리가 저들의 땅을 어슬렁거리며 질문을 퍼붓던가요? 아니, 그렇지 않지요. 그러나 저들은 이곳에 질문을 하러 왔소. 마치 자기들이 도둑을 맞은 당사자들인 것처럼. 저들은 우리 마마들의 모자를 보았고, 우리의 '의식을 행하는 집'들을 보았소. 저들은 모든 걸 보았소. 저들은 계속해서 여기 위로 올라오고 있어요. 계속 온단 말입니다. 왜 저들이 계속 오는 거지요? 저들이 자신들의 법칙을 잃어버렸기 때문인가요?

"맞는 말이야." 마마 발렌시아가 부드럽게 받았다. "저들은 자신들의 법칙을 잃어버려서 그것을 되찾으려고 이리로 되돌아오는 게 틀림없어. 하지만 저들이 우리를 도울 수 있다면 괜찮아. 저들은 우리가 우리 방식을 잃어버렸는지 확인하려고 온 거야. 하지만 저들은 우리를 도와야만 해. 계속 우리를 도와야 해. 그래서 우리가 그것들을 잃어버리지 않게 해야 해."

춤추는 마마가 팔은 늘어뜨리고 머리는 화난 듯 이리저리 흔들면서 마마 발렌시아에게로 갔다. "나는 저들한테서 황금을 훔치지 않았소. 저들이 우리한테서 훔쳐간 거지."

마마 발렌시아는 동의하지 않을 수 없었다.

"저들은 이미 사진을 엄청 많이 찍었단 말이오."

맞는 말이었다. 우리는 이미 '의식을 행하는 집'을 찍었고, 산을 찍었고, 강을 찍었고, 모든 것을 찍었다.

"얼마나 오랫동안 '아우'가 여기에 와 있으면서 우리를 찍어 갔소?"

마마 발렌시아는 우리가 하고 있는 일이 자신들에게 도움이 될 수도 있다고 말했다. 우리가 그들을 파괴시키려 계획을 세웠을지 모르는데도, 그는 그렇게 생각하지 않았다.

"뭐라구요? 하지만 저들은 지금 봉갈에 있는 무덤들을 도굴하고 있단 말이오! 저들이 바로 지금 이 시간에 저 아래를 파괴하고 있지 않소!"

"아, 그렇지." 마마 발렌시아가 슬프게 말했다. 그는 해먹에 앉은 채로 몸을 곧추세웠다. 춤추는 마마는 이제 그의 발치에 앉아 있었다.

저들이 우리의 황금을 훔쳤소. 우리의 구슬을 훔쳐내서 팔았소. 저들은 돈을 받아서 자기들 집을 샀소. 저들은 모든 것을 가져갔어. 저들은 자기네가 좋아하는 것이면 뭐든 사려고 우리 황금을 갖다 쓴단 말이오.

그는 벌떡 일어나 누후에 안을 소리치며 돌아다니기 시작했다.

'어머니'께서는 '아우'가 '형'을 도와줄 거라고 말씀하셨소! 그런데 '아우'가 어떻게 우리를 돕고 있지요? '아우'가 하는 일이라곤 죄다 파괴하는 것뿐이오! 옛날부터 지금까지 그가 한 일이라곤 우리의 귀중한 것들을 파내는 것뿐이었소!

저들이 파낸 우리의 귀중한 물건들은 모두 보고타에, 산타 마르타의 박물관에 있소! 그것들이 마땅히 있어야 할 땅 속에는 아무것도 없고 몽땅 땅 밖에 나와 있단 말이오!

상황은 이제 수습하기 어려울 정도가 되었다. 이 마을의 코미사리오인 아레고세가 권한을 발휘하기로 마음먹었다. 그가 춤추는 마마에게 소리치지 말라고 말했다. 그러나 돌아온 반응은 격렬했다.

"왜 그러면 안 되지? 나는 나의 누후에 있단 말이야! 나는 내가 원하는 대로 소리칠 수 있어!"

아레고세도 이미 충분히 들은 상태였다. "도대체 뭐가 문제입니까? 당신은 제게 조금도 공경을 표하지 않을 건가요? 제가 카보들을 불러 당신을 감옥에 처넣기를 바라시나요?"

"그렇게 하라구! 나를 끌고 가!"

"이게 도대체 뭡니까? 여기서는 서로 존중하는 마음 따위는 전혀 없다는 말입니까? 여기에 코미사리오들이 없다고 생각하세요? 여러분, 저이를 끌어내게 나가서 카보들을 데려오세요."

상황은 정말로 난감하게 되었다. 거칠게나마 빗대어보자면, 정부 관리가 경찰관에게 사제를 체포하라고 하는 형국이었다. 마마를 보좌하는 사람이 아레고세의 귀에다 대고 한마디를 했다. "헌데 저 사람은 마마란 말이오! 게다가 저 양반은 말투가 늘 저런 식이지 않소?"

"나한텐 안 통해. 계속해. 어서 저이를 끌어내."

카보들은 타협안을 생각해 냈다. 그들은 춤추는 마마를 누후에의 가장 어두운 구석에 붙들어 앉혔다. 이들이 옆에 앉아 워낙 세게 누르고 있어서인지 그는 움직이기는커녕 숨쉬기도 어려워했다.

그러나 그가 꺼낸 문제는 정말로 심각한 문제였다. 우리가 변화할 가능성이 있는가? 혹은 '아우'는 16세기 이후로 항상 그래 왔던 것처럼 도둑, 살인자, 파괴자일 수밖에 없는가? 영화를 찍겠다는 애초의 결정은 절망적인 상황에서 내려진 것이었다. 세계가 약해지고 죽어가는 상황에서 이 방법 외에 유일한 대안은 손 놓고 그저 앉아 있는 것밖엔 없다. 하지만 그런다고 해서 희망이 있는가? 촬영을 하는 우리는 무엇을 대변하고 있는가? 희망인가 아니면 파괴인가?

지난 몇 달 사이 수차례나 언급된 예언이 있었다. 이제 후안 하신토가 그것을 다시 한 번 이야기하고 있었다.

'어머니'께서는 오래 전에 '아우'에게 이렇게 말씀하셨소. "어느 날 그대는 '형'을 보살피게 될 것이다, 언젠가는." '아우'도 언젠가는 '형'을 보살펴야 한다는 걸 알고 있소. 그들 중 많은 수는 아무런 생각도 하지 지. 그저 도둑질뿐이야. 그들은 '형'에 대해 생각하지 않아요. 허나 몇몇은 인디언들을 생각한다오. 예를 들어 대통령은 이런 짓을 하지 않아요. 그들의 마마와 코미사리오 들도 나쁜 짓을 하지 않아.[5] 그들은 다른 사람들이 무얼 하고 있는지 몰라요. 그들은 또 배워서 젊은이들을 가르치고

---

5) 여기서는 아마도, 비록 실패로 끝나기는 했어도 부활절을 맞아 기념 방문을 추진했던 대주교(코기 족은 그의 이 행동이 자기네들에 대한 깍듯한 경의 표시라고 보고 있다)와 인디언 업무국의 마르틴 폰 힐데브란트를 가리키는 것 같다.

있지요. '아우들'의 일부는 생각도 해요. 이런 사람이 많다는 걸 기억하길 바라요. 그러나 우리 '형님들'은 얼마 되지 않아요. 이제 더 이상은 나쁜 사람들이 이곳까지 올라오지 않을 거요. 우리는 그들 중 누구도 올라오는 것을 원치 않소. 그들은 너무 많은 것을 훔치고 파괴했어요. 우리 정신을 잃게 만들어버렸지. 그래서 내가 이 메시지를 보내고 있는 거요.—"더 이상 여기에 올라오지 마시오. 우리는 아무 힘도 없소. 부디 그대들이 사는 그곳에 그냥 머무르시오."

내가 이 예언을 처음 들은 것은 9월이었다. "가까운 장래에, 세계가 아주 약해졌을 때, '아우' 중 한 사람이 우리를 돕기 위해 올 것이다." 나는 그 예언을 기대했었다. 실제로 그때 내가 일 년 정도 기다렸다가 촬영을 시작하자고 제안할 때도 나는 동료들에게 우리가 코기 족의 신화에 완전히 배어들 시간이 필요하다는 말을 했었다. 나는 코기 족이 정말로 우리와 똑같은 방식으로 예언을 인식한다고는 생각하지 않는다. 그들의 예언은 아루나에서 본 바 계속 창조되고 있는 가능성을 묘사한 것이다. 이는 아루나가 시간과 사건들에 의해 끊임없이 재형성되는 것처럼 그들의 신화가 지금도 계속해서 씌어지고 있음을 의미한다. 내가 보기에는, 그레이엄이 맞닥뜨렸던 혼란과 문제는 우리 일이 적절한 자리를 찾기 위해 반드시 필요한 과정이었다.

비록 '아우'가 '어머니'를 자르고, 광물과 석탄, 석유를 파내고, 생식력을 나타내는 대지의 피, 곧 황금을 훔쳐냈다고는 해도 우리에게는 여전히 변화할 가능성이 남아 있을지 모른다. 그러나 그것이 쉬운 일이 아니라는 것을 그들은 알고 있다.

너무나 많은 석유와 광물을 파낸 탓에 대지가 약해지고 있소. 그래서 마마는 생각해 왔지요. 어떻게 '아우'가 이것을 이해하도록 만들 수 있을까 하고 말이오.

'아우'가 제대로 알아듣기도 쉽지 않겠지만 모든 걸 포기하기는 더더욱 어렵다고 마마는 말하오. 그러나 '아우'는 마마의 역사, 마마의 법칙, 마마의 믿음을 잘 듣고 배워야 해요. 만약 대지에 대해 잘 아는, 마마와 같은 과학자―어떤 종류의 사람인지는 모르겠지만, 어쨌거나 대지에 대해 알고 있는 자―가 있다면, 그에게 대지를 바라보는 방법을 공부시키기를. 대지가 쇠약해지고 있는지 어떤지 알아볼 수 있도록 말이오. 세계가 약해지고 있나요? 왜 약해지지요? 그건 저들이 대지가 지닌 생명의 피, 광물을 너무 많이 빼내가고 있기 때문이오. 마마는 두렵소. 그런 사실이 마마를 두려움에 떨게 한다오. 마마들은 말하지요. '아우'가 많은 걸 공부하지만 그건 세계를 파괴하는 공부라고. 그것이 마마를 두렵게 하는 거요. 그래서 마마가 말하길, 저들이 우리 역사를 배우고 우리 이야기를 들어야 한다고 하는 거요.

"만약 마마와 같은 과학자가 있다면……" 나는 이 구절이 흥미로웠다. 마마는 그들 세계의 주의 깊은 관찰자이다. 그들은 식물과 동물의 삶, 비가 내리는 패턴에 대해서 아주 소상히 알고 있다. 그들의 입을 통해 전해지는 지식은 우리가 수집해 놓은 관찰 기록보다 훨씬 오래되고 정확하다. 경험주의empirical 생태학자라 할 마마들은 정말로 우리보다 더 많은 것을 알고 있다. 실제로 그들은 훨씬 많은 사실들을 갖고 있다. 그러나 그들에게는 우리의 과학이 요구하는 증명의 부담 같은 건 없다.

우리에게는 사물들 사이의 연관성―곧 원인과 결과의 사슬―을 확립하는 것이 곧 '증명'의 과정이다. 가설이 '참'이 되기 위해서는 법정에서와 같은 명료함을 가지고 입증되어야 한다. 아마도 우리는 어떤 한 가

지 방식으로 세계에 해를 입히는 것은 결국 모든 면에서 세계에 해를 입히는 것임을 증명해 낼 수 있겠지만, 어쩌면 그때는 너무 늦은 뒤일지도 모른다. 몇 년 전 우리의 과학은 오존층, 산성비, 이산화탄소 방출에 대해 염려하는 것을 두고 '별것을 다 염려한다'며 타박했다. 연관된 인과관계의 사슬이 명확하게 증명되지 않았기 때문이다. 그 정도로는 법정에 세울 수 없었을 것이다. 물론 지금은 이러한 것들이 그때보다 더 심각하게 다루어지고 있다. 그러나 대지 속 광물이 대지의 생명에게 중요한 역할을 한다는 코기 족의 믿음은 우리가 아직 심각하게 받아들이고 있지 않다. 따라서 이 부분은 우리가 여전히 놓치고 있는 것이다. 우리의 과학은 새로운 발견에 기반을 두고 있다. 그리고 이렇게 발견되기를 기다리고 있는 것들이 아직 많다. 그에 반해 코기 족의 과학은 오래된 지식에 근거를 두고 있으며, 그 지식은 수세기에 걸쳐 검증되었고 또 경험을 통해 진실임이 드러났다.

"그러니 나는 저들에게 메시지를 잘 전달해야 돼요." 마마 발렌시아가 말했다. "만약 저들이 '형님들'을 모두 죽인다면, 그때는 자기들도 종말을 맞고 말 거요. 우리 모두 마지막을 맞게 되지. 나는 밍게오로 가서 제물을 바칩니다. 다른 마마들도 다 그렇게 하지요. 그러나 저들은 이곳에 올라오더라도 어떻게 제물을 바쳐야 하는지, 뭘 해야 하는지 전혀 몰라. 저들이 할 수 있는 일은 오로지 들여다보고 사진을 찍는 것뿐이오."

누후에 안 가장 어두운 구석에서 춤추는 마마의 목소리가 들렸다.

"우리는 지금도 알고 있소. 어떻게 비를 부르는지, 어떻게 새, 나무, 강을 축복하는지. 우리는 아직도 모든 걸 알고 있어요."

모두들 동의한다는 듯 한마디씩 중얼거렸다. 카보들은 이제야 좀 안심하는 듯했다.

용기를 얻었는지 춤추는 마마가 다시 입을 열었다. "저들은 나를 카메라로 찍을 권리가 없어. 내가 만약 저들 중 한 명을 여기 꿇어 앉혀놓는다면 아마 하룻밤의 반도 못 견디리란 걸 난 알아."

아레고세가 버럭 소리를 질렀다. "입 다물게 해!" 카보들이 다시 손에 힘을 주고 춤추는 마마를 내리눌렀다.

토론은 몇 시간 동안 계속되었다. '아우'가 정말로 올바르게 행동할 수도 있다고 생각하는 사람들이 점점 늘어났다. 또 방송 촬영을 하는 것이 이른바 조화의 한 지점을 만들어내는, 아루나의 진정한 의미를 띠는 작업이 될지도 모른다고 확신하는 사람도 늘어났다. 어머니들도 아이들에게 필름에 담기는 게 나쁜 일이 아니며 오히려 병을 막아줄 수도 있다고 말하기 시작했다. 심지어는 바로 이 누후에서의 촬영이 조화의 한 지점이라는 말도 나왔다. 푸에블로 비에호에서 그들이 나를 처음 만났을 때도 그랬듯이, 비록 끊임없는 논쟁을 야기하고는 있지만 이를 기화로 수많은 마을의 주민이 함께 모일 수 있는 자리를 만들어냈기 때문이다. 그때는 마마와 코미사리오 들만 있었지만 지금 이 자리에는 일반 대중까지 모여 있다.

"맞는 말이오. 여기 있는 우리는 모두 친족이잖소. 우리는 한 가족이오. 그런데도 우리는 늘 다투고 있어요. 그게 '아우'가 우리를 여기 '의식을 행하는 집'에 데려온 이유지요. 우리가 서로 합의할 수 있도록 말이오. 어떻게 해야 말을 잘하는 건지는 몰라도, 우린 모두 마마들을 지지하기 위해 여기 있는 거요. 우리 대중은 그들 뒤에서 하나가 돼야 해요."

대화는 점점 모든 사물의 근원 존재인 물에 대한 이야기로 번져갔다.

"우리는 강 옆에서 자라는 나무는 베지 않아요. 우리는 그 나무들이 물을 보호하고 있다는 것을 아니까요. 우리는 '아우'처럼 거대한 숲을 통째로 베어내지도 않아요. 경작에 필요한 곳만 조금씩 베어낼 뿐이죠. '어머니'께서는 우리에게 나무를 너무 많이 베지 말라고 하셨소. 그래서 우리는 아주 조금씩만 벱니다."

세계는 점점 더 뜨거워지고 있고, 그들은 이 현상을 분명히 알고 있었다. 열은 심각한 문제가 있음을 알리는 징후이다. 그 원인은 가지각색이지만 모든 원인은 결국 '아우'와 그가 대지를 다루는 방식에 귀결될 수 있다. 가장 분명한 원인 중 하나는 나무를 잘라내는 것, 즉 산림 벌채이다. 어디든 숲이 있는 곳이면 들어가 베어냄으로써 '아우'는 대지의 물을 없애고 땅을 메마르게 만든다. 그러고 나면 태양은 대지를 뜨겁게 데워서 바짝 말려버린다.

나무의 안녕을 책임지고 있는 마마 산토스가 말했다. "아우가 계속해서 나무를 잘라낸다면, 태양이 대지를 뜨겁게 달궈 산불이 자주 일어날 거요."

"나무를 잘라내야 할 때는 말예요, 우리는 마마와 코미사리오에게 먼저 이야기해야 합니다. 마마들은 어디가 신령스러운 곳인지 알고 어느 곳의 나무를 베어도 좋은지 알고 있으니까요. 그러니 우리는 항상 그들의 허락을 먼저 구해요. 우리는 '형님들'이니까 생각도 분명해야 돼요."

코기 족은 모든 존재가 서로 연결되어 있음을 본다. 그들에게는 그러한 연결을 알아보지 못하는 우리가 도통 이해되질 않는다.

위대한 족장인 후안 하신토는 코기 족을 위해서 '아우'의 족장들에게 말할 임무를 가지고 있었다.

"저들은 '어머니'를 팔기를 원해요. 저들은 대지가 만들어낸 것들을 갖다 팔고 있소. 그리고 이젠 '어머니' 자체를 팔고 싶어해요. 몇 백만 달러에 말이오. 내가 만약 스페인 어를 할 수만 있어도 정부에 달려가서 이 얘길 할 텐데."

코미사리오인 아레고세가 '아우'에게 명령투로 말했다. "나무를 다시 심어야 하는 사람은 우리만이 아니오. '아우' 역시 나무를 심어야 해요. '어머니'께서는 이 아래로 해안까지 나무를 심으셨소. '어머니'께서는 해변 위에도 나무를 심으셨지. ‘아우’도 그곳에 다시 나무를 심어야 해요. 또 이 위에도. 자기들이 베어낸 나무를 다시 심어야 해.”

기록 영화 자체가 그 명령을 전달할 것이다. 그러나 ‘아우’가 그 명령을 들을 것인가? 코기 족은 비록 시에라의 나무를 말하고 있지만, 이는 전 세계 모든 나무를 말하는 것이기도 했다. 어디서든 나무는 보호되어야 한다. 자연은 보살핌을 받을 필요가 있다. ‘아우’의 땅들인 영국, 프랑스, 독일, 미국에서도 그곳 토착민들이 분명 똑같은 말을 하고 있지 않은가? 아례고세는 ‘아우들’에게 할 말을 어떻게 하면 가장 잘 전달할 수 있을지 곰곰이 생각하고 있었다.

“우리는 이런 것들을 말해야 돼요. 협박을 하거나 모욕을 줘선 안 되겠지만, 말하는 것은 좋지요. 잘 생각해야 돼요. 이 사람들과 협력을 해야 하니까 말입니다. 그들이 도와줄지도 모르지 않습니까? 무슨 일이 일어났는지 자세히 들려줘야 해요. ‘아우’가 알아들을 수 있도록 말이죠. 그들이 사는 땅에도 코기 족이 몇 명은 있을지 모르잖아요. 그들은 ‘형님’이 말을 잘 못했다고 할지도 모르죠. 또 ‘형님’이 농담이나 했다고 할 수도 있습니다. 그러니까 여기서 우리는 말을 잘해야 하고 또 오직 진실만을 말해야 합니다. 그래요, 우리는 그들 땅에 우리 말을 듣고 한갓 농담이라고 생각하는 코기 족이 있을지도 모른다는 점을 생각해야 돼요. 그러니 우린 진실만을 이야기해야 하는 겁니다. 똑바로 이야기해야 된단 말입니다.”

춤추는 마마가 어두운 구석에서 몸을 일으켰다. 사람들은 그가 앞으로 나와서 하는 이야기에 귀를 기울였다.

그들이 물을 가져가버렸네.
물은 먹을 음식이 필요하다네.

그들은 숨을 쉴 필요가 있다네.
그러나 그들은 물을 가두어버렸네.
물을 틀어막아버렸네.

우리는 물에게 음식이 필요하다는 걸 알고 있네.
우리는 물을 가두지 않는다네.
우리는 호리병박에 물을 넣어 가지고 다닌다네.
우리는 물들을 평화로운 상태로 둔다네.

'아우' 역시 물을 마신다네.
누구나 물을 필요로 한다네.
동물과 식물도 물이 필요하다네.

물이 말라버린다면 우리는 모두 죽을 것이네.
저 아래에서 그들이 마시는 모든 물은
산에서 내려오는 것이라네.

여기 있는 물이 말라버리면 무슨 일이 일어날까?
그들 역시 죽을 것이네.
그들은 파라모의 구름을 가져가버렸네.
그들은 구름을 팔아버렸다네.

그들은 돌을 가지고 가네.
돌 또한 자신들의 '어머니들' 이 있다네.

이제 그들은 돌을 그만 파내야 하네.
이제 그들은 나무를 그만 베어야 하네.
그러면 좋아질 것이네,
그들이 그만둔다면.

우리는 돌을 가져가지 않는다네.
우리는 나무를 자르지 않는다네.
우리는 알고 있다네.
'어머니들'의 영혼이 저 돌 안에 있다는 걸.
우리가 돌을 파내면 세계가 끝날 것이라는 걸.

내 말이 맞는가?

그의 말에 동의하는 소리가 장엄한 합창처럼 울려 퍼졌다.

살아있는 모든 것들에게,
동물에게,
식물에게,
어떻게 제물을 바쳐야 하는지 우리는 알고 있다네.
이것이 우리가 말하는 방법이라네.

그러고 나서 춤추는 마마가 노래하기 시작했다. 그는 낯선 언어로 마치 통곡하듯이 노래를 불렀다. 그것은 조상들의 언어, '잃어버린 도시'의 언어였다. 타이로나의 말로 된, 모든 노래 중의 하나였다. 하신토가 대중에게 말했다. "이것은 '어머니들'의 노래라네."

382

사람들이 북과 피리를 가져왔다. 마마 발렌시아가 일어나 춤추는 마마와 함께 노래했다. 그들은 함께 세계의 집 한가운데를 휘젓고 다녔다. 악사들도 그들을 따라 일어나 연주했다. 이것이 코기 족이 말하는 방법이었다. 그들은 자신들이 알고 있는 가장 진실한 방법으로 말을 했다.

작별

촬영의 나머지 부분은 아주 빨리 그리고 쉽게 마칠 수 있었다. 손상된 장면들까지 전부 재촬영을 끝냈다. 재촬영을 하는 동안 춤추는 마마는 자기 역할에 충실히 임해 주었다.

이제 우리는 코기 족 마을에서 해야 할 작업은 모두 마친 셈이었다. 그들은 우리가 건넌 다리를 상징적으로 폐쇄했다. '아우'는 돌아와서는 안 되었다. 우리는 그렇게 들었다. 메시지는 주어졌다. 다른 누구도 이곳에 와서는 안 된다. 오직 나만이 완성된 필름을 가지고 돌아오기로 했다. 내가 약속한 바를 이행했는지 확인하기 위해서였다.

작별 의식을 마치고 선물을 주고받은 우리는 장비를 모아놓고 헬리콥터를 기다렸다. 헬리콥터가 오지 않아 한없이 기다려야 했다. 침울한 밤이었다. 그러나 하늘은 맑아서 계곡 아래 저 멀리까지 훤히 내려다보였다. 뭔가 잘못된 게 틀림없었다. 나는 걸어서 내려갈 수 있는지 알아보기 시작했다. 산 아래쪽 날씨가 나쁘게 변해서 조종사가 나름으로 우리가 구름에 꼼짝없이 갇혀 있을 거라고 믿는 건지도 몰랐다.

다음 날 아침 헬리콥터가 도착하고 나서야 나는 마음을 놓을 수 있었

다. 헬리콥터가 마침내 우리를 데려가기 위해 착륙했을 때 나는 포포로를 선물로 받았다.

그것은 내가 시에라를 처음 찾아왔을 때 받은 아무 장식도 되어 있지 않은 조그만 호리병박이 아니었다. 완전하고 완성된 포포로였다. 나는 꼭지 부분의 칼슘 고리를 바라보았다. 그것은 사람의 몸속에 있는 물과 '모든 생명의 씨'인 바다 조개껍데기 가루를 섞어서 만든 것이었다. 남자 성기인 작대기가 여자인 호리병박에 꽂혀 있었다. 작대기에 묻어 있는 가루를 입으로 가져가면 입 안이 데인 것처럼 뜨겁다가 코카 잎을 씹으면 다시 시원한 느낌이 난다.

바다에서 가져온 조개, 한 곳에서 가져온 잎, 또 한 곳에서 가져온 호리병박, 또 다른 한 곳에서 가져온 작대기를 하나로 결합해서 만든 포포로는 그 자체가 시에라의 작은 세계였다. 남성성과 여성성의 결합, 습한 것과 건조한 것의 결합, 뜨거운 것과 시원한 것의 결합, 식물과 동물의 결합, 바로 이런 것에서 우리는 코기 족 사고의 축소판을 볼 수 있었다. 바닥에는 조개껍데기가 있고 꼭지는 희누르스름한 호리병박은 그 자체가 바다에서 융기한 산, 꼭대기가 눈으로 덮인 '세계의 심장'에 있는 산을 상징한다. 이 꼭지 부분은, 깊은 생각과 명상 속에서 작대기를 호리병박 안에 넣고 이리저리 움직이는 과정—즉 물질 세계에서도 일하고 아루나에서도 일하는 인간의 활동—에서 만들어진 것이다. 포포로는 자신을 만든 자의 생각을 온몸으로 표현하고 있다.

나는 포포로에 체현된 생각을 읽어내지도 그걸로 점을 치지도 못한다. 그러나 그것이 어떠한 연결성, 곧 조화와 균형의 증표로서의 씨앗—바로 세와sewa를 나타낸다는 것은 알고 있다.

'잃어버린 도시'로 돌아가다

내가 시에라와 첫 인연을 맺게 된 장소가 '잃어버린 도시'였다. 원래 나는 '잃어버린 도시'를 이해하기 위해 코기 족의 세계로 갔었다. 이제 나는 그 '잃어버린 도시'로 되돌아가고 있다. 지금에 와서 내가 그곳을 어떻게 바라볼지 스스로도 궁금했다. 코기 족의 가르침을 받고 내가 깨우친 것은 무엇인가?

실제로 나는 유적지를 천천히 걸으면서 지금까지의 과정이 순서가 거꾸로 되었다는 것을 깨닫게 되었다. 나로 하여금 코기 족을 이해하도록 도와준 것은 오히려 '잃어버린 도시'였다. 사려 깊은 물 조절, 산의 자연스러운 윤곽을 따른 치밀한 설계 등 유적지의 정교한 공학 기술을 확인하면서 나는 자연의 수호자를 자처하는 사람들과 만날 준비를 해나갔던 것이다.

그곳은 광대한 지역을 향해 뻗은 여러 개의 길과 계단의 네트워크 속에 도시를 배치하고 있었다. 이로써 시에라를 하나의 전체로 보고, 개별 공동체들은 복잡하게 연결된 망 위의 결절점들로 바라보게 된다. 물이 지나는 통로이기도 한 길과 계단 들은 타이로나 문명의 복잡한 환경 공학을 보여주는 한 단면이다. 콜롬비아 고고학자들은 이 점을 명확히 알고 있었다. 도시가 어떻게 기능했는지 알아보기 위해 그들은 부리타카 계곡을 바다에서 눈 덮인 산봉우리까지 샅샅이 연구하는 프로젝트를 조직했었다. 그곳이 고립된 도시였다면 의미도 없을 뿐더러 결코 살아남을 수도 없었을 것이다. 도시는 시에라 전역, 곧 다양한 서식 생태계와 작물 재배 지역에 의존했으며, 그러면서 또한 다른 지역들을 뒤받쳐주고 있었다.

이 모든 것이 코기 족의 정신 세계—교환 네트워크로 생성된 세계—를 이해할 수 있도록 도와주었다. '잃어버린 도시'는 그들의 세계로 들어가는 입구였다. 그 동안 나는 이곳이 가르쳐준 많은 것을 미처 인식하지 못하고 있었던 것이다.

'잃어버린 도시'의 낮은 지역을 돌아다니고, 검푸른 밀림을 칼로 길을 내며 지나고, 거대한 벽들과 기념비적인 계단들을 오르며, 이제 나는 처음 이곳을 찾았을 때 받은 인상과는 아주 다른 도시를 보게 되었다. '도시'의 주변부에는 길과 계단으로 연결된 거주지들이 집단별로 모여 있었다. 그곳을 그저 하나의 마을로만 본다면 완전히 잘못 보는 것이리라. 나는 이런 식으로 여러 집단이 한데 모여 있는 조그만 코기 족 마을을 많이 보았다. 내가 본 마을들도 이곳처럼 서로 가깝게 붙어 있었다. 그러나 서로간에 정치적으로 확연히 구별될 뿐더러 오랫동안 분란을 빚고 있는 경우도 왕왕 있었다.

그러나 이곳 유적지의 중심 지역은 누구도 의심할 수 없는 모종의 구조적 통일성을 갖추고 있다. 그것은 현재 코기 족이 살고 있는 마을에서는 보지 못한 아주 독특한 것이다. 넓은 도로가 봉긋 솟은 단들을 지나 오르막 끝까지 뻗어 있는데, 그 위용이 당당하고 인상적이다. 중심의 복잡한 지역은 전체적인 모습이 극적으로 설계되어 있다. 그곳은 뭐랄까 공공 생활의 위대한 드라마가 펼쳐지는 장소이다. 여기서 우리는 코기 족과 타이로나 사람들 사이를 가로지르는 깊은 간극을 보게 된다. 여기서 펼쳐진 드라마나 의식儀式이 무엇이었건 간에 그것들은 모두 타이로나 세계의 파멸과 함께 종말을 맞았다. 그리고 그것들은 1600년에 한꺼번에 사라져버린 전쟁 영웅들, 황금 제작자들, 각종 전문가들, 시각적 위업들과 함께 잃어버린 세계에 속하게 되었다.

이곳에서 멸망하고 만 콜럼버스 이전 시대의 문명은 코기 족이 많은 부분 보존하고 있다. 그러나 그들이 보호하지 못했고 보호할 수 없는 부분도 있다. 이제, 2년 동안의 여행을 마무리하는 이 시점에서, 나는 '잃어버린 도시'를 영원히 잃어버렸다는 사실을 깨닫게 되었다. 라몬은 여기에서 우리와 만나기로 되어 있었지만 결국 오지 않았다. 나는 그가 이 단계에서 사라질 거라고 생각하고 있었다. 내게 왜 그런 생각이 들었는지는 모른다. 그러나 답은 사실 간단하다. 코기 족은 '잃어버린 도시'에 대한 이야기에는 관심이 없다. 그들은 꼭 전해야 할 다른 메시지를 가지고 있었다. 그리고 그 이면에 있는 이유를 우리의 최종 목표지, 즉 시에라의 높은 봉우리들에서 찾을 수 있을 거라고 나는 확신했다.

파라모

눈 덮인 산봉우리들은 시에라에서 가장 신령스러운 장소이다. 코기 족은 그곳에 침입하는 행위를 위험하고 불경스런 짓으로 여긴다. 그곳은 꼭 들어갈 필요가 있는 사람들만이 들어갈 수 있도록 보호되는 장소이다. 그래야 꼭 필요한 사람들이 그곳에 들어가 세계를 온전히 보살필 수가 있다. 그러나 그들 외에는 아무도 그곳에 들어가서는 안 된다. 이런 이유로 우리는 진퇴양난에 빠지게 되었다. 코기 족이 두려워하는 이유는 산봉우리들 근처에서 관찰되는 여러 가지 변화와 큰 관련이 있다는 생각이 들었다. 나의 그곳 방문을 책임지는 것은 라몬이 하기로 한 일 중 하나였다. 그러나 나의 방문은 짧게 끝나야 했고 사실상 보이지 않게 이뤄져야 했다. 마마들도 이 사실을 알고 있었으나 금지하지는 않았다. 그냥 눈감아 준 것이다.

장관이 펼쳐지는 산봉우리들 위로 헬리콥터가 날아올랐다. 흰 눈은 밝고 상쾌하고 얇은 공기 속에서 찬란하게 빛나고 있었다. 우리는 즉시 코기 족을 근심스럽게 만드는 첫 징후들을 볼 수 있었다. 거대한 아이스크림 스푼으로 떠놓은 것 같은 빙퇴석氷堆石들에는 얼음이 남아 있지 않았다. 물빛 짙은 커다란 호수들의 주변 바위 색깔은 물이 극적으로 줄어들었음을 확인시켜 주었다. 만년설이 녹고 있었고 물은 증발하고 있었다.

우리는 빙설 지역 아래로 내려가 고도가 높은 툰드라 지대에 착륙했다. 갑작스런 고도 변화 때문에 우리는 아주 천천히 움직여야 했다. 나는 아래를 내려다보았다. 두려움이 밀려왔다.

여기까지 오는 동안 우리는 참으로 많은 난관을 넘어야 했다. 위험천만한 순간도 많았다. 그러나 모두 모험의 일부분이었다. 그때마다 느꼈던 두려움은 이내 흥분과 자극을 가져다주었다. 게다가 나는 늘 요령을 아는 누군가의 보호를 받았다. 그러나 여기에는 보호해 줄 사람이 아무도 없었다. 대지의 죽음에 맞서서 우리를 보호해 줄 존재가 아무도 없었다.

이 지역—툰드라, 파라모, 또는 생태학자들이 이곳을 뭐라 부르든—은 거대한 스펀지와 같은 곳이다. 이곳은 눈이 녹아 흘러내리는 물과 고산 지대에 내린 비를 빨아들인다. 그 물로 호수를 채워 강이 흐르게 한다. 저 아래의 모든 존재들이 살아가는 데 필요한 민물이 여기에서 공급된다. 시에라에 있는 모든 나무, 동물, 식물 그리고 인간은 이곳의 땅과 풀 속에 저장되었다가 걸러져 호수로 흘러 들어가는 물에 의존하고 있다.

그런데 물이 없었다. 풀들이 죽어 있었다. 누렇게 말라 비틀어져 쭈글쭈글하게 감겨 있었다. 손을 대자 먼지가 되어 풀썩 흩어졌다. 대지는 메마르고 딱딱했으며 쩍쩍 벌어진 틈들이 그물처럼 펴져 있었다.

물, 강 그리고 구름을 만드는 것은 산이라오.
만약 나무들이 베어서 넘어뜨린다면
그것들은 더 이상 물을 만들어내지 않겠지.

자라는 데 몇십 년, 심지어는 몇백 년이 걸리는 십여 센티미터 정도나 될까 싶은 키 작은 툰드라 나무들은 죽어서 잿빛을 띠고 있었다. 마른 나무들은 건드리자마자 곧바로 부스러졌다.

'아우'여, 그 짓을 그만두게나. 그대는 이미 너무 많은 것을 가져가버렸소. 우리는 살기 위해 물이 필요하오. 물이 없다면 우리는 목말라 죽어갈 거요. 우리는 살기 위해 물이 필요하오. '어머니'께서는 우리에게 어떻게 살아갈지, 어떻게 생각할지 말씀해 주셨다오. 우리는 여지껏 여기에 살고 있고 아직 아무것도 잊지 않았다오.

헐벗은 바위들이 산 주변에 뒹굴고 있었다. 등반 안내자로 이곳 정상에 올라오곤 했다는 프랭키는 10년 전만 해도 산 전체가 눈으로 덮여 있었다고 했다. 눈은 매년 조금씩 줄어들었고, 이제는 거의 사라지고 없다. 매분마다 40만 평방미터에 달하는 열대우림이 베어지고 있다. 전 세계의 기온은 지난 100년 동안 계속 올라가고 있다. 이러한 변화는 적도 지방에서 가장 적게 느껴지고 극지방에서 가장 크게 느껴진다. 시에라는 진정 세계의 축소판이다. 시에라의 높은 봉우리들에서 벌어지고 있는 현상은 북극과 남극에서도 벌어지고 있다. 얼음은 얇아지고 있다.

대지는 쇠멸하고 있다오. 힘을 잃어가고 있다오. '아우들'이 너무 많은 석유, 석탄, 광물을 빼내가고 있기 때문에.

석탄, 석유 그리고 천연가스로 대지에 저장된, 원래는 선사 시대의 숲에 붙들려 있던 탄소가 추출되고 태워지며 대기 중에 이산화탄소로 방출되고 있다. 매년 50억 톤의 탄소가 소비된다. 살아있는 숲을 파괴하는 것까지 고려한다면 여기에 20억 톤이 보태져야 한다. 1만 년 동안 대기

중 이산화탄소의 농도는 280ppm으로 고정되어 있었다. 지금 대기의 이산화탄소 농도는 350ppm이 되었고, 매년 증가하고 있다. 우리가 숨쉬고 있는 공기는 변하고 있다. 그리고 생명의 균형이 변하고 있다.

마마들은 말했다. "부탁하노니 BBC여, 다른 나라 사람들에게도 알리기를. 더 이상 약탈하지 말라고. 대지가 무너지려 하고 있다고. 대지가 약해지고 있다고. 우리는 대지를 보호해야 해요. 존중해 줘야 해요. '아우'가 대지를 존중하지 않으니까. '아우'가 대지를 존중하지 않으니까 말이오"라고.

'아우'는 생각하지요.
"그래! 여기 내가 있다! 나는 우주에 대해 많은 걸 알고 있다!"
그러나 이런 앎이란 그저 세계를 파괴하고,
모든 것을 파괴하고,
전 인류를 파괴하는 그런 앎일 뿐이라오.

시에라의 꼭대기에서부터, 세계가 죽어가고 있다. 물의 순환이 깨져버렸다.

그들은 파라모에서 구름을 가져가버렸소.
구름을 팔아버렸소.

그 결과 아래에 있는 모든 것은 죽을 것이다. 강은 약해져서 물이 흐르지 않게 되고, 식물과 나무는 목마름으로 죽어갈 것이다. 비록 더 이상의 산림 파괴가 없다 하더라도 나뭇잎에서 나오는 수분 증발량은 감소할 것이다. 나뭇잎의 수 자체가 줄어들었으니까.

해발 3,050미터 높이에 위치한 파라모

바닷가에서 단지 42킬로미터 정도 떨어져 있는 설봉들

이 장소에서 저 장소로 제물을 옮기는 마마들의 행동은 물이 순환하는 모습과 비슷하다. 그들은 모든 생명 사이의 연결성을 보고 생명을 전체로서 이해하도록 훈련받아 왔다. 그들은 대지의 생명을 하나의 살아있는 존재로 느낀다. 그러기에 그들은 대지가 신음하는 소리를 들을 줄 안다.

'어머니' 께서 고통을 겪고 계신다오.
그들은 '어머니' 의 이빨을 부러뜨리고
'어머니' 의 눈과 귀를 가져가버렸다오.
'어머니' 는 구토하고,
설사를 한다오.
'어머니' 는 아프다오.

만약 우리가 우리 팔을 자른다면, 일할 수 없을 것이오.
만약 우리가 우리 혀를 자른다면, 말할 수 없을 것이오.
만약 우리가 우리 다리를 자른다면, 걸을 수 없을 것이오.
그것은 '어머니' 도 마찬가지라오.
'어머니' 께서 고통받고 계신다오.
'어머니' 에겐 아무것도 없다오.

나는 바싹 마른 땅을 바라보았다. 나는 세계의 죽음을 바라보고 있다는 강한 느낌을 받았다. 그러나 마마들은 아직도 시간이 있다고 믿는다. 우리는 종말에 가까이 와 있다. 대지는 너무나 아파하고 있다. 그러나 아직도 우리 자신을 구원할 기회가 있다. 그것이 마마들이 '아우' 에게 말을 하게 된 이유이다.

우리는 무슨 일이 일어나고 있는지 알고 있소.

그들은 세계가 끝날 것이라고 말하오.

그러나 세계는 아직 끝나지 않을 거요.

우리가 잘 행동하기만 한다면 세계는 끝나지 않을 거요.

대지는 아직 비옥하고

여전히 농작물을 길러내지요.

아직은 농작물이 자라고 있다오.

대지가 죽으면, 작물은 더 이상 자라지 않을 거요.

'아버지' 세란쿠아가 이 대지를 만드신 건

끝을 내기 위해서가 아니라

우리 모두 여기에서 살아가도록 하기 위해서지요.

'아우'여,

그대의 물이 저 아래에서 말라가고 있다오.

우리에게 책임이 있다고 생각하지 말기를.

우리가 우리 할 일을 잊어버렸다고 생각하지 말기를.

언제 세계가 끝날 것인가?

우리는 모른다오.

'아우'도 우리도 알 수 없다오.

코기 족은 미리 예측하지 않는다. 그러나 만약 우리가 변하지 않으면 세계가 멸망할 것이라고 진심으로 믿고 있다고 말한다. 대지는 생명을 잉태하는 일을 멈출 것이라고. 우리의 파괴 앞에서는 자신들이 하는 일이 아무 소용없이 되어버린다고.

그들은 우리가 자신들처럼 행동하길 요구하지 않는다. 그러나 지금 하고 있듯이 땅에서 연료를 파내는 일을 멈추어야 한다고 말한다. 그들은 또 대지에서 나무를 베어내는 일을 멈추어야 한다고 말한다. 그것보다 더 필요한 것은 우리가 대지의 생명에 민감해지는 것이다. 적어도 아주 조금이라도. 그리고 우리는 코기 족을 그냥 그대로 놔두어야 한다. 그들은 바다에 가야 한다. 바다에 갈 수 있는 땅을 되찾아야 하고, 도굴꾼들이 그들 조상의 유적지를 약탈하지 못하도록 해야 한다. 그것 외에는, 그저 침묵을 원할 뿐이다. 평화로이 그냥 놔두는 것 말고 그들이 우리에게 원하는 것은 거의 없다.

'어머니' 께서는 어떻게 하는 것이
당신을 보살피는 것인지 내게 말씀하셨소.
그러니 나는 '어머니' 를 잘못 다루는 법이 없소.
나는 '어머니' 에게 음식과 제물들을 바친다오.
나는 '어머니' 를 돌보지요.
'어머니' 께서는 나에게 단 하나의 길을 주셨고,
나는 빗나가지 않고 그 길을 따랐소.
나는 갈팡질팡 방황하지 않았소.
나는 어떤 것에도 해를 끼치지 않았소.
모든 것을 파괴하는 것은 '아우' 라오.
그들 모두는 아니지만, 그들의 일부라오.

그리하여,
나는 이제 이 메시지를 그대들에게 보낸다오.

나는 '아우'에게 충고를 하고 싶소.
그대들이 계속 이렇게 하다가는
무슨 일이 일어날지 눈으로 보고 말 것이라고.
나는 어떤 날에 세계가 끝날 것인지 모른다오.
그러나 너무나 많은 석유 또는 다른 것들을 약탈하게 되면
대지는 종말을 맞이할 것이오.

책을 쓰고 나서

마침내 나는 시에라를 떠났다. 그러나 나는 더 이상 시에라를 나머지 세계와 동떨어진, 절단되고 분리된 장소라고 생각하지 않는다. 파라모를 보고 나서 나는 완전히 이해할 수 있게 되었다. 아루나의 세계가 물질적인 모든 것을 반영하는 정신 세계이듯이, 시에라의 세계는 지구의 모든 것을 반영한다. 시에라는 '세계의 심장'이다. 만약 시에라가 죽게 된다면 그것은 세계가 죽어간다는 뜻이다.

촬영을 끝내고 우리는 작별 파티를 하러 판 아메리칸Pan-American이라는, 그레이엄이 가장 좋아한다는 산타 마르타의 한 레스토랑에 갔다. 그곳에는 냉방기를 아주 강하게 켜둔 어두컴컴한 방이 하나 있었다. 우리는 마치 문을 닫고 전등을 끈 채 초 하나 달랑 켜놓은 냉장고 속에 앉아 있는 것 같았다. 어쩌면 이곳에서 그레이엄은 캐나다를 떠올렸는지도 모르겠다.

작별 파티는 정말 놀라운 자리였다. 알후아코 인디언, 무덤 도굴꾼, 고고학자, 퇴역 게릴라, 영화 제작자, 인류학자 그리고 정부 관리 들이 한 자리에 모인 것이다. 유일하게 참석하지 않은 사람은 코기 족이었다. 그

398

들은 자신들의 산 속 요새에 들어앉아 꼼짝도 하지 않았다. 그들은 우리가 세상에서 무슨 일을 하는지 여전히 기다리며 지켜보고 있다.

이 책을 읽으며 고개를 끄덕인 사람이라면 왜 시에라에 발을 들여놓지 않는 것이 중요한지 깨달았을 것이다. 아무리 선의를 가진 사람이라도, 아무리 선량한 여행객이라도 코기 족의 눈에는 여느 침입자와 똑같이 위험한 존재다. 여행객이든 철학자든 도둑이든 학생이든, 모든 침입은 '세계의 심장'의 마지막 붕괴를 부추기는 한 걸음에 지나지 않는다. 마마들은 단 한 번 말했을 뿐이다. 그들은 다시 말할 의사가 없다. 그리고 어느 누구도 그들에게 다시 말해 달라고 요구해서는 안 된다.

우리는 돌아가는 길에 마이애미를 들렀다. 나는 이틀 동안 혼자서 키즈Keys 열도를 따라 키 웨스트까지 여행을 했다. 여행 도중 에버글레이즈의 어느 지역을 지나게 되었다. 그곳에도 한때는 신성했을 호수들이 있었다. 그 호수들은 시에라의 신성한 호수처럼 깊은 담수호였다. 호수가 품고 있는 물은 생명의 물이요 아루나요 세계의 '어머니'이다. 엘 도라도가 헤엄쳤던 구아타비타의 호수 또한 분명 그와 같은 신성한 호수였을 것이다. 생식력의 정수이자 '어머니'의 월경혈인 황금으로 온몸을 치장한 카시크는 자신을 태곳적 창조의 물 속에 담그고 세계의 자궁으로 되돌아갔을 것이다. 그는 자신의 자손들로 '어머니'를 다시 비옥하게 만들어 생명이 소생하도록 하고 있다. 이것이 오늘날 마마들이 하는 일이다. 아메리카 대륙 전역에서 모든 인디언들이 한때는 그런 일을 하였듯이.

플로리다는 스페인 사람들이 북미 대륙에서 맨 처음 발견한 장소이다. 그들은 '영원한 생명을 주는 샘들' 이야기를 듣고 이곳을 찾아왔었다. 그러나 그들은 아무것도 발견하지 못했다. 그 이유는 자신들이 무엇을 찾고 있는지 이해하지 못했기 때문이었다. '아우'는 아직도 영원한 생명, 영원한 젊음을 찾고 있다. 그리고 여전히 인디언들이 말하고 있는 바가 무엇인지 이해하지 못한다.

오늘날, 마이애미 사람들은 그 호수에 채워진 물을 마신다. 그로 인해 호수의 물은 말라가고 있다. 바닷물이 침투해 호수들은 죽어간다. 마이애미는 에버글레이즈의 전체 생명이 마시고 살 물을 소비한다. 플로리다는 그에 따른 결과에 곧 직면하게 될 것이다.

'어머니' 께서 고통받고 계신다오.
그들은 '어머니' 의 이빨을 깨트려버렸고
'어머니' 의 눈과 귀를 가져가버렸소.
'어머니' 는 구토하고,
설사하고, 아프다오.

나는 거대한 관광 단지인 키 웨스트 아래쪽 피어 하우스 호텔에 묵었다. 편안한 침대, 맞춤한 목욕실, 사우나 시설 정도의 호사스러움은 딱 내게 필요한 것이라는 생각이 들었다. 그러나 숙식이 가능한 일종의 고급 맥도널드 같은 이 호텔 경내의 좁고 긴 해변에 앉아 웨이트리스들이 일광욕을 즐기는 사람들에게 "좋은 날 되세요" 하면서 이리저리 돌아다니는 모습을 보고 있기란 여간 불편한 일이 아니었다.

멜 피셔Mel Fisher가 거기 있었다. 나는 한 동료가 찍은 필름에서 그를 본 적이 있었다. 필름에서 본 그는 커다란 황금 동전이 달린 금 목걸이를 목에 걸고 있었다. 스페인 보물선 아토차Atocha에서 건져 올린 물건으로 보였다. 아토차에서 보물을 건져 올린 멜 피셔는 엄청나게 유명해졌고 갑부가 되었다. 나는 길 건너에 있던 '멜 피셔 박물관' 을 들러보았다.

금은괴들이 눈에 들어왔다. 이것들은 옛날 황금의 '어머니들' 이었으나 스페인 사람들 손에 녹여져서, 1622년 스페인 행 배에 실렸던 것이었다. 배는 플로리다의 암초에 걸려 좌초했고 황금은 바다에 묻혔다. 그리고 멜 피셔와 '살보르스Salvors 보물 회사'가 그 배를 세상 위로 건져 올렸다. 이 보물은 이제 추앙을 받으며 누워 있다. 그것은 돈이다. 그러나 돈 이상의 것이다. 그것에는 신비한 힘이 있다. 사람들은 황금을 보기 위해 온다. 그럴 만한 가치가 있기 때문에, 고대의 것이기 때문에, 특히 그것이 황금이기 때문에 와서 보는 것이다.

만약 '아우'가 듣지 않는다면, 계속해서 눈이 녹아내린다면, 그리고 세계가 계속해서 더워진다면, 해수면은 높아질 것이다. 우리 과학자들은 이것이 불가피하다고 말한다.

플로리다 남단 끄트머리에 위치한 '멜 피셔 박물관'은 바다에 잠기는 첫 번째 희생양이 될 것이다. 만약 박물관이 바다에 휩쓸려가 버린다면 그때 우리는 마마 발렌시아와 그의 눈먼 제자가 생명을 다했음을 알게 될 것이다. '어머니'는 죽을 것이고, 곧이어 우리 역시 모두 죽게 될 것이다.

'형님들'은 그들이 할 수 있는 모든 것을 다 했다. 이제 우리가 책임질 차례다.

참고 도서

Acosta, J., *Compendio histórico del descubrimento y colonización de la Nueva Granada* (Paris, 1848).

Aguado, P. de, *Recopilsción historical de Santa Marta y Nuevo reino de Granada de las indias del mar océano*, Biblioteca de Presidencia de Colombia (Bogota, 1906).

Aguado, P. de, *Historia de Santa Marta y Nuevo Reino de Granada*, 3 vols. (Madrid, 1931).

Bacon, R. (attrib.), *Mirror of Alchemy* (London, 1597).

Bischof, H., *Die spanisch-indianische Auseianderserzung in der nördlichen Sierra Nevada de Santa Marta(1501–1600)* (Bonn, 1971).

Bray, W., *The Gold of El Dorado*, catalogue of exhibition at the Royal Academy (London, 1978).

Bray, W., "Across the Darien Gap; a Colombian view of Isthmian Archaeology," *The Archaeology of Lower Central America* (University of New Mexico, 1984).

Castaño, C., "Consideraciones en torno a los elementos arquitectónicos y urbanísticos de Buritaca 200," *Revista de Arqueología*, año V, no.39 (Madrid, 1984).

Castellanos, J. de, *Elegías de varones ilustres de Indias* (Madrid, 1847).

Castellanos, J. de, *Historia del Nuevo Reyno de·Granada* (Madrid, 1886).

Celedón, Rafael, *Gramática de la lengua Koggaba con vocabulario y catecismo*, Collection linguistique américaine, vol. 10 (Paris, 1886).

Falchetti, A.M., "Desarrollo de la orfebrera tairona en las provincias metalúrgias del norte colombiano," *Boletin* 19, Museo del Oro (Bogota, 1987).

Groot, M.A.M. de, "Arqueología y conservación de la localidad precolombina du Buritaca 200 en la Siera Nevada de Santa Marta," *Arqueología de la Sierra Nevada de Santa Marta*, Instituto Colombiano de Antropología, no.1 (Bogota, 1985).

Hammen, T. van der and Ruiz, P.M. (eds), *La Sierra Nevada de Santa Marta (Colombia) transecto Buritaca-La Cumbre*, Studies on Tropical Andean Ecosystems, vol. 2 (Berlin/Stuttgart, 1984).

Herrera, A. de, *Historia General de los hechos de los castellanos en las Islas, y Tierra Firme de el Mar Océano* (Asunción, no date).

León, A., Lonzano M.A. and Rojas, D., *Colombia, the Set* (Bogota, 1987).

Mason, A., *Archaeology of Santa Marta, Colombia: The Tairona Culture*, Field Museum of Natural History, Anthropological Series, vol. XX, nos 1–13 (Chicago, 1939).

Mason, P., *Deconstructing America* (London, 1990).

Mayr, J.(ed.), *The Sierra Nevada of Santa Marta* (Bogota, 1985).

Moser, B. and Tayler, D., *The Cocaine Easters* (London, 1965).

Ortiz Ricaurte, C., "Lengua Kogui: la composición nominal," *Lenguas Aborígenes de Colombia: Descripciones* (Centro Colombiano de Estudios en Lenguas Aborígenes, 1989).

Oviedo y Valdés, G.F. de, *Historia General y Natural de las Indias Islas y Tierra Firme del Mar Océano* (Asunción, no date).

Pagden, A., *The Fall of Natural Man* (London, 1982).

Preuss, K.T., *Forschungreise zu den Kággaba: Beobachtungen, Textaufnahmen und sprachliche Studien bein einem Indianerstamme in Kolumbien, Südameika*, 2 vols. (Vienna, 1926–7).

Reclus, E., *Voyage à la Sierra Nevada de Sainte Marthe: Paysage de la Nature Tropicale* (Paris, 1861).

Reichel-Dolmatoff, G., *Datos Histórico-Culturales sobre las Tribus de la Antigua Gobernación de Santa Marta*, Instituto Etnológico del Magdalena (Santa Marta, 1951).

Reichel-Dolmatoff, G., "Contactos y Cambios Culturales en la Sierra Nevada de Santa Marta," *Revista Colombiana de Antropología* (Bogota, 1953).

Reichel-Dolmatoff, G., "Nortes Sobre el Simbolismo Religioso de los Indios de la Sierra Nevada de Santa Marta," *Razón y Fábula*, I (Universidad de Los Andes, 1967).

Reichel-Dolmatoff, G., "Templos Kogi: Introducción al simbolismo y a la astronomía del espacio sagrado," *Revista Colombiana de Antropología* 19 (Bogota, 1975).

Reichel-Dolmatoff, G., "Training for the priesthood among the Kogi of Colombia," *Enculturation in Latin America: An Anthology*, Wilbert, J.(ed.), *Latin American Studies* vol. 37 (University of California, 1976).

Reichel-Dolmatoff, G., *Conceptos indígenas de enfermedad y equilibrio ecológico: Los Tukano y los Kogi* (Rome, 1977).

Reichel-Dolmatoff, G., "The loom of life: a Kogi principle of integration," *Journal of Latin American Lore* 4: 5 (Los Angeles, 1978).

Reichel-Dolmatoff, G., *Los kogi: Una tribu de la Sierra Nevada de Santa Marta, Colombia*, 2 vols, 2nd ed. (Bogota, 1985).

Reichel-Dolmatoff, G., "The Great Mother and he Kogi Universe: A Concise Overview," *Journal of Latin American Lore* 13: 1 (Los Angeles, 1987).

Reichel-Dolmatoff, G., *Goldwork and Shamanism: an iconographic study of the Gold Museum* (Bogota, 1988).

Reichel-Dolmatoff, G.,& A., "Investigaciones arqueológicas en la Sierra Nevada de Santa Marta, Parte 4," *Revista Colombiana de Antropología*, 4 (Bogota, 1955).

Simón, Fray P., *Noticias Historiales de las Conquistas de Tierra Firme en las Indias Occidentales* (Bogota, 1882).

Soto Holguín, A., *Informe de trabajos e investigaciones realizados en el Proyecto Buritaca 200-Ciudad Perdida- de junio de 1976 a septiembre de 1982* (Bogota, 1988).

Soto Holguín, A., *La Ciudad Perdida: historia de su hallazgo y descubrimiento* (Bogota, 1988).

Soto Holguín, A. & Cadavid, G., "Buritaca 200: Ciudad Perdida," *Revista Lámpara*, no. 76 (Bogota, 1979).

Valderrama, B., *La ciudad perdida: Buritaca 200*, 2nd ed. (Bogota, 1981).

Valderrama, B., *Taironaca: una historia de ciudades perdidas, indígenas, guaqueros, colonos y marimberos en la Sierra Nevada de Santa Marta* (Bogota, 1984).

샨티의 책은 후원회원들의 도움으로 만들어집니다. 이 책을 만들 수 있도록 후원해 주신 이슬, 이원태, 최은숙, 노을이, 김인식, 은비, 여랑, 한혜론, 윤해석, 하성주, 산나무, 장원, 일부, 김명중, 박은미, 정진용, 최미희, 최종규, 박태웅, 송숙희, 황안나, 최경실, 유재원 님께 감사드립니다.

샨티는 '몸과 마음과 영혼의 평화를 위한 책'을 내고자 합니다. 샨티의 책들을 좋아하고 샨티가 계속해서 그 설립 취지에 맞는 책을 낼 수 있도록 도움 주실 분들은 후원회원으로 가입해 주십시오. 후원회원제도에 관한 안내는 전화나 이메일로 문의하시면 자세히 안내해 드리겠습니다.

후원회원이 아니더라도 shanti@shantibooks.com으로 이름과 이메일, 전화번호, 주소를 보내주시면 독자회원으로 등록되어 신간과 각종 행사 안내를 이메일로 받아보실 수 있습니다.